공허한
십자가

《Utsurona Jujika》
© Higashino Keigo 2014
All rights reserved.
Original Japanese edition Published by Kobunsha Co., Ltd.
Korean publishing rights arranged with Kobunsha Co., Ltd.
through BC Agency, Seoul.
Korean Publishing copyrights © 2014 by Jaeum&Moeum Co., Ltd.

이 책의 한국어판 저작권은 BC 에이전시를 통한 저작권자와의 독점계약으로
자음과모음에 있습니다. 저작권법에 의해 한국 내에서 보호를 받는 저작물이므로
무단 전재와 복제를 금합니다.

공허한 십자가

히가시노 게이고

이선희 옮김

자음과모음

차례

공허한 십자가
7

옮긴이의 말
423

일러두기
모든 주는 옮긴이의 것이다.

프롤로그

이구치 사오리. 그녀에게는 엄마에 관한 기억이 거의 없다. 철이 들었을 무렵에는 이미 이 세상에 없었기 때문이다. 유치원에 다니던 시절, 친구 엄마가 친구를 데리러 올 때마다 부러운 눈길로 쳐다보며 '나에게는 왜 엄마가 없을까?' 하고 생각했던 것은 기억이 난다. 초등학교에 들어가고 나서야 자신이 세 살 때 병으로 돌아가셨다는 사실을 알았다. 그리고 엄마의 병명이 뇌종양이었다는 사실을 안 것은 초등학교 5학년 때이다. 당시 엄마는 고작 서른한 살이었다고 한다.

아빠인 요스케는 가끔 이렇게 말했다.

"네 엄마는 아주 착하고 음식도 잘했지. 평소에 감기도 걸리지 않을 만큼 건강해서, 그런 병에 걸릴 줄은 꿈에도 몰랐단다."

아빠는 화학공업 제품을 취급하는 회사의 기술자였다. 본사는 오사카大阪에 있지만 그가 근무하는 곳은 후지시富士市에 있는 후지 공장이었다. 그는 매일 아침 자신의 차로 출근했다.

사오리는 초등학교 4학년 때까지 어린이집에 다녀야 했다. 오전에 학교 수업이 끝나면 어린이집으로 가는 것이다. 어린이집 마감 시간은 6시 반으로, 아빠는 항상 문을 닫기 직전에 데리러 왔다. 그녀는 아빠의 얼굴을 보고 나서야 남몰래 안도의 한숨을 내쉬곤 했다.

5학년 때부터는 어린이집에 가지 않고, 학교에서 직접 집으로 가게 되었다. 집에 혼자 있는 것이 힘들지 않았기 때문이다. 책을 읽거나 비디오를 보고 있으면 눈 깜짝할 사이에 시간이 지났다. 학교 친구가 없었던 것은 아니지만 그녀는 혼자 있는 것이 더 좋았다.

그 무렵부터 아빠의 귀가 시간이 늦어졌다. 그때까지는 아침저녁 모두 아빠가 차려주었지만, 이제 저녁 식사를 차려주는 것은 불가능해졌다. 때로는 아빠가 퇴근하면서 사 온 편의점 도시락으로 때우는 일도 있었고, 그녀 혼자 피자를 시켜 먹으며 아빠를 기다리는 일도 있었다.

그러던 어느 날, 사오리는 자신이 직접 음식을 만들면 된다는 사실을 깨달았다. 그래서 도서관에서 빌려 온 요리책을 보고 밤새 고민해서, 다음 날 하굣길에 슈퍼마켓에서 음식 재료를 사 왔다. 요리책을 보면서 음식을 만드는 것은 쉬운 일이 아니었지만, 고기감자조림과 된장국을 만들어 갓 지은 따끈따끈한 밥과 함께 저녁을 차려보았다.

그날따라 일찍 귀가한 아빠는 눈을 반짝이며 "굉장해! 정말 맛있어!"라는 말을 연발했다. 고기감자조림의 맛은 싱겁고 된장국도 맛있다곤 할 수 없지만, 조금이나마 아빠에게 도움이 되었다고 생각하니 그녀는 기뻐서 견딜 수 없었다.

그날 이후, 식사는 전부 그녀가 맡게 되었다. 물론 매일 만드는 것은 힘들었다. 그래서 때로는 아빠가 출근하기 전에 이렇게 말하는 일도 있었다.

"아빠, 미안하지만 오늘 저녁은 밖에서 먹고 와. 난 편의점에서 샌드위치를 사 먹을게."

식사만이 아니라 청소나 빨래도 그녀의 몫이 되었다. 그것이 조금도 힘들지 않고 오히려 즐거웠던 것을 보면 집안일이 잘 맞았는지도 모른다.

"넌 나중에 결혼하면 좋은 아내가 될 거야. 이제 아빠도 안심이구나."

아빠는 흐뭇한 미소를 지으며 종종 이렇게 말했다. 어쩌면 입버릇이었는지도 모른다. 하지만 그렇게 말한 이후, 반드시 이렇게 덧붙이는 것도 잊지 않았다.

"하지만 너에겐 집안일 말고도 해야 할 일이 많잖아. 우선 학교 공부를 열심히 해야지. 그래야 나중에 행복하게 살 수 있어. 집안일이나 아빠는 신경 쓰지 않아도 된단다."

그러나 딸이 어느 정도 집안일을 할 수 있게 되자 안심했는지, 아빠의 귀가 시간이 점점 더 늦어졌다. 회사 일이 더욱 바빠진 것이다. 집에 들어온 후 일에 관한 전화가 오는 일도 많았고, 휴일에 출근하는 일도 늘어났다. 먼 곳으로 출장 가서 자고 오는 일도 흔했다.

사오리가 중학교에 들어갈 무렵, 요스케는 마치 하숙생처럼 잠만 자고 나가는 일이 많아졌다. 자연히 아빠와 딸이 마음을 터놓고 말할 기회도 줄어들었다.

그리고 중학교 2학년 가을, 그녀의 인생에 커다란 사건이 발생했다.

일요일인데도 요스케는 여느 때처럼 출근했다. 사오리는 저녁 찬거리를 사기 위해 슈퍼마켓에 가기 전에 잠시 단골 비디오 대여점에 들렀다. 예전부터 보고 싶었던 영화의 비디오를 빌리려고 한 것이다.

그 비디오가 어디 있는지는 알고 있었다. 'SF·호러'라는 팻말이 걸려 있는 선반이다. 그런데 그곳에 그녀가 원하는 비디오는 눈에 띄지 않았다. 다른 사람이 빌려 갔다고 해도 케이스조차 보이지 않는 것은 이상했다.

그녀는 옆을 지나가는 젊은 남자 점원에게 물어보았다.

"실례지만, 〈히든The Hidden〉이라는 영화는 어디 있죠? 여기 있었던 것 같은데요."

"〈히든〉이요? 네, 거기 있을 텐데요."

남자 점원은 선반을 쳐다보며 고개를 갸웃거렸다.

"어? 이상하다. 왜 없지?"

그때였다. 옆에서 목소리가 들렸다.

"이거 말이야?"

목소리가 나는 쪽으로 고개를 돌린 순간, 그녀의 심장이 덜컹 내려앉았다. 미안한 얼굴로 비디오를 내민 사람이 니시나 후미야였기 때문이다.

그녀는 자신도 모르게 "아!" 하고 짧은 감탄사를 뱉은 뒤, "네"라고 작은 목소리로 대답했다. 몸이 굳어지는 것을 막을 수 없었다.

"선수를 빼앗겼군요."

남자 점원이 농담처럼 가볍게 말하고 떠나자 그 자리에는 사오리와 후미야만 남겨졌다.

후미야가 비디오를 힐끔 쳐다보며 말했다.

"흐음. 이거, 재미있어?"

사오리는 작게 고개를 갸웃거렸다.

"글쎄요······."

"빌리려고 했잖아. 재미있을 것 같아서 그런 거 아니야?"

"그렇긴 하지만 막상 보지 않으면 모르니까요."

말끝이 미세하게 떨렸다.

"흐음."

후미야는 콧소리를 낸 뒤, 다시 비디오를 바라보았다. 그리고 뭔가를 떨쳐버리는 듯한 표정을 지으며 사오리 쪽으로 비디오를 내밀었다.

"자."

그녀는 당황해서 자기도 모르게 얼굴이 새빨개졌다.

"먼저 봐도 돼. 난 별생각 없이 뽑은 거니까."

"아니에요, 그럴 필요까진······. 괜찮아요. 정말 괜찮아요."

그녀는 자기도 모르게 뒷걸음치면서 횡설수설했다.

"신경 쓸 거 없어. 보고 나서 재미있으면 말해줘. 난 그때 볼 테니까. 너, 우리 학교 2학년이지? 학교에서 본 적이 있어."

그녀는 흠칫 놀랐다. 그가 자신을 알고 있으리라곤 상상도 못 했기 때문이다. 어떻게 대답해야 좋을지 몰라서 그녀는 말없이 고개를 끄덕였다.

그가 다시 비디오를 내밀었다.

"자, 가져가."

그녀의 머릿속에는 이미 거절할 이유가 생각나지 않았다.

그래서 순순히 "고맙습니다"라고 말하며 비디오를 받았다.

"여기에 자주 와?"

"네, 비교적……."

"나도 자주 와. 그럼 다음에 만났을 때 재미있었는지 말해 줘."

"네."

대답하는 목소리가 미묘하게 갈라진 것이 안타까웠다.

그 이후, 사오리는 하루 종일 흥분해서 후미야와 나눈 이야기를 몇 번이나 곱씹어보았다. 그때마다 가슴이 두근거리기도 하고, 제대로 대답하지 못한 것이 화가 나기도 했다.

후미야가 자신을 알고 있었다는 사실을 믿을 수 없었다. 그녀는 예전부터 후미야를 알고 있었다. 아니, 알고 있었다는 말만으로는 부족하다. 좋아하고 있었다는 말이 더 적절하리라.

그녀가 후미야를 처음 본 것은 중학교 1학년 9월이었다. 방과 후에 운동장의 한쪽 귀퉁이를 걷고 있을 때, 모래밭을 평평하게 만들고 있는 남학생의 모습이 눈에 들어왔다. 가끔 본 적이 있는 그 남학생이 자신보다 상급생이라는 사실은 알고 있었다.

남학생은 모래밭을 평평하게 만들고 나서 천천히 걷기 시작했다. 그리고 일정한 거리까지 멀어진 다음, 가볍게 준비운동을 했다. 그리고 모래밭을 똑바로 바라보더니, 입을 꽉 다물고 뛰기 시작했다. 그 스피드는 그녀의 예상을 훨씬 뛰어넘었다.

그는 맹렬히 달린 다음, 모래밭 바로 앞에서 크게 점프했다. 춤을 추듯 공중에서 손발을 움직이는 그의 모습이 그녀의 망막에 깊이 새겨졌다.

그는 모래밭에 착지한 다음, 표정을 바꾸지 않고 곧장 일어섰다. 그리고 T자 모양의 도구를 사용해서 조금 전과 마찬가지로 모래밭을 평평하게 만들기 시작했다. 그러고 나서 다시 출발선을 향해 걸어갔다.

다시 뛰어가서 점프하고, 다시 모래밭을 평평하게 만들고……. 그가 똑같은 일을 몇 번이나 반복하는 것을 그녀는 계속 지켜보았다. 왠지 눈을 뗄 수 없었던 것이다. 우연히 그곳을 지나가던 친구가 말을 걸지 않았다면 계속 쳐다보았을지도 모른다. 물론 친구에게는 모래밭 너머에서 벌어지는 축구 연습 시합을 보고 있었다고 말했다.

그가 한 학년 위의 육상부원이라는 사실을 아는 데에는 오랜 시간이 걸리지 않았다. 니시나 후미야라는 이름도 금방 알게 되었다.

왜 그렇게 신경이 쓰이는지, 왜 그를 생각하면 심장이 쿵쾅거리는지, 그녀 자신도 알 수 없었다. 흔히 말하는 첫사랑의 감정이 이런 것일까? 막연히 그런 생각이 들었지만 그 마음을 어떻게 해야 할지 짐작도 되지 않았다. 아마 이렇게 혼자 끙끙 앓

다가 허무하게 끝나리라. 짝사랑은 원래 그런 법이니까―중학생치고는 자신의 상황을 냉정하게 분석하기도 했다.

하지만 그로부터 1년 후에 놀라운 일이 벌어졌다. 그토록 자신의 가슴을 설레게 만들었던 후미야와 대화를 나눈 것이다.

빌려 온 비디오는 집에 오자마자 즉시 보았다. 그에 대한 감상을 얘기하고 싶어 학교에서 후미야를 만나기를 애타게 기대했다. 운동장에서 그의 모습을 종종 발견했지만, 그때마다 그는 혼자가 아니었다. 그리고 다른 사람과 같이 있을 때에는 그에게 다가갈 용기가 생기지 않았다.

그와 말할 기회를 다시 얻은 것은 역시 비디오 대여점이었다. 행여나 그를 만날 수 있지 않을까 해서 틈만 나면 비디오 대여점에 들렀던 것이다.

후미야가 밝은 얼굴로 말을 걸었다.

"오랜만이네. 영화는 어땠어?"

"아주 재미있었어요. 꼭 보세요."

"그래? 좋아, 그러면 오늘은 그걸 빌려 가야겠다."

그는 그렇게 말한 뒤, 곧장 그 비디오가 있는 선반으로 향했다.

그녀는 그와 함께 비디오 대여점을 나온 뒤, 최근에 본 영화 이야기를 하면서 같은 방향으로 걷기 시작했다. 그녀의 집과는 반대 방향이었지만, 그에 대해 입도 벙긋하지 않았다. 물론 더 같이 있고 싶다는 마음이 강했기 때문이다.

공원 근처에 이르자 후미야가 벤치에 앉자고 말했다. 그녀에게는 거절할 이유가 없었다. 더구나 그는 자판기 주스를 사주었다.

두 사람은 이런저런 이야기를 했다. 학교 이야기, 음악 이야기, 영화 이야기 그리고 각자의 가족 이야기. 사오리가 아버지와 둘이 산다는 것을 알고 후미야는 놀라는 표정을 지었다.

"그럼 밥도 네가 직접 해? 굉장하다!"

"그렇지 않아요. 맛도 별로고요."

"아냐, 굉장해. 난 아무것도 못 하는데. 정말 대단하다!"

후미야가 감탄하는 모습을 보고 사오리는 속으로 기뻐했다. 그리고 음식 만들기를 잘했다고 생각했다.

즐거운 시간은 원래 순식간에 지나가는 법이다. 정신을 차리자 어느새 어둠이 내려앉아 있었다.

후미야가 먼저 입을 열었다.

"이제 그만 집에 갈까?"

"네."

그런 다음 그는 뜻밖의 말을 꺼냈다.

"집까지 데려다줄게."

너무 놀란 나머지, 그녀는 마음에도 없는 대답을 했다.

"아니에요, 괜찮아요."

"왜? 내가 집까지 데려다주는 게 싫어? 그러면 그만둘게."

이렇게 좋은 기회를 놓칠 수 없다! 그녀는 그렇게 생각하고 재빨리 말을 바꾸었다.

"그럼 부탁해도 돼요?"

"그래."

그는 고개를 끄덕이고 나서 벤치에서 일어났다. 그리고 조심스럽게 입을 열었다.

"집에 전화해도 돼?"

"아, 네."

그녀는 그에게 전화번호를 가르쳐주었다. 그러자 그는 몸을 숙이더니, 전화번호를 땅에 쓰면서 뭐라고 중얼거렸다. 자세히 들어보자 전화번호를 외우는 것 같았다.

"됐다, 외웠어."

그는 그렇게 말하고 나서 그녀의 전화번호를 말했다. 정확하게 일치했다.

머리가 좋은 사람이라고 생각했다.

그는 무선호출기 번호를 가르쳐주었다. 그녀와 달리 가족이 많다고 해서 집에 전화 걸기 망설여졌는데 마침 잘됐다고 생각했다.

후미야로부터 전화가 걸려 온 것은 나흘 후인 목요일이었다. 사오리는 하늘에라도 올라갈 것처럼 흥분했다. 어쩌면 전화가 오지 않을지도 모른다고 가슴 졸였던 것이다.

그의 이야기는 며칠 전에 빌린 비디오 감상에서 시작되었다. 얼마나 재미있었는지 누군가에게 말하고 싶어서 견딜 수 없다고 했다.

"그 영화를 안 본 사람에겐 말해봤자 소용없잖아. 사오리, 우리 만나지 않을래?"

그의 말이 끝나기도 전에 심장이 철렁 내려앉았다. 그리고 그대로 고동이 빨라졌다.

"네."

그는 날짜와 시간, 장소를 말했다. 사오리에게는 이의가 없었다. 언제든지, 어디에라도 갈 생각이었다.

다음 토요일, 두 사람은 마트 옥상에 있는 광장에서 만났다. 그리고 〈히든〉에 관한 감상을 시작으로 수많은 이야기를 나누었다. 그에게 하고 싶었던 말이 이렇게 많았던가. 그녀는 내심 깜짝 놀랐다.

헤어질 때 후미야가 물었다.

"또 만날 수 있지?"

"응."

이날부터 사오리는 그에게 존댓말을 쓰지 않았다.

그 이후, 그들은 한 달에 두세 번꼴로 만났다. 후미야는 고등학교 입시를 앞두고 있었지만, 잔소리하는 엄마에게 거짓말하며 시간을 냈다.

그녀는 만날 때마다 더욱 그에게 끌리는 자신을 발견했다. 그래서 어느 날, 과감하게 물어보았다.

"날 어떻게 생각해?"

얼굴이 화끈거렸다. 그의 눈을 쳐다볼 용기가 없어서 고개를 숙였다. 하지만 그의 눈길이 자신에게 향하는 기척이 느껴졌다.

"사랑해."

그 말을 들은 순간, 몸이 허공으로 붕 떠오르는 것 같았다.

1

오후 1시가 되기 직전, 주차장에서 엔진 소리가 들렸다. 3층 사무실의 컴퓨터 앞에 앉아 있던 나카하라 미치마사는 벌떡 일어서서 창문 아래를 내려다보았다. 감색 SUV 차량이 후진으로 주차장에 들어오는 참이었다.

나카하라는 책상 위에 있던 염주를 손에 들고, 넥타이가 풀어지지 않은 것을 확인하면서 사무실을 나섰다.

계단으로 1층까지 내려가자 간다 료코가 기다리고 있었다. 젊게 보이지만 올해 마흔 살인 그녀는 나카하라가 가장 신뢰

하는 직원이다.

"사이토 씨가 오신 것 같아요."

"그런 것 같군."

나카하라와 료코는 건물 입구의 유리문 안쪽에 나란히 섰다.

이윽고 마흔 살 정도의 남자와 아내로 보이는 여자, 그리고 그들의 자녀로 보이는 소년과 소녀가 안으로 들어왔다. 십대 중반쯤 되었을까? 소년은 귤 상자보다 조금 옅은 색 상자를 두 손으로 껴안고 있었다. 가족 모두 온순하게 생겼다. 체구가 작은 소녀의 눈은 빨갛게 충혈되어 있었다. 조금 전까지 울었던 모양이다.

남자가 나카하라를 향해 말했다.

"사이토입니다."

"기다리고 있었습니다. 삼가 조의를 표합니다."

나카하라는 고개를 숙인 채, 소년이 들고 있는 상자를 내려다보았다.

"저게……."

"네, 그렇습니다."

"이름은 뭐지요?"

"올레입니다."

"올레에게 인사를 해도 될까요?"

"네, 그러시죠."

나카하라는 상자를 받아서 옆의 탁자 위에 올려놓았다. 그리고 합장을 하고 나서 천천히 뚜껑을 열었다.

상자 안에 있는 것은 짙은 갈색 고양이였다. 고양이는 얼음주머니에 감싸인 채 눈을 감고 있었다. 사지는 쭉 뻗은 상태였다.

"표정이 편안해 보이는군요. 고통은 없었나요?"

나카하라의 질문에 사이토는 고개를 갸웃거렸다.

"글쎄요. 밖에 나갔다 집으로 들어갔는데 나오지 않더군요. 여느 때라면 걸음이 불안하면서도 즉시 나와보는데요. 이상해서 찾아봤더니 옷장 안에서 죽어 있었습니다. 그때는 눈을 뜨고 있어서 손으로 몇 번 문질러서 감겨주었지요."

흔한 일이라고 생각하면서 나카하라는 고개를 끄덕였다.

"지금 걸음이 불안하다고 하셨는데, 무슨 병이라도 있었습니까?"

"신장이 나빴어요. 그래서 정기적으로 병원에 다녔죠. 하지만 이미 나이가 나이라서요."

열여덟 살이었다고 한다. 고양이치고는 오래 산 셈이다. 수명이 다 됐다고 할 수 있으리라.

나카하라는 다시 고개를 숙였다.

"얼마나 마음이 아프시겠습니까? 충분히 이해합니다."

추모실은 2층에 있다. 교회를 본뜬 서양식 공간이지만, 불켜진 초가 몇 개 놓여 있을 뿐, 특정 종교를 연상시키는 것은 아무것도 없다.

그는 작은 제단 위에 고양이 시신이 든 상자를 올려놓았다.

"화장할 때까지는 조금 시간이 있습니다. 여기서 마지막 작별 인사를 하면서 잠시만 기다리십시오."

그는 그렇게 말한 뒤, 가족을 남기고 1층으로 돌아왔다.

사무실에서는 간다 료코가 꽃을 고르고 있는 참이었다. 관에 넣을 꽃이다. 그 관만 해도 비록 크기는 작지만 가장 좋은 오동나무 관이다. 사이토 씨는 가장 등급이 높은 화장 코스를 선택했다. 올레는 가족의 사랑을 한 몸에 받은 것이리라.

나카하라가 료코를 쳐다보며 물었다.

"유골은 어떻게 할까?"

'앤젤보트'에는 연간 계약으로 유골을 맡기는 개별 납골실이 있다.

"집으로 가져가신답니다."

"그래?"

그래도 상관없다고 그는 생각했다. 유골을 맡긴 채 한 번도 찾아오지 않는 주인이 적지 않은 것이다.

잠시 후, 그는 사이토 씨 가족을 화장터로 안내했다. 화장터는 건물 주차장 안에 있다. 콘크리트로 둘러싸인 네모난 건물이다.

화장터 입구에서 고양이의 사체를 상자에서 오동나무 관으로 옮겼다. 얼음주머니를 이용해 차갑게 해놓아서 그런지, 사체는 사지를 쭉 편 채 경직되어 있었다. 료코가 사이토 씨 가족에게 생화가 든 통을 내밀었다. 가족은 두런두런 이야기를 나누면서 사랑하는 고양이 주변에 꽃을 놓았다. 이미 마음을 정리한 듯, 가족의 얼굴은 편안했고 가끔 미소도 지었다.

가족이 합장하는 가운데, 작은 관은 화장로 안으로 사라졌다. 화장로를 담당하는 사람은 베테랑 직원이다. 아마 적당하게 잘 태워줄 것이다.

가족을 대기실로 안내한 후, 나카하라는 3층 사무실로 돌아가서 컴퓨터 앞에 앉았다. 광고용 팸플릿을 새로 만들기로 했는데, 디자인이 좀처럼 정해지지 않아서 골치가 아프던 참이다. 외주로 내보내지 않은 것은 경비를 절약하기 위해서이기도 하지만, 자신이 예전에 그런 일을 한 경험이 있기 때문이다.

'이번엔 좀 과감하고 화려하게 만들까?'

그렇게 생각하면서 마우스를 움직이려고 한 순간, 책상 위에서 구식 휴대전화가 몸을 떨었다.

액정 화면을 보았지만 처음 보는 전화번호였다. 그는 고개를 갸웃거리며 전화를 받았다.

"네."

"여보세요, 나카하라 미치마사 씨인가요?"

휴대전화 건너편에서 침착한 남자의 목소리가 들렸다. 어디선가 들은 적이 있는 목소리였다.

그는 경계하면서 신중하게 대답했다.

"그런데요."

"바쁘신데 죄송합니다. 경시청 수사1과의 사야마입니다."

"사야마 씨요?"

그제야 문득 생각이 났다.

"혹시 예전의 그 사야마 씨인가요?"

"그렇습니다. 기억이 나시나요? 그때 수사를 담당했던 사야마입니다. 정말 오랜만이지요?"

그 순간, 나카하라의 가슴속에서 새카만 구름이 뭉게뭉게 솟구치기 시작했다. 꺼림칙한 기억이 되살아남과 동시에 불길한 생각이 솟구쳤다. 이제 와서 무슨 일로 전화한 것일까?

그는 겨우 목소리를 짜냈다.

"무슨 일이시죠? 그 사건은 이미 끝나지 않았나요?"

"그렇습니다. 그 사건은 이미 끝났지요. 오늘 연락드린 건 다른 일 때문입니다. 부인 말씀인데요."

"부인이라뇨?"

"아, 죄송합니다. 이혼하셨다고 하더군요."

"네, 그게……."

어디까지 설명해야 좋을지 알 수 없었다. 애초에 이 형사에게 설명할 필요가 있을까?

"사요코에게 무슨 일이라도 있나요?"

사요코는 헤어진 아내의 이름이었다.

"네, 실은."

형사는 기묘하게 한 박자 쉰 다음에 말을 이었다.

"어젯밤에 돌아가셨습니다."

다음 순간, 나카하라는 숨을 훅 들이마셨다. 형사 입에서 나온 말이 그를 혼란의 구렁텅이로 몰아넣었다. 한순간 말을 할 수가 없었다.

형사의 목소리가 한층 높아졌다.

"여보세요, 여보세요? 나카하라 씨, 제 말 듣고 있어요?"

나카하라는 전화기를 움켜쥔 채 가슴속에 쌓여 있던 숨을 토해냈다.

"네, 듣고 있습니다. 사요코가 세상을 떠났다고요? 그래서."

그는 말하는 사이에 중대한 사실을 깨달았다.

"아직 수사1과에 계시지요? 그런데 저에게 전화를 걸었다는 건 혹시……."

그는 다음 말을 이을 수 없었다.

사야마가 괴로운 목소리로 대답했다.

"네, 그렇습니다. 우리가 움직인다는 건 타살의 의혹이 있기 때문이지요. 사요코 씨는 어젯밤 자택 근처에서 누군가의 칼에 찔려 살해된 것 같습니다."

사야마가 앤젤보트를 찾아온 것은 전화를 끊은 지 약 한 시간 후였다. 고양이의 화장은 끝났지만 납골은 아직 끝나지 않았다. 하지만 나머지 작업은 료코에게 맡기면 된다. 나카하라는 사무실 소파에서 사야마와 마주 앉았다.

오랜만에 만난 형사의 체구는 예전보다 훨씬 실팍해 있었다. 그만큼 관록과 위압감도 더해졌다. 명함에는 현재 직급이 경사로 되어 있는데, 예전 직급이 무엇이었는지는 기억나지 않았다.

나카하라는 사야마에게 티백 차를 내주었다. 사야마는 고개를 숙이며 "감사합니다"라고 말했다.

차를 한 모금 마시고 나서 사야마가 입을 열었다.

"깜짝 놀랐습니다. 이런 일을 하시리라곤 상상도 못 했으니까요. 예전에는 분명히······."

"광고 회사에 다녔지요. 주로 디자인 일을 했습니다."

"아, 그랬었지요. 회사는 언제 그만두셨나요?"

"그만둔 지 4년, 아니 이제 거의 5년이 됐군요."

그는 기억을 떠올리면서 그렇게 말한 다음 즉시 덧붙였다.

"사요코와 이혼한 것은 회사를 그만두기 얼마 전이었습니다."

'아!' 하고 말하는 것처럼 사야마는 입을 작게 벌렸다.

나카하라는 고개를 숙이고 두 손을 꽉 잡았다.

"그나저나 깜짝 놀랐습니다. 그 사람이 살해당하다니. 대체 어떻게 된 거죠?"

"저도 깜짝 놀랐습니다. 정말 안타까운 일입니다."

나카하라는 천천히 고개를 들었다.

"아까 전화로는 칼에 찔렸다고 하셨는데요."

"그렇습니다. 그러니까."

사야마는 작은 노트를 펼치며 말을 이었다.

"장소는 고토구江東區 기바木場의 길거리입니다. 간선도로 옆에 아파트 몇 동이 있는데, 그 뒤쪽이죠. 인적이 드문 곳입니다. 부인, 아니 사요코 씨 집도 그 아파트였습니다. 뒤쪽에도 출입구가 있으니까 그쪽으로 들어가려고 했는지도 모르지요."

"혼자 살았나요?"

"그렇습니다. 원룸 아파트에서 혼자 살았지요."

"어젯밤이라고 하셨지요?"

"길거리에 여자가 쓰러져 있다는 신고가 들어온 건 밤 9시경이었습니다. 동시에 구급차가 출동했지요. 하지만 병원에서 사망했습니다."

사야마는 노트에서 얼굴을 들었다.

"범인이 날카로운 칼로 등을 찔렀는데, 칼끝이 심장까지 도달한 모양입니다. 검시관의 말에 따르면 힘껏 찌르지 않으면 그렇게 되지 않는다고 하더군요."

"범인은 잡히지 않았나 보군요."

나카하라는 만일을 위해 물어보았다.

사야마는 입술을 비틀며, 고개를 위아래로 작게 움직였다.

"그 즉시 비상선을 쳤지만 수상한 사람은 발견되지 않았습니다. 그래서 오늘 오전에 특별수사본부를 설치하고, 수사1과에서는 우리 팀이 투입되었지요. 제가 피해자의 신원을 알게 된 건 특별수사본부에서 수사 자료를 본 다음입니다."

그는 찻잔을 입으로 가져간 뒤, 차를 한 모금 마시고 나서 테이블에 내려놓았다.

"처음에는 나카하라 씨의 부인이란 걸 몰랐습니다. 성이 달랐으니까요. 하지만 사진을 보는 사이에 기억이 났습니다."

사야마는 그렇게 말하고 나서 손을 옆으로 흔들었다.

"참, 부인이 아니라 전 부인이죠. 계속 실수를 하네요. 죄송합니다."

"아닙니다."

나카하라는 의연하게 대답했다. 그 정도로 기분이 상하지는 않았다.

"그런데 왜 나를 찾아오셨죠? 전남편이기 때문인가요?"

그러자 사야마는 모호하게 대꾸했다.

"그야 뭐, 그렇죠. 지금 신원조회 팀이라고 해서, 피해자의 인간관계를 조사하는 팀에 있거든요. 가족이나 친구, 지인을 일일이 찾아다니는 건데, 아무래도 나카하라 씨가 마음에 걸려서요."

나카하라는 숨을 토해낸 뒤 머리를 가볍게 긁적였다.

"괜히 헛걸음하셨네요."

"무슨 말씀이죠?"

"이혼하고 나서 한 번도 만난 적이 없습니다. 그 사람이 거기에 산다는 것조차 몰랐으니까요."

"헛걸음일지도 모르지만 일단 말씀을 나누고 싶어서요."

"그건 상관없지만요."

나카하라는 미간에 주름을 잡고 상대의 얼굴을 똑바로 쳐다보았다.

"퍽치기라고 하나요, 우발적인 범죄는 아닌가요?"

"아직은 잘 모르겠지만 우발적인 범죄일 가능성도 있습니다. 시신이 발견되었을 때 사요코 씨는 빈손이었고, 가방은 보이지 않았으니까요. 아마 범인이 가져갔겠지요. 그런데 조금 전에 인적이 드문 곳이라고 했는데, 전혀 없는 건 아닙니다. 그래서 범인의 목적이 금품이라면 더 늦은 시간대를 선택하지 않았을까 하는 의견도 많더군요."

"정신이상자…… 가령 약물중독자의 소행은 아닌가요?"

사야마는 고개를 옆으로 흔들었다.

"그건 아닙니다. 그렇다면 가방을 가져가지 않았겠지요. 더구나 그런 사람은 즉시 발견되는 법입니다."

그것은 사야마의 말이 맞다고 생각하며 나카하라는 말없이 고개를 끄덕였다.

"이혼하고 나서 한 번도 만난 적이 없다고 하셨지요?"

"네" 하고 나카하라는 짧게 대답했다.

"전화 통화를 한 적도 없나요? 메일이나 편지를 주고받은 적도 없고요?"

"이혼하고 나서 1년 동안은 몇 번 메일을 주고받았습니다. 전화 통화도 한두 번은 했고요. 하지만 거의 사무적인 내용으로, 개인적인 얘기는 별로 하지 않았습니다."

"왜죠?"

나카하라는 힘없이 쓴웃음을 지었다.

"그야 물론 의미가 없기 때문이지요. 서로 잊고 싶어서 헤어진 거니까요."

"아하, 그렇군요."

사야마는 거북한 표정을 지으며 볼펜의 뒤쪽으로 관자놀이를 긁적였다.

"그러면 맨 마지막에 메일을 주고받은 건……."

"5년 전쯤일까요? 그때 그 사람은 친정에 살았을 겁니다."

"지금 아파트에는 4년 전에 이사한 것 같더군요."

"그래요? 전혀 몰랐습니다."

"이혼한 후에는 사요코 씨의 친정과도 왕래를 안 했나요?"

"네, 물론이죠. 연락할 이유가 없으니까요."

사야마는 얼굴을 찡그리면서 고개를 끄덕였다.

"즉, 사건에 대해 짐작 가는 게 전혀 없다는 거군요."

"그렇습니다. 만약에 그 사람을 죽이고 싶어 하는 사람이 있다면……."

나카하라는 상대의 얼굴을 뚫어지게 쳐다보며 말을 이었다.

"그건 히루카와가 아닐까요?"

사야마는 눈을 크게 떴다. 한순간 험악한 기운이 거센 바람이 되어 두 사람 사이를 가로질렀다.

나카하라가 입술 끝을 올리며 살며시 미소를 지었다.

"그럴 리는 없겠지요. 그자는 이미 이 세상 사람이 아니니까요. 그리고 만약 그자의 영혼이 이 세상을 떠돌며 사요코에게 무슨 짓을 했다면, 나도 똑같은 꼴을 당했겠지요."

사야마는 불쾌한 표정을 지으며 고개를 돌렸다. 대꾸할 말이 생각나지 않는 모양이었다.

"이상한 말을 해서 죄송합니다."

나카하라는 순순히 사과했다. 실제로 괜히 쓸데없는 말을 했다는 후회가 밀려들었다.

"그때는 여러모로 괴로우셨겠지요."

이번에는 나카하라가 침묵을 지킬 차례였다. 대답할 필요가 없는 말이었기 때문이다.

"그러면 마지막으로 한 가지만 확인하겠습니다. 어젯밤 9시경에 어디 계셨지요?"

나카하라는 순간적으로 숨을 멈춘 뒤, 눈을 깜빡이고 나서 사야마의 눈을 빤히 쳐다보았다. 그러자 사야마는 볼펜을 좌우로 흔들며 작게 고개를 숙였다.

"신경 쓰실 것 없습니다. 그냥 형식적으로 묻는 거니까요. 죄송합니다."

그제야 나카하라는 어깨에서 힘을 뺐다.

"아, 그래요. 예전에도 당신은 저에게 알리바이를 물었지요."

사야마는 말없이 고개를 끄덕이고 나서 메모할 준비를 했다. 나카하라는 어젯밤 자신의 행동을 돌아보았다.

"여기서 7시 조금 넘어서 나갔고, 그런 다음에는 단골 정식집에서 저녁을 먹었습니다. 그곳에 9시경까지 있었을 겁니다."

정식집 전화번호는 나카하라의 휴대전화에 저장되어 있었다. 나카하라는 그 전화번호를 사야마에게 보여주었다.

사야마는 전화번호를 메모하고 나서 자리에서 일어났다.

"감사합니다. 바쁘신데 찾아와서 죄송합니다."

"사건이 빨리 해결되기 바랍니다."

"네, 어떻게든 그래야죠."

나카하라가 깊은 한숨을 내쉬면서 조심스럽게 입을 열었다.

"지금 내 생각을 말해도 될까요?"

"말씀하세요."

"그때 사요코와 이혼하길 잘했다고 생각합니다."

그는 의아한 표정으로 고개를 갸웃거리는 사야마를 향해 덧붙였다.

"만약에 이혼하지 않았다면 또 유족이 될 뻔했으니까요."

사야마의 얼굴에 고뇌의 빛이 깃들었다.

"그 마음은 충분히 이해합니다."

나카하라는 말없이 고개를 숙였다. 그러면서 어디선가 들은 말 같다는 생각이 들었다. 조금 전에 자신이 고양이 주인에게 한 말과 똑같았던 것이다.

2

나카하라가 살인 사건 피해자의 유족이 된 것은 지금으로부터 11년 전이다. 사야마에게 말한 것처럼 그는 그때 광고 회사에 근무하고 있었다.

9월 21일 목요일이었다.

당시 그는 도요시마구豊島區 히가시나가사키東長崎의 단독주택에 살고 있었다. 집을 살 때는 아파트가 아니라 단독주택을 사야 한다는 사요코의 고집 때문이었다. 작고 낡은 집을 사서 전면적으로 리모델링을 했는데, 완성된 모습을 보고 그도 아주 마음에 들었다. 그 집에 입주한 지 아직 1년도 지나지 않았을 때였다.

그날 아침, 그는 여느 때처럼 집을 나섰다. 사요코와 초등학교 2학년인 마나미가 그를 배웅해주었다. 집에서 마나미의 초등학교까지는 걸어서 약 10분 정도 걸렸다.

그는 출근하자마자 오전에는 회의에 참석하고, 오후에는 클라이언트 사무실에 갔다. 이번에 새로 발매 예정인 화장품 광고에 대한 회의를 하기 위해서였다. 항상 콤비로 일하는 여직원과 함께였다.

회의하는 도중에 휴대전화가 몸을 떨었다. 액정 화면을 쳐다보니 집이었다.

'업무 시간에 왜 전화를 하는 거야?'

클라이언트만 아니었으면 혀를 차며 화냈으리라. 웬만한 일이 아니면 일하는 시간에는 전화 걸지 말라고 해왔던 것이다.

그는 전원을 끄기 직전에 손길을 멈추었다.

이 시간에 전화를 했다는 것은 웬만한 일이 있다는 뜻이 아닐까. 순간 불길한 예감이 가슴속을 파고들었다.

휴대전화는 계속 몸을 떨었다. 그는 클라이언트와 여직원에게 잠시 실례하겠다고 말한 뒤, 자리에서 일어나 전화를 받았다.

다음 순간, 귀로 뛰어든 것은 짐승의 소리였다. 처음에는 아예 사람 목소리로 들리지도 않았다. 날카로운 잡음 같아서 자신도 모르게 휴대전화를 귀에서 떼었을 정도였다. 하지만 이내 그것이 사람의 목소리라는 것, 더구나 울음소리라는 것을 깨달았다.

"왜 그래? 무슨 일이야?"

그의 마음은 이미 크게 파도치고 있었다.

사요코는 울부짖으며 말을 토해냈다. 그러나 단지 단어를 늘어놓을 뿐, 문장을 만들지는 못했다. 지리멸렬한 단어의 나열에서 그는 어렴풋이 내용을 파악했다. 그와 동시에 온몸의 털이 곤두섰다. 그것은 생각하고 싶지 않은 일, 있어서는 안 되는 일이었다. 그는 휴대전화를 움켜쥔 채, 한참을 멍하니 서 있었다. 머릿속이 새하얘졌다.

딸이 죽었다. 살해당했다는 것이다.

목소리가 나오지 않았다. 현기증이 일고 무릎이 꺾였다.

그 이후에 어떻게 했는지는 기억나지 않는다. 아마 여직원에게 사정을 말했겠지만 정신이 들었을 때에는 집 앞에 서 있었다. 택시 안에서도 계속 울음을 터뜨리는 바람에, 운전사가 걱정하며 왜 그러냐고 했던 것만 어렴풋이 기억났다.

노란 테이프가 집을 에워싸고, 대문 앞에 출입 금지 팻말이 붙어 있었다. 형사처럼 보이는 사내가 그에게 다가와서 신원을 물었다. 이 집 주인이라고 대답하자 사내는 부하처럼 보이는 남자들에게 뭐라고 명령했다.

　남자 중의 한 명이 나카하라에게 말했다.

"경찰서까지 동행해주시겠습니까?"

"잠시만요. 도대체 무슨 일입니까?"

　머릿속이 혼란스러워서 말이 제대로 나오지 않았다.

"자세한 건 나중에 말씀드리지요. 일단 저와 같이 경찰서로 가시죠."

"그러면 한 가지만요. 딸은…… 내 딸은 어떻게 되었나요?"

　젊은 형사는 망설이는 눈길로 상사 같은 사람을 쳐다보았다. 상사가 고개를 끄덕이는 것을 보고 젊은 형사가 조심스럽게 입을 열었다.

"따님은 세상을 떠났습니다."

　다시 현기증이 일어 간신히 버티고 서 있을 수 있었다.

"살해되었다는 게 정말입니까?"

"그건 조사 중입니다."

"어떻게……."

"어쨌든 경찰서로 같이 가시죠."

　젊은 형사가 억지로 순찰차에 밀어 넣는 바람에, 그는 끌려

가듯 경찰서로 가게 되었다.

경찰서에 가면 딸을 만날 수 있으리라고 생각했다. 경찰서에는 시체 안치소 같은 곳이 있고, 자신을 그곳으로 데려가는 것이라고 생각한 것이다. 하지만 경찰서에서 그를 기다린 것은 우락부락하게 생긴 아사무라라는 경장이었다. 부하로 보이는 형사들도 동석했다.

그곳에서 시작된 것은 사정 청취였다. 형사들은 그가 오늘 아침부터 어디서 무엇을 했는지, 사요코로부터 전화를 받았을 때 어떻게 했는지 등을 끈질기게 물었다.

"잠시만요. 내가 어디서 무엇을 했는지 뭐 때문에 묻는 거예요? 그보다 딸을 만나게 해주세요. 내 딸의 시신은 지금 어디에 있죠?"

하지만 그들은 나카하라의 요구를 무시했다.

아사무라가 차가운 눈길로 노려보며 추궁하듯이 물었다.

"부인 전화를 받았을 때 거래처에 있었다고 했는데, 누구와 같이 있었죠?"

다음 순간, 나카하라는 그들이 자신의 알리바이를 조사하고 있다는 사실을 깨달았다. 그는 버럭 화를 내며 두 손으로 책상을 내리쳤다.

"이게 무슨 짓입니까? 지금 나를 의심하는 건가요? 내가 딸을 죽였다고요?"

아사무라는 천천히 고개를 가로저었다.

"당신은 아무 생각도 하지 말고 그냥 묻는 말에만 대답하세요."

"무슨 소리예요? 내 딸이 살해당했다면서요? 왜 범인을 안 잡고 날 심문하는 겁니까?"

"범인을 잡고 싶다면 수사에 협조해주세요! 우리는 우리가 해야 할 일을 하는 것뿐입니다!"

아사무라의 굵은 목소리가 방 안에 울려 퍼졌다.

"말도 안 돼……. 어떻게 이런 일이."

분노와 슬픔과 억울함이 가슴속에서 소용돌이쳤다. 왜 내가 이런 꼴을 당해야 하는가, 피해자인 내가 왜.

"말씀해주세요. 대체 무슨 일이 있었지요? 어떻게 된 건지 제발 말씀해주세요."

"모든 게 끝나고 나서 설명해드리겠습니다."

"모든 거라니, 어떤 거 말인가요?"

"모든 수사라는 뜻입니다. 그때까지는 함부로 말씀드릴 수 없습니다. 이해해주시기 바랍니다."

아사무라는 말도 붙일 수 없을 만큼 차갑게 대꾸했다.

납득하지 못한 채, 나카하라는 형사들의 질문에 대답했다. 하지만 형사들의 질문은 도저히 이해할 수 없는 것들이었다.

"최근에 부인은 어땠습니까?"

"부인이 육아에 관해 의논을 하거나 불만을 토로한 적은 없었습니까?"

"따님은 어떤 아이였습니까? 말을 잘 듣는 편이었습니까, 듣지 않는 편이었습니까?"

"당신은 육아에 적극적으로 협조했습니까?"

나카하라는 그제야 알아차렸다. 형사들은 지금 아내인 사요코를 의심하는 것이었다. 육아에 염증을 느낀 나머지 충동적으로 딸을 죽였다는 스토리를 만들고 있는 것이다.

나카하라가 어이없는 얼굴로 말했다.

"당신들은 제정신이 아니에요. 내 아내가 뭐 때문에 그런 짓을 하겠어요? 아내는 육아에 관해서 한 번도 불평을 한 적이 없습니다. 이 세상에 아내만큼 딸을 사랑하는 사람은 없어요! 제발 내 말을 믿어주세요. 당신들 머릿속에 있는 생각은 황당무계한 소설일 뿐이라고요!"

목이 쉴 만큼 소리를 질렀지만 형사들은 아무런 반응을 보이지 않았다. 자신의 말을 믿지 않는다는 것을 느끼고 그는 절망적인 기분에 빠졌다. 형사들이 이렇게 생각한다면 앞으로 어떻게 될까?

그는 아내를 만나게 해달라고 말했다. 아내는 지금 어디에 있는지, 무엇을 하고 있는지 물어보았다.

아사무라가 냉담하게 대답했다.

"부인은 지금 다른 방에 있습니다. 다른 형사들이 얘기를 듣고 있는 중이지요."

취조라고밖에 볼 수 없는 사정 청취가 끝난 것은 밤이 이슥해진 다음이었다. 아사무라는 나카하라를 다른 방으로 옮겼다. 그때 그 방에 있던 사람이 사야마였다.

사야마가 말했다.

"부모님께서 오셨습니다. 본가가 미타카三鷹라면서요? 부모님도 금방 끝날 테니까 같이 본가에 가셔도 됩니다."

"끝나다니요? 뭐가 말인가요?"

"사정 청취입니다."

"네?"

나카하라는 젊은 형사의 얼굴을 빤히 쳐다보았다.

"우리 부모님이 이번 사건과 무슨 관계가 있지요?"

"그렇긴 하지만 일단."

사야마는 말끝을 흐렸다.

나카하라는 두 손으로 머리를 감쌌다. 대체 자신의 주변에서 무슨 일이 일어난 것일까?

그가 다시 고개를 들고 물었다.

"아내는…… 사요코는 아직 경찰서에 있나요?"

사야마는 괴로운 듯 입술을 비틀며 고개를 끄덕였다.

"부인에겐 아직 확인하지 못한 것이 몇 가지 있어서요."

"확인이요? 뭘 확인한단 건가요? 아직도 내 아내를 의심하는 건가요?"

"전 아니라고 생각합니다. 아마 다른 동료들도 그럴 겁니다."

"그렇다면 어째서?"

사야마는 깊숙이 고개를 숙였다.

"죄송합니다. 진실을 밝히기 위해서는 다른 가능성을 전부 확인할 필요가 있습니다. 신고를 받고 형사가 달려갔을 때, 댁에는 부인밖에 없었습니다. 부인과 이미 죽은 따님밖에는 말이지요. 물론 경찰에 신고한 사람은 부인이지만 그렇다고 해서 이번 사건과 관계가 없다곤 할 수 없습니다. 어린아이가 변사한 경우에는 고의 또는 과실이 대부분으로, 부모가 죽인 경우는 결코 드물지 않으니까요. 부디 양해해주시기 바랍니다."

그는 담담하게 말한 뒤, "죄송합니다"라고 말하며 다시 고개를 숙였다.

나카하라는 솟구치는 조바심을 이기지 못하고 머리칼을 쥐어뜯었다.

"내 혐의는 벗겨졌나요?"

"거래처에 확인한 결과, 당신이 이번 사건과 직접적인 관련이 없다는 것은 증명되었습니다."

"그러면 사건의 내용을 말씀해주세요. 대체 우리 집에서 무슨 일이 있었던 거지요?"

"죄송하지만 그럴 수는 없습니다."

"왜죠? 내 혐의는 풀렸다면서요?"

사야마는 곤란한 듯 입을 굳게 다물더니 잠시 후 이렇게 말했다.

"직접적인 관련이 없다는 것은 증명되었다고 말씀드렸을 텐데요."

무슨 뜻인지 몰라 나카하라는 다시 캐물었다.

"그게 무슨 뜻이죠?"

"직접적인 관련은 없지만 뭔가 알고 있고, 그것을 숨기고 있을 가능성은 있다는 뜻입니다."

"아내가 딸을 죽인 걸, 내가 알고 있다는 말인가요?"

"그렇게 말하지는 않았습니다."

나카하라가 갑자기 달려들어 사야마의 멱살을 잡았다.

"웃기지 마! 내가 알고 있다면 벌써 말했을 거야! 애당초 내 아내가 그런 짓을 할 리가 없잖아!"

사야마는 표정을 바꾸지 않은 채, 그의 손목을 잡고 가볍게 비틀었다. 힘이 보통이 아니었다. 그는 사야마의 멱살에서 손을 떼지 않을 수 없었.

사야마는 천천히 그의 손목에서 손을 뗐다.

"죄송합니다. 사건에는 범인밖에 모르는 진상이란 게 있습니다. 현장의 상황과 피해자의 복장, 살해 방법 등이죠. 용의자를 체포한 경우에는 그것을 털어놓게 만드는 것이 대단히 중요합니다. 재판의 중요한 증거가 되니까요. 즉, 현 단계에서 누가 무엇을 알고 있고, 무엇을 모르는지 명확히 밝혀둘 필요가 있습니다. 예를 들어 만약 당신이 지금 따님의 사인을 말하면, 전 지금 당장 당신을 취조실로 데려갈 겁니다."

"난 아무것도 몰라요. 사인 같은 건 모른다고요!"

"그렇겠지요. 아마 당신은 이번 사건과 관계가 없을 겁니다. 그렇다고 해서 수사상의 비밀을 말해줄 수는 없습니다. 만약 말해주었다가 당신이 그 내용을 누군가에게, 가령 매스컴에 말했다고 칩시다. 매스컴이 그걸 보도라도 하면 그 내용은 이미 범인밖에 모르는 진상이 아니게 되지요. 우리가 두려워하는 건 바로 그겁니다. 이제 이해하시겠습니까? 사건에 관해서 아무 말을 하지 않는 것도 수사의 일환이지요."

"난 결코 다른 사람에게 말하지……."

사야마는 고개를 흔들었다.

"당신을 못 믿는 게 아닙니다. 하지만 수사에서 가장 중요한 건 철저함입니다. 더구나 진상을 모르는 편이 당신에게도 좋습니다. 친한 사람에게 뭔가를 숨기는 것은 기분 좋은 일이 아니잖습니까?"

사야마의 말은 너무나 당연해서 반론의 여지가 없었다. 하지만 사요코를 아직도 붙잡아놓는 것은 도저히 납득할 수 없었다.

"부인도 하루나 이틀 사이에는 집에 갈 수 있을 겁니다."

"하루나 이틀……."

나카하라는 온몸의 기운이 쭉 빠졌다. 아직도 그렇게 오래 걸린단 말인가.

그리고 잠시 후, 그는 부모님을 만났다. 두 사람 다 몹시 초췌했다. 경찰의 연락을 받고 아들을 데리러 달려왔더니, 그 전에 사정 청취를 받았다고 한다. 당연한 일이지만 그들도 사건에 대해서는 아무것도 모른다고 한다.

나카하라의 아버지 다이스케가 불쾌한 얼굴로 말했다.

"계속 이상한 걸 묻더구나. 아들의 부부 사이는 어땠냐거나, 육아 때문에 힘들다는 말은 못 들었냐거나."

어머니 기미코도 얼굴을 찡그렸다.

"나도 마찬가지야. 며느리 때문에 아들이 불만을 토로한 적은 없었냐고 하더구나."

양친의 이야기를 듣고, 그는 두 사람이 따로따로 사정 청취를 받은 것을 알았다. 또 어머니 말에 따르면 장인어른 집에도 형사가 갔다고 한다.

그날 밤은 미타카의 본가에서 보냈다. 지바千葉에 사는 누나에게도 전화가 왔다. 그녀는 조카에게 일어난 비극을 듣고 눈물을 흘렸다. 그녀의 울음소리를 들으면서 그는 머릿속으로 생각했다. 누나에게는 아직 경찰이 가지 않은 것 같군.

밥을 먹고 싶은 생각은 없었다. 그는 예전의 자기 방에서 벽을 바라보며 밤을 꼬박 새웠다. 잠은 어딘가로 달아나고, 딸의 잠든 얼굴이 연신 머릿속에 떠올랐다. 그 아이가 이 세상에 없다는 것을 도저히 믿을 수가 없었다.

다음 날은 회사를 쉬고 경찰서로 갔다. 아내를 면회하기 위해서였지만 만나게 해주지 않았다. 그 대신 보여줄 게 있다고 하면서 형사는 그를 작은 방으로 데려갔다.

'또 사정 청취를 하는 것일까?'

하지만 그렇지는 않았다. 그곳에서 형사가 보여준 것은 사진 몇 장이었다. 사진 속에 있는 것은 그의 집 거실이었다. 그것을 보고 그는 입을 다물지 못했다. 누군가가 난장판을 만들어놓았기 때문이다. 거실장 서랍이 모두 빠지고, 안에 있던 물건이 바닥에 어지러이 흩어져 있다.

"지금으로선 거실장 말고 다른 것에 손을 댄 흔적은 없습니다."

형사가 그를 똑바로 쳐다보며 말했다. 전날부터 지금까지, 오랜 시간 속에서 형사가 처음으로 말해준 정보였다.

그제야 나카하라는 짐작이 갔다.

'우리 집에 강도가 들고, 그 녀석이 마나미를 죽인 거군.'

형사는 다시 다른 사진을 내밀었다.

"바닥에 흩어져 있는 물건을 찍은 겁니다. 거실장 서랍 안에 있었던 물건 같은데, 혹시 없어진 건 없습니까?"

사진 속에는 필기구와 전자계산기, 검 테이프, 건전지 같은 것이 찍혀 있었다. 집안일은 전부 아내에게 맡겨놓아서, 서랍 안에 무엇이 있고 무엇이 없는지 알 수 없었다. 그가 그렇게 말하자 형사는 다시 물었다.

"그러면 현금이나 통장은 평소에 어디에 넣어두시죠?"

그 말을 듣고 생각이 났다. 통장은 침실 선반에, 현금은 거실장 두 번째 서랍에 넣어두었다.

"얼마가 있었습니까?"

그는 고개를 갸웃거렸다.

"글쎄요. 그건 아내가 알 겁니다."

"그래요?"

형사는 그렇게 말하고 사진을 정리하기 시작했다. 나카하라에게는 더 이상 물어볼 것이 없는 듯했다.

"이건 명백히 강도의 소행이 아닌가요? 그런데 왜 아내를 풀어주지 않는 거죠?"

형사는 가면처럼 무표정한 얼굴로 대답했다.

"아직 강도의 소행이라고 밝혀진 게 아니니까요."

"그럴 수가. 하지만……."

그는 형사가 들고 있는 사진을 쳐다보며 뒷말을 이으려고 했다. 하지만 즉시 사정을 이해하고 입을 다물었다.

그들은 위장의 가능성을 의심하고 있는 것이다. 엄마가 자기 딸을 죽인 뒤, 그것을 숨기기 위해 강도 짓으로 위장한 게 아닌가 하고. 따질 기분도 들지 않아 그는 고개를 숙였다.

집에 가보고 싶었지만 경찰에서는 그것도 허락해주지 않았다. 그는 어쩔 수 없이 본가로 가 경찰의 연락이 오기를 기다렸다. 오후에는 장모인 사토에가 찾아왔다. 그녀의 말에 따르면 형사의 사정 청취는 몇 시간에 이르렀다고 한다. 똑같은 것을 몇 번이나 묻는 탓에 머리가 이상해질 지경이었다고 한다.

사요코가 풀려난 것은 밤이 이슥해진 무렵이었다. 형사의 전화를 받고 나카하라가 데리러 간다고 말하자 상대는 순찰차로 데려다줄 테니까 그럴 필요가 없다고 대꾸했다. 실제로 약 두 시간 후에 순찰차 한 대가 본가 앞에 멈추었다. 순찰차에서 내린 아내는 유령 같은 모습이었다. 눈에 띄게 야윈 것은 물론이고, 창백한 안색에 걸음이 불안했다. 그리고 영혼까지 잃어버린 것처럼 보였다.

나카하라가 아내를 부축하며 물었다.

"여보, 괜찮아?"

그의 목소리가 들리지 않는지, 그녀는 대답하지 않았다. 대답을 하기는커녕 남편의 모습이 보이지 않는 것 같았다. 시선은 공허하게 허공을 방황할 뿐이었다.

나카하라가 아내의 어깨를 잡고 세차게 흔들었다.

"여보, 정신 차려!"

두 눈의 초점이 서서히 돌아왔다. 눈앞에 있는 사람이 남편이란 걸 알았는지 그녀는 크게 숨을 내쉬는가 싶더니 괴로운 듯 얼굴을 일그러뜨렸다.

다음 순간, 와아앙와아앙. 그녀는 목이 터져라 울면서 그에게 매달렸다. 그런 그녀를 꽉 껴안으면서 그도 한없이 눈물을 흘렸다.

집으로 들어가자 양친은 나카하라와 사요코를 둘만 있게 해주었다. 사요코는 조금 마음을 가라앉히고 전날 사건에 대해 말하기 시작했다. 내용이 너무나 논리 정연해서 조금 전까지 패닉 상태에 빠져 있던 사람이라고는 생각할 수 없을 정도였다. 그렇게 말하자 그녀의 입술 끝에 허탈함이 깃들었다.

"지금까지 수도 없이 말했으니까."

아내의 이야기를 요약하면 다음과 같았다.

마나미는 오후 3시가 지나서 초등학교에서 돌아왔다. 그날은 학교에서 우유 팩을 이용해 자동차를 만들었다고 한다. 우유 팩 자동차가 마음에 쏙 들었는지 딸은 재잘재잘 자랑을 늘어놓았고, 그녀는 그 이야기를 들으면서 간식을 준비했다.

오후 3시 반부터는 거실의 TV 앞에 자리를 잡았다. 좋아하는 드라마의 재방송을 보기 위해서였다. 전날 밤에 녹화하지 않았던 이유는 "녹화까지 해서 볼 정도는 아니라서"라고 그녀는 말했다. 그러는 동안 딸은 간식을 다 먹고, 전날 장모가 사준 장난감을 가지고 놀았다.

드라마는 오후 4시 반이 되기 조금 전에 끝났다. 그녀는 TV를 끄면서 머릿속으로 저녁 식사 메뉴를 생각했다. 처음에는 냉장고 안에 있는 식재료만으로 만들려고 했다. 하지만 이런저런 생각을 하는 사이에 부족한 재료가 몇 가지 있다는 사실을 알아차렸다. 없어도 그럭저럭 만들 수 있지만 가능하면 완벽하게 만들고 싶었다. 딸이 혼자 집에 있을 수 있을 때까지 전업주부가 되기로 마음먹은 아내는 집안일을 적당히 하는 것을 스스로 용납하지 못했다.

가까운 슈퍼마켓까지는 걸어서 채 10분도 걸리지 않는다. 평소에는 딸을 데려갔다. 이때도 딸을 데려가려고 했다.

"마나미, 엄마 슈퍼마켓에 갈 건데, 같이 안 갈래?"

그에 대한 딸의 대답은 '노'였다.

"아니, 난 집에 있을래. 엄마 혼자 갔다 와."

아무래도 새로 선물 받은 장난감에 푹 빠진 모양이었다. 예전에는 엄마가 어디를 가든 딱 달라붙었지만 초등학교에 들어가고 나서는 조금 변했다.

사요코는 살짝 안도의 숨을 내쉬었다. 딸을 데려가는 게 오히려 번거롭기 때문이다. 어차피 그렇게 오래 걸리지 않는다. 더구나 최근에도 몇 번 딸 혼자 집에 있었던 적이 있다. 물론 그렇게 오랜 시간은 아니지만 전화를 받지 마라, 누가 문을 두드리거나 인터폰의 초인종을 눌러도 무시해라, 커튼을 열지 마라—그런 지시를 딸은 잘 지키고 있었다.

아내는 못 박듯이 말했다.

"그럼 집에 혼자 있어야 하는데, 괜찮아?"

"응, 괜찮아" 하고 마나미는 확실하게 대답했다고 한다. 그것은 거짓말이 아니라고 나카하라는 생각했다. 딸은 최근 들어 놀라우리만큼 야무져졌다.

사요코가 식재료를 사고 집으로 돌아온 것은 오후 5시가 조금 지난 무렵이었다. 그녀가 처음에 뭔가 이상하다고 느낀 것은 대문이 어중간하게 열려 있었기 때문이다. 집에서 나갈 때는 반드시 대문을 꼭 닫는다. 그래서 처음에는 남편이 일찍 귀가한 게 아닐까 생각했다고 한다.

다음에 현관 잠금장치를 열려고 하자 이미 열려져 있었다. 역시 남편이 집에 왔다고 생각했다.

그러나 집 안으로 발을 들인 순간, 그녀의 눈에 들어온 것은 예상치 못한 광경이었다.

우선 거실 문이 열려 있었다. 안으로 들어가자 거실장 서랍은 모두 빠져 있고, 서랍 안에 있던 물건은 온통 바닥에 흩어져 있었다. 그녀는 숨을 들이마셨다. 자세히 쳐다보니 바닥에는 신발을 신고 돌아다닌 흔적도 있었다.

도둑이 들어왔다는 사실은 즉시 알아차렸다. 그녀는 없어진 것이 없을까 하고 어지러이 흩어져 있는 물건들을 쳐다보았다. 하지만 다음 순간, 제일 먼저 확인해야 할 것이 있다는 사실을 떠올렸다.

그녀는 딸의 이름을 부르면서 거실에서 뛰어나갔다. 그러나 대답이 들리지 않았다. 잠든 것일까? 그녀는 계단을 뛰어올라 2층 침실로 향했다. 딸이 잠들었다면 그 방에 있을 것이기 때문이다. 하지만 딸의 모습은 보이지 않았다. 2층에 있는 또 다른 방도 마찬가지였다.

1층으로 내려가 손님방을 들여다보았지만, 그곳에서도 딸의 모습은 보이지 않았다.

'도둑이 끌고 갔다.'

그녀는 그렇게 생각하고, 한시라도 빨리 경찰에 알리기 위해 거실로 향했다. 하지만 거실로 가는 도중에 반쯤 열려 있는 화장실 문이 눈에 들어왔다.

그녀는 멈칫멈칫 다가가 화장실 안을 들여다보았다.

다음 순간, 딸의 짧은 머리가 눈으로 뛰어들었다. 딸은 화장실 바닥에 누워 있었다. 두 손 두 발에 검 테이프가 감기고, 입에 무엇을 쑤셔 넣었는지 뺨이 부풀어 있었다. 눈을 감은 채 얼굴은 일그러지고, 핑크색이었던 피부에서는 핏기가 사라졌다.

그 이후의 일은 잘 기억나지 않는다고 사요코는 말했다. 딸의 입에 들어 있는 것을 정신없이 빼내고, 검 테이프를 벗겨낸 기억은 있다고 한다. 하지만 딸의 죽음을 언제 인식했는지는 분명치 않다고 한다. 정신이 들었을 때는 순찰차 안에 있었다는 것이다. 자신이 직접 경찰에 신고하고 그 후에 나카하라에게 전화를 걸었지만, 그것도 기억이 모호하다고 한다.

형사들은 사정 청취에서, 왜 여덟 살짜리 어린아이를 혼자 두었느냐고 끈질기게 물었다고 한다.

"'보통 부모라면 그렇게 하지 않잖아요? 그렇게 무책임한 일은 말이죠'라고 하더군."

그녀는 신음하듯 말하며 두 손으로 얼굴을 감쌌다.

"그 말이 맞아. 내가 왜 그랬을까? 내가 없는 사이에 도둑이 들어올지도 모른다고, 왜 생각하지 않았을까? 미안해, 정말 미안해."

아마 형사는 그녀의 말이 사실인지 아닌지 확인하기 위해 그렇게 말했으리라. 하지만 그녀의 귀에는 자신의 실수를 책망하는 말로밖에 들리지 않았다. 실은 나카하라의 내부에도 아내를 책망하고 싶은 마음이 있었다. 하지만 이내 그것은 자신의 책임 회피라는 것에 생각이 미쳤다. 비록 짧은 시간이지만 딸이 혼자 집을 보게 되었다는 것은 그도 알고 있었다. 그러면서도 그때까지 아무 말도 하지 않은 것이다.

가슴을 후벼 파는 질문은 그것 말고도 많이 있었던 듯하다. 당시 딸의 정강이에는 3센티미터 정도의 찰과상이 있었다. 체육 시간에 넘어졌을 때 생긴 상처이지만, 형사들은 그 상처에 관해서도 끈질기게 물어보았다고 한다. 아동 학대의 가능성을 의심한 것 같다고 그녀는 말했다.

하지만 사요코가 장시간 사정 청취를 받은 것은 단지 경찰이 그녀를 의심했기 때문만은 아니었다. 그녀가 현장의 상황을 몇 가지 바꾸었기 때문에, 그것을 정확하게 재현하기 위해서는 자세하게 물어볼 필요가 있었던 것이다. 특히 시신의 상태에 관해서는 지긋지긋할 정도로 꼬치꼬치 물어보았다고 한다. 딸이 화장실 바닥에 어떤 모습으로 쓰러져 있었는지는 그녀가 딸을 껴안음으로써 알 수 없게 되었다. 그녀가 딸의 손발에 감겨 있던 검 테이프를 벗겨버린 것도 형사들에게는 아쉬운 점이었던 것 같다. 그래서 그녀는 그것을 그림으로 그리거나 말로 몇 번씩 설명했다고 한다. 그림을 잘 그리지 못해서 애를 먹었다고 그녀는 말했다.

사요코의 이야기에 따르면 범인은 딸의 두 팔을 등 뒤로 돌린 상태에서 양 손목과 양 발목에 몇 겹으로 검 테이프를 감았다고 한다. 그리고 입에 쑤셔 넣은 것은 스펀지로 만든 공이었다. 딸이 지금보다 더 어렸을 때 자주 가지고 놀았던 장난감이다. 최근에도 가끔 바닥에 굴러다니는 것을 나카하라도 본 적이 있었다.

"사인은, 사인은 뭐야?"

그의 질문에 아내는 고개를 가로저었다.

"나도 물어봤지만 말해주지 않았어."

"상처는? 몸에서 피는 나지 않았어?"

"피는 나지 않은 것 같아. 나중에 내 손을 봤는데 아무것도 묻지 않았어."

"목은 어때? 끈의 흔적은 없어?"

"모르겠어. 그것까진 기억이 안 나."

칼로 찌르지도 않고 목을 조르지도 않았다면, 그 밖에 무엇이 있을까? 타살일까? 무엇인가로 때린 것일까? 딸의 사인을 생각하면서, 왜 그런 것에 집착하는지 스스로도 이상했다.

그러다 딸의 마지막 모습을 알고 싶기 때문이란 것에 생각이 미쳤다. 딸이 죽었다는 사실은 알고 있지만, 아직 자기 눈으로 시신을 확인한 것은 아니다.

"그런데 범인은 어디서 들어왔지?"

그러자 아내는 "욕실이래" 하고 대답했다.

"욕실?"

"그래, 경찰관이 그랬어. 이번 사건이 있기 전에 욕실 창문은 괜찮았냐고. 그 말로 미뤄볼 때 욕실 창문이 부서진 것 같아."

그는 자기 집의 욕실 창문을 떠올렸다. 분명히 그 창문을 통해서라면 쉽게 침입할 수 있을 것 같다. 그는 자신의 집이 안전성 면에서 얼마나 취약한지 새삼스레 깨달았다.

사요코의 말에 따르면 범인이 훔쳐 간 것은 거실장 서랍 안에 들어 있던 현금 4만 엔 정도라고 한다. 사건이 일어나기 전날, 그녀가 현금인출기에서 찾은 모양이다.

"몇 푼 안 되는 돈 때문에……."

그는 솟구치는 분노로 온몸이 떨리는 것을 억제할 수 없었다.

다음 날 아침, 경찰에서 연락이 왔다. 현장을 확인해달라는 것이다.

사건이 일어난 뒤, 그는 처음으로 집에 들어갔다. 물건들이 어지러이 널려 있던 거실은 비교적 깨끗하게 치워져 있었다. 바닥에 흩어져 있던 물건들을 지문 채취 등을 위해 경찰이 가져갔기 때문이다.

"이상한 점이 있으면 말씀해주십시오."

그의 사정 청취를 담당한 아사무라가 말했다. 아사무라가 이 자리의 책임자인 듯했다.

나카하라는 아내와 함께 집 안의 구석구석까지 살펴보았다. 예상한 대로 욕실 유리창이 깨져 있었다.

"저기로 들어왔나요?"

나카하라가 물어보자 아사무라는 고개를 작게 끄덕였다.

"유리를 깰 때 소리가 나지 않았을까요?"

이 질문에 아사무라는 대답하지 않았다. 그 대신 옆에 있던 사야마가 작은 목소리로 가르쳐주었다.

"검 테이프를 사용했습니다. 창밖에 검 테이프가 붙은 유리 조각이 떨어져 있더군요. 유리를 깨기 전에 검 테이프를 붙였 겠지요. 그러면 소리가 나지 않으니까요."

"사야마!" 하고 아사무라가 야단치듯 말했다. 하지만 그렇 게 화난 얼굴은 아니었다.

나카하라는 화장실 안을 들여다보았다. 하지만 특별히 달라 진 것은 없었다. 화장실 바닥에 누워 있었을 딸의 작은 몸을 떠 올리자 가슴이 찢어지는 것 같았다. 사요코는 화장실을 보려 고 하지 않았다.

침입자의 흔적을 발견한 것은 욕실 외에 거실과 주방과 복 도뿐이었다. 2층이나 1층 방에는 아무 이상이 없었다.

그렇게 말하자 아사무라가 무표정하게 말했다.

"역시 그런가요?"

"역시라니요?"

"범인은 신발을 신고 침입했습니다. 신발 자국이 있는 것은 거실과 냉장고 앞, 욕실 그리고 복도뿐입니다."

그 말에서 나카하라는 겨우 사건의 윤곽을 파악했다. 범인은 욕실 창문을 깨고 침입한 뒤, 복도를 지나 거실에서 금품을 찾았다. 아내의 말에 따르면 현관 잠금장치가 열려 있었다고 하니까 현관을 통해 밖으로 도망쳤으리라. 그런 와중에 딸을 살해한 것이다.

집은 당분간 사용할 수 없다고 한다. 사야마가 미타카의 본가까지 순찰차로 데려다주었다. 순찰차 안에서 나카하라는 딸이 교살당한 것을 처음 알았다.

"손으로 목을 졸랐다는 건가요?"

사야마는 앞에 시선을 고정한 채 대답했다.

"그렇습니다. 따님의 시신은 곧 돌려드릴 수 있지만, 사법해부의 흔적이 남았을 테니까 그건 양해해주십시오."

해부라는 말을 들은 순간, 나카하라는 지옥 바닥으로 떨어진 듯한 기분에 휩싸였다.

옆에서 사요코가 혼잣말처럼 중얼거렸다.

"장례식장을 알아봐야겠네요."

다음 날, 딸의 시신이 돌아왔다. 작은 관에 누인 딸의 얼굴에는 봉합한 흔적이 생생하게 남아 있었다. 그래도 나카하라와 사요코는 딸의 동그란 얼굴을 몇 번이고 쓰다듬으며 소리 내어 울었다.

그날 밤에 쓰야通夜*를, 다음 날에 장례식을 치렀다. 같은 반 친구들이 수십 명이나 와서, 불시에 닥친 친구의 죽음을 애도했다. 그리고 나카하라는 아이들의 뒷모습을 바라보며 사랑하는 딸을 떠올리고, 또다시 눈물을 흘렸다.

정신이 아득해지는 듯한 상실감이 온몸을 무겁게 짓눌렀다. 그는 이 상실감을 어떻게 뿌리쳐야 할지 알 수 없었다. 딸이 돌아오지 않는 이상 그의 바람은 단 하나, 1초라도 빨리 범인이 잡히기를 바라는 것뿐이었다.

장례식이 끝나자 범인이 잡히기만을 기다리는 날이 이어졌다. 사요코에 대한 혐의는 이내 벗겨졌다. 그것을 알려준 사람은 사야마였다. 그는 그 말을 하기 전에 사진 한 장을 보여주었다. 사진에 찍힌 것은 운동화 한 켤레였다. 사야마는 그 운동화를 본 적이 있느냐고 물었다. 나카하라와 사요코는 동시에 본 적이 없다고 대답했다.

"범인이 신은 것으로 추정되는 신발입니다. 현장에 남았던 신발 자국을 통해 이 신발이란 걸 밝혀냈지요. 그러나 집 안과 주변을 철저하게 조사했지만 신발은 발견되지 않았습니다. 아마 범인이 신은 채 도주한 것 같습니다."

그 말을 듣고 나카하라는 당연한 말을 뭐 하러 하냐는 듯 고

---

* 죽은 사람의 유해를 지키며 하룻밤을 새우는 일.

개를 갸웃거렸다. 범인이 맨발로 도망칠 리가 없지 않은가.

사야마가 그의 의문을 간파했는지 이렇게 덧붙였다.

"즉, 내부 범행이면서 외부 침입자의 범행으로 보이기 위해 신발 자국을 위장했을 가능성은 매우 낮다는 거지요."

나카하라는 그 말을 듣고 겨우 깨달았다. 경찰은 아내가 신발 자국을 만들지 않았을까 의심한 것이다.

경찰에선 외부 침입자에 의한 범행이라고 단정을 지었지만, 단순한 강도 살인이라고 판단한 것은 아닌 모양이다.

사야마가 두 사람을 쳐다보며 말했다.

"강도 살인으로 위장한 원한이나 금전 문제, 애증 관계 등에 의한 범행일 가능성도 있습니다. 누군가가 두 분을 괴롭히기 위해 저지른 짓일지도 모르죠. 사소한 일이라도 좋으니까 생각나는 것이 있으면 말씀해주십시오."

"남에게 원한을 살 만한 짓은 한 적이 없고, 지금까지 해코지를 당한 적도 없습니다."

나카하라는 몇 번이고 이렇게 말했지만, 사야마는 사소한 것을 찾아내서는 일일이 확인하러 왔다. 나카하라가 몇 년 전에 회사에서 휘말린 문제라든지, 예전에 딸이 다니던 유치원 엄마들과의 작은 신경전 등이다.

'이렇게 사소한 것까지 용케 찾아냈군.'

어이없음이 지나쳐서 나카하라의 입에서는 감탄사가 흘러

나왔다.

하지만 사야마의 그런 고생을 뒤로한 채, 사건은 전혀 다른 곳에서 해결되었다. 사건이 발생한 지 9일 만에 범인이 체포된 것이다.

그 사실을 말해주러 온 아사무라의 이야기를 정리하면 다음과 같다.

어느 패밀리 레스토랑에서 작은 문제가 발생했다. 한 남자가 음식을 먹고 나서 계산대에 티켓 두 장을 내밀었다. 그것은 식사비에서 5백 엔 할인이 되는 할인권이었다. 그러나 계산대 여종업원은 티켓 사용을 거부했다. 사용 기한이 이미 지났기 때문이다. 더구나 한 번에 사용할 수 있는 티켓은 한 장뿐이었다.

그렇게 말하자 남자가 펄펄 뛰며 화를 냈다. 티켓이 두 장 있으면 공짜로 먹을 수 있다고 생각해서 들어왔다는 것이다. 그는 티켓을 내던지고 그대로 패밀리 레스토랑에서 나갔다. 여종업원은 무서워서 쫓아가지 못하고 황급히 남자 점장에게 알렸다. 그리고 남자 점장은 재빨리 경찰에 신고했다.

신고를 받은 관할 경찰서의 경찰관 몇 명이 부근을 순찰하던 도중, 근처 역에서 인상착의가 비슷한 남자를 발견했다. 전철표를 사려던 남자는 경찰관이 부르자 황급히 도망치려고 했다. 경찰관은 그 자리에서 남자를 붙잡았다.

경찰서에 데려가 패밀리 레스토랑 여종업원에게 얼굴을 보여주자 틀림없다고 했다. 그대로 취조를 시작했지만 남자는 좀처럼 본명을 말하지 않았다. 그러자 경찰관이 남자의 지문을 조회했다. 당시에 이미 지문정보시스템이 확립되어 있어서 범죄 이력이 있는 사람은 두 시간 만에 조회할 수 있었다.

그 결과, 중대한 사실이 밝혀졌다. 남자의 이름은 히루카와 가즈오. 약 6개월 전에 지바 교도소에서 가석방되었다. 나이는 48세. 강도 살인 등으로 무기징역을 받았다.

소지품을 조사했더니 주머니에서 1만 엔짜리 지폐 석 장이 나왔다. 어디에서 났느냐고 물어도 남자는 대답하지 않았다.

그러는 사이에 형사 한 명이 기묘한 사실을 알아차렸다. 히루카와가 패밀리 레스토랑에서 내놓은 할인권에는 히가시나가사키 지점의 스탬프가 찍혀 있었는데, 그 지명을 어디선가 본 것 같았던 것이다.

그의 머릿속에 떠오른 것은 약 일주일 전에 발생한 살인강도 사건이었다. 피해자는 여덟 살짜리 소녀였다. 그에게도 비슷한 또래의 딸이 있어서 그런지, 그 이야기를 듣고 남의 일 같지 않았던 것이다.

형사는 재빨리 특별수사본부에 연락하고, 특별수사본부에서는 지문을 다시 조회했다. 이번에는 히루카와가 가지고 있던 1만 엔짜리 지폐와 패밀리 레스토랑 할인권에 있는 지문이었다. 그 결과, 1만 엔짜리 지폐 한 장에서 피해자의 어머니, 즉 사요코의 지문이 발견되었다. 또 히루카와가 신고 있던 신발이 나카하라의 집 안에 남아 있던 신발 자국과 정확히 일치했다. 이상의 사실을 토대로 특별수사본부에서는 히루카와의 신병을 인수했다. 그리고 수사1과에서 취조한 결과, 그는 범행 일체를 자백했다.

경찰에서는 나카하라 부부에게 히루카와의 진술 내용을 거의 알려주지 않았다. 사야마가 가끔 단편적으로 말해주었지만, 사야마도 전체의 상황을 파악하고 있지는 않은 듯했다. 하지만 나카하라 부부에게 범인이라는 증오할 만한 구체적인 대상이 밝혀진 것은 커다란 의미가 있었다. 범인에게 사형 판결이 내려질 날을 기다린다는 목표가 생겼기 때문이다.

예전에 살인강도죄로 무기징역을 받은 사람이 가석방 중에 다시 살인강도를 저질렀다 ― 이것은 털끝만큼도 참작할 여지가 없는 이야기다. 사형에 처하는 것이 당연하다고 생각했다.

하지만 과거의 판례를 알아보는 사이에 나카하라는 어두운 불안을 껴안게 되었다. 비슷한 경우가 몇 번 있었는데, 범인이 반드시 사형에 처해진 것은 아니다. 오히려 사형에 처해지는 경우가 드물었다.

반성의 기미가 보인다, 갱생의 여지가 있다, 범행에 계획성이 없다, 동정할 만한 점이 있다 등등, 재판관은 사형 판결을 피하기 위한 변명거리를 찾는 사람처럼 보였다.

어느 날, 그는 아내에게 그 이야기를 했다. 그러자 그때까지 공허했던 아내의 눈에 기이한 빛이 감돌았다. 그녀는 뺨을 움찔거리며 말했다.

"그런 건…… 절대 용서 못 해."

지금까지 한 번도 들어본 적이 없는 낮고 어두운 목소리였다. 그녀는 다시 멀리 떨어져 있는 무엇인가를 노려보는 얼굴로 말을 이었다.

"만약 사형에 처하지 않는다면 당장 교도소에서 내보내줬으면 좋겠어. 내가 직접 죽일 테니까."

그런 그녀를 바라보면서 그도 어두운 목소리로 말했다.

"나도 같이 죽일게."

그리고 사건이 일어난 지 약 4개월 뒤, 첫 번째 공판이 열렸다. 그곳에서 나카하라 부부는 처음으로 사건의 전모를 자세히 알게 되었다.

그날 히루카와는 거의 빈털터리에 가까웠다. 사는 곳도 없고, 전날은 공원 벤치에서 쪼그리고 잤다. 이틀간 아무것도 먹지 못해서 시식품이나 얻어먹으려고 가까운 대형 마트로 향하던 참이었다. 짐은 작은 가방 하나뿐이었다. 가방 안에는 장갑과 검 테이프, 망치 등이 들어 있었다. 모두 빈집을 털 때 사용하기 위해 예전에 일하던 직장에서 훔친 물건들이다.

주택가를 배회하는 사이에, 어느 집에서 한 여자가 나오는 것이 보였다. 그녀는 현관문에 두 개나 붙어 있는 잠금장치를 모두 잠갔다. 문단속을 철저히 하는 것을 보면 집 안에 아무도 없는 것이 확실하다고 생각했다.

대문 밖으로 나온 여자는 히루카와에게 눈길도 주지 않고, 그가 온 길과 반대 방향으로 걸어갔다. 그녀의 뒷모습을 바라보면서 저녁 찬거리를 사러 가는 게 아닐까 생각했다. 그렇다면 금방 돌아오지는 않으리라.

여자의 모습이 사라지자 그는 가방에서 장갑을 꺼내 낀 뒤, 초인종을 눌렀다. 역시 집 안에서는 아무런 반응이 없었다. 그는 아무도 없다고 확신하고, 주변에 사람이 없는 것을 확인한 후 대문 안으로 발을 넣었다. 만일을 위해 집 주변을 돌아보았지만 집 안에서 인기척은 느껴지지 않았다.

집을 한 바퀴 돌아보고, 욕실 창문이 사각지대라서 이웃집에서는 보이지 않는다는 사실을 알았다. 그래서 욕실로 침입하기로 결심했다. 그는 가방에서 꺼낸 검 테이프를 유리창에 붙인 뒤, 망치로 두들겨 유리를 깼다. 유리 조각을 신중하게 제거한 다음, 안의 빗장을 풀어 창문을 열고 욕실로 침입했다.

그는 욕실에서 집 안의 모습을 살펴보았다. 집 안은 쥐 죽은 듯 조용했다. 그는 신발을 신은 채 복도를 지나 주방으로 들어갔다. 일단 뭐라도 먹으려고 했던 것이다.

이윽고 그는 거실 옆에 있는 주방에 도착해서 냉장고 안을 뒤졌다. 하지만 즉시 먹을 수 있는 음식이 눈에 띄지 않았다. 소시지를 잡으려고 했을 때, 뒤에서 작은 비명 소리가 들렸다.

뒤를 돌아보자 어린 소녀가 거실에 서서, 겁먹은 얼굴로 그를 올려다보았다. 다음 순간, 소녀는 복도를 향해 뛰기 시작했다.

그는 큰일 났다고 생각하며 황급히 소녀의 뒤를 쫓아갔다. 그리고 현관 앞에서 소녀를 잡았다. 소녀는 두 개의 잠금장치 중에서 하나를 연 참이었다. 그는 손으로 소녀의 입을 틀어막은 후, 그대로 거실로 끌고 갔다.

그때 바닥에 있는 스펀지볼이 눈에 들어왔다. 그는 소녀의 입을 틀어막고 있던 손으로 그것을 주웠다. 그러자 소녀가 "엄마!" 하고 소리쳤다. 그는 소녀의 입에 스펀지볼을 쑤셔 넣었다. 소녀가 이내 조용해졌다.

그는 한 손으로 자기 가방을 끌어당겨 테이프를 꺼냈다. 그리고 소녀를 바닥에 엎드리게 한 뒤, 손을 뒤로 해서 양 손목과 양 발목에 테이프를 감았다.

이제 얌전해지리라고 생각했지만 그렇지 않았다. 소녀는 몸을 비틀면서 격렬하게 발버둥 치기 시작했다. 그래서 화장실로 데려가 안에 가두었다.

그는 다시 거실로 돌아왔다. 뭐라도 사 먹으려면 돈이 필요했기 때문이다. 거실장 서랍을 모조리 열었더니, 1만 엔짜리 지폐 몇 장과 패밀리 레스토랑 할인권이 눈에 띄었다. 그는 그것을 주머니에 쑤셔 넣었다.

한시라도 빨리 도망쳐야 한다고 생각했지만 소녀가 마음에 걸렸다. 자신의 얼굴을 봤기 때문이다. 몽타주라도 만들면 금방 잡히지 않을까 걱정이 되었다.

화장실 문을 열자 소녀는 축 늘어져 있었다. 하지만 적의로 가득 찬 눈을 보자 꼭 엄마에게 이르겠다고 말하는 것 같았다.

그는 이대로 도망칠 수 없다고 생각했다. 그래서 두 손으로 소녀의 목을 잡고, 엄지손가락으로 목의 아랫부분을 눌렀다. 소녀는 잠시 꿈틀거리다 이윽고 움직이지 않았다.

그는 가방을 들고 현관을 통해 밖으로 나왔다. 일단 뭐라도 먹어서 배를 채우고 싶었다. 주택가를 벗어나자 소고기덮밥 가게가 눈에 들어왔다. 그는 그곳에 들어가서 곱빼기를 주문했다. 날달걀도 곁들였다. 음식이 나오자마자 그는 허겁지겁 먹기 시작했다. 자신이 죽인 소녀는 이미 까맣게 잊어버렸다.

이상이 그날 나카하라의 집에서 일어난 일이었다.

검찰의 모두진술을 듣는 동안, 나카하라는 몸이 떨리는 걸 멈출 수 없었다. 낯선 남자가 침입한 것을 알았을 때, 얼마나 놀랐을까? 스펀지볼을 입에 쑤셔 넣고 손발을 테이프로 감았을 때 얼마나 무서웠을까? 그리고 목을 졸렸을 때 얼마나 절망스러웠을까? 그렇게 생각하자 딸이 불쌍해서 견딜 수 없었다.

그는 증오의 대상을 노려보았다. 히루카와는 어디에서나 볼 수 있는 체구가 작은 남자였다. 특별히 힘이 강한 것처럼 보이지 않았다. 눈꼬리가 약간 처진 얼굴은, 사람에 따라서는 착하고 소심하게 볼지도 모른다. 그러나 이자가 딸을 죽였다고 생각하니, 나카하라에게는 교활하고 잔인한 얼굴로밖에 보이지 않았다.

검찰도 범행의 잔인성을 강조하면서, 그 자리에 있는 모든 사람이 범인을 사형에 처해야 마땅하다고 생각하게 만들었다. 나카하라도 그런 결론이 나올 것을 의심하지 않았다.

그러나 재판이 거듭되는 사이에 분위기가 미묘하게 바뀌었다. 변호인의 유도에 따라서 범인의 잔인성이 조금씩 희미해지는 것이었다.

무엇보다 히루카와의 진술 내용이 바뀌었다. 소녀를 죽일 생각이 없었다고 주장하기 시작한 것이다.

스펀지볼을 입에 쑤셔 넣은 뒤, 테이프로 두 손 두 발을 묶었다. 하지만 소녀는 조용히 하지 않고 계속 소리를 질렀다. 그래서 조용히 하게 만들려고 순간적으로 목을 졸랐다. 그러자 움직이지 않았다고 주장한 것이다.

검사가 날카롭게 캐물었다.

"그러면 왜 시신을 화장실로 옮겼지요?"

그 질문에 대해서는 얌전한 목소리로 이렇게 대답했다.

"죽었다곤 꿈에도 생각하지 못했습니다. 그냥 기절한 줄 알았지요. 나중에 정신을 차린 뒤 발버둥 치면 곤란할 것 같아서 화장실에 가두었습니다."

체포된 직후에는 기억이 혼란스러워서, 자기도 모르게 엉뚱하게 대답했다는 것이었다. 그의 말을 받아들여 변호인은 "살인은 결코 의도적인 것이 아닙니다"라고 주장했다.

히루카와는 재판을 할 때마다 계속 사죄와 반성의 말을 입에 담았다.

"유족분들에게는 정말로 드릴 말씀이 없습니다. 진심으로 죄송합니다. 눈에 넣어도 아프지 않을 아이를 죽이다니, 제가 죽을죄를 지었습니다. 물론 죽음으로써 사죄하는 게 당연하겠지만 어떻게든 속죄하게 해주십시오. 어떻게 해서라도 속죄하고 싶습니다."

그 말은 아무런 무게감 없이 나카하라의 귀를 공허하게 빠져나갈 뿐이었다. 그러나 변호인은 "피고는 이렇게 깊이 반성하고 있습니다"라고 강조했다.

나카하라는 마음속으로 소리쳤다.

'반성하고 있다니! 그자가 무슨 반성을 한단 말인가? 그자는 반성 같은 것은 하지 않는다. 반성할 사람이 가석방 중에 죄

를 저지른단 말인가!'

히루카와가 어떤 사람인지, 그는 일련의 재판을 통해서 알게 되었다.

히루카와는 군마현群馬縣 다카사키시高崎市 출신으로, 남동생이 하나 있었다. 어릴 때 양친이 이혼하면서 엄마 밑에서 자랐다. 공업고등학교를 나온 이후 지방의 부품 공장에서 일하기 시작했지만, 기숙사 동료의 지갑에서 돈을 훔친 것이 들통나 절도죄로 체포되었다. 집행유예 처분을 받았지만 당연히 일자리는 잃었다. 그 이후 몇몇 직장을 전전하다 에도가와구江川區 자동차 정비 공장에서 일하게 되었다.

최초의 살인강도를 저지른 것은 그 공장에 다닐 때였다. 정비를 마친 차를 고객의 집에 가져다주러 갔다가 차의 소유주인 노인 부부를 살해하고 현금 수만 엔을 빼앗았다. 당시 도박 때문에 막대한 빚에 시달리고 있었던 것이다.

이 재판에서도 히루카와는 상대를 죽일 생각은 없었다고 주장한 모양이다. 갑자기 화가 치밀어 우발적으로 죽였다는 것이다.

노인에 관해서는 이 주장이 인정되면서 상해치사죄가 적용되었다. 그러나 노인의 아내에 관해서는 살인죄가 적용되어, 몇 번의 재판을 거친 끝에 무기징역이 확정되었다.

단, 무기징역이라고 해서 죽을 때까지 교도소에 있는 것은 아니다. 반성의 기미를 보인 경우에는 가석방이 되는 일도 있다. 히루카와가 가석방이 되었다는 것은 교도소 안에서는 얌전하게 있었다는 것이리라.

그렇다면 교도소를 나온 후에는 어떠했는가?

지바 교도소에서 가석방된 후 약 한 달 동안은 교도소 근처에 있는 갱생보호시설에서 보냈다. 그 이후에는 유일한 혈육인 동생을 찾아갔다. 사이타마埼玉에서 작은 공장을 경영하고 있는 동생은 자신이 알고 있는 폐품 수거 업자를 소개해주었다. 그 자리에서 사장은, 월급은 보통 사람의 절반에서 시작해 일하는 모습을 보면서 올려주겠다고 말했다.

한동안은 그곳에서 얌전히 일했지만 이윽고 나쁜 버릇이 고개를 치켜들었다. 바로 도박이었다. 그는 또다시 파친코 가게에 다니기 시작했다. 가뜩이나 얼마 되지 않는 월급은 눈 깜짝할 사이에 파친코 기계 안으로 사라졌다. 그래도 그는 파친코를 그만두지 못하고, 사무실의 작은 금고를 열려고 했다.

결국 금고는 열지 못했지만 그 사실은 즉시 사장에게 알려졌다. 그는 까맣게 몰랐지만 사무실에 방범용 카메라가 있었던 것이다. 그는 당연히 해고되었다. 사장은 경찰에 신고하지 않는 것만으로도 고맙게 여기라고 했다.

동생도 진절머리를 내며, 그때까지 대주던 아파트의 월세를 끊었다.

그는 최소한의 짐만을 챙겨 행방을 감추었다. 자칫하면 가석방이 취소될지 모른다고 겁을 먹은 것이다. 그 이후 몇 푼 있는 돈으로 간신히 먹고살았지만, 마침내 빈털터리가 된 끝에 두 번째 범죄에 이르게 된 것이다.

참으로 어리석기 짝이 없는 녀석이다. 그 어리석음으로 말미암아 자기 혼자 지옥에 떨어진다면 아무 상관이 없다. 그런데 왜 내 딸이 죽어야 하는가. 이제 겨우 8년밖에 살지 못했는데. 앞으로 기나긴 인생이 남아 있는데. 그리고 그 딸이야말로 나와 아내 인생의 아름다운 빛이며 삶의 보람이 아닌가.

이런 자의 생명을 빼앗아봤자 아무 소용이 없지만 적어도 그 생명을 빼앗지 않으면 내 딸이 너무 불쌍하다— 재판이 있을 때마다 피고인석에 앉은 히루카와의 작은 등을 노려보면서 나카하라는 그렇게 생각했다.

3

앤젤보트에서 나온 후, 나카하라는 여느 때처럼 평소에 가던 정식집으로 발길을 향했다. 그러나 사야마가 자신에게 알리바이를 물은 것을 떠올리고 발길의 방향을 바꾸었다. 아마 사야마나 다른 형사가 그곳에 가서 자신의 알리바이를 확인했으리라. 지금 가면 가게 사람들이 호기심 어린 눈초리로 볼 것이 뻔했다.

그는 집 근처에 있는 편의점에서 도시락과 캔 맥주를 샀다. 집이라고 해봤자 원룸에 불과하다. 더구나 매달 월세를 내고 있는 임대. 노후 대책 따위는 아직 생각도 못 하고 있는 것이 현실이다.

그는 걸음을 내디디면서 멍하니 생각했다. 사요코는 어떠했을까? 사야마의 말에 따르면 그녀도 혼자 살았다고 한다. 만나는 남자는 있었을까?

가슴에 무거운 납덩어리가 매달려 있는 것 같았다. 비록 헤어졌다고 해도 예전에 같이 살았던 여자가 살해되었다는 이야기를 들으면 기분이 우울해지는 것은 당연하다. 하지만 가슴을 온통 차지하고 있는 것은 슬픔이라는 감정과는 조금 다르다.

구태여 말하자면 허무함일지도 모른다. 서로를 위해서 헤어졌는데, 결국 좋아진 것은 아무것도 없었다. 둘 다 행복해지지 않았다.

아무리 발버둥 쳐도 네 인생에는 밝은 빛이 비추지 않는다― 운명을 관장하는 누군가가 이렇게 말하는 듯한 기분이 들었다.

집으로 가 편의점에서 산 도시락을 먹고 있자니 휴대전화에서 착신음이 들렸다. 액정 화면에 있는 전화번호를 보고 그는 고개를 갸웃거렸다. 오늘 낮에 처음 본 전화번호였다.

전화를 받자마자 사야마가 사과했다.

"밤늦게 죄송합니다."

"괜찮습니다. 더 물어볼 것이라도 있나요?"

"그게 아니라 일단 말씀드리는 편이 좋을 것 같아서요."

사야마의 목소리는 매우 신중했다.

"사건에 대해서 새로운 정보라도 들어왔나요?"

"네. 실은 조금 전에 한 남자가 자수를 했습니다. 자신이 이번 사건의 범인이라고 하면서요."

"네?"

나카하라는 숨을 들이마신 뒤 휴대전화를 들고 있는 손에 힘을 주었다. 그리고 자신도 모르게 벌떡 일어섰다.

"이름은요? 뭐 하는 사람인가요?"

"그건 아직 말씀드릴 수 없습니다. 이것저것 확인해야 할 게 있어서요. 조만간 발표할 예정입니다."

"그자가 왜……. 사요코가 아는 사람이었나요?"

"죄송합니다. 자세한 건 아직 말씀드릴 수 없습니다. 수사하는 중이라서요. 그자가 진범인지 아닌지도 모르고요."

나카하라는 깊은 한숨을 토해냈다.

"그렇다면 할 수 없군요."

경찰이 유족에게조차 수사 상황을 말해주지 않는다는 것은 이미 경험을 통해서 알고 있다. 하물며 이번에는 유족도 아니다. 이렇게라도 이야기해주는 것은 몹시 예외적이다.

"죄송하지만 어쩌면 이번 건으로 또 찾아갈지도 모릅니다."

"알겠습니다. 난 괜찮습니다."

"찾아가기 전에 전화드리겠습니다. 편히 쉬시는데 죄송합니다. 그럼 실례했습니다."

그 말을 끝으로 사야마는 전화를 끊었다.

나카하라는 휴대전화를 내려놓고 다시 의자에 앉았다. 시선은 멍하니 허공을 방황했다.

사요코를 죽인 범인이 잡혔다니. 이상한 말일지도 모르지만 왠지 맥이 쭉 빠졌다. 수사가 난항을 거듭하리라고 생각했던 것이다.

하지만 이것이 현실이다. 특별히 복잡한 사정이 없어도 사람은 죽임을 당한다. 그것은 자신이 누구보다 잘 알고 있지 않은가.

그는 젓가락에 손을 내밀다가 자리에서 일어났다. 그리고 옆의 책장에서 앨범을 꺼냈다. 앨범을 펼친 순간, 가장 먼저 눈에 들어온 것은 가족 셋이 바다에 갔을 때의 사진이었다. 딸은 새빨간 수영복 차림으로, 허리에 튜브를 끼고 있었다. 그런 딸을 사이에 두고 그와 아내가 나란히 서 있었다. 세 사람 모두 얼굴에 함빡 웃음을 짓고 있었다. 날씨는 투명하고 바다는 새파랗고 모래는 새하얬다.

　행복의 절정에 있던 때이다. 아니, 당시에는 절정이라고 상상도 못 했다. 이 행복이 영원하리라고 믿고 있었다. 뿐만 아니라 더 행복해질 수 있다고 믿어 의심치 않았다.

　이 가운데 두 명이 세상을 떠났다. 사고도 아니고 병에 걸린 것도 아니다. 누군가에게 살해당한 것이다.

　그의 머릿속에서 남자의 목소리가 되살아났다.

　"피고를 무기징역에 처한다."

　1심 판결이 있던 날, 눈썹이 새하얀 재판장의 입에서 나온 말을 듣고 그는 자신의 귀를 의심했다.

　그 직후, 재판장은 판결 이유를 장황하게 설명했지만 도저히 납득할 수 없었다. 재판장은 범행의 잔학성과 악랄함은 인정하면서도 계획성이 없다, 반성의 기미가 보인다, 갱생을 기대할 수 있다, 극형에 처하기에는 일말의 주저함이 있다 등 사형을 피하기 위한 변명이라고밖에 할 수 없는 이유를 늘어놓았다. 재판장의 말을 들으면서 그는 당장이라도 앞으로 뛰어나가서, 이 나라의 사법제도는 왜 이렇게 엉망이냐고 소리치고 싶은 심정이었다.

　물론 검찰 측에서는 즉시 항소했다. 하지만 주임 검사는 지금 상태로는 사형을 받아내기 힘들지도 모른다고 말했다.

　"따님을 살해한 것이 돌발적이고 충동적이었다는 변호사의 주장을 재판관이 받아들이고 있습니다. 그걸 무너뜨려야 합니다."

"무너뜨릴 수 있을까요?"

나카하라가 애원하듯 물어보자 주임 검사는 날카로운 표정으로 단호하게 대꾸했다.

"반드시 무너뜨리겠습니다!"

나카하라와 사요코는 사형 판결이 나올 때까지 포기하지 말자, 힘을 합쳐서 끝까지 싸우자, 하고 말했다.

"만약에 사형 판결이 나오지 않는다면 난 법원 앞에서 죽을 거야."

사요코는 입술을 떨면서 그렇게 말한 뒤 "진심이야"라고 덧붙였다. 그녀의 눈에 깃든 처절한 빛은 나카하라도 한순간 흠칫할 정도였다.

나카하라는 그녀의 손을 꼭 잡으며 말했다.

"나도 그렇게 할게. 나와 같이 죽자."

그러자 그녀는 고개를 끄덕였다.

그리고 벌어진 항소심에서 검찰 측은 새로운 증거를 몇 가지 제출했다. 그중에는 딸이 살해된 상황을 보여주는 것이 세 가지나 포함되어 있었다.

한 가지는 복도에 남은 발자국이다.

히루카와의 진술에 따르면 그날 그의 행동은 다음과 같았다. 우선 욕실 창문으로 침입해서 복도를 지나 거실로 향했다. 그곳에서 마나미를 발견하고, 도망치는 그녀를 현관에서 붙잡아 다시 거실로 돌아왔다. 소리를 지르지 못하게 하려고 입에 스펀지볼을 쑤셔 넣고 테이프로 손발을 감았지만, 조용히 하지 않아서 자기도 모르게 목을 졸랐다. 기절한 줄 알고 그녀를 화장실에 넣은 뒤, 금품이 있는지 거실장을 뒤진 다음 현관을 통해 도망쳤다.

이 진술이 맞다면 히루카와가 거실에서 화장실로 간 것은 딱 한 번뿐이다. 그런데 발자국을 자세히 조사했더니, 거실에서 화장실로 간 발자국 패턴이 두 가지라는 사실이 밝혀졌다. 즉, 화장실에 두 번 간 것이다.

이것은 1심 때 검찰의 모두진술에서 밝혀진 사실과 일치한다. 입에 스펀지볼을 넣은 뒤, 마나미의 손발을 묶어 화장실에 가두었다. 그런 다음 금품을 뒤진 후, 몽타주 만들 것을 두려워하여 화장실에 있는 마나미의 목을 졸라 살해한 것이다.

두 번째 증거는 스펀지볼이다.

여기에는 과학수사가 동원되었다. 과학수사라고 해도 특별히 어려운 것은 아니다. 검찰 측이 문제로 삼은 것은 스펀지볼의 중량이다. 시신을 발견한 사요코가 딸의 입안에서 꺼냈을 때, 스펀지볼은 침으로 흠뻑 젖어 있었다. 그때의 중량이 적혀 있어서 타액의 양을 추정할 수 있었다. 그것에 따르면 여덟 살짜리 어린아이가 분비하기에는 최소한 10분 정도 필요하다는 것을 알 수 있다. 즉, 히루카와의 주장대로라면 스펀지볼이 그렇게 흠뻑 젖지 않았어야 한다.

그리고 세 번째 증거는 눈물이었다.

경찰관이 신고를 받고 출동했을 때, 사요코는 딸의 시신을 껴안고 있었다. 그러면서 손수건으로 딸의 얼굴을 닦은 것이다. 그때 그녀의 입에서 나온 말을 두 경찰관은 똑똑히 기억하고 있었다.

"가엾게도 얼마나 많이 괴로웠을까? 이렇게 눈물을 많이 흘리다니. 미안해, 널 혼자 둬서 정말 미안해. 아무리 울어도 엄마가 오지 않아서 얼마나 무서웠을까?"

경찰관의 증언에 따라서 사요코의 기억이 되살아났다. 시신의 발견자로서 증언대에 섰을 때, 그녀는 이렇게 말했다.

"딸을 발견했을 때, 그 애의 얼굴은 눈물로 흠뻑 젖어 있었어요."

그때 딸의 눈물을 닦아준 손수건을 사요코는 빨지 않고 가지고 있었다. 검찰 측은 그것을 새로운 증거로 제출했다.

"사체는 눈물을 흘리지 않습니다. 즉, 피해자가 눈물을 흘렸던 것은 손발이 꽁꽁 묶이고 스펀지볼로 입이 막힌 상태에서 화장실에 방치되어 있었기 때문입니다. 한번 상상해보십시오. 그 상황이 얼마나 무섭고 끔찍할지……. 여덟 살짜리 소녀가 그런 지경에 처했는데, 어떻게 울지 않고 견디겠습니까?"

 법정에 울려 퍼지는 검사의 눈물 어린 목소리를 듣고, 나카하라는 무릎 위에 있는 두 손을 불끈 쥐었다. 딸이 느꼈을 공포와 절망감을 생각하자 깊고 어두운 계곡의 밑바닥으로 떨어지는 듯한 기분이 들었다.

 나카하라 자신도 검찰 측 증인으로 증언대에 섰다. 그는 마나미가 얼마나 똑똑하고 영리한 딸이었으며, 딸 덕분에 가정이 얼마나 행복했었는지 간절히 호소했다. 또한 피고인인 히루카와로부터 사과 편지 한 장 받지 못했고, 재판에 임하는 태도를 보아도 반성의 기미를 느낄 수 없다고 말했다. 그리고 마지막으로 이렇게 마무리했다.

 "부디 피고인을 사형에 처해주시기 바랍니다. 그렇게 하는 수밖에, 아니 그렇게 해도 피고는 죗값을 치를 수 없습니다. 그만큼 피고는 무거운, 아주 무거운 죄를 저지른 겁니다."

 하지만 변호인도 가만히 있지는 않았다. 검찰이 제출한 세 가지 증거에 대해 일일이 반박했다. 과학적 근거가 약하다는 것이다.

 변호인은 피고인인 히루카와에게 이런 식으로 질문했다.

 "피해자를 화장실로 데려갔을 때, 죽이겠다는 생각은 없었지요?"

 히루카와는 태연하게 대답했다.

"그렇습니다."

"그러면 도주할 때는 어땠습니까? 피해자가 마음에 걸리지는 않았습니까?"

"잘 생각나지 않습니다."

"마음에 걸려서 화장실을 보러 가지는 않았습니까?"

변호인의 말이 끝나기도 전에 검찰이 항의하는 바람에 이 질문에 대한 대답은 들을 수 없었다. 다만 변호인이 무슨 말을 하고 싶었는지는 분명하다. 발자국과 히루카와의 자백이 모순되지 않는다는 사실을 보여주고 싶었던 것이다.

스펀지볼의 타액 양에 관해서는, 목이 졸렸을 때는 평소보다 타액이 많이 분비될 가능성이 있다고 반론을 펼쳤다. 눈물에 관해서는 어머니의 눈물이 딸의 얼굴에 떨어지고, 그것을 딸의 눈물이라고 착각한 게 아니냐고 반박했다.

변호인의 이야기를 들으면서 나카하라는 화가 난다기보다 어이가 없었다. 왜 이 사람은 히루카와를 구하려고 이렇게 기를 쓰는 것일까? 왜 사형을 피하게 하려고 이렇게 노력하는 것일까? 만약 그의 아이가 똑같은 꼴을 당해도 범인을 구하기 위해 이렇게 애를 쓸까?

재판은 몇 번이나 거듭되었다. 마나미와 체격이 비슷한 여덟 살짜리 아이의 입에 범행에 사용된 것과 똑같은 스펀지볼을 넣는 실험까지 이루어졌다. 그 아이는 거의 소리를 지를 수 없었다. 마나미가 계속 비명을 질러서 조용히 하게 만들려고 목을 졸랐다는 진술이 거짓이라는 게 밝혀진 것이다. 물론 그것에 관해서도 변호인은 반론을 제기했다. 개인차가 있다는 것이다.

검찰과 변호인의 공방은 마지막까지 계속되었지만, 그러는 사이에 나카하라는 중요한 사실을 깨달았다. 피고인인 히루카와에게 변화가 생긴 것이다. 눈에 생기가 없고 표정도 거의 없었다. 이 자리의 주인공이지만 마치 엑스트라처럼 존재감을 찾아볼 수 없었다. 재판이 길어지면서 자신의 문제라는 실감이 사라진 게 아닐까?

그리고 항소심 당일. 그날은 아침부터 비가 내렸다. 법원에 들어가기 전에 나카하라와 사요코는 함께 우산을 쓴 채 중후한 건물을 올려다보았다.

"만약 오늘 안 된다면…… 틀린 거야."

나카하라는 대답하지 않았지만 그녀의 생각과 똑같았다.

오늘 사형 판결이 나오지 않는다고 해도 아직 희망은 있다. 항소가 기각된다고 해도 최고 재판이 남아 있는 것이다. 하지만 그곳에서 결론을 뒤집기 위해서는 새로운 카드가 필요하다. 나카하라는 항소심에서, 모든 집념과 지혜를 발휘한 검찰의 투쟁을 보았다. 검찰은 이번 재판에서 말 그대로 모든 것을 다 쏟았다. 새로운 카드가 남아 있을 리 만무하다.

"어떻게 죽을 거야?"

사요코가 건물을 올려다보면서 물었다.

나카하라는 남의 일처럼 태연하게 대답했다.

"항의하기 위해 죽는 방법은 옛날부터 정해져 있잖아. 분신자살이야. 〈프랑신의 경우〉*라는 노래 몰라?"

"그 노래는 모르지만…… 그게 좋을지도 모르지. 가자."

두 사람은 천천히 걸음을 내디뎠다.

죽음을 각오한 그들의 결심은 결국 열매를 맺게 되었다. 재판장이 기나긴 판결 이유를 설명한 다음에 "제1심 판결을 파기하고 피고인을 사형에 처한다"라고 말한 것이다.

나카하라는 옆에 있는 사요코의 손을 꽉 잡았다. 그녀도 그의 손을 꽉 잡았다.

피고인인 히루카와는 계속 몸을 미세하게 흔들다가 판결을 들은 순간 움직임을 멈추었다. 그리고 재판장을 향해 작게 고개를 숙였다. 나카하라 부부 쪽으로는 고개를 돌리지 않았다. 그 이후, 히루카와는 몸에 밧줄이 묶인 채 퇴정했다.

나카하라가 그를 본 것은 그것이 마지막이었다. 그날 변호인은 상고를 했지만, 히루카와 자신이 취하했기 때문이다. "이

---

* 1969년 3월 30일, 프랑신이란 한 프랑스 여성이 정치적으로 항의하기 위해 분신자살한 사건을 소재로 만든 노래.

제 모든 게 귀찮다"라고 말했다고, 사건을 계속 취재하던 신문기자가 말해주었다.

나카하라는 앨범을 덮어 다시 책장에 꽂아놓았다. 이혼할 때, 딸의 사진을 아내와 절반씩 나누었지만 결국은 거의 보지 않았다. 사진을 보면 저절로 사건이 떠오르기 때문이다. 하지만 결국 마찬가지였다. 사건을 떠올리지 않는 날은 하루도 없었다. 아마 앞으로도 그러하리라.

"미치의 얼굴을 보면 괴로워."

아내가 이렇게 말한 것은 히루카와의 사형이 확정되고 나서 두 달쯤 지났을 무렵이었다. 그녀는 나카하라를 '미치'라고 부르고, 딸 앞에서는 '아빠'라고 불렀다.

그녀는 식사를 하다 말고 젓가락을 든 채 힘없이 웃었다.

"미안해. 갑자기 이런 말을 해서 기분 나쁘지?"

그는 식사하던 손길을 멈추고 아내를 쳐다보았다. 기분이 상하지는 않았다.

"무슨 말을 하고 싶은지 알 것 같아. 나도 마찬가지니까."

"미치도 그래? 나를 보면 괴로워?"

그녀의 눈길은 너무도 쓸쓸해 보였다.

"응. 그런 것 같아."

그는 자신의 명치 주변을 누르며 말을 이었다.

"여기에 뭔가가 막혀 있고, 그게 가끔 쿡쿡 쑤셔."

"아, 역시 그렇구나."

"당신도 그래?"

"응. 그런 느낌이야……. 미치와 같이 있으면 행복했던 시절만 떠올라. 미치가 있고, 마나미가 있고."

그녀의 눈에 눈물이 배었다.

"생각하는 건 나쁜 일이 아니야. 추억은 소중하니까."

"그건 나도 알아. 하지만 괴로워. 꿈이었다면 얼마나 좋을까? 가끔 그렇게 생각해. 사건 자체가 악몽이었다면 제일 좋겠지만, 마나미가 없으니까 그런 일은 있을 수 없겠지. 그래서 원래 마나미라는 아이가 없었고 그 아이가 있었던 게 꿈이다, 그 꿈에서 깨어나면 얼마나 마음이 편할까 하고 생각할 때가 있어."

그는 고개를 크게 끄덕였다.

"그 마음, 충분히 이해해."

그날 이후, 그들은 이런 대화를 종종 나누게 되었다.

사형이 확정되고 판결이 종결되면, 자신들의 마음에도 변화가 생기지 않을까 기대했다. 응어리를 날려 보낸다든지, 마음을 깨끗하게 정리하는 것이다. 더 거창하게 말하면 다시 태어나지 않을까 생각한 적도 있었다.

그러나 실제로 달라진 것은 아무것도 없었다. 달라지기는커녕 상실감만 더해질 뿐이었다. 그때까지는 범인의 사형 판결을 받는다는 목적으로 살아왔지만, 그것이 이루어진 지금 무슨 목적으로 살아가야 할지 알 수 없었다.

당연한 일이지만 히루카와의 사형이 확정되었다고 해서 마나미가 살아나는 것은 아니다. 형식적인 면에서 사건이 끝났을 뿐, 자신들의 손에 들어온 것은 아무것도 없다는 사실을 그는 통감했다.

딸을 잊고 싶은 것은 아니다. 하지만 괴로운 기억이 조금씩 희미해지고, 즐거운 기억이 남으면 얼마나 좋을까 생각했다. 그런데 그렇게 되지 않는다. 아내와 같이 있으면, 그녀가 울며불며 소리치던 모습이 어제 일처럼 되살아난다. 그날, 전화로 비극을 알려주었을 때의 목소리가 그의 머릿속에서 울려 퍼진다.

아마 아내도 그러하리라. 그녀의 머릿속에도 남편의 우는 모습이 떠오르지 않을까?

그 사건으로 말미암아 자신들이 잃어버린 것은 비단 딸만이 아니었다. 크고 작은 소중한 것을 수도 없이 잃어버렸다. 힘들게 손에 넣은 집도 재판 도중에 팔아버렸다. 그곳에 사는 것이 너무도 괴롭다고 아내가 말했기 때문이다. 그것은 그도 마찬가지였다. 인간관계도 어색해졌다. 배려 때문인지 어색함 때문인지 모르지만, 사람들이 다가오지 않게 되었다. 직장의 업무도 달라졌다. 그는 이미 창조적인 일을 할 수 없게 되었다.

그리고 마음 깊은 곳에서 우러나오는 아내의 환한 웃음을 볼 기회를 잃어버렸다. 그것은 아내도 마찬가지이리라.

이윽고 한동안 친정에 가 있겠다고 사요코가 말했다. 그녀의 친정은 가나가와현神奈川縣 후지사와藤澤이다. 딸이 살아 있을 무렵, 특히 여름에는 자주 놀러 가곤 했다. 근처에 바다가 있기 때문이다.

그는 씁쓸한 미소를 지으며 대꾸했다.

"그게 좋겠군. 기분 전환이 될지도 몰라. 더구나 오랫동안 부모님께 걱정을 끼쳤으니까. 가서 편히 쉬어."

"응. 미치는 앞으로 어떡할 거야?"

"나 말이야? 글쎄, 어떡할까?"

기묘한 대화였다. 아내가 잠시 친정에 가 있겠다고 했을 뿐인데, 앞으로 어떻게 할 것이냐는 말까지 나온 것이다. 지금 생각해보면 이때 두 사람의 머릿속에는 이미 이것이 끝일지도 모른다는 생각이 있었던 게 아닐까?

아내가 친정으로 가고 나서 약 두 달 동안, 두 사람은 한 번도 만나지 않았다. 전화나 메일은 주고받았지만 그것도 서서히 줄어들었다. 아내로부터 "잠시 만나지 않을래?"라는 메일이 도착한 것은 그 전의 메일을 받은 지 2주 만의 일이었다.

그들은 나카하라의 회사 근처에 있는 카페에서 만났다. 둘이 카페에 들어간 것도 실로 오랜만이었다.

사요코는 조금 건강해진 것처럼 보였다. 예전에는 고개를 숙이기 일쑤였지만 지금은 얼굴을 들고 나카하라를 똑바로 쳐다보았다.

그녀는 선언하듯이 말했다.

"일을 하려고 해. 일자리는 아직 구하지 못했지만 어쨌든 사회로 복귀할 거야. 그곳에서 다시 시작하고 싶어."

그는 고개를 끄덕이며 자신도 찬성이라고 대답했다. 그녀는 영어도 잘하고, 자격증도 많이 가지고 있다. 더구나 나이도 젊으니까 일자리는 얼마든지 구할 수 있으리라. 원래부터 딸이 초등학교 고학년이 되면 일할 생각이었다.

"그리고."

그녀가 잠시 말을 끊더니, 우울한 얼굴로 덧붙였다.

"혼자 살고 싶어."

"혼자?"

그는 허를 찔린 듯한 표정으로 아내를 쳐다보았다.

"그래, 혼자."

그녀는 턱을 살짝 아래로 내렸다. 이미 마음을 정한 얼굴이었다.

"지금…… 헤어지잔 거야?"

"응. 그래."

그는 되받아칠 말이 떠오르지 않았다. 생각지도 못한 말 같기도 하고, 어렴풋이 예상하고 있던 말 같기도 했다.

그녀는 시선을 떨구며 사과했다.

"미안해. 지난 두 달 동안, 전화나 메일을 몇 번 주고받았잖아."

"그래. 그게 왜?"

"그러는 도중에 깨달았어. 내가 미치의 전화와 메일을 두려워하고 있다는 걸."

"두려워해? 왜?"

그녀는 괴로운 듯 미간을 찡그리며 고개를 갸웃거렸다.

"어떻게 말해야 좋을까? 아무튼 전화할 때는 어떻게 말해야 좋을지 몰라서 안절부절못하고, 메일인 경우에는 어떻게 써야 할지 몰라서 고민하고…… 결국 항상 가슴이 쿵쾅거려. 하지만 오해하지는 마. 미치가 싫은 건 아니야. 그건 믿어줘."

그는 입을 꼭 다문 채 팔짱을 꼈다. 그녀의 말을 이해할 것 같은 생각이 들었다. 전화나 메일을 주고받을 때마다 명치끝이 쑤시는 듯한 감각에 휩싸이는 것은 그도 마찬가지였다.

그녀가 혼잣말처럼 중얼거렸다.

"뭐, 호적까지 정리할 필요는 없지만."

그 말을 듣고 그는 흠칫 놀랐다. 중요한 사실을 잊고 있었던 것이다.

그녀의 남은 인생이다. 그녀는 아직 젊기 때문에 얼마든지 아이를 가질 수 있다. 하지만 아마 자신과는 불가능하리라. 이미 두 사람은 몇 년이나 섹스를 하지 않았다. 그럴 마음이 들지 않았기 때문이다. 아이를 잃어버린 사람 중에는 슬픔에서 빨리 일어서기 위해 일부러 아이를 만드는 사람도 있다. 하지만 그는 그런 유형이 아니었다. 이제 두 번 다시 아이는 필요 없다고 생각했다.

하지만 아내에게 그것을 강요할 수는 없었다. 그녀에게 다시 엄마가 될 수 있는 기회를 빼앗아서는 안 되었다.

"잠시 생각할 시간을 줘. 되도록 빨리 대답해줄게."

그는 그렇게 말했다. 하지만 그 시점에서 이미 대답이 나왔을지도 모른다.

4

사야마로부터 다시 전화가 걸려 온 것은 지난번 전화로부터 사흘 후였다. 그는 오전 11시쯤 전화를 걸어 점심때가 지나서 찾아오겠다고 했다. 나카하라는 기다리겠다고 대답하고 전화를 끊었다.

그는 마침 잘됐다고 생각했다. TV 뉴스나 인터넷을 확인해도 사요코 살해 사건에 대한 속보를 얻을 수 없었다. 따라서 범인의 이름과 동기도 모르는 상태여서 계속 마음에 걸렸던 것이다.

그는 오늘 일정을 확인했다. 오후 첫 번째 장례식은 1시부터다. 사야마를 만나는 동안에 손님이 온다고 해도 간다 료코나 다른 사람이 대응해주리라.

사야마는 점심시간을 노렸을지 모르지만 앤젤보트에는 정해진 점심시간이 없다. 직원들이 교대로 점심을 먹게 되어 있는 것이다.

나카하라가 외삼촌으로부터 이 회사를 인수한 것은 약 5년 전이다. 외삼촌은 이미 여든이 넘은 데다 건강도 좋지 않아서, 회사를 어떻게 해야 할지 고민했다고 한다. 자식이 없어서 그런지 옛날부터 유달리 그를 아껴주었다.

한편 그 무렵, 그는 전직을 생각하고 있었다. 새로 이동한 부서에 적응할 수 없었던 것이다. 하지만 잠시 할 얘기가 있다고 외삼촌이 오라고 한 시점에서, 설마 회사를 인수하라고 할 줄은 상상도 못 했다.

일 자체는 그렇게 어렵지 않다고 외삼촌은 말했다.

"베테랑 직원들이 있으니까 전문적인 일은 그들에게 맡기면 돼. 하지만 아무나 할 수 있는 일은 아니지. 극단적으로 말해서 '겨우 개나 고양이에게 무슨 장례식이야?'라고 코웃음 치는 사람은 절대 안 돼. 그런 마음은 말하지 않아도 상대에게 즉시 전해지는 법이거든. 사랑하는 반려동물을 잃은 사람, 더구나 장례식까지 치러주려는 사람은 반려동물의 죽음으로 마음에 커다란 구멍이 뚫리게 되지. 그걸 이해하고 진심으로 그들을 대하지 않으면 안 돼. 사랑하는 생명의 죽음을 받아들일 수 있도록 도와준다는 마음이 필요하단 뜻이야. 그 점에서 너라면 걱정할 필요가 없겠지."

외삼촌은 그를 쳐다보면서 말을 이었다.

"옛날부터 남의 마음을 잘 헤아려줬으니까. 더구나 가슴 아픈 경험이 있으니까 사랑하는 것들의 죽음을 누구보다 잘 이해할 수 있겠지. 수입 면에서 너무 기대하면 곤란하지만 보람 있는 일이라고 생각해. 어때, 맡아보지 않겠니?"

처음에는 반려동물을 기른 적이 없어서 적잖이 당황했다. 하지만 외삼촌의 이야기를 듣는 사이에 한번 해보고 싶다는 생각이 들었다. 반려동물을 기른 적은 없지만 동물은 좋아한다. 사랑한 자의 죽음을 받아들일 수 있도록 도와주는 일이라는 말도 마음을 흔들었다. 매일 그런 일을 한다면 자신에게도 새로운 변화가 찾아오지 않을까.

"한번 해보겠습니다."

그렇게 대답하자 외삼촌은 주름진 얼굴에 미소를 지으며 고개를 끄덕였다.

"그래, 잘 생각했어. 너라면 잘할 거야. 이제 기미코도 안심하겠지."

기미코는 외삼촌의 여동생, 즉 그의 어머니였다. 그 말을 듣고 그는 앤젤보트의 후계자로 자신을 추천한 사람이 어머니였다는 사실을 알았다. 자주 만나는 것도 아니고 전직하고 싶다고 말한 적도 없지만, 기운이 없는 아들의 모습에서 늙은 어머니는 뭔가 느꼈을지도 모른다.

나이를 먹을 만큼 먹어놓고 아직도 부모에게 걱정을 끼치고 있다는 것을 알고, 그는 자기혐오에 빠졌다. 자신은 아직 혼자 서지 못하고, 주위 사람들의 도움을 받아 간신히 버티고 있다는 사실을 통감했다.

'지금은 어떨까? 지금은 혼자 서 있을까?'

그의 생각이 사요코에게 미쳤다.

'사요코는 어땠을까? 혼자 서 있었을까?'

사야마가 오면 사요코에 대해서 자세히 물어보기로 마음먹었다.

사야마는 12시가 조금 넘어 찾아왔다. 선물로 붕어빵을 가져와서, 나카하라는 그렇게 신경 쓰지 않아도 된다고 말했다.

"여기 오는 중간에 맛있는 가게가 있거든요. 나중에 나눠 드세요."

"그래요? 그러면 고맙게 받겠습니다."

붕어빵이 든 종이봉투는 아직 따뜻했다.

나카하라는 지난번과 마찬가지로 티백 차를 내주었다.

"수사는 어떤가요? 지난번 전화에서는 범인이 자수했다고 하셨는데……."

"지금 조사하고 있는 중입니다. 그런데 이해할 수 없는 점이 있어서요."

"자백했다면서요?"

"그야 그렇지만요."

사야마는 왠지 모호하게 대답했다. 그리고 서류 가방에서 사진 한 장을 꺼내 책상 위에 올려놓았다.

"이 사람인데, 혹시 어디서 본 적이 없습니까?"

사진 안에서 한 남자가 정면을 응시하고 있었다. 그것을 보고 나카하라는 의외라는 생각이 들었다. 젊은 남자를 상상했는데, 사진 안에 있는 사람은 일흔 살쯤 된 노인이었다. 빼빼 마른 데다가 머리칼은 거의 백발로, 머리칼 자체도 그렇게 많지 않았다. 부루퉁한 표정을 짓고 있지만 흉악하게 생겼다고 할 정도는 아니었다.

"어떠세요?"

사야마의 거듭된 질문에 그는 고개를 흔들었다.

"처음 보는데요. 만난 적은 없는 것 같습니다."

그러자 사야마는 접힌 메모지를 꺼냈다. 메모지에는 한자로 '정촌작조_{町村作造}'라고 쓰여 있었다.

"마치무라 사쿠조라고 읽습니다. 이 이름에도 짐작 가는 게 없습니까?"

"마치무라 사쿠조……."

나카하라는 이름을 따라 말하고 나서 고개를 갸웃거렸다. 아무리 머리를 짜내도 생각나는 것이 없었다. 그렇게 말하자 사야마의 얼굴에 조바심이 깃들었다.

"자세히 보십시오. 여기 있는 것은 현재의 모습이지만, 옛날에 만났다면 인상이 다를 수도 있습니다. 이 사람의 젊었을 때 얼굴을 상상해보십시오. 혹시 아는 사람과 닮지 않았습니까?"

그 말을 듣고 나카하라는 다시 사진을 뚫어지게 쳐다보았다. 사람의 얼굴은 나이와 함께 변하는 법이다. 그 증거로, 예전에 중학교 동창회에서 동창생을 만났을 때 깜짝 놀라 입을 다물 수 없었다. 마치 딴사람 같았던 것이다.

하지만 사진 안의 얼굴을 아무리 쳐다보아도 머릿속에 떠오르는 사람은 없었다.

"잘 모르겠군요. 혹시 예전에 만났을지도 모르지만 기억나지 않습니다."

"그러세요?"

사야마는 허탈한 표정을 지으며 이마를 찡그리더니, 사진을 가방 안에 넣었다.

"뭐 하는 사람입니까?"

사야마는 한숨을 쉬고 나서 입을 열었다.

"68세에 무직으로, 기타센주北千住 아파트에 혼자 살고 있더군요. 지금으로선 사요코 씨와 아무런 관련도 보이지 않습니다. 본인도 사요코 씨를 잘 모른다고 하고요. 돈을 빼앗을 목적으로 우연히 눈에 띈 여자의 뒤를 밟았다고 하더군요."

나카하라는 왠지 맥이 빠졌다.

"아, 그래요? 그렇다면 내가 알고 있을 리가 없잖습니까?"

"뭐, 그야 그렇지만요."

사야마는 왠지 말끝을 흐렸다.

"돈을 빼앗을 목적이라고 하셨지요? 사요코에게서 뭔가 빼앗은 게 있습니까?"

"가방을 빼앗았다고 하더군요. 경찰에 출두했을 때는 가방 안에 들어 있었다는 지갑만 가지고 있었습니다. 가방은 근처의 강에 버렸다고 하고요. 지갑에서 사요코 씨의 운전면허증이 나왔습니다."

"그렇다면 본인 주장이 맞는 거 아닐까요?"

"지금으로선 그렇게 생각할 수밖에 없을 것 같군요. 하지만 납득할 수 없는 게 몇 가지 있어서요. 그래서 이렇게 찾아온 겁니다."

"납득할 수 없는 것이요? 그게 뭔데요?"

그렇게 말하고 나서 나카하라는 얼굴 앞에서 작게 손을 흔들었다.

"아, 참. 안 되지요. 수사상의 비밀은 말해줄 수 없으니까요."

"이번에는 괜찮습니다. 이미 일부 매스컴에 발표했으니까요."

사야마는 쓴웃음을 지은 뒤, 이내 진지한 얼굴로 고개를 숙였다.

"따님 사건 때는 실례가 많았습니다."

"괜찮습니다. 이미 지난 일이고요."

사야마가 고개를 들며 말을 이었다.

"가장 기묘한 것은 일단 장소입니다. 며칠 전에도 말씀드렸지만 현장은 고토구 기바로, 사요코 씨 아파트 옆이었지요. 그런데 사쿠조가 사는 곳은 기타센주. 멀다곤 할 수 없지만 걸어갈 수 있는 거리는 아닙니다. 왜 그런 곳에서 범행을 저질렀을까요?"

나카하라는 머릿속으로 지도를 떠올렸다. 분명히 타당한 의문이다.

"본인은 뭐라고 하던가요?"

사야마는 살짝 어깨를 들썩였다.

"특별한 이유는 없다고 하더군요. 자기 집 근처에서 사건을 저지르는 건 왠지 위험할 것 같아서, 지하철을 타고 적당한 곳에 내려서 대상을 찾았다……. 이런 식으로 말하더군요. 기바역에서 내린 건 우연이라고요."

"그래요?"

어쩐지 납득이 되지 않았다. 하지만 어디가 어떻게 부자연스러운지는 말로 표현할 수 없었다.

"지난번에 제가 흉기에 대해서 말했던가요?"

"날카로운 칼이라고만 했는데……."

"부엌칼이었습니다. 사쿠조의 집에서 종이봉투에 들어 있던 부엌칼이 발견되었지요. 칼날에는 혈흔이 묻어 있었는데, DNA의 감식 결과, 사요코 씨의 혈흔으로 밝혀졌습니다. 손잡이에서는 사쿠조의 지문이 나왔고요. 즉, 범행에 사용된 것으로 봐도 틀림없을 것 같습니다."

움직일 수 없는 결정적 증거라고 나카하라는 생각했다.

"그런데 무슨 문제라도 있나요?"

사야마는 팔짱을 낀 채 나카하라를 물끄러미 쳐다보았다.

"왜 없애지 않았을까요?"

"없애요?"

"흉기 말입니다. 범행을 저지른 후에 왜 집으로 가져갔을까요? 그런 사건을 저지른 경우에는 집에 가는 길에 버리는 게 일반적이거든요. 지문은 닦으면 되니까요."

"그건 그렇지만, 마땅히 버릴 곳을 찾지 못한 게 아닐까요?"

"본인도 그렇게 말하고 있습니다. 자기도 모르게 그냥 가져갔다고요."

"그렇다면 그 말을 믿을 수밖에 없지 않을까요?"

"하지만 왠지 납득이 되지 않아서요. 사쿠조의 이야기를 정리하면 다음과 같습니다."

그때의 상황을 떠올리는지 사야마는 생각에 잠긴 얼굴로 천천히 말했다.

"일단 돈을 빼앗기 위해 누군가를 습격할 목적으로, 종이봉투에 부엌칼을 넣어서 집을 나섰다. 전철을 타고 특별한 이유 없이 기바역에서 내렸다. 그때 우연히 한 여자를 발견하고 뒤를 쫓아갔다. 그리고 주변에 인기척이 없는 것을 확인하고 뒤에서 불렀다. 여자가 뒤를 돌아본 순간, 칼을 보여주면서 돈을 내놓으라고 협박했다. 하지만 여자는 돈을 내놓지 않고 도망치려고 했다. 그래서 황급히 쫓아가 여자의 등을 찔렀다. 여자가 쓰러지는 것을 보고 가방을 빼앗아 도망쳤다."

사야마는 잠시 말을 끊은 뒤, 나카하라를 쳐다보며 덧붙였다.

"시각은 아직 저녁 9시 전입니다. 이 이야기를 듣고 어떻게 생각하시나요?"

나카하라는 고개를 갸웃거렸다.

"충동적이며 어리석은 사람이군요. 하지만 특별히 이상한 점은 없는 것 같은데요."

"그런가요? 반대로 말하면 사쿠조가 부엌칼을 들고 집을 나온 것은 오후 8시경입니다. 사람을 습격해서 돈을 빼앗기로 결심하기에는 시간대가 너무 이르지 않을까요?"

"그러고 보니……."

"사쿠조는 시간 따위는 신경 쓰지 않았다, 범행을 저지르기로 결심하고 즉시 집을 나온 것뿐이다, 하고 말했지만요."

나카하라는 대답이 궁했다. 범죄자의 심리를 자신이 어찌 알겠는가.

"가장 이해할 수 없는 것은 스스로 출두했다는 겁니다. 본인 말에 따르면 날이 밝자 엄청난 짓을 저질렀다는 사실을 깨닫고 언젠가 잡힐 것이 두려워서 자수했다고 하는데, 그 진술도 부자연스럽습니다. 어설프기는 하지만 범행은 계획적입니다. 범행을 저지르기로 결심하고 실행할 때까지 30분이 넘게 지났지요. 다음 날에 반성할 정도라면 처음에 냉정하게 생각하지 않을까요?"

나카하라는 다시 고개를 갸웃거렸다.

"글쎄요. 범죄자의 심리는 잘 모르지만, 실제로는 반성한 게 아니라 체포되는 건 시간문제라고 생각한 게 아닐까요? 그래서 조금이라도 처벌을 가볍게 하기 위해 자수했다든지."

"바로 그겁니다. 이건 비밀인데, 이번 범행에서 사쿠조는 별다른 실수를 저지르지 않았습니다. 실은 초동수사에서 이렇다

할 만한 증거를 찾지 못해서, 수사가 난항을 거듭할 것 같은 예감이 들었거든요. 그런데 왜 언젠가 잡힐 거라고 생각했냐고 물어봤더니, 명확하게 대답하지 못하더군요. 일본의 경찰은 우수하니까 조만간 자신이 범인이란 걸 알아낼 거라고 생각했단 겁니다. 그런 식으로 생각했다면 아예 처음부터 범행을 저지르지 말았어야 하지 않을까요?"

나카하라의 입에서 신음 소리가 흘러나왔다. 사야마의 말은 당연했다. 하지만 이치에 맞지 않는 일을 저지르는 것이 인간이 아닐까?

"사요코 씨를 노린 이유도 이해할 수 없습니다. 돈이 많을 것 같아서 그랬다고 하는데, 그 근거가 명확하지 않습니다. 몇 번을 물어도 그냥 그렇게 생각했다고 하더군요. 그런데 이렇게 말하면 고인에게 실례일지도 모르지만, 사요코 씨는 특별히 비싸 보이는 옷을 입지 않았습니다. 블라우스에 바지라는, 아주 평범한 차림이었지요. 은행의 현금인출기에서 나오는 걸 봤다면 또 몰라도 그렇지도 않았습니다. 가방을 가지고 있었지만 지갑에 돈이 얼마나 들어 있을지도 모릅니다. 돈을 빼앗으려는 사람이 그런 상대를 노릴까요?"

사야마의 말을 듣는 사이에 나카하라도 고개를 갸웃거리게 되었다. 단순히 금품을 노린 범행이라는 생각이 들지 않는 것이다.

"사진을 다시 보여주실 수 있습니까?"

"물론입니다. 자세히 보십시오."

나카하라는 사야마가 내민 사진을 다시 보았다. 하지만 결론은 똑같았다. 이 남자를 만난 기억은 없었다. 그는 고개를 작게 흔들며 사진을 돌려주었다.

"기타센주에 살고 있다고 했지요? 가족은 없나요?"

아마 없으리라고 생각하면서 물었지만 사야마의 대답은 달랐다. 딸이 하나 있는데, 지금은 결혼해서 메구로구目黑區 가키노키자카柿の木坂에 살고 있다고 한다.

"안 그래도 얘기를 들으러 갔는데, 집이 상당히 훌륭하더군요. 남편은 대학병원에 근무하는 의사라고 합니다."

"경제적으로 여유가 있겠군요."

"그렇습니다. 실제로 지금까지도 사쿠조에게 돈을 몇 번 줬더군요. 싸구려 아파트라곤 하지만 이제껏 별 탈 없이 살 수 있었던 것은 다 딸 부부 덕분인 것 같습니다."

"그런데 왜 그런 짓을 저질렀을까요?"

"나카하라 씨도 이상하지요? 다만 막상 조사해보니 이런저런 사정이 있는 것 같긴 하더군요."

"무슨 말씀이시죠?"

"단도직입적으로 말하면 딸과 아버지 사이가 좋지 않아서, 딸이 아버지에게 흔쾌히 돈을 주지는 않았다는 겁니다."

그렇게 말하고 나서 사야마는 파리를 쫓듯이 손을 흔들었다.

"아! 이 얘기는 다른 데서 하시면 안 됩니다."

피의자의 사생활까지 말한 것은 역시 지나쳤다고 생각한 모양이다.

"사요코의 가족이나 지인들에게도 그자의 사진을 보여주셨겠지요?"

"물론입니다. 하지만 다들 모른다고 하더군요. 그래서 솔직히 말하면 나카하라 씨에게 기대하고 있었습니다. 사요코 씨를 가장 잘 아는 사람은 역시 나카하라 씨일 테니까요. 부모님도 그렇게 생각하시더군요."

"사요코의 부모님은 아직 후지사와에 사시나요?"

사야마는 고개를 끄덕였다.

"그렇습니다. 이번 일로 두 분 다 충격을 많이 받으신 것 같더군요."

나카하라는 두 사람의 얼굴을 떠올렸다. 마나미가 어렸을 때는 서로 빼앗듯이 안아주곤 했다.

"며칠이라도 봐줄 테니까 너희끼리 해외여행이라도 다녀오렴."

이것이 사요코의 어머니인 사토에의 입버릇이었다.

사야마가 수염이 지저분하게 자란 턱을 쓰다듬으며 말했다.

"피해자의 행적도 아직 밝혀내지 못했습니다."

"사건을 당하기 전 사요코의 행적 말인가요?"

"네. 사쿠조는 기바역에서 쫓아갔다고 하는데, 사요코 씨가 그때까지 어디에 있었는지 지금으로선 알 수 없습니다. 업무 관계나 교우 관계를 알아보고 있는데, 단서가 없더군요."

"쇼핑이라도 간 게 아닐까요?"

"그럴지도 모르지만 물건을 산 흔적은 없더군요. 물론 쇼핑을 간다고 해서 반드시 물건을 산다고 할 순 없지만요."

"가방은 강에 버렸다고 했는데, 휴대전화는 조사했나요?"

사야마는 즉시 대답했다.

"물론입니다. 집에 있던 영수증을 통해 통신 회사가 어디인지 알아냈습니다. 그래서 유족의 허락을 얻어 조사해봤지요. 두 대 모두요."

"두 대요?"

"스마트폰과 옛날 휴대전화입니다. 요즘은 두 대를 가지고 있는 사람이 많거든요. 통화만 한다면 옛날 휴대전화가 더 편하니까요. 활동적으로 일하는 사람이 늘어난 것 같습니다."

"활동적이라고요? 사요코는 어떤 일을 했나요?"

"출판과 관련된 일을 했던 것 같습니다. 취재하는 일도 있었고요."

"그래요……."

휴대전화를 두 대나 가지고 다니는 사요코의 모습이 눈앞에 떠올랐다. 자신과는 다른 세계에 있었다고 그는 새삼 생각했다.

"관계자에 따르면, 사요코 씨는 항상 작은 취재 노트를 가지고 다녔다고 하더군요. 아무래도 그 노트도 가방에 있었던 것 같습니다. 사건과는 관계가 없을지도 모르지만 발견되지 않아서 영 찜찜하네요."

사야마가 시계를 쳐다보며 자리에서 일어났다.

"벌써 시간이 이렇게 됐군요. 협조해주셔서 감사합니다."

더 이상 버텨봤자 나올 것이 없다고 판단한 모양이다.

"도움이 못 돼서 죄송합니다."

"당치도 않습니다. 아무리 사소한 거라도 괜찮으니까 생각나는 게 있으면 연락해주시기 바랍니다."

"알겠습니다. 하지만 기대는 하지 마십시오."

사야마를 현관까지 배웅한 뒤, 나카하라는 사무실로 돌아왔다. 책상에 시선을 떨구자 '마치무라 사쿠조'라고 쓴 메모지가 남아 있었다.

아무리 생각해봐도 처음 보는 이름이었다. 자신과는 관계없는 사람이다. 하지만 사요코와도 관계가 없다고는 할 수 없다. 헤어진 지 5년. 그녀에게는 그녀의 인생이 있었을 것이다.

불현듯 생각이 나서 그는 휴대전화를 들었다. 입력해놓은 전화번호 중에는 사요코 친정의 전화번호도 있었다. 잠시 망설인 뒤, 그는 전화를 걸어보았다.

이윽고 호출음이 이어졌다. 어떻게 말을 꺼낼지 생각하는 사이에 호출음이 끊어지고, "여보세요" 하는 중년 여성의 목소리가 들렸다. 장모였던 사토에임이 틀림없다.

잠시 망설이다가 자신의 이름을 대자, 짧은 침묵이 있은 다음에 짜내는 듯한 목소리가 들렸다.

"아, 자네인가? 오랜만이야. 어떻게 지내나?"

대답하기 힘든 질문이다. 그는 "그럭저럭 지내고 있습니다" 하고 모호하게 대답했다. '어떻게 지내시나요?'라고 되묻고 싶었지만 그 말은 간신히 집어삼켰다. 딸이 살해당한 사람에게 그 질문은 너무도 잔인하다는 생각이 들었다.

그는 신중하게 말을 꺼냈다.

"저기, 경찰로부터 사건에 대해서 들었습니다."

"아, 그래. 경찰이 거기에도 갔었구먼."

사토에의 목소리에는 괴로움이 잔뜩 배어 있었다.

"깜짝 놀랐습니다. 무슨 말을 해야 좋을지 모르겠습니다. 왜 그렇게 됐는지……."

"그러게 말이야. 우리가 왜 이런 꼴을 당해야 하는지 모르겠네. 조금 전에도 그이와 그런 얘기를 했어. 우리는 나쁜 짓도 별로 하지 않고 평범하게 살아왔을 뿐인데."

사토에의 입에서 오열이 새어 나왔다. 말하는 것도 괴로운 듯했다. 전화하지 말아야 했을까? 나카하라가 그렇게 생각했을 때 사토에가 울음을 멈추고 사과했다.

"미안하네. 기껏 전화해주었는데 눈물을 보여서……."

"혹시 도와드릴 게 없을까 해서요."

"말만이라도 고맙네. 아직 머릿속이 새하얗지만 어쨌든 코앞에 닥친 일을 처리해야겠지."

"코앞에 닥친 일이요?"

"장례식 말일세. 경찰로부터 이제야 시신이 돌아왔거든. 오늘 밤이 쓰야일세."

장례식장은 전철역에서 택시를 타고 몇 분 걸리는 곳에 있었다. 나무가 울창한, 광대한 공동묘지 안이다.

사요코의 쓰야가 진행되는 곳은 소규모 홀이었다. 승려의 독경이 흐르는 가운데, 나카하라도 다른 참석자들의 뒤를 따라서 향을 피우고 영정 사진 앞에서 손을 마주 잡았다. 사요코는 사진 안에서 환하게 웃고 있었다. 자신과 헤어진 뒤에는 웃을 수 있었다고 생각하니, 조금이나마 안도되는 기분이 들었다.

사요코의 부모님은 그가 왔다는 것을 알아차린 듯했다. 향을 올린 뒤 그들 앞에서 고개를 숙였을 때 사토에가 속삭이듯 말했다.

"시간 있으면 나중에 잠시 얘기 좀 하세."

원래부터 체구가 작았지만 예전보다 더욱 작아진 것처럼 보였다.

"알겠습니다."

그는 그렇게 말한 뒤, 예전의 장인과 장모였던 두 사람을 번갈아 쳐다보았다. 사요코의 아버지 소이치가 고개를 끄덕였다. 풍채가 좋았던 그도 뺨이 움푹 들어가 있었다.

쓰야가 거행되는 홀의 옆방에 음식이 차려져 있었다. 그가 한쪽 구석에서 맥주를 마시고 있자 몇 명이 다가와 말을 걸었다. 모두 사요코의 친척이다. 그들의 이혼이 가정불화가 아니라는 사실을 알고 있기에 가까이 다가온 것이리라.

"지금은 무슨 일을 하세요?"

그렇게 물은 사람은 사요코보다 세 살 위의 사촌 언니였다.

그가 하는 일을 말하자 그 자리에 있던 전원이 뜻밖이라는 표정을 지었다.

다른 남성 친척이 물어왔다.

"동물 장례식장이요? 왜 하필 그런 일을 하지요?"

"어쩌다 보니 그렇게 됐습니다."

그는 외삼촌으로부터 회사를 인수한 경위를 대충 이야기해 주었다.

"생각보단 나쁘지 않습니다. 사람의 장례식장과 똑같거든요. 조용하고 차분한 분위기 속에서 자기가 할 일을 담담하게 하는 거지요. 더구나 사람의 장례식과 달리 원한이나 이해관계 같은 것이 없습니다. 상주들은 모두 사랑하는 반려동물의 죽음을 순수하게 슬퍼하지요. 그것을 보고 있으면 오히려 마음이 편해집니다."

그의 이야기를 듣고 친척들은 일제히 입을 다물었다. 마나미의 가슴 아픈 죽음, 그리고 사요코의 부조리한 죽음을 생각하는 것이리라.

"그럼."

그 말을 남기고 그들은 자리에서 일어났다. 다시는 만날 일이 없으리라고 생각하면서 그는 그들의 등을 바라보았다.

이윽고 사토에가 다가왔다.

"여기까지 와줘서 고맙네."

그녀는 손수건으로 눈물을 훔치면서 몇 번이나 고개를 숙였다.

"많이 놀라셨지요?"

사토에는 천천히 고개를 흔들었다.

"아직도 믿을 수 없네. 처음에 경찰의 전화를 받았을 때는 마나미 얘기를 하는 줄 알았지. 타살의 혐의가 있다고 했으니까. 벌써 10년이 넘었는데, 이제 와서 무슨 말인가 하고 말이야. 그런데 자세히 들어보니 사요코가 살해당했다는 게 아닌가?"

"그러셨겠지요. 저도 그랬습니다."

사토에는 고개를 들고, 빨갛게 충혈된 눈으로 그를 쳐다보았다.

"그랬겠지. 아마 우리 마음을 가장 잘 이해하는 사람이 자네일 걸세."

"오늘 사야마라는 형사가 찾아왔습니다. 범인은 금품을 노리고 사요코를 습격했다고 하더군요."

"그런 것 같아. 어떻게 그렇게 끔찍한 짓을 저지를 수 있지? 돈 때문에 사람을 죽이다니!"

"그런데 형사에 따르면, 그렇게 생각하기에는 부자연스러운 점이 많다고 하더군요. 사요코와 범인 사이에 무슨 관계가 있는 게 아닐까 의심하는 말투였습니다."

"나도 들었네. 하지만 그자는 한 번도 본 적이 없어. 그이도 모른다고 하더군. 사요코에게도 들은 적이 없고. 그 애가 누군가에게 원한을 살 리도 만무하고. 대체 무슨 관계가 있다는 건지 모르겠어."

사토에의 말투가 조금 예민해졌다. 자신의 딸과 살인자 사이에 관계가 있었을 가능성은 상상하고 싶지 않으리라.

사토에가 그의 근황을 물었다. 그가 지금 어떤 일을 하고 있는지 말하자 그녀는 이해한다는 얼굴로 고개를 끄덕였다.

"좋은 일을 하는군. 자네에게 잘 맞을 것 같네."

"그런가요?"

"자네는 원래 착했잖아. 평소에도 그렇게 말했지. 작은 생명일수록 지켜줘야 한다고. 마나미가 그렇게 되기 전부터 말이야."

"그랬나요?"

"그래. 그래서 그 사건이 일어났을 때, 이 세상에 신은 없다고 생각했지."

재판에서 그런 말을 한 기억은 있지만, 사건이 일어나기 전부터 말했던 기억은 없다. 하지만 자신이 잊어버렸는지 사토에가 착각을 했는지 확인할 방법은 없었다.

"사요코는 혼자 살았다고 하더군요. 생활은 어떻게 했나요?"

이 질문에 사토에는 약간 껄끄러운 표정을 지었다.

"그 애한테 아무 말도 못 들었나?"

그는 고개를 가로저었다.

"이혼한 후에는 거의 연락을 안 했습니다. 그녀도 제가 무슨 일을 하는지 몰랐을 겁니다."

"그랬군."

사토에의 말에 따르면 사요코는 한동안 친정에 살면서 대학 동창생인 잡지 편집자의 주선으로 잡지의 기사를 썼다고 한다.

그 말을 듣고 나카하라는 생각이 났다. 그러고 보니 사요코는 결혼하기 전에 카피라이터 일을 했다. 두 사람이 처음 만난 것도 어떤 프로젝트를 함께한 것이 계기였다. 낙후된 도시를 살리는 프로젝트로, 결국 도중에 흐지부지되긴 했지만.

"처음에는 주로 여성의 패션이나 미용에 관한 글을 썼던 모양이야. 그러는 사이에 소년범죄라든지 노동환경이라든지, 사회문제에 관한 글도 쓰게 됐다면서 여기저기에 취재를 다녔지. 최근에는 도벽에 관해 조사하고 있다더군."

"도벽이요?"

너무나 의외라는 생각에 얼빠진 소리가 입을 뚫고 나왔지만, 생각해보니 그렇게 의외도 아니다. 그와 결혼하기 전에는 회사에 다니면서도 틈만 나면 혼자 여행을 했다. 더구나 인도나 네팔, 남미 같은, 남자라도 겁을 낼 만한 곳을 선택했다. 무섭지 않느냐고 물으면, 여행은 원래 모르는 세계를 다니는 것이니까 괜찮다고 대답했다. 생각해보니 원래 활동적인 성격이었다.

"어머님, 그녀는, 사요코는 얼마나 회복이 되었나요? 마나미 사건에 대해서는 마음의 정리가 되었나요?"

사토에는 생각에 잠긴 눈길로 고개를 갸웃거렸다.

"글쎄, 그렇진 않았을 거야. 자네는 어떤가?"

"저는…… 솔직히 말씀드려서 아직 아닙니다. 당시의 사건이 머리에서 떠나지 않습니다. 즐거운 기억을 떠올리려고 할수록 괴로운 일들이 더 많이 되살아나곤 하지요."

사토에는 몸을 약간 옆으로 비틀었다.

"역시 그렇군. 그 애도 그렇게 말했지. 이 괴로움에서 영원히 도망칠 수 없을 거라고. 하지만 멈추어 서서 뒤를 돌아보아도 어쩔 수 없으니까 일단 앞을 향해 걸어가겠다고 말이야."

"앞을 향해 걸어간다고요?"

그는 손으로 얼굴을 문지른 다음 혼잣말처럼 중얼거렸다.

"많이 강해졌군요."

그에 비해 자신은 어떤가? 지난 5년 동안 마음의 깊은 상처를 한탄하면서 보내지 않았던가.

"저와 헤어진 후, 남자를 만나지는 않았나요?"

"글쎄, 그건 잘 모르겠네. 그런 말은 원래 안 하는 애니까. 어쨌든 최근에는 없었을 거야. 있었다면 오늘 밤에 왔겠지."

'그건 그렇군.'

그는 그렇게 생각하며 고개를 끄덕였다.

사토에가 문득 뭔가 생각이 난 듯한 표정을 지었다.

"자네는 가족 모임에 안 들어갔지?"

"가족 모임이요?"

갑작스러운 질문을 받고 나카하라는 적잖이 당황했다.

"살인 피해자 가족 모임이라던가? 살인 사건으로 가족을 잃은 사람들을 상담해주거나 지원해주는 단체 같더군."

그런 모임이 있다는 것은 들은 적이 있다. 1심에서 납득할 수 없는 판결이 나와 머리끝까지 화가 치밀었을 때, 누군지 모르지만 그런 단체가 있으니까 상담해보라고 조언해준 것이다. 결국 항소심에서 사형 판결이 나온 덕분에 그곳에 연락하는 일은 없었지만.

"사요코는 그 모임에 가입했었다네."

그 말을 듣고 그는 자기도 모르게 자세를 바로 했다.

"그래요?"

"우리는 사형 판결을 얻어냈지만, 세상에는 부조리한 판결을 받고 괴로워하는 사람이 많잖은가? 그런 사람들의 힘이 되고 싶다고 하더군. 강연이나 회의에 참석하거나 자원봉사도 한 모양이야. 그런데 자신이 가입했다는 말은 아무에게도 하지 말라고 하더군. 반대 세력이라고 할까, 그런 것도 있으니까."

"사요코가 그런 일을 하다니."

마음에 깊은 상처를 입었으면서도 다른 사람의 힘이 되려고 했던 것인가? 어쩌면 영원히 치유할 수 없는 상처란 걸 알기에, 서로 고통을 나누려고 했을지도 모른다. 사요코에게는 앞을 향해 걸어간다는 것이 그런 것이었던가? 그는 점점 더 자신이 한심한 사람처럼 여겨져 견딜 수 없었다.

"경찰에게는 그 말을 하셨나요?"

사토에는 고개를 끄덕였다.

"말했네. 물론 이번 사건과는 관계가 없겠지만 그 애가 그렇게 열심히 살았다는 건 감출 필요가 없다고 생각했지."

그러면 사야마도 알고 있으리라. 그 이야기를 듣고 형사는 어떻게 생각했을까?

"한 가지 여쭤봐도 될까요? 조금 전의 영정 사진 말인데요, 그건 언제 찍은 건가요? 아주 환하게 웃고 있어서요."

사토에는 미간에 주름을 잡으며 괴로운 표정을 지었다.

"그거 말인가? 큰 소리로 얘기할 순 없지만 어느 살인 사건에서 사형 판결이 나왔을 때 찍은 걸세. 살인 피해자 가족 모임의 자원봉사에 갔다가……. 참 슬픈 일이지. 그렇게 환하게 웃는 것은 누가 사형을 받았을 때뿐이니까."

그는 고개를 푹 떨구었다. 묻지 말았어야 했다.

사토에와 헤어지고 장례식장을 나서려고 했을 때, 옆에서 말을 거는 여자가 있었다. 마흔 살쯤 되었을까? 머리를 짧게 자른, 침착한 분위기의 여자였다.

"실례합니다. 나카하라 씨죠?"

"그런데요."

"전 사요코의 대학 친구인 히야마 지즈코예요. 결혼식 피로연에도 참석했었어요."

그녀가 내민 명함에는 출판사 이름과 소속, 그리고 히야마 지즈코라는 이름이 인쇄되어 있었다. 피로연에서 본 기억은 없지만 이름은 사요코로부터 들은 적이 있었다.

그는 황급히 자신의 명함을 꺼내 그녀에게 내밀었다. 그러면서 지금 막 사토에로부터 들은 이야기를 떠올리며 물었다.

"혹시 사요코에게 일을 소개해주신 분인가요?"

"네. 최근에도 한 건 부탁했는데…… 이렇게 끔찍한 일을 당하다니."

지즈코는 촉촉이 젖은 눈으로 그의 명함을 보더니, 속눈썹을 한 번 움찔거렸다.

"아, 이런 일을 하세요?"

어떤 사람이라도 그의 일에는 관심을 보인다.

"매일 작은 생명과 마주하며 살고 있지요."

그 말에 지즈코는 따뜻한 미소를 지으며 고개를 끄덕였다.

그녀의 조금 뒤쪽에 한 여자가 서 있었다. 그녀와 같이 온 모양이다. 삼십대 중반쯤 되었을까? 체구가 작고 화장기는 없지만 이목구비가 뚜렷한 얼굴이었다.

"저분은 누구시죠?"

지즈코가 뒤를 돌아보며 대답했다.

"사요코가 취재한 사람이에요. 개인적으로도 사요코에게 신세를 많이 졌대요. 제가 쓰야에 간다고 했더니 자신도 향을 올리고 싶다고 해서 같이 왔어요."

지즈코는 그렇게 말하고 나서 그 여자를 불렀다.

"사오리 씨."

사오리라는 여자가 쭈뼛쭈뼛 가까이 다가왔다. 그리고 나카하라의 앞에 멈추어 서서 작게 고개를 숙였다.

지즈코는 그녀에게 나카하라를, 사요코 씨의 전남편이라고 소개했다.

"이구치 사오리예요."

명함은 가지고 있지 않은 듯했다. 표정에 그늘이 있는 것은 사요코의 죽음을 슬퍼하기 때문일까?

"사요코가 어떤 취재를 했나요?"

다음 순간, 사오리의 얼굴에 당황한 기색이 역력했다. 나카하라는 쓸데없는 질문을 했다는 사실을 깨닫고 즉시 사과했다.

"죄송합니다. 프라이버시에 관한 거군요. 대답하지 않아도 괜찮습니다."

그녀를 대신하여 지즈코가 대답했다.

"조만간 기사로 나올 거예요. 잡지가 나오면 한 부 보내드릴게요. 사요코가 쓴 마지막 기사니까요."

사요코의 마지막 기사라면 꼭 보고 싶었다.

"그래요? 부탁합니다."

"그럼 그만 갈게요."

지즈코는 그 말을 끝으로 사오리라는 여자와 같이 멀어졌다. 그녀들의 뒷모습을 바라보면서 나카하라는 잠시 생각에 잠겼다. 살해당한 사람이 사요코가 아니라 자기였다면 과연 어떤 사람이 향을 피우러 와줄까?

그다음 날, 사요코의 장례식은 무사히 치러진 것 같지만 그는 참석하지 않았다.

장례식이 끝나고 일주일 뒤, 사야마로부터 전화가 걸려 왔다. 새로운 사실이 나올 것 같지 않고, 사쿠조의 진술대로 기소될 것 같다고 한다.

나카하라는 사요코가 살인 피해자 가족 모임에 가입한 것 같다고 말해보았다. 그러자 사야마는 차가운 말투로 대답했다.

"그런 것 같더군요. 그쪽도 알아보았습니다."

"그런데 아무것도 나오지 않았군요."

"그렇습니다. 기바역 옆에 있는 방범 카메라에 사요코 씨와, 몇 발짝 뒤에서 걸어가는 사쿠조의 모습이 찍혀 있더군요. 이걸로 모든 게 끝입니다."

"그러면 단순히 금품을 노린 살인강도 사건으로 결말이 나는 건가요?"

"그렇게 될 것 같습니다."

"사야마 씨는 그걸로 납득하시나요?"

수화기 너머에서 한숨 소리가 들렸다.

"납득하는 수밖에 없겠지요. 형사 한 명이 할 수 있는 건 여기까지이니까요."

그가 납득하지 않는다는 것은 그의 메마른 목소리로도 알 수 있었다.

이제 판결만 남은 것인가? 사요코의 부모님은 또 그 자리에 가야 하리라.

그리고 아마 사형 판결은 나오지 않을 것이다. 길거리에서 한 여자를 살해하고 돈을 빼앗았다. 이 정도의 '가벼운 죄'로는 사형을 받지 않는다. 그것이 이 나라의 법이다.

수화기 건너편에서 사야마가 말했다.

"이번 사건에 협조해주셔서 감사합니다. 사건이 일단락되면 인사하러 가겠습니다."

그 말은 빈말로밖에 들리지 않았지만, 나카하라는 일단 "기다리겠습니다" 하고 대답했다.

5

게이메이대학 의학부 부속병원의 1층 로비에는 사람들이

거의 남아 있지 않았다. 외래 접수는 오후 5시까지이고, 지금은 7시 조금 전이다. 아직까지 남아 있는 사람은 이미 진료를 마치고 진료비를 내기 위해 기다리는 사람들뿐이다.

유미는 로비를 둘러보았다. 그러자 접수창구 옆의 의자에서 잡지를 보고 있는 후미야의 모습이 눈에 들어왔다. 하얀 의사 가운을 걸치지 않은 것은 사람들 눈에 띄고 싶지 않았기 때문이리라.

그녀가 가까이 다가가 말을 걸었다.

"오빠, 나 왔어."

후미야는 고개를 들고 나서 "그래" 하고 말했다. 그리고 잡지를 덮고 일어서더니, 아무 말도 하지 않고 걸음을 내디뎠다. 따라오라는 뜻이다.

그녀는 후미야와 나란히 걸으면서 사과했다.

"갑자기 만나자고 해서 미안해."

"아니, 괜찮아."

후미야는 앞에 시선을 고정한 채 대답했다. 조금 퉁명스러운 대답을 듣고, 오빠가 이미 눈치챈 게 아닐까 생각했다. 자신이 오늘 무엇 때문에 여기에 왔는지.

에스컬레이터를 타고 2층에서 내리자 후미야는 성큼성큼 복도를 걸어갔다. 몇 번 구부러지는 사이에 유미는 방향감각을 잃어버렸고, 돌아갈 때는 아래층까지 데려다달라고 해야겠다고 생각했다.

후미야가 어느 방 앞에서 걸음을 멈추었다. 그리고 커다란 슬라이드 문을 열더니 "들어와" 하고 말했다.

커다란 방에는 큼지막한 책상을 에워싸듯 계측기인지 치료기인지 모를 기기들이 늘어서 있고, 책상 위에는 컴퓨터가 놓여 있었다.

유미는 후미야가 권하는 파이프 의자에 앉았다. 실내를 둘러보다 쳐다본 컴퓨터 모니터에는 흑백사진이 떠 있었다. 그것이 무엇인지 물론 유미는 알 수 없었다.

화면을 가리키며 후미야가 말했다.

"비장이야."

"비장? 아, 비장 말이야? 어른이 되면 필요 없는 장기 말이지?"

"필요 없긴. 조혈 기능과 면역 기능 등 여러모로 쓸모가 있어. 떼어내도 영향이 크지 않다는 것뿐이지."

"흐음. 그런데 그게 어떻게 됐는데?"

"비대해 있어. 이제 겨우 세 살인데 이렇게 많이……."

유미는 다시 화면을 쳐다보았다. 하지만 일반적인 크기가 어느 정도인지 모르는 만큼, 그녀는 대꾸할 도리가 없었다.

"NPC라는 병명, 넌 모르겠지?"

"엔, 피, 시? 처음 들어."

유미는 병명을 따라 말하고 나서 고개를 흔들었다.

"정식으론 니만·피크Niemann-Pick C형이라고 하지. 열성유전을 하는 질환이야. 이 아이는 예전부터 정신 면이나 운동 기능이 크게 뒤떨어져 있었지. 발열과 구토증 때문에 비장이 비대한 걸 발견했지만, 처음에는 원인을 알 수 없었어. 그런데 몇 가지 검사를 하는 사이에 니만·피크병이란 걸 알게 됐지. 세포 안에서 분해되어야 할 노폐물, 즉 콜레스테롤이 분해되지 않고 축적되는 거야. 그러면 어떻게 될 것 같아?"

"어떻게 되다니? 콜레스테롤이 축적되니까 어린 나이에 성인병 같은 것에 걸리겠지, 뭐."

그는 고개를 작게 흔들었다.

"그렇게 간단한 문제가 아니야. 콜레스테롤은 줄이면 되니까. 그보다 더 심각한 건 콜레스테롤 분해에 의해 생성되어야 할 물질이 정상적으로 생성되지 않는 거야. 그 결과 신경 증상이 진행되지. 그러면 움직일 수도, 말할 수도, 볼 수도, 먹을 수도 없어. 어릴 때 발병하면 스무 살까지도 살 수 없지."

"치료할 수 없어?"

"효과적인 치료법은 아직 없어. 일본에서 확인된 환자는 20명 정도인데, 우리 병원에서만 보면 방법이 전혀 없거든. 과학은 정말 무기력하고 진보도 너무 늦어. 시시한 일에 시간을 낭비할 때가 아니야."

후미야는 그렇게 말하고 나서 모니터를 껐다.

마지막 말을 듣고, 그가 왜 그런 말을 꺼냈는지 유미는 깨달았다. 역시 자신이 무엇 때문에 찾아왔는지 오빠는 알고 있다. 그리고 그렇게 시시한 일에 시간을 낭비할 때가 아니라고 미리 못을 박은 것이다.

자신도 이런 일을 하고 싶지 않다고 유미는 말하고 싶었다.

'긴히 할 얘기가 있으니까 만나줘.'

그에게 이런 메일을 보낸 것은 어젯밤이었다. 또한 거기에 이렇게 덧붙였다.

'새언니에게는 비밀로 해줘.'

그 즉시 후미야로부터 답장이 왔다. 내일 저녁 7시에 병원 로비로 오라는 것이었다. 커피숍으로 오라고 하지 않은 것은 다른 사람에게 알려지고 싶지 않은 이야기란 걸 눈치챘기 때문일지도 모른다.

후미야가 차가운 눈길로 그녀를 쳐다보았다.

"그런데…… 긴히 할 얘기라는 게 뭐야?"

유미는 등을 쭉 펴고 오빠를 똑바로 쳐다보았다.

"얼마 전에 엄마를 만나고 왔어. 중요하게 할 얘기가 있다고 오라고 해서."

"어머니는 잘 계셔?"

"어. 몸에는 별 이상이 없는 것 같아."

그녀는 '몸에는'이라는 부분을 특별히 강조했다. 그러나 그의 표정에는 변함이 없었다.

"다행이군. 그래서?"

유미는 크게 한숨을 쉬고 나서 말을 꺼냈다.

"오빠를 설득해달라고 하셨어. 새언니와 헤어지라고."

그는 "흐음" 하고 콧소리를 내더니, 맥 빠진 얼굴로 입술을 비틀었다.

"역시 그 얘기군. 너도 괜히 골치 아픈 역할을 떠맡았네."

"내 처지를 이해한다면 오빠도 생각하는 척이라도 해줘. 저기……."

유미는 그의 가무잡잡한 얼굴을 바라보았다.

"한 번도 생각한 적 없어?"

그는 쌀쌀맞게 대꾸했다.

"없어. 왜 그런 생각을 해야 하지?"

"그야……."

유미는 실내를 한 번 둘러본 뒤, 다시 후미야의 얼굴을 향했다.

"대학이나 병원에선 뭐라고 안 해?"

"뭐를?"

"사건에 대해서 말이야."

그는 팔짱을 낀 채 어깨를 살짝 들썩였다.

"장인이 살인범인데 잘도 태연하게 근무한다고 말이야?"

"그렇게 심하게 말할 사람은 없겠지만."

그는 그래도 상관없다는 듯이 대꾸했다.

"뒤에서는 그렇게 말하기도 하는 것 같아."

유미는 눈을 크게 떴다.

"역시 다 알고 있구나."

"형사가 몇 번 찾아왔으니까. 내 주변 사람에게도 이것저것 물어봤나 봐. 형사는 어떤 사건인지 말하지 않았겠지만 그런 걸 알아내는 건 시간문제잖아. 기바에서 발생한 살인 사건의 범인 이름이 마치무라 사쿠조이고, 내 아내의 옛날 성이 마치무라이니까. 인터넷을 좋아하는 한가한 사람에게는 흥미진진한 얘기지. 의학부 안에 소문이 퍼지기까지 하루도 걸리지 않았을 거야."

"그랬구나. 그래도 괜찮아?"

"뭐가? 그렇다고 해고되는 건 아니야. 이렇게 예전과 똑같이 소아과 의사로 일하고 있고."

"하지만 다들 뒤에서 쑥덕거리잖아. 앞으로 대학이나 병원에서 오빠 위치가 흔들리지 않을까, 엄마 걱정이 이만저만이 아니야."

"쓸데없는 걱정 하지 말라고 해. 제발 좀 조용히 하라고 말이야."

"집은 어때? 동네 사람들은 이상한 눈으로 쳐다보지 않아?"

"글쎄, 난 동네 사람들과 만나는 일이 거의 없어서 잘 모르겠어. 아내는 아무 말도 하지 않고. 하지만 형사가 동네 사람들에게도 탐문 수사를 했을 테니까 어렴풋이 알고 있지 않을까?"

후미야는 남의 일처럼 냉정하게 말했다.

유미는 다시 깊은 숨을 내쉬었다.

"한 가지만 더 물어볼게. 오빠, 우리는 어떻게 생각해? 나와 엄마는?"

그는 코에 주름을 잡고, 손가락 끝으로 미간을 긁었다.

"우리 때문에 곤란한 일이라도 있어?"

"난 괜찮아. 나에게도 형사가 찾아왔지만, 내 주변 사람들까지 괴롭히진 않은 것 같으니까. 하지만 엄마는 달라. 친척들이 매일 전화하거나 찾아와서 괴롭히나 봐. 하루라도 빨리 이혼시켜야 한다는 둥 이대로 있으면 내 장래에까지 영향을 끼친다는 둥. 생각해보면 전혀 근거 없는 얘기는 아니야. 오빠의 장인이 살인범이라는데, 나에게 프러포즈할 사람이 있겠어?"

그는 한숨을 쉰 다음, 한 손을 책상 위에 올려놓았다. 그리고 조바심이 나는 듯 검지로 책상을 몇 번 두들겼다.

"그러면 인연을 끊을래?"

"뭐? 무슨 말이야? 누구와 인연을 끊는단 거야?"

"난 아내와 헤어질 생각이 없어. 그런데 그게 마음에 들지 않는다면 나와 인연을 끊는 수밖에 없잖아."

"지금 진심으로 하는 얘기야?"

"물론 진심이야. 남들이 뭐라고 하면, 그런 오빠와는 인연을 끊었다고 하면 되잖아."

그가 손목시계를 쳐다보면서 덧붙였다.

"미안하지만 이런 이야기에 낭비할 시간이 없어."

"한 가지만 더. 변호사 비용을 오빠가 댄다고 하던데, 그게 정말이야?"

"정말이야."

"왜?"

"그걸 말이라고 해? 장인이 피고가 되었는데, 변호사를 고용하는 건 당연하잖아."

후미야는 동생을 날카롭게 노려보았다. 반박은 허락하지 않겠다고 위협하는 듯한 눈초리였다.

유미는 어깨에서 힘을 빼고 일어섰다.

"그만 갈게."

들어올 때와 마찬가지로 그가 슬라이드 문을 열어주었다.

복도로 나온 다음에 후미야가 말했다.

"이번에는 내가 한 가지 물어볼게. 왜 쇼에 대해서는 아무 말도 안 하지?"

유미는 허를 찔린 것처럼 한순간 움찔거렸다.

"쇼라니?"

"친척들이 네 장래를 걱정해준다면서? 그러면 쇼는 어때? 쇼의 장래를 걱정해주는 사람은 아무도 없어? 넌 어때?"

"그건."

유미는 입술에 침을 바르면서 말을 찾았다.

"물론 걱정이야 하지. 하지만 그건 오빠가 알아서 해야 하잖아. 쇼는 오빠의 아들이니까."

"당연하지."

"그러면 오빠가 알아서 잘 생각해."

유미는 그 말을 남기고 걸음을 내디뎠다.

후미야는 에스컬레이터가 있는 곳까지 유미를 데려다주었다. 헤어질 때, 유미가 사과했다.

"일 방해해서 미안해."

"나야말로 신경 쓰게 해서 미안해."

그 말에 유미는 흠칫 놀란 표정을 지었다. 오늘 처음으로 오빠가 마음을 연 듯한 생각이 들었다.

"몸 상하지 않게 조심해서 일해. 원래 의사가 자기 몸은 못 챙긴다잖아."

"그래, 조심할게."

후미야는 고개를 끄덕이고 입술에 미소를 담았다. 그 미소를 보고 나서 유미는 에스컬레이터를 탔다. 아마 오빠도 많이 괴로우리라.

유미는 시즈오카현静岡縣 후지노미야시富士宮市에서 태어났다. 아버지는 그곳에서 식품 제조업체를 경영하고, 집은 그 나름대로 유복했다. 가족은 부모님과 할머니, 다섯 살 터울의 오빠 후미야 그리고 옅은 갈색의 개가 전부였다. 그중에서 맨 처음 집을 떠난 사람은 후미야였다. 도쿄의 게이메이대학 의학부에 진학한 것이다. 이것은 그녀의 집안에서 크나큰 경사였다. 오빠의 대학 합격 소식이 전해진 날, 아버지는 직원들을 집에 불러 정원에서 바비큐 파티를 했다. 아버지의 자랑이 끝없이 이어지자 화가 난 후미야가 방에 틀어박혀 나오지 않았다.

그다음에 떠난 사람은 할머니였다. 어느 날, 정원에서 쓰러진 후 병원으로 옮기자마자 그대로 숨을 거두었다. 심부전이었다. 그러자 할머니가 그토록 사랑했던 개가 기운을 잃었다. 음식도 먹지 않고 움직임도 둔해졌다. 수의사에게 보여주자 수명이 다 되었다고 했다. 실제로 얼마 지나지 않아 할머니의 뒤를 따랐다.

유미는 오빠처럼 열여덟 살의 봄에 집을 떠났다. 역시 도쿄의 대학에 입학했기 때문이다. 다만 게이메이대학 의학부처럼 좋은 대학은 아니었다. 아버지는 그녀의 마음을 간파하고 이렇게 말했다.

"대도시에서 놀고 싶어서 상경하는 거지?"

그런 아버지가 2년 전에 돌연 세상을 떠났다. 지주막하출혈이었다. 회사를 후계자에게 넘기고 남은 인생을 즐기려고 하던 찰나였다.

이렇게 해서 예전에 북적거렸던 집에는 엄마인 다에코만 남았다. 이제 겨우 예순이 지난 다에코는 몸도 입도 건강했다. 아버지가 살아 있었을 때부터 틈만 나면 유미에게 전화를 걸어 신세타령을 하거나 유미의 교우 관계에 대해 꼬치꼬치 묻곤 했는데, 아버지가 돌아가신 후에는 한층 심해졌다.

특히 유미가 괴로운 것은 후미야의 아내, 즉 하나에의 험담을 늘어놓을 때였다. 머리가 나쁘다, 출생이 나쁘다, 집안일을 제대로 못 한다, 얼굴도 못생기고 스타일도 촌스럽다. 하나에에 관해서 말할 때는 인정사정없었다. 그리고 마지막에는 반드시 이렇게 덧붙였다.

"후미야는 왜 그렇게 천박한 여자에게 걸렸는지 몰라."

그 말에 대해 반박하는 것은 금기 사항이었다. 섣불리 말하면 엄마를 화나게 만들 뿐이었다. 한번은 유미가 이렇게 말한 적이 있다.

"엄마도 신경 쓰지 마. 오빠가 좋다는데 왜 그래? 같이 사는 사람은 엄마가 아니라 오빠잖아."

그러자 엄마는 입에 침을 튀기며 잔소리를 늘어놓았다.

"난 아들이 불행해질까 봐 걱정하는 거야. 넌 동생이라는 애가 왜 그렇게 인정머리가 없니?"

그 후에는 엄마가 무슨 말을 해도 "그래, 그렇지"라고 대꾸하며 한 귀로 듣고 한 귀로 흘려보내고 있다.

후미야가 결혼한 것은 지금으로부터 약 5년 전이다. 결혼식도 피로연도 하지 않고, 어느 날 갑자기 혼인신고를 했다고 통보해 왔다. 유미가 그 사실을 알게 된 것은 역시 엄마의 전화를 통해서였다.

엄마는 신경질적으로 화를 내면서 소리쳤다.

"오빠가 혼인신고를 했다는데, 뭐 들은 얘기 없어?"

그리고 얼마 지나지 않아 후미야가 하나에를 집으로 데려왔는데, 며느리의 모습을 보자마자 부모님은 전후 사정을 알아차렸다. 그녀가 아이를 가진 것이다. 이미 8개월에 접어들었다고 한다.

가벼운 마음으로 사귀었는데 상대가 임신을 했다. 그래서 책임감이 강한 후미야가 결혼하기로 결심했다─부모님으로서는 그렇게 해석할 수밖에 없었다. 다에코에게 이야기를 들었을 때, 유미도 그러리라고 생각했다.

다에코의 눈에는 하나에가 아들을 꼬드긴 교활한 여자로밖에 보이지 않았으리라. 처음부터 인상이 좋지 않았던 것이다.

하지만 다에코의 마음을 이해할 수 없는 것도 아니다. 평소에는 거의 만날 일이 없지만 제사 때나 가족 모임이 있을 때는 유미도 하나에를 만나게 된다. 그럴 때마다 엄마만큼은 아니지만 오빠가 왜 이 여자와 결혼했는지 고개를 비틀게 된다. 눈치도 없고 요령도 없다. 더구나 어떤 일도 제대로 해내는 법이 없다. 그녀의 행동을 보고 있으면 마음이 조마조마해서 견딜 수 없다.

다만 성격은 나쁘지 않았다. 상냥하고 친절하다. 무엇보다 후미야를 사랑한다는 것이 느껴진다. 자신의 생각은 포기한 사람처럼, 모든 면에서 후미야를 먼저 생각한다. 어쩌면 후미야는 의사의 아내로서 그런 여성이 좋다고 여겼을지도 모른다.

하지만 유미는 다에코의 불만이 하나에에게만 있지 않다는 것도 알고 있다. 다에코가 하나에에 대해 말할 때 가장 자주 등장하는 '출생이 나쁘다'는 말은 그녀의 아버지를 의식한 것이었다.

유미는 하나에에 관해서 잘 모른다. 오빠가 말해주지 않았기 때문이다. 다만 가족이 있는 것 같지는 않았다. 그래서 하나에를 혈혈단신 천애 고아라고 막연히 생각했다.

그런데 그렇지 않았다. 하나에의 고향인 도야마현富山縣에 아버지가 살고 있었던 것이다. 그것도 다에코의 전화를 통해서 알게 되었다. 유미의 아버지가 돌아가신 지 6개월쯤 지났을 때였다.

"내가 얼마나 놀랐는지 알아? 네 오빠가 갑자기 전화를 하더니, 앞으로 장인어른과 같이 살기로 했다지 뭐니? 무슨 말을 하는지 처음에는 도통 이해할 수가 없었어."

다에코의 말에 따르면 생활보호 대상자를 줄이기 위해 구청에서 수급자의 가족을 찾았는데, 어느 수급자의 딸이 도쿄에서 의사와 결혼했다는 사실을 알게 되었다고 한다. 물론 그 딸이란 사람은 하나에였다.

"무슨 말이야? 왜 오빠가 같이 살아야 한다는 거야? 친아버지도 아닌데, 같이 살 필요는 없잖아?"

"나도 입에 침이 마르도록 그렇게 말했지만 이미 그렇게 정했다지 뭐니? 무슨 고집이 그렇게 센지, 엄마 말은 통 들으려고 하지를 않아."

다에코는 전화기 앞에서 탄식했다.

그로부터 며칠이 지나지 않아 후미야는 하나에의 아버지를 다에코에게 소개했다고 한다. 다에코는 마치무라 사쿠조를 '바싹 마른 건어물처럼 생긴 영감탱이' 같다고 표현했다.

"부루퉁한 얼굴에, 도대체 무슨 생각을 하는지 모르겠어. 물어보는 것에도 제대로 대답하지 않고. 어쨌든 품위라곤 눈을 씻고 찾아봐도 없더구나. 하나에가 왜 그렇게 멍청한지 이제 알았어. 그런 사람이 어떻게 딸을 제대로 키웠겠어?"

결국 마지막 비난은 하나에에게로 향했다. 그리고 다에코는 포기한 것처럼 덧붙였다.

"이제 아들 집에 가기는 다 틀렸구나. 그런 영감탱이가 떡하니 버티고 있는데 어떻게 가겠어?"

그런데 다에코의 불만은 조금 해소되었다. 결과적으로 후미야는 장인과 같이 살지 않게 되었다. 조금 떨어진 곳에 작은 아파트를 얻어주기로 했다고 한다. 자세한 경위는 잘 모르겠지만 하나에가 같이 사는 것에 난색을 표한 모양이다.

"하나에가 옛날부터 자기 아버지를 끔찍하게 싫어했던 것 같아."

다에코의 목소리는 오랜만에 더할 수 없이 밝게 들렸다.

유미는 마치무라 사쿠조를 만난 적이 한 번도 없다. 후미야가 생활비를 얼마나 주는지도 모른다. 오빠라곤 하지만 어차피 그 집안의 일이다. 그녀에게는 그녀의 생활이 있다. 그녀는 대학을 졸업하고 자동차 회사에 취직해서 특허에 관련된 일을 하고 있다. 바빠서 남자를 만날 시간도 없다. 장인과 같이 살든 말든 생활비를 주든 말든, 그것은 오빠가 결정할 일이 아닌가.

하지만 그런 그녀도 한 달 전 사건에는 충격을 받지 않을 수 없었다. 믿고 싶지 않았다. 언제나 그렇듯이 소식을 알려준 사람은 다에코로, 그녀는 전화기 너머에서 소리 내어 통곡했다.

마치무라 사쿠조가 사람을 죽였다는 것이다.

"사실인 것 같아. 조금 전에 후미야가 전화로 알려줬어. 장인이 자수하러 갔다고. 앞으로 어떻게 될지는 모르지만 일단 나도 알고 있어야 할 것 같아서 전화했대."

"그게 무슨 말이야? 어디 사는 누구를 죽였대?"

"그것도 모르겠어. 후미야도 자세한 건 모르는 것 같아. 어떻게 이런 일이! 후미야의 장인이 살인자라니……. 그런 영감탱이는 그냥 내버려두라고 그렇게 말해도 안 듣더니!"

전화기 건너편에서 다에코는 목이 터져라 울부짖었다.

그로부터 얼마 후, 유미는 사건의 자세한 내용을 인터넷 기사를 통해 알게 되었다. 장소는 기바시의 길거리로, 그 근처에 사는 40세 여성을 칼로 찌르고, 지갑이 든 가방을 빼앗았다고 한다. 여성을 칼로 위협해서 금품을 빼앗으려고 했는데, 도망치려고 해 등 뒤에서 찔렀다—기사에 따르면 사쿠조는 그렇게 진술했다고 한다.

유미는 어이가 없어서 말을 할 수 없었다. 어떻게 이렇게 얄팍한 생각으로 살인을 저지를 수 있을까. 자신과 아무 관계가 없다면 코끝으로 비웃으면서 기사를 읽었으리라. 하지만 유감스럽게도 자신과 관계가 없지 않다. 유미는 한 번도 만난 적이 없는 사쿠조에게 강렬한 증오심을 느꼈다. 다에코의 말이 맞았다. 이런 인간은 그냥 내버려두었어야 한다.

그로부터 일주일쯤 지났을 때, 한 남자가 회사로 찾아왔다.

남자는 접수처에, 니시나 후미야 씨의 지인이라고 말했다고 한다. 접수처의 연락을 받고 유미는 불길한 예감에 휩싸였다.

그리고 그 예감은 적중했다. 회의실에서 마주한 사람은 경시청 수사1과 형사였다. 체격이 건장하고, 웃을 때도 눈길이 날카로운 사람이었다.

사야마는 유미를 보자마자 단도직입적으로 물었다.

"이번 사건을 알았을 때 어떻게 생각했죠?"

유미는 딱 부러지게 대답했다.

"멍청하다고 생각했어요. 최악의 인간이라고요."

"믿을 수 없다든지, 그 사람…… 마치무라 사쿠조답지 않다고 생각하진 않았습니까?"

유미는 고개를 흔들었다.

"그런 생각을 한 적은 없어요. 그 사람을 만난 적이 없거든요."

그러자 사야마는 왠지 이해되지 않는다는 표정을 지었다.

"그러세요? 마지막으로 오빠나 오빠의 가족과 얘기한 건 언제지요?"

"아빠의 3주기였을 거예요. 다섯 달 전이에요."

"그때 오빠나 오빠의 가족에게 특이한 점은 없었습니까?"

그녀는 자기도 모르게 미간에 주름을 잡았다.

"특이한 점이요?"

"어떤 거라도 괜찮습니다. 싸운 것 같았다든지, 심각한 것 같았다든지."

"글쎄요."

유미는 고개를 갸웃거렸다. 왜 이렇게 이상한 질문을 하는 것일까?

"얘기를 별로 안 해서 잘 모르겠어요."

"그러면 마지막으로"라고 말하며 사야마는 사진 한 장을 보여주었다.

"이분을 본 적이 있나요?"

고집이 세 보이는, 머리가 짧은 여자였다. 삼십대 후반쯤 되었을까?

"비교적 미인이네요."

한 번도 본 적이 없기 때문에 그렇게 대답했다.

"그러면 하마오카 사요코라는 이름을 들은 적은요?"

"하마오카 사요코……."

유미는 이름을 따라 말하고 나서 흠칫 몸을 떨었다.

"혹시 피해자의 이름인가요?"

사야마는 대답하지 않고 다시 물었다.

"사건이 일어나기 전에 그 이름을 들은 적이 있나요?"

"없어요. 왜 그런 걸 묻는 거죠? 우연히 칼로 찌른 사람이 그 여자였던 거잖아요, 아닌가요?"

그 질문에도 그는 대답하지 않았다. 다만 "협조해주셔서 감사합니다"라고 말하면서 사진을 가방에 넣었을 뿐이다.

나중에 안 사실이지만, 그날 다에코에게도 다른 형사가 찾아와서 똑같은 질문을 했다고 한다.

"왜지? 경찰은 왜 우리가 피해 여성을 알고 있을 거라고 생각한 거지?"

다에코는 전화로 그렇게 물었다. 연신 고개를 갸웃거리고 있을 모습이 눈앞에 선했다.

유미는 자신의 생각을 말해보았다.

"혹시 무슨 관련이 있다고 생각하는 거 아닐까?"

"관련이라니?"

"새언니 아버지와 피해 여성 사이에 말이야. 그게 아니면 왜 그렇게 묻겠어?"

"말도 안 돼! 그 영감탱이는 금품을 노리고 여자를 칼로 찌른 거잖아. 상대가 누구라도 상관없었던 거 아니야?"

"그렇긴 하지만……."

둘이 아무리 얘기해봤자 결론이 나올 리는 만무했다.

그 이후, 유미는 수사가 어떻게 되었는지 모른다. 형사는 두 번 다시 그녀 앞에 모습을 나타내지 않았다.

그리고 후미야에게 말한 것처럼 며칠 전에 다에코에게 전화가 걸려 왔다. 직접 만나서 얘기하고 싶으니까 고향으로 내려와달라는 것이었다.

새언니와 이혼하도록 오빠를 설득해달라는 말을 듣고 유미는 어이가 없어서 입을 다물지 못했다. 그래서 자기도 모르게 엄마가 직접 말하면 되지 않느냐고 반박했다.

다에코는 찻잔을 들고 미간에 주름을 잡았다.

"그 애가 내 말을 들을 것 같아?"

물론 아무 소용이 없을 거라고 유미는 생각했다. 그리고 자신이 말해도 귓등으로도 듣지 않을 것이다.

"그럴지도 모르지만 어쨌든 말해봐. 그래도 후미야가 너에게는 마음을 여는 편이잖아. 부탁해."

유미는 자신의 손을 꼭 잡고 말하는 엄마를 냉정하게 뿌리칠 수 없었다. 그래서 "일단은 말해볼게" 하고 마지못해 대꾸했다.

그러자 다에코가 갑자기 목소리의 톤을 낮추었다.

"실은 이번 일이 있기 전부터 어떻게 해야 하지 않을까 생각했거든."

"무슨 말이야?"

"하나에 말이야, 안 그래도 헤어지게 하려고 했어."

"왜? 머리도 나쁘고 출생도 나빠서?"

다에코는 얼굴을 찡그리며 작게 손을 흔들었다.

"그게 아니라 내가 걱정하는 건 쇼야, 쇼."

"아!"

유미는 고개를 끄덕였다. 엄마가 무슨 말을 하려는지 짐작이 갔다.

"이상하지 않아? 너도 요전 3주기 때 봤지? 어떻게 생각해?"

유미는 무거운 입을 천천히 열었다.

"글쎄, 오빠를 닮았다고 하긴 힘들지만······."

"그렇지? 친척들도 다 그래. 후미야를 하나도 안 닮았다고."

"하지만 오빠가 자기 아이라잖아. 그렇다면 다른 사람이 이러쿵저러쿵할 필요가 없지 않을까?"

"후미야가 속고 있는 거야. 당시 하나에겐 후미야 말고 사귀는 남자가 또 있었어. 속된 말로 양다리를 걸친 거지. 그런데 결혼 상대로 후미야의 조건이 더 좋으니까 후미야를 선택한 거야. 태어난 아이가 다른 남자의 아이일 줄은 꿈에도 몰랐겠지. 아니야, 어쩌면 하나에는 알고 있었을지 몰라. 여자가 설마 그런 걸 모를 리가 있겠어? 정말이지 네 오빠는 왜 그렇게 사람이 물러터졌나 몰라. 사람이 좋으면 고집이 세지나 말든가."

아무런 증거도 없으면서 다에코는 단정적으로 말했다. 하지만 유미의 생각도 다에코와 크게 다르지 않았다. 후미야도 그렇지만 그녀의 집안사람은 모두 전형적인 일본인처럼 생겼다. 얼굴 윤곽도 확실하지 않고 이목구비도 뚜렷하다고 하기 힘들다. 그런데 쇼는 눈이 크고 이목구비도 뚜렷하다. 눈꺼풀도 후미야와 달리 쌍꺼풀이다. 아무리 눈을 크게 뜨고 찾아봐도 후미야를 닮은 곳이라고는 한 군데도 없었다.

다에코가 조심스럽게 말했다.

"DNA 검사를 하면 어떨까? 그러면 확실해지잖아. 친아들이 아니란 걸 알면 후미야의 마음도 달라지지 않을까?"

"그런 걸 어떻게 해? 오빠가 허락할 것 같아?"

"당연히 후미야 몰래 해야지. 결과가 나온 다음에 말해주는 거야."

유미는 손을 옆으로 흔들었다.

"그건 안 돼. 오빠가 알면 엄청나게 화낼 거야. 그리고 본인에게 말하지 않고 할 순 없을걸. 만약에 할 수 있다고 해도 재판에선 사용할 수 없을 거야."

"그래? 그럼 어떻게든 후미야를 설득할 수밖에 없겠구나."

"미리 말하지만 나더러 설득하라고 하지 마. 그 역할은 사양하겠어. 이혼하라고 말하는 것만 해도 마음이 무거운데 쇼와 DNA 검사를 하라니, 그런 말은 죽어도 할 수 없어."

그러자 다에코는 두통을 참는 것처럼 관자놀이를 눌렀다.

"그러면 어떡해? 난 너만 믿고 있었는데. 아, 골치 아파죽겠어. 살인자 장인의 뒤치다꺼리를 해야 하지 않나, 남의 자식을 키워야 하지 않나. 내 아들 인생이 왜 이렇게 됐는지 모르겠구나."

게이메이대학 의학부 부속병원을 나와 전철역을 향해 걸어가면서, 유미는 다에코의 한탄을 떠올렸다. 엄마는 후미야가 속고 있다고 생각하지만 과연 그럴까?

유미는 조금 전에 나누었던 오빠와의 대화를 곱씹어보았다.

그는 분명히 가족이나 친척들이 쇼와의 관계를 의심하고 있다는 사실을 알고 있다. 하지만 그런 현실에서 눈길을 돌리고 있는 것도 사실이다.

어쩌면 오빠는 진실을 알고 있는 게 아닐까.

6

밤 10시가 지나서야 쇼는 겨우 잠들었다. 하나에는 조용히 쇼의 침대 옆에서 떨어져, 아들의 몸에 담요를 덮어주었다. 쇼는 만세라도 부르듯 손을 치켜든 채 잠들어 있었다. 그 얼굴을 보고 역시 그 남자를 닮았다고 생각했다. 눈은 쌍꺼풀이 지고 코는 오뚝하다. 더구나 머리칼은 약간 곱슬머리다. 하나에서 열까지 자신과 후미야의 특징이라고 하기는 힘들었다.

그녀는 아들을 바라보며 생각에 잠겼다. 적어도 나를 닮았다면 얼마나 좋았을까? 만약 그랬다면 후미야를 닮았는지 닮지 않았는지, 아무도 신경 쓰지 않으리라. 엄마인 자신과도 닮지 않았기 때문에 모두 이상하게 여기는 것이다.

발소리를 내지 않도록 조심하면서 계단을 내려갔다. 거실의 문틈에서 불빛이 새어 나오고 있다. 문을 열어보자 후미야가 책상 앞에 앉아 있다. 손에 만년필을 들고 편지를 쓰는 참이었다.

"편지 써요?"

그는 만년필을 내려놓으며 대답했다.

"그래. 사요코 씨의 부모님께 보내려고."

순간 하나에는 숨을 들이마셨다. 그런 생각은 한 번도 해본 적이 없었다.

"무슨 편지예요?"

"물론 사죄의 편지지. 이런 편지를 받으면 오히려 화가 날지도 모르지만 가만히 있을 수는 없으니까."

후미야는 그녀에게 편지지를 내밀었다.

"한번 읽어볼래?"

"읽어봐도 돼요?"

"물론이지. 나와 당신의 연명으로 보낼 거야."

그녀는 등나무 의자에 앉아서 편지지를 받았다. 편지지에는 파란색 잉크로 다음과 같이 쓰여 있었다.

'이런 편지가 귀찮을 뿐이라는 것은 잘 알고 있습니다만, 꼭 드리고 싶은 말이 있어서 펜을 들었습니다. 당장 찢어버리신다 해도 불평할 수 있는 처지가 아니지만 한번 읽어주시기 바랍니다.

하마오카 님, 진심으로 죄송합니다. 금지옥엽 키우신 따님의 목숨을 그런 식으로 빼앗기리라곤 꿈에도 생각하지 못했겠지요. 저에게도 아들이 있기 때문에 얼마나 분하고 얼마나 억울할지는 상상하기 어렵지 않습니다. 마음이 아프다는 말로 넘어갈 수 있는 일이 아니겠지요.

장인이 저지른 행동은 인간으로서 최악의 행위이자 도저히 용서받을 수 없는 행동입니다. 재판에서 어떤 판결이 내려질지는 모르지만 죽음으로 속죄해야 한다는 결론이 나와도 변명할 여지가 없다고 생각합니다.

자세한 내용은 저희도 아직 파악하지 못했지만 변호사의 이야기로 추측할 때, 아무래도 장인은 돈 때문에 범행을 저지른 것 같습니다. 참으로 어리석은 짓이라고 통탄하지 않을 수 없습니다.

그러나 돈 때문이라면 저희 부부에게도 책임이 있습니다. 뚜렷한 직업이 없는 고령의 장인이 요즘 돈 때문에 고민하고 있다는 것은 어렴풋이 알고 있었습니다. 아내의 말에 따르면 사건을 일으키기 며칠 전에도 전화로 돈을 요구했다고 합니다. 하지만 아내와 장인의 관계는 예전부터 그다지 좋지 않았고, 더구나 저에게 미안한 마음이 들어서 거절했다고 합니다. 그러면서 앞으로는 금전적인 지원을 일절 하지 않겠다고 했다더군요.

 장인이 얼마나 궁지에 몰렸는지는 분명하지 않지만, 아내가 돈을 주지 않음으로써 순간적인 충동을 이기지 못해 범행을 저질렀다면 그 책임은 저희에게도 있다고 할 수 있습니다. 그 사실을 안 순간, 온몸이 바들바들 떨렸습니다. 그리고 장인이 재판을 받는 것은 당연하지만 저희도 유족에게 사죄해야 한다고 생각했습니다.

 하마오카 님, 부디 직접 사죄할 기회를 주시지 않겠습니까? 교도소에 있는 장인이라고 생각하고 주먹으로 때려도 좋고 발로 차도 좋습니다. 그렇게 해봤자 증오나 분노가 가라앉지 않는다는 것은 알고 있지만, 조금이라도 성의를 표시할 수 있었으면 하고 간절히 바라는 바입니다.

 깊은 슬픔에 잠겨 있을 때 이런 하찮은 글을 읽고 한층 마음이 복잡해지지 않으셨을지 걱정이 되는군요. 정말 죄송합니다.

 끝으로, 진심으로 따님의 명복을 빌겠습니다.'

 편지의 말미에는 후미야의 말처럼 그와 하나에의 이름이 적혀 있었다.

 하나에가 고개를 든 순간, 후미야와 눈이 마주쳤다.

 "어때?"

 "좋은 것 같아요."

 그녀는 후미야에게 편지지를 돌려주었다. 배움도 없고 학식도 없는 자신이, 후미야의 편지에 이러쿵저러쿵 말할 수 있을 리가 없다.

"그쪽 사람을 만날 거예요?"

"만나주겠다는 답장이 오면 그러려고. 하지만 설마 만나자고 하겠어?"

후미야는 편지지를 정중하게 접어서 옆에 있는 봉투에 넣었다. 봉투의 겉면에는 '하마오카 님께'라고 쓰여 있었다.

"내일 오다 변호사에게 줄 거야. 그나저나 장인어른은 사죄의 편지를 썼을까? 지난번에 변호사를 만났을 때, 쓰게 하겠다고 했는데."

하나에가 고개를 살짝 옆으로 기울였다.

"글쎄요, 그 사람은 워낙 흐리터분해서……."

"유족에게 형식을 갖추어서 사죄의 뜻을 전하는 건 아주 중요해. 재판에 큰 영향을 미칠 수 있어. 지금 우리가 해야 할 일은 어떻게 하면 조금이라도 형량을 낮출 수 있느냐 하는 거니까. 내일 변호사에게 확인해볼게."

후미야는 옆에 있는 서류 가방을 열고 봉투를 넣었다.

"그런데 유치원은 어떻게 됐어?"

그 말에 하나에는 화들짝 놀라며 시선을 내리깔았다.

"아, 역시 옮기는 편이 좋겠대요."

"그렇게 말해?"

"네, 오늘 원장 선생님이 그러더군요."

후미야는 얼굴을 찡그리며 눈썹 위를 긁적였다.

"옮겨도 똑같지 않을까? 거기서도 소문이 나면 또 옮길 거야?"

"멀리 떨어진 곳이라면 괜찮을 거예요. 이번 소문의 근원지는 후지이 씨 같으니까요."

후미야는 한숨을 쉬며 방 안을 둘러보았다.

"이사를 가야 하나?"

"가능하면, 그렇게 하는 게 좋을 것 같아요."

"그러려면 우선 이 집을 팔아야 하잖아. 이상한 소문이 떠다니면 안 팔릴 텐데."

하나에가 힘없이 고개를 숙였다.

"죄송해요."

"당신 잘못이 아니잖아."

후미야는 퉁명스럽게 말하고 자리에서 일어섰다.

"목욕할게."

"그러세요."

하나에는 남편의 등을 바라보면서 대답한 뒤 책상 위를 정리했다. 편지지가 몇 장 구겨져 있다. 아마 계속 고민하면서 몇 번을 다시 썼음이 틀림없다.

지금의 괴로운 상황도, 후미야만 믿고 묵묵히 따라가면 극복할 수 있을지도 모른다. 그러니까 마음 약해지면 안 된다.

유치원에서 친구들이 놀아주지 않는다고 쇼가 울면서 말한 것이 지난주이다. 처음에는 무슨 말인지 이해할 수 없었다. 하지만 계속 대화하면서 사정을 이해할 수 있었다.

"네 할아버지는 나쁜 사람이야. 그러니까 너랑 놀면 안 돼."

친구들이 이렇게 말한 것이다. 쇼는 뭐가 뭔지 모르겠다는 표정으로 하나에게 물었다.

"엄마, 우리 할아버지가 나쁜 사람이야?"

그녀는 유치원에 가서 사정을 확인했다. 체구가 작은 남자 원장이 신중하게 말했다.

"저희도 상황은 알고 있습니다."

쇼의 할아버지가 사람을 죽였다는 소문이 퍼지면서, 아이들의 부모로부터 항의 전화가 걸려 왔다. 앞으로 어떻게 할 거냐고 물어서, 유치원으로서도 고민하는 중이라고 대답했다는 것이다.

소문의 진원지가 같은 동네에 사는 후지이 씨라는 것이 밝혀졌다. 그 집에 쇼와 같은 유치원에 다니는 아이가 있다. 사쿠조가 체포된 직후, 형사 몇 명이 근처에서 탐문 수사를 했다는 것은 알고 있다. 아마 후지이 씨 집에도 간 것이리라.

사쿠조가 사람을 죽였다는 사실을 알았을 때부터 각오는 했지만, 역시 세상 사람들은 살인자의 가족을 차가운 눈으로 바라봤다. 흉악범과 피가 이어져 있다는 것만으로도 생리적 혐오감에 휩싸인다는 것은 그녀도 이해할 수 있다. 반대 입장이라면 자신도 그랬을 테니까. 어쩌면 그렇게 위험한 사람을 왜 방치했냐면서 책임을 물었을지도 모른다.

어쨌든 지금은 참고 견디는 수밖에 없다고 그녀는 생각했다. 아버지가 범죄자가 된 것을 받아들이는 수밖에 없다. 지금 가장 큰 문제는 후미야의 말처럼 어떻게 하면 형량을 낮출 수 있느냐이다. 그러려면 어떻게든 범행의 잔인함을 희석시키는 수밖에 없다. 그러면 세상의 눈길이 조금은 달라질지도 모른다.

'아내와 장인의 관계는 예전부터 그다지 좋지 않았고.'

하나에의 머릿속에서 갑자기 편지의 일부분이 떠올랐다.

그것은 사실이었다.

그녀의 엄마인 가쓰에는 작은 이자카야居酒屋*를 혼자 꾸려가고 있었다. 부모를 일찍 여읜 엄마는 언젠가 자신의 가게를 가지고 싶어서, 유흥업소에 나가면서도 착실히 돈을 모았다. 자신의 이자카야를 가진 것은 딱 서른 살 때였다.

그 가게에 뻔질나게 드나든 손님 중에 마치무라 사쿠조가 있었다. 당시 그는 가방과 액세서리를 취급하는 회사에서 영

---

* 선술집.

업 일을 하고 있었다. 본사는 도쿄에 있지만 공장이 도야마에 있기 때문에 일주일에 몇 번 도야마에 온다고 가쓰에에게 말했다.

두 사람은 이내 친해지고, 이윽고 남녀 관계로 발전했다. 사쿠조가 가쓰에의 집에서 자는 날이 많아지면서 어느새 호적을 합치게 되었다. 결혼식도 피로연도, 심지어는 이사도 하지 않고, 모든 것이 갖춰진 집에 남자가 굴러들어 온 형태였다. 그것에 대해 가쓰에는 나중에 이렇게 한탄했다.

"내가 남자 보는 눈이 없었어. 그런 남자를 쉽게 받아들이다니, 내 발등 내가 찍었지, 뭐."

사쿠조의 회사가 상표법 위반으로 적발된 것은 결혼한 지 6개월 만의 일이다. 도야마의 공장에서 만든 상품은 해외 브랜드의 위조품이었던 것이다. 사쿠조는 그런 물건들을 가지고 도쿄나 오사카의 호텔 등지에서 '특별 이벤트'라고 광고하여 판매해왔다.

회사는 당연히 없어졌다. 하지만 사쿠조는 그런 사실을 몇 달이나 가쓰에에게 말하지 않았다. 도쿄에 가지 않는 이유로는 공장을 감독하는 책임자가 되었다고 거짓말을 했다. 가쓰에가 이런 사실을 알았을 때는 이미 뱃속에 7개월에 접어드는 아이가 있었다.

그녀는 아이를 낳기 직전까지 이자카야에서 일했다. 그리고 아이를 낳고 움직일 수 있게 되자 딸을 등에 업고 가게에 나갔다고 한다.

왜 아빠에게 자신을 맡기지 않았느냐고 묻자, 엄마는 얼굴을 찡그리며 이렇게 말했다.

"널 봐달라고 하면 그걸 핑계로 영원히 일을 하지 않을 테니까."

가쓰에의 말에 따르면 사쿠조는 그런 남자로, 어떻게 하면 빈둥빈둥 편하게 살 수 있을까 하는 궁리밖에 하지 않았다고 한다.

실제로 일을 하던 시기도 있었지만 어떤 일이든 오래 하지 않았다. 하나에는 아버지가 성실하게 일하는 모습을 한 번도 본 적이 없다. 일하는 모습조차 기억나지 않는다. 누워서 TV를 보든지, 파친코 가게에 가든지, 술을 마시든지 그중 하나였다. 초등학교에 다닐 때 수업이 끝나면 가끔 문을 열기 전의 엄마 가게에 들르곤 했다. 사쿠조는 그때마다 카운터에 앉아 프로야구를 보면서 맥주를 마셨다. 그것만이라면 다행이겠지만 가쓰에가 잠시 눈을 돌리면 카운터에 있는 금고에서 1만 엔짜리 지폐를 훔쳐냈다. 하나에가 날카롭게 쏘아보면 천박한 미소를 지으며 비밀이라는 식으로 입술 앞에 검지를 세웠다.

돈도 벌지 못하면서 시도 때도 없이 바람을 피웠다. 어디서 어떻게 알게 되었는지 모르지만 이상한 여자들을 끊임없이 만났다. 그래도 가쓰에가 이혼하지 않은 것은 오직 딸 때문이었다. 부모가 이혼했다고 하면 자식까지 색안경을 끼고 본다는 것이다.

하나에가 고등학교 2학년이 되던 해 겨울, 가쓰에가 쓰러졌다. 폐암이었다. 의사는 이미 수술할 시기를 놓쳤다고 했다.

입원한 엄마를 보려고 그녀는 매일 병원에 갔다. 엄마는 하루가 다르게 야위어갔다. 그러던 어느 날, 가쓰에는 주위에 아무도 없는 것을 확인한 다음, 작은 목소리로 속삭이듯 말했다.

"집에 가서 냉장고 안에 있는 장아찌 용기 안을 봐. 그 안에 통장과 도장이 들어 있어. 그동안 널 위해 한 푼 두 푼 모아놓은 거야. 그것을 잘 간직해야 돼. 아빠한테 들키면 절대 안 돼."

자신이 세상을 떠난 뒤, 딸의 장래를 걱정하고 있는 것이 분명했다. 하나에는 눈물을 흘리며, 그런 생각은 하지 말고 빨리 기운 차리라고 애원했다.

"그래, 엄마도 힘낼게."

가쓰에는 그렇게 말하고 힘없이 웃었다.

하나에는 집에 가서 냉장고 문을 열었다. 장아찌 용기 안에는 통장과 도장이 있는 비닐봉지가 들어 있었다. 통장의 잔고는 1백만 엔이 조금 넘었다.

그 무렵 사쿠조는 다른 여자와 살면서 집에는 거의 들어오지 않았다. 어떤 여자인지, 집이 어디인지도 모른다. 연락처도 모른다.

어느 날, 사쿠조로부터 전화가 걸려 왔다. 특별한 용건은 아니었다.

그녀는 무표정하게 말했다.

"엄마가 폐암이야. 이제 얼마 남지 않았대."

사쿠조는 잠시 침묵한 뒤에 물었다.

"병원이 어디야?"

"말해주기 싫어."

"뭐야?"

"쓰레기."

그녀는 토해내듯 말하고 전화를 끊었다.

그 이후, 병원을 어떻게 알았는지는 모르지만 사쿠조는 몇 번 병원에 다녀갔다고 한다. 하나에는 그 말을 가쓰에에게 들었다. 하지만 자세한 이야기는 묻지 않았다. 알고 싶지도 않았던 것이다.

이윽고 가쓰에는 눈을 감았다. 아직 쉰 살도 되기 전이었다. 젊은 나이였기 때문에 암이 빨리 진행된 것이리라.

하나에는 이웃 사람들과 이자카야 단골들의 도움을 받아 장례식을 치렀다. 그러면서 얼마나 많은 사람이 엄마를 좋아했는지 새삼 알게 되었다. 어떻게 알았는지 사쿠조도 나타났다. 상주인 척하는 것을 보고 하나에의 가슴에 증오가 팽창했다.

그녀는 장례식이 끝날 때까지 사쿠조에게 한마디도 말을 걸지 않았다.

그 이후, 사쿠조는 밤이 되면 집으로 들어왔다. 다만 식사는 밖에서 하는 모양이었다. 하나에는 매일 밤 직접 음식을 만들어 혼자 먹었다.

아침에 일어나면 사쿠조의 모습은 보이지 않았다. 몇 주일에 한 번, 탁자 위에 돈 봉투가 놓여 있었다. 생활비를 준다고 놔두고 가는 모양이었다.

고마운 마음은 털끝만큼도 들지 않았다. 돈이 어디서 나오는지는 알고 있었다. 가쓰에가 남긴 이자카야를 어느 여자에게 맡긴 것이다. 그 여자와의 관계도 대강 짐작이 갔다. 엄마의 소중한 가게를 다른 여자에게 맡기다니. 도저히 용서할 수 없었다.

고등학교를 졸업하자마자 그녀는 집을 나왔다. 가나가와현에 있는 전자부품 제조업체에 취직한 것이다. 공장의 생산라인에서 일하고 싶지는 않았지만, 여자 기숙사가 있는 것이 마음에 들었다. 어쨌든 사쿠조로부터 떠나고 싶었다. 사쿠조에게는 어디에 취직했는지도, 기숙사가 있다는 것도 말하지 않았다. 졸업식이 끝난 지 이틀 후, 짐은 미리 보내놓았기 때문에 커다란 가방 두 개만 들고 집을 나섰다. 언제나 그렇듯이 사쿠조는 집에 없었다.

그녀는 마지막으로 그동안 살았던 집을 돌아보았다. 가쓰에가 집주인에게 사정해서 적은 월세로 살았던 작은 집은 안타까울 만큼 군데군데 썩어 있었다. 나쁜 기억도 있었지만 그리운 추억도 깃든 집이었다. 지금이라도 가쓰에의 목소리가 들릴 것 같은 생각이 들었다.

그녀는 사쿠조를 저주했다. 그 남자만 없었으면 엄마는 아직도 살아 있고, 우리는 행복하게 살 수 있었을 텐데.

그녀는 발길을 돌려 역으로 향했다. 이제 다시는 여기로 돌아오지 않겠다. 그런 남자는 두 번 다시 만나지 않겠다. 그녀는 마음속으로 맹세했다.

실제로 그로부터 10여 년간, 사쿠조를 만나는 일은 없었다. 아버지는 살아 있을지 모르지만 어디 있는지는 모른다―후미야에게는 그렇게 말했다.

그런데 생각지도 못한 일이 발생했다. 도야마현 현청에서 연락이 와서, 마치무라 사쿠조 씨의 부양에 관해 할 말이 있다고 한 것이다. 그때 우연히 후미야가 전화를 받게 되었다. 그는 사쿠조가 장인이라는 것을 알게 되자 즉시 자신이 돌보겠다고 대답했다. 그녀에게는 의논도 하지 않았다. 그 사실을 알았을 때, 그녀는 처음으로 남편에게 불만을 토로했다.

"그냥 내버려두지 왜 돌보겠다고 했어요? 당신 친아버지도 아니잖아요."

"그럴 순 없어. 현청 사람들도 곤란한 것 같았고."

후미야는 자신이 직접 만나러 가겠다고 하면서 한 발짝도 물러서지 않았다.

그녀는 도야마현의 낡은 아파트에서 늙은 아버지와 재회했다. 사쿠조는 머리칼이 완전히 새하얘지고, 뼈에 가죽만 남은 것처럼 야위어 있었다. 하나에를 보는 눈에는 비굴함이 잔뜩 배어 있었다.

그가 맨 처음 한 말은 "미안하다"였다. 그는 그녀와 후미야를 번갈아 바라보면서 덧붙였다.

"잘 살고 있는 것 같아서 다행이구나."

그녀는 거의 말을 하지 않았다. 마음 깊은 곳에서 그을음을 내던 증오가 다시 새빨간 불길이 되어서 솟구치려고 했다.

도쿄로 오고 나서 후미야는 그녀에게, 아버지와 같이 살자고 말했다. 하지만 그녀는 고개를 세차게 흔들며 반대했다. 그러면서 죽어도 싫다고 간절하게 호소했다.

"왜 그렇게 싫어하는 거야? 하나밖에 없는 아버지잖아."

"당신은 아무것도 몰라요. 내가 그 사람 때문에 얼마나 고생했는지 알아요? 어쨌든 같이 사는 건 절대로 안 돼요. 꼭 같이 살아야겠다면 내가 쇼를 데리고 집을 나가겠어요!"

한참을 입씨름한 끝에 후미야가 한발 물러섰다. 같이 살지는 않고, 도쿄로 모셔 와서 생활비를 드리겠다는 것이다.

그녀는 마지못해 동의했다. 한 달 생활비를 정하고, 사쿠조가 살 곳에도 조건을 달았다. 집 근처에 사는 것은 소름 끼치게 싫어서, 그녀가 직접 기타센주의 아파트를 찾았다. 지은 지 40년이 된 허물어지기 직전의 아파트지만, 그것도 아깝다고 생각했다.

그때 후미야를 설득해서 사쿠조와 관계를 끊었다면 지금쯤 어떻게 되었을까?

하나에는 세차게 고개를 흔들었다. 그런 생각을 해봤자 소용없다. 시간은 이미 되돌릴 수 없으니까.

7

비단을 씌운 납골대 위에 새하얀 나무판이 있고, 그 위에 여행을 떠난 포비의 모습이 있었다.

포비는 야마모토 가족이 기르던 미니어처 닥스훈트의 이름이다. 열세 살 된 암컷이었다고 한다. 원래 심장질환이 있었는데, 그런 것치고는 오래 산 편이라고 주인들은 말했다.

포비의 뼈를 보자마자 야마모토 가족의 입에서 동시에 탄성이 흘러나왔다. "예쁘다!"라고 말한 사람은 고등학생으로 보이는 딸이다. "꼭 표본 같아"라는 말이 이어졌다.

앤젤보트에서는 납골 의식을 중요하게 여기고 있다. 대부분의 주인들은 유골을 넣은 유골함을 집에 가져가지만, 그 이후에 뚜껑을 열고 안을 들여다보는 일은 거의 없다. 즉, 여기서 뼈를 수습하는 것이 반려동물을 만나는 마지막 기회가 되는 것이다. 따라서 그 의식을 소중한 추억으로 만들기 위해, 되도록 유골을 아름답게 늘어놓도록 신경을 쓰고 있다. 등뼈와 사지의 뼈, 관절 등을 본래의 위치에 놓고, 머리뼈도 적절한 곳에 놓는다. 되도록 살았을 때의 모습을 재현하려고 노력하는 것이다. 화장을 할 때 완전히 태우면 가루만 남아서 형태를 이루지 못하는 일이 있다. 더구나 병으로 사망한 동물의 뼈는 약해진 경우가 많다. 따라서 불의 세기를 적당히 조절하는 기술이 필요하다.

간다 료코가 설명하면서 납골 시범을 보여주었다. 야마모토 가족도 젓가락을 들고 사랑하는 개의 뼈를 주워서 유골함에 넣었다. 그 모습을 나카하라는 따뜻한 눈길로 지켜보았다.

그들의 발밑에서는 미니어처 닥스훈트 한 마리가 안절부절못하며 돌아다녔다. 죽은 개가 낳은 수캐로, 지금 여덟 살이라고 한다. 그가 앞으로 야마모토 가족의 분위기 메이커가 될 것이다. 하지만 지금은 기침을 하며 거친 숨을 토해내고 있다.

유골함에 이름과 날짜를 적는 것을 마지막으로 의식이 끝났다. 가족은 모두 후련한 표정을 지었다.

"덕분에 기분 좋게 작별 인사를 했습니다. 감사합니다."

모든 의식을 마치고 앤젤보트를 나갈 때, 야마모토 가족의 남편이 말했다. 옆에서 아내도 밝은 미소와 함께 만족한 표정을 지었다.

나카하라가 정중하게 대꾸했다.

"조금이라도 도움이 되었다면 다행입니다."

이 일을 하기 잘했다고 생각하는 것은 이런 때이다. 사람들이 슬픔을 승화시키는 모습을 보면 자신의 마음도 조금은 정화된 듯한 느낌이 든다.

초등학생처럼 보이는 아들이 개를 껴안고 있다. 아들의 팔 안에서 개가 또 기침을 했다.

"개가 자꾸 기침을 하는군요."

나카하라의 말을 아내가 받았다.

"그러게 말이에요. 요즘 들어 기침이 심해졌어요. 실내 먼지 때문일까요? 청소를 자주 하는데도 저러네요."

"기관지 협착일지도 모르겠군요."

나카하라의 말이 끝나기도 전에 가족이 일제히 의아한 표정을 지었다.

"나이를 먹으면 기관지가 점점 좁아지거든요. 특히 이렇게 작은 개에게 흔히 볼 수 있는 현상이지요. 주인을 보기 위해 항상 머리를 위로 치켜드니까요. 그런 자세 때문이라고 하더군요."

아내가 걱정되는 얼굴로 물었다.

"그러면 어떻게 되나요?"

"여러 질환을 일으킬 우려가 있습니다. 한번 병원에 데려가 보시는 게 좋을 것 같군요. 아직 증상이 가벼운 것 같으니까 빨리 손을 쓰시면 별문제 없을 겁니다."

"그렇게 할게요. 이 애는 오래 살아야 하니까요……. 그렇죠?"

아내의 말에 남편도 고개를 끄덕였다. 그리고 감탄한 얼굴로 말했다.

"대단하십니다. 동물의 병에 대해서 잘 아시는군요."

"아닙니다. 보고 듣는 게 많을 뿐이지요. 꼭 병원에 데려가 보십시오."

"고맙습니다."

그 말을 끝으로 야마모토 가족은 앤젤보트를 떠났다. 그들을 배웅한 뒤, 나카하라는 간다 료코를 향해 쓴웃음을 지었다.

"오랜만에 칭찬을 들었군."

"반려동물의 장례사로서 경지에 오르셨네요. 아, 참. 사장님께 우편물이 왔어요."

간다 료코는 카운터 너머에서 커다란 봉투를 꺼냈다. 나카하라는 고개를 갸웃거리며 받았지만, 봉투에 찍힌 출판사 이름을 보고 짐작이 갔다. 예상한 대로 발송인란에는 히야마 지즈코라고 손글씨로 적혀 있었다. 사요코의 쓰야에서 만난 잡지 편집자이다. 아마 사요코의 마지막 기사가 실린 잡지이리라. 쓰야 때 보내주겠다고 했지만 크게 기대하지는 않았다. 의외라는 생각과 함께 입가에 웃음이 배어 나왔다.

그는 자기 자리에 앉은 뒤 봉투를 찢고 잡지를 꺼냈다. 삼십 대 여성이 타깃인지, 그 세대를 대표하는 여배우가 표지를 장식했다.

잡지의 중간쯤에 핑크색 포스트잇이 붙어 있었다. 그곳을 펼치자 커다란 제목이 눈으로 뛰어들었다.

'손이 멈추지 않는다. 도벽과의 고독한 싸움!'

순간 그의 머릿속에 예전 장모였던 사토에의 말이 떠올랐다. 사요코가 처음에는 주로 패션 등을 소재로 글을 썼지만, 최근에는 사회문제에 손대고 있다고 했다. 도벽에 관심이 있다는 말도 들은 기억이 있다.

그렇다면 쓰야 때 지즈코 옆에 있던 사오리라는 여자는 도벽으로 고민하고 있었던 것일까. 그러고 보니 어딘지 모르게 병적인 분위기가 떠다니고 있었다. 취재 내용을 물어봤을 때, 대답을 망설인 것도 당연하다.

그는 대충 기사를 읽어보았다. 여성 네 명이 각각 도벽에 빠진 경위나 그로 말미암아 인생이 어떻게 망가졌는지를 자세히 소개하고 있는 기사였다.

첫 번째 여성은 회사원으로, 어린 시절부터 성적이 좋아서 부모님의 기대를 한 몸에 받았다. 실제로 열심히 공부해서 일류 대학에 들어가고, 외국의 일류 회사에 취직했다. 그런데 격무에 시달리면서 점점 스트레스가 쌓이게 되었다. 결국 폭식하고 토하고 또 폭식하고 토하는, 이른바 섭식장애에 걸리고 말았다. 더구나 자신의 구토물을 보는 사이에 그토록 고생해서 받은 월급을 시궁창에 버리고 있다고 생각하게 되었다. 그러던 어느 날, 빵을 하나 훔쳤다. 그 빵을 먹었더니 토하지 않았다. 그뿐 아니라 그동안 갇혀 있던 곳에서 해방된 듯한 쾌감이 온몸을 휘감았다. 그 이후 도둑질을 반복하게 되었다. 겨우 6백 엔짜리 물건을 훔치다 체포되어 유죄판결을 받을 때까지, 결국 10년간 도벽에서 헤어나지 못했다. 전문 기관에서 치료를 받기 시작한 것은 그 이후였다.

　두 번째 여성은 대학생으로, 고등학생 때부터 다이어트를 하기 위해 음식을 끊은 것을 계기로 거식증과 과식증을 반복하게 되었다. 그러다 부모님의 용돈만으로는 식비가 부족해지자 슈퍼마켓 등에서 물건을 훔치게 되었다. 지금은 대학을 휴학하고 치료에 전념하고 있다.

　세 번째 여성은 사십대 주부. 생활비를 절약하기 위해 물건을 훔치기 시작했다. 처음에는 식료품뿐이었지만 점점 돈을 내는 것이 어리석게 여겨져서 옷과 잡화에까지 손을 대게 되었다. 두 번 체포된 끝에 결국 실형 판결을 받았다. 석방된 후에는 남편과 이혼하고 아이와도 헤어져서 혼자 살고 있다. 하지만 또 물건을 훔치지 않을까 항상 불안에 떨고 있다.

그리고 네 번째 여성은 삼십대로, 어린 나이에 어머니를 여의고 아버지 밑에서 자랐다. 십대 시절에 정서 불안정으로 자살을 몇 번이나 시도했다. 지방의 고등학교를 졸업한 후 미용사가 되기 위해 상경했지만, 긴장하면 손이 떨리는 증상을 극복하지 못하고 결국 포기했다. 그 이후 유흥업소에 나가 일하면서 먹고살고 있다. 이십대 중반에 한 남자와 결혼했지만, 툭하면 폭력을 휘두르는 바람에 1년 만에 이혼했다. 그 이후 다시 호스티스 생활로 돌아갔는데, 이번에는 유일한 혈육이었던 아버지가 사고로 돌아가셨다. 그 일로 큰 충격을 받아서, 아버지가 일찍 돌아가신 것은 자기 때문이며, 자신은 살 가치가 없다고 여기게 되었다. 그런 자신에게 가장 잘 어울리는 것은 훔친 음식을 먹는 것이다. 지금까지 교도소에 두 번 다녀왔지만, 교도소에 다녀온다고 해서 자신이 바뀌는 것은 아니다. 다음에는 더 나쁜 짓을 저질러서, 교도소에 오래 있기를 바랄 뿐이다.

그는 잡지에서 고개를 들고, 두 눈꺼풀을 지그시 눌렀다. 나이 탓이겠지만 작은 글자를 오래 읽으면 눈에 피로감이 몰려오곤 한다.

한마디로 도벽이라고 해도 원인은 천차만별인 것 같다. 평범한 여성이 사소한 일을 계기로 도벽에 빠지는 것이다.

그는 네 번째 여성이 마음에 걸렸다. 그 여성은 스스로를 학대하기 위해 도둑질하는 것처럼 느껴졌다. 그녀의 목적은 도둑질이 아니라, 그것으로 처벌받는 것이 아닐까?

사오리라는 여성의 얼굴이 떠올랐다. 그녀가 네 번째 여성이 아닐까 하는 생각이 들었다. 두 번째 여성과 세 번째 여성은 나이가 맞지 않고 첫 번째 여성은 이미지가 다르다.

그는 기사의 나머지 부분을 읽어보았다. 사요코는 전문가의 조언을 인용한 뒤, 다음과 같이 마무리했다.

"그들의 대부분은 경제적으로 궁핍한 것이 아니다. 도벽이 있는 여성의 70퍼센트 이상이 섭식장애를 앓고 있다는 전문가의 말에서도 알 수 있듯이, 도벽은 정신질환으로 포착해야 한다. 즉, 그들에게 필요한 것은 치료이지 형벌이 아니다. 형벌이 아무 소용 없다는 것은 그들의 목소리를 들어보아도 분명하다. 도벽을 치료하는 중에 경찰에 붙잡힌 경우, 교도소에 들어가면 치료가 중단된다. 그 결과 석방되고 나서 또 도둑질에 빠지는, 난센스라고 표현할 수밖에 없는 사이클이 반복된다. 그리고 이것은 도벽에서만 볼 수 있는 현상이 아니다. 범죄자를 일정 기간 복역시켜서 범죄를 막는다는 발상 자체가 환상이 아닐까. 국가의 책임 회피라고 생각할 수밖에 없는 이런 형벌 시스템은 한시라도 빨리 재고해야 한다고 이번 취재를 통해서 통감했다."

기사를 읽고 나서, 그는 잡지를 덮고 먼 곳을 바라보았다.

제법 좋은 기사다. 내용에도 설득력이 있다. 결론에서 말하고 있는 현재 형벌 시스템의 문제는 사요코 자신이 오랫동안 가지고 있던 생각이다. 그녀는 절도범을 교도소에 넣는 것이 난센스인 것처럼, 살인자를 교도소에 넣기만 하면 갱생시킬 수 있다는 생각도 난센스라고 주장하고 싶은 것이다.

그런 생각에 잠겨 있을 때, 안주머니에 있던 휴대전화가 몸을 떨었다. 액정 화면을 보자 장모였던 사토에였다.

"네, 나카하라입니다."

"아, 자네인가? 나일세. 바쁜데 미안하지만 잠시 통화할 수 있나?"

"괜찮습니다. 사요코 사건으로 무슨 일이라도……."

"그래. 재판에 대비해서 이런저런 준비를 할 게 있어서."

"재판에 대비해서 준비를 해요? 어머님께서요?"

그것은 검찰이 할 일이 아닌가? 그렇게 물어보자 그녀는 상황이 조금 달라졌다고 대답했다.

"그것 때문에 자네에게 하고 싶은 얘기가 있는데, 잠시 만날 수 있을까?"

"알겠습니다. 찾아뵙겠습니다."

즉시 그렇게 대답한 것은 자신도 사건에 관해서 알고 싶었기 때문이다.

사야마는 사건이 일단락되면 인사하러 오겠다고 했지만, 예상한 대로 아무런 연락도 없었다.

사토에와 만나기로 한 곳은 신주쿠新宿에 있는 호텔의 라운지였다. 사토에는 짙은 감색 옷차림으로, 한 남자와 함께 있었다. 나이는 나카하라와 비슷한 사십대 중반이 아닐까? 안경을 끼어서 그런지, 어쩐지 은행원을 연상시켰다. 나카하라가 가까이 다가가자 두 사람은 소파에서 일어섰다.

사토에가 두 사람을 소개해주었다. 상대 남자는 야마베라는 변호사라고 했다. 사요코와는 살인 피해자 가족 모임에서 같이 활동했다고 한다.

나카하라는 소파에 앉아서 여종업원에게 커피를 주문했다. 사토에와 야마베의 앞에는 이미 음료가 놓여 있었다.

사토에가 미안한 표정으로 말했다.

"바쁜데 오라고 해서 미안하네."

"아닙니다. 저도 마음에 걸렸거든요. 그런데 무슨 일로?"

그는 두 사람의 얼굴을 번갈아 바라보았다.

야마베가 천천히 입을 열었다.

"실례지만 나카하라 씨는 피해자 참가 제도에 대해서 알고 있습니까?"

"피해자 참가 제도요? 아, 알고 있습니다. 피해자나 유족이 재판에 참가할 수 있게 됐지요? 저희 재판이 끝나자마자 정식으로 인정되지 않았나요?"

피해자 참가 제도란 피해자나 유족이 검찰처럼 구형 의견을 말하거나 피고에게 질문할 수 있는 제도이다. 그 제도가 곧 시행된다는 이야기를 들었을 때는 분해서 견딜 수 없었다. 조금만 더 일찍 시행되었다면 히루카와에게 여러 가지를 물어볼 수 있었을 텐데.

야마베는 잘됐다는 듯이 고개를 크게 끄덕였다.

"이번 사건에서 사요코 씨의 부모님께서 피해자 참가인으로 참석했으면 해서요."

나카하라는 깜짝 놀라며 사토에를 쳐다보았다. 사토에는 그와 눈이 마주치자 굳게 결심한 것처럼 입을 꼭 다물고 고개를 주억거렸다.

그때 커피가 나오고, 그는 설탕과 우유를 넣지 않은 채 한 모금 마셨다.

사토에가 말했다.

"처음엔 검사님이 피해자 참가인으로 참석하라고 권해줬지. 하지만 그때는 거절했네."

"왜죠?"

"재판은 한 번 참석하는 것으로 끝나는 게 아니잖나. 증인신문이나 피해자 질문 등, 그렇게 어려운 건 내게 버겁다고 생각했거든. 그런데 야마베 변호사님께서 꼭 피해자 참가를 해달라고 해서…….”

야마베가 목소리에 힘을 담아 말했다.

"그게 사요코 씨의 유지라고 생각합니다."

"유지요? 무슨 뜻이죠?"

"재판을 피해자와 유족의 것으로 만드는 겁니다. 예전의 재판은 재판관과 변호인, 검찰의 것이었습니다. 피해자나 유족의 생생한 목소리가 반영될 여지가 전혀 없었지요. 몇 명을 죽였다든지, 어떤 식으로 죽였다든지, 계획적인지 우발적인지, 그런 표면적인 부분으로 모든 것이 정해졌습니다. 그 범죄 때문에 누가 얼마나 슬퍼하고 얼마나 괴로워하느냐에 상관없이 말이지요. 그것은 나카하라 씨가 누구보다 잘 알고 있잖습니까?"

나카하라는 고개를 끄덕였다.

"변호사님 말씀이 맞습니다."

야마베는 커피 잔을 가까이 끌어당겼다.

"나카하라 씨는 이번 사건의 형량이 어떻게 될 것 같습니까? 예전에 사요코 씨와 함께 공부를 많이 하셨지요? 그렇다면 대강 짐작이 가지 않습니까?"

"형량 말인가요?"

나카하라는 커피 잔 속의 액체를 바라보며 사야마의 이야기를 떠올렸다.

"제가 들은 바로는 단지 금품을 목적으로 한 범행이라고 하더군요. 돈을 내놓으라고 칼로 위협했는데 사요코가 도망쳐서 뒤에서 찔렀다고요. 맞습니까?"

야마베는 부정도 긍정도 하지 않고 뒷말을 재촉했다.

"그렇다면요?"

"강도 살인이니까 법정형은 사형이나 무기징역이겠지요. 범인에게 전과가 있나요?"

"없습니다."

"다음 날에 제 발로 찾아와 자수했다면서요? 범인을 보지 못해서 뭐라고 할 순 없지만 반성하는 기미는 있습니까?"

"검찰의 정보로는 처음부터 계속 피해자에게 미안하단 말을 하고 있답니다. 그 나름대로 진지함을 느낄 수 있다고 하더군요."

그러자 사토에가 옆에서 끼어들었다.

"그런 건 말뿐이야. 자수만 해도 그래. 조금이라도 처벌을 가볍게 하기 위해서 한 거지, 진심으로 반성해서 한 게 아닐 거야."

야마베가 다시 입을 열었다.

"그리고 피고가 직접 쓴 건 아니지만 그쪽 변호인을 통해 사죄 편지가 도착했습니다."

순간 나카하라는 적잖이 당황했다.

"사죄 편지요? 피고가 쓴 게 아니라면 누가 썼다는 건가요?"

"사위가 쓴 겁니다. 피고에게는 딸이 한 명 있는데, 그 딸의 남편이지요."

점점 더 이해할 수 없었다. 친딸이 썼다면 또 몰라도 사위가 사죄 편지를 쓰다니. 도대체 어떻게 된 일일까?

야마베가 말을 이었다.

"이번 사건의 책임은 자신들에게도 있다고 하더군요. 장인을 제대로 돌봤어야 했는데 그러지 못했다, 그 결과 돈에 궁색한 장인이 우발적으로 범행을 저지른 것이다, 가능하면 직접 만나서 사죄하고 싶다. 대강 이런 내용입니다."

나카하라로서는 생각지도 못한 상황이었다. 사야마로부터 범인에게 딸이 있고 사위가 의사라는 이야기는 들은 기억이 있지만 별로 신경을 쓰지 않았다.

나카하라가 사토에를 쳐다보며 물었다.

"그 사람을 만나실 겁니까?"

그녀는 불쾌한 듯 얼굴을 찡그렸다.

"그런 사람을 왜 만나? 그런 사람의 사과를 받아봤자 아무런 의미가 없잖나?"

나카하라의 시선이 야마베로 향했다.

"이 사위란 사람이 재판에 영향을 끼칠까요?"

"증인으로 출석해서 정상참작을 요구할 가능성이 있습니다.

앞으로 자신들이 전적으로 책임지고 피고를 갱생시킬 테니까 온정을 베푸시기 바란다고 하면서요."

나카하라는 심각한 얼굴로 팔짱을 꼈다.

"그렇다면 사형은 안 되겠군요. 검찰까지 반성하는 기미를 받아들인다면 무기징역으로 끝나지 않을까요?"

야마베는 고개를 끄덕이고 커피를 한 모금 마신 다음, 커피 잔을 내려놓았다.

"동감입니다. 새로운 사실이 나온다면 또 몰라도 검찰의 구형은 그 정도가 되겠지요. 아마 변호인은 25년 유기징역을 요구하겠지만, 흉기까지 준비한 걸 보면 계획성이 있다고 판단해서 나카하라 씨 말처럼 무기징역으로 끝날 겁니다. 즉, 이번 사건은 재판하기 전부터 결과를 알 수 있습니다."

"그래서 재판할 의미가 없다는 건가요?"

"아니, 오히려 그 반대입니다. 재판할 의미가 있습니다. 그것도 아주 크게요. 이것은 양형을 정하기 위한 재판이 아니라 죄의 무게를 호소하기 위한 재판입니다. 얼마나 무서운 죄를 저질렀는지 범인에게 알려주는 거지요. 그렇게 할 수 없다면 유족의 원한은 풀리지 않습니다. 부모님께도 그렇게 말해서, 피해자 참가인이 돼달라고 한 겁니다."

야마베가 무슨 말을 하고 싶은지는 충분히 알 수 있었다. 마나미의 살해 사건에서는 피고를 향해 마음의 고통을 쏟아낼 수 없었다. 나카하라는 고개를 끄덕이고 사토에게 시선을 옮겼다.

"많이 힘드시겠지만 힘을 내십시오."

"그이도 어떻게든 힘을 내겠다고 하더군. 어려운 일은 변호사님이 맡아주기로 하셨고."

"걱정 마십시오."

야마베가 고개를 위아래로 움직였다.

범죄 피해자가 형사재판에 참가할 때, 많은 부분을 변호사에게 맡길 수 있다는 것은 나카하라도 알고 있었다.

"알겠습니다. 저도 앞으로 벌어질 재판을 지켜보지요. 그런데 제가 도와드릴 수 있는 게 뭐 없을까요?"

그러자 야마베가 자세를 바로 하고 나서, 새삼 나카하라를 똑바로 쳐다보았다.

"증언대에 서달라고 부탁할지도 모릅니다."

"증언대에요? 하지만 전 이번 사건에 관해서 아는 게 없는데요."

"그 대신 사요코 씨에 관해서는 누구보다 잘 아시잖습니까? 사요코 씨는 과거의 괴로운 경험을 딛고 일어나 범죄 피해자를 도와주는 활동을 해왔지요. 그런 그녀가 이런 일을 당한 겁니다. 범인에게 얼마나 큰 죄를 지었는지 깨닫게 하기 위해서도, 이 사건이 얼마나 부조리한 것인지 재판관에게 호소하기 위해서라도, 사요코 씨가 어떤 사람이었는지 아는 대로 말씀해주셨으면 합니다."

야마베의 말을 들으면서 나카하라는 정반대로 생각했다. 내가 사요코에 관해서 누구보다 잘 알고 있다고? 과연 그럴까? 물론 함께 슬퍼하고 함께 괴로워했다. 하지만 결국 그녀에 관해서는 아무것도 몰랐던 게 아닐까? 그래서 헤어질 수밖에 없었던 게 아닐까?

사토에가 애원하는 눈길로 나카하라를 쳐다보았다.

"이보게, 우리가 피해자 참가를 하기로 결심한 데에는 변호사님 말씀 말고도 이유가 또 있다네."

"무슨 이유인데요?"

"그건 말이야."

사토에가 잠시 말을 끊고 나서 진지한 눈길로 덧붙였다.

"범인을 사형에 처하고 싶으니까."

그는 한순간 몸을 흠칫 떨고 할 말을 잃었다. 그리고 사토에의 주름진 얼굴을 뚫어지게 쳐다보았다.

다음 순간, 그녀의 입술에서 힘이 빠지며 가냘픈 목소리가 흘러나왔다.

"무슨 헛소리냐고 생각하겠지? 하지만 그래도 우리는 사형을 바란다네. 피해자 참가가 있단 얘기를 들었을 때, 그것과 함께 중요한 말을 들었지. 검찰과는 별도로 우리도 구형을 내릴 수 있다는 말을……. 지금 상태론 검찰의 구형은 무기징역이 될 것 같네. 하지만 우리는 사형을 구형할 걸세. 그렇죠, 변호사님? 만약 우리가 사형을 구형해달라고 하면, 우리에게 위탁을 받은 변호사님은 그것을 거절할 수 없지요?"

"어르신 말씀이 맞습니다."

야마베가 고개를 끄덕이는 것을 보고 나서 사토에는 나카하라에게 시선을 옮겼다.

"우리는 듣고 싶네. 피고에게 사형을 구형한다는 말을. 가령 사형이 되지 않는다고 해도 법정에 사형이라는 말이 울려 퍼지게 하고 싶네. 그 마음을 이해하겠나?"

그녀의 눈이 빨갛게 충혈되기 시작했다. 그것을 본 순간, 나카하라의 가슴속에서 뜨거운 덩어리가 치밀어 올랐다. 사형―그것은 예전에 그와 사요코가 추구하던 것이었다.

사토에가 다시 야마베 쪽을 향했다.

"변호사님, 그걸 이 사람에게 보여주고 싶은데, 괜찮을까요?"

야마베는 천천히 눈을 깜빡이면서 고개를 위아래로 끄덕였다.

"네, 그러시죠."

사토에가 옆에 있는 가방에서 A4 크기의 두툼한 종이 다발을 꺼냈다. 큼지막한 클립으로 끝을 집어놓았는데, 언뜻 보기에도 수십 장은 되는 것 같았다.

"혹시 지즈코라는 사람 기억나나? 사요코의 대학 친구인데."

"히야마 지즈코 씨 말이지요? 물론입니다."

여기서 또 그 이름을 듣게 되다니, 기묘한 우연이 아닐 수 없다. 그는 지즈코가 잡지를 보내주어서 오늘 아침에 받았다고 말했다.

"잡지에 사요코의 마지막 글이 실렸다고? 집에 가다 서점에 들러서 잡지를 사 가야겠군. 실은 쓰야 때 지즈코와 잠시 얘기를 나누었는데, 그때 나온 건 잡지가 아니라 책 얘기였다네."

"책이요?"

"단행본 말일세. 지즈코가 그러는데, 사요코가 꼭 내고 싶은 책이 있는데, 이제 곧 원고가 완성될 거라고 했다더군. 그러니까 만약 출판하기를 원한다면 자신이 도와주겠다고 말이야. 고마운 이야기지만 가장 중요한 원고가 보이지 않더군. 그때는 사요코가 사용하던 컴퓨터를 경찰이 가져갔었거든. 나중에 경찰이 컴퓨터를 돌려주기에 즉시 조사해봤지. 그래서 찾아낸 게 이걸세."

나카하라는 종이 다발을 받았다. 첫 번째 페이지에 제목이 적혀 있었다. 제목을 본 순간, 그는 흠칫하지 않을 수 없었다. '사형 폐지론이라는 이름의 폭력'이라고 적혀 있었던 것이다.

"지즈코가 말한 원고란 게 아마 이걸 거야."

"굉장한 역작인 것 같군요. 잠시 읽어봐도 될까요?"

"그럼, 물론이지."

그는 첫 페이지를 넘겼다. 그곳에는 컴퓨터로 인쇄된 글자가 빼곡히 적혀 있었다. '프롤로그' 밑에 있는 첫 문장은 다음과 같았다.

"한 아이가 있다. 그 아이를 사형 폐지론 찬성자로 만드는 것은 어렵지 않다. 사람을 죽이는 것은 법으로 금지되어 있다, 사형이라는 제도는 국가가 사람을 죽이는 것이다, 하지만 국가를 이끌어가는 것은 사람이다, 즉 사형 제도는 모순되어 있다―이런 식으로 말하면 된다. 그러면 대부분의 아이는 납득할 것이다. 나도 그것을 납득할 수 있는 아이로 있고 싶었다."

그곳까지 읽고 나카하라는 원고에서 고개를 들었다.

"사요코가 이런 글을 썼군요."

사토에가 눈을 몇 번 깜빡였다.

"사요코의 방에는 책과 자료가 산더미처럼 쌓여 있었지. 전부 사형이나 형량에 관한 걸세. 아마 모든 열과 성을 다해서 쓰지 않았을까?"

나카하라는 다시 제목을 바라보았다.

"사형 폐지론이라는 이름의 폭력이라……."

"그 원고를 읽으면 우리 마음을 이해할 수 있을 걸세."

"제가 가져가도 되겠습니까?"

"당연하지. 자네 주려고 가져왔으니까. 부디 찬찬히 읽어보게."

야마베가 옆에서 덧붙였다.

"그 원고는 재판 때 자료로 제출할 예정입니다. 읽어보시면 알겠지만 나카하라 씨가 경험한 재판에 관해서도 쓰여 있습니다. 가명을 사용하는 등 프라이버시는 침해하지 않았지만, 특별한 문제가 있으면 말씀해주십시오."

"알겠습니다. 즉시 읽어보겠습니다."

그는 원고를 자신의 가방에 넣은 뒤 두 사람의 얼굴을 쳐다보았다.

"그런데 범인의 사위가 사죄 편지를 보냈다고 하셨지요?"

그 질문에 대해서는 야마베가 대답했다.

"그렇습니다. 아내의 이름도 있지만, 내용을 읽어보니 남편이 쓴 것 같더군요."

나카하라의 입에서 나지막한 신음 소리가 흘러나왔다.

"음, 그런 일이 흔히 있나요? 즉, 가해자의 가족이 유족에게 사죄 편지를 보내는 일 말입니다."

"드물지는 않습니다. 다만."

야마베는 말을 끊고 약간 고개를 갸우뚱했다.

"그런 편지는 주로 피고의 부모가 쓰지요. 대부분의 부모는 자식의 범행에 책임을 느끼니까요. 하지만 자식이 쓰는 일은 거의 없지 않을까요?"

"더구나 사위가 장인의 범죄에 대해서……."

야마베의 입에서도 나지막한 신음 소리가 흘러나왔다.

"저도 들어본 적이 없습니다."

"의사라고 하던데요."

그 말에 야마베가 눈을 동그랗게 떴다.

"알고 계셨군요. 그렇습니다. 의사입니다."

"저를 찾아온 형사가 말해줬습니다. 의사라면 경제적으로 여유가 있지 않나요?"

"그렇겠지요. 경찰 관계자로부터 들은 바로는……."

야마베는 가방에서 작은 노트를 꺼낸 후, 노트를 쳐다보면서 말을 이었다.

"게이메이대학 의학부 부속병원에 다닌답니다. 시즈오카현 후지노미야시 출신으로, 본가도 비교적 부유하다고 하더군요. 아내는 피고와 마찬가지로 도야마현 출신으로, 결혼하기 전에는 가나가와현에 있는 전자부품 제조업체에서 일했다고 합니다. 피고와는 한동안 만나지 않았는데, 약 2년 전에 다시 만났다고 하더군요. 편지에도 쓰여 있었지만 부녀 관계가 좋지 않았던 모양입니다. 장인에게 제대로 생활비를 주지 못한 배경에는 복잡한 사정이 있을지도 모르지요. 아마 재판을 할 때, 그런 얘기가 나오지 않을까요?"

야마베의 이야기를 들으면서, 나카하라는 사건의 성격이 조금 달라진 듯한 느낌을 받았다. 지금까지 가해자의 가족에 관해서 생각해본 적은 거의 없었다. 히루카와에게는 동생이 하나 있었지만 재판에는 한 번도 얼굴을 내밀지 않았다. 증인으로 나타나는 일도 없었다.

그다음은 식은 커피를 마시면서 서로의 근황에 대해 이야기했다. 사요코의 아버지인 소이치는 현재 건강이 좋지 않은 모양이다. 그래서 오늘은 같이 올 수 없었다고 한다.

"사요코가 그렇게 된 이후, 순식간에 늙어버렸다네. 몸무게도 5킬로그램이나 빠졌지."

"그거 큰일이군요. 재판을 이겨내려면 체력이 있어야 하는데요."

"그러게 말일세. 집에 가서 자네가 그렇게 말하더라고 할게."

그는 커피 잔을 기울이면서, 그러고 보니 딸의 재판을 하는 동안에 자신과 사요코도 상당히 야위었던 것을 떠올렸다.

사토에와 헤어진 이후, 나카하라는 여느 때처럼 정식집에 들러 저녁을 먹기로 했다. 사요코가 살해되던 날 밤, 그는 그곳에 있었던 덕분에 알리바이를 증명할 수 있었다. 형사가 찾아온 이후에는 한동안 가지 않았지만 2주쯤 전부터 다시 발길을 향하고 있다. 얼굴을 아는 점원은 그를 보아도 아무 말도 하지 않았다. 어쩌면 형사가 찾아오지 않았을지도 모른다.

그는 4인용 테이블 자리에 앉아서 정식을 주문했다. 정식을 시키면 매일 다른 반찬을 먹을 수 있다. 오늘 저녁의 메인 요리는 전갱이튀김이었다.

그는 사요코의 원고를 테이블 끝에 펼쳐놓고, 음식을 입으로 가져가면서 읽기 시작했다. 하지만 첫 부분을 읽고는 곧 읽기를 중단했다. 식사를 하면서 읽을 원고가 아니었다. 문장 하나하나, 단어 하나하나에서 사요코의 굳은 결의와 각오가 느껴졌던 것이다.

'사형 폐지론자의 눈에는 범죄 피해자의 모습이 보이지 않는다.'

그는 지금 읽은 문장을 머릿속에서 곱씹어보았다.

"유족은 단순히 복수를 하기 위해 범인의 사형을 원하는 것이 아니다. 한번 상상해보기 바란다. 가족이 살해당한 사람이, 그 사실을 받아들이기까지 얼마나 큰 고통을 견뎌야 하는지······. 범인이 죽는다고 해서 피해자가 살아나는 것은 아니다. 하지만 그렇다면 유족은 어떻게 해야 하는가? 무엇을 손에 넣으면 가슴속에 쌓인 응어리를 풀 수 있는가? 사형을 원하는 것은 그것 말고는 유족의 마음을 풀 수 있는 길이 없기 때문이다. 사형을 폐지한다면, 그렇다면 그 대신 유족에게 무엇을 줄 것인지 묻고 싶다."

오랜만에 나온 전갱이튀김의 맛을 느끼지 못한 채 식사를 마치고, 그는 집으로 발길을 옮겼다.

집에 도착해서 옷을 갈아입자마자 즉시 다음 부분을 읽기 시작했다. 사요코의 글을, 더구나 이만한 양의 글을 읽는 것은 처음이다. 글을 잘 쓰는지 못 쓰는지는 모르지만, 문장을 많이 써본 사람처럼 느껴졌다. 작가로서 당당하게 일하고 있었던 것이리라.

그리고 그녀의 원고는…….

그의 마음을 온통 뒤흔들어놓았다. 사요코도 그와 마찬가지로 사건의 굴레에서 벗어나지 못했다. 그녀는 다음과 같이 호소했다.

"가령 사형 판결이 나온다고 해도 그것은 결코 유족의 승리가 아니다. 유족은 그것을 통해 아무것도 얻을 수 없다. 다만 필요한 순서, 당연한 절차가 끝났을 뿐이다. 사형 집행이 이루어져도 마찬가지다. 사랑하는 사람을 빼앗겼다는 사실은 변함이 없고, 마음의 상처가 치유되는 일도 없다. 그렇다면 사형이 아니라도 상관없지 않느냐는 사람도 있겠지만 그렇지는 않다. 만약 범인이 살아 있으면 '왜 범인이 살아 있는가? 왜 범인에게 살아 있을 권리를 주는가?'라는 의문이 유족의 마음을 끊임없이 갉아먹는다. 사형을 폐지하고 종신형을 도입하라는 의견도 있지만, 유족의 감정을 털끝만큼도 이해하지 못한 말이다. 종신형에서 범인은 살아 있다. 이 세상 어딘가에서 매일 밥을 먹고, 누군가와 이야기하고, 어쩌면 취미도 가지고 있을지 모른다. 그렇게 상상하는 것은 유족에게 죽을 만큼 괴로운 일이 아닐 수 없다. 몇 번씩 끈질기게 말하지만, 사형 판결을 받는다고 유족의 마음이 풀리는 것은 결코 아니다. 유족에게 범인이 죽는 것은 너무나 당연한 일이다. 흔히 '죽음으로 속죄한다'는 말을 하는데, 유족의 입장에서 보면 범인의 죽음은 '속죄'도 '보상'도 아니다. 그것은 슬픔을 극복하기 위한 단순한 통과점에 불과하다. 더구나 그곳을 지났다고 해서 앞이 보이는 것도 아니다. 자신들이 무엇을 극복하고 어디로 가야 행복해질지는 여전히 모르기 때문이다. 그런데 그 통과점마저 빼앗기면 유족은 어떻게 살아야 할까? 사형 폐지란 바로 그런 것이다."

그 글을 읽으면서 그는 몇 번이고 고개를 끄덕였다.

'아, 사요코도 나와 똑같았군.'

이것이다. 바로 이것이다. 어떻게 자신이 하고 싶은 말을 이렇게 완벽하게 쓸 수가 있을까? 반대로 말하면 이 원고를 읽을 때까지 그는 자신의 생각을 구체적으로 표현할 수 없었다.

사형 판결은 단순한 통과점.

그는 다시 한번 고개를 끄덕였다. 그렇다. 재판하는 동안에는 범인의 사형을 받아내는 것이 목표라고 생각했다. 그러나 그렇지 않다는 사실을 깨달은 순간, 더 깊은 어둠 속으로 떨어지는 듯한 느낌을 받은 것이다.

그는 계속해서 원고를 읽어나갔다. 사요코는 자신의 생각을 말할 뿐 아니라 몇 가지 사례를 들거나 관계자의 이야기도 추가했다. 당연히 마나미가 살해된 사건에 대해서도 언급하고 있다. 그 가운데에서 그는 뜻밖의 이름을 발견했다. 히루카와를 변호한 히라이 하지메라는 변호사의 이름이다.

적의 이야기도 들은 것인가.

상대 변호사가 나쁘지 않다는 것은 머리로는 알고 있다. 하지만 그들 입장에서 볼 때, 상대 변호사는 흉악범의 편을 드는 적에 불과했다. 사람을 무시하는 듯한 히루카와의 사죄를 진지한 반성이라고 말하는 것을 듣고 진심으로 살의를 느낀 적도 있다. 약간 사시인 눈은 무슨 생각을 하는지 알 수 없어서 섬뜩하기까지 했다.

히라이 변호사와의 대화를 적은 부분이 있어서 읽어보았다. 사요코가 적개심을 그대로 드러내며 추궁할 것이라고 여겼는데, 그렇지 않았다. 오히려 편안한 분위기 속에서 그 재판을 냉정하게 돌아본 것이다.

사요코가 히라이에게 물었다.

"우리가 끈질기게 사형을 바랐던 것에 대해서 어떻게 생각하시죠?"

그에 대한 히라이의 대답은 당연하다는 것이었다.

"가족이 살해당한 사람이 사형을 원하지 않는 경우는, 내 기억으로는 거의 없습니다. 변호사로서는 오히려 그곳에서 시작한다고 생각합니다. 피고인은 깎아지른 절벽 끝에 서 있지요. 그 끝에는 아무것도 없습니다. 따라서 우리는 피고인을 위해 조금이라도 뒤로 내려갈 수 있는 길을 찾을 수밖에 없지요. 한쪽 발이라도 내려갈 수 있는 공간이 있다면 어떻게 해서든 그곳으로 데려가고 싶습니다. 그것이 변호라는 것이지요."

사요코는 사형 제도에 대해서도 물었다. 히라이는 없앨 수 있다면 없애는 편이 좋다고 대답했다.

"사형 폐지론 중에서 가장 핵심을 차지하는 의견은 억울한 죄로 사람을 죽일 가능성이 있다는 것이지요. 하지만 내 생각은 조금 다릅니다. 내가 사형 제도에 의구심을 품는 것은, 그것으로는 아무것도 해결되지 않는다고 여기기 때문이지요. A라는 사건에서 범인이 사형에 처해졌습니다. B라는 사건에서도 범인이 사형에 처해졌습니다. 사건은 전혀 별개이고 유족의 면면도 다른데, 결론은 사형이라는 한 가지로 처리되어버리지요. 난 각각의 사건에는 각각에 맞는 결말이 있어야 한다고 생각합니다."

이 부분을 읽고 나카하라는 잠시 생각에 잠겼다. 히라이의 주장에 일리가 있다고 여긴 것이다.

각각의 사건에는 각각에 맞는 결말이 있어야 한다.

그렇다. 그 말이 맞다. 자신은 지금까지 결말을 찾지 못해서 이렇게 괴로워하고 있는 게 아닌가. 그렇다면 사형 이외에 어떤 결말이 있다는 것인가? 일부 사형 폐지론자가 말하는 종신형을 도입하면 무엇이 어떻게 달라지는가? 사요코도 그런 식으로 물어보았다. 그에 대한 히라이의 대답은 "그것은 나도 잘 모릅니다"라는 것이었다.

그리고 그 단락은 일단 여기서 끊어졌다. 다섯 줄 정도의 공백을 비워두고 다음 내용으로 넘어간 것이다. 그 뒤를 읽어보았지만 히라이와 나눈 대담은 더 이상 나오지 않았다.

그는 다시 공백 부분으로 돌아갔다. 히라이와 나눈 대담을 읽으면서, 사요코가 왜 그다음을 쓰지 않았는지 생각해보았다.

어쩌면 사요코 자신도 망설였을지 모른다. 그녀의 머릿속에서 아직 여기에 써야 할 내용이 정리되지 않았던 것이 아닐까?

그는 일단 원고를 덮고 침대에 누워 천장을 올려다보았다.

"미치의 얼굴을 보면 괴로워."

그 말을 입에 담았을 때, 사요코의 눈을 잊을 수 없다.

그때는 그 나름대로 열심히 대답을 찾고 있었다. 자신들이 무엇을 해야 할지, 어떻게 하면 가슴의 응어리가 풀릴지. 무턱대고 돌아다니며 사람들의 말을 듣고, 진리에 도달하려고 했다.

다음 순간, 그는 벌떡 몸을 일으켰다. 시계를 쳐다보았다. 아직 그렇게 늦은 시각은 아니었다.

그는 윗도리 주머니에서 조금 전에 받은 명함을 꺼냈다. 그리고 명함을 바라보면서 휴대전화에 손을 내밀었다.

8

그 건물은 아자부주반역麻布十番驛에서 도보로 몇 분 걸리는 곳에 있었다. 음식점 거리와는 조금 떨어져 있고, 주위에는 사무실이 운집해 있다.

나카하라는 건물 안으로 들어가서 벽에 있는 간판을 보았다. '히라이 변호사 사무실'은 4층에 있었다. 그는 엘리베이터를 타고 4층에서 내렸다. 사무실 입구는 곧 찾을 수 있었다.

접수처에는 젊은 여자가 앉아 있었다. 그가 이름을 말하자, 이미 이야기가 되어 있는지 그녀는 생긋 웃으며 왼손으로 방 하나를 가리켰다.

"3번 방에서 기다리세요."

복도의 양옆에는 작은 방이 쭉 늘어서 있고, 문 앞에는 번호가 붙은 팻말이 걸려 있었다.

그는 여자가 시키는 대로 3번 방에서 기다리기로 했다. 두 평쯤 될까, 작은 공간에 테이블을 사이에 두고 의자가 놓여 있다. 그 이외는 아무것도 없는 쓸쓸한 방이었다.

이런 곳에 오는 것은 처음이다. 이 안에서 법률 상담을 하는 것이다.

사요코가 히라이 변호사를 만났다는 것을 알고, 눈이 번쩍 뜨이는 듯한 느낌이 들었다. 그는 지금까지 한 번도 그런 생각을 해본 적이 없다. 그에게 히라이 변호사는 영원히 증오해야 할 적이었다. 그런 감정은 사형 판결이 나온 이후에도 변하지 않았다. 최고법원에 상고하는 것이 히라이의 뜻이라는 것을 듣고 더욱 증오의 불길에 휩싸였다.

그러나 사요코는 달랐다. 자신들에게 그 재판이 무엇이었는지 알기 위해서는 피고를 변호한 사람의 이야기도 들어봐야 한다고 생각한 것이다. 한쪽의 시점만으로는 진정한 모습을 파악할 수 없다. 그런 간단한 사실도 깨닫지 못했던 자신을 그는 부끄럽게 생각했다.

그는 사요코의 발자취를 더듬어보기로 마음먹었다. 그녀가 무슨 생각을 하고 어떻게 결말을 내리려고 했는지 더듬어가면 자신의 눈에도 새로운 길이 보이지 않을까?

그는 사요코가 어떻게 히라이를 만났는지 생각해보았다. 그때 생각난 사람이 야마베 변호사였다. 야마베에게 전화를 걸어서 물어봤더니, 역시 자신의 생각이 맞았다. 사요코의 부탁을 받고 히라이를 소개해주었다고 한다.

자신에게도 소개해줄 수 있느냐고 부탁하자 야마베는 흔쾌히 승낙해주었다.

"그 원고를 읽으면 나카하라 씨도 그런 마음이 들지 않을까 생각했습니다. 알겠습니다. 연락해보지요."

잠시 후 야마베에게 연락이 왔다. 히라이도 꼭 만나고 싶어 한다고 했다. 그리고 나카하라는 오늘 히라이의 사무실을 찾아온 것이다.

노크 소리를 듣고 그는 현실로 돌아왔다. "들어오세요"라고 대답하자 문이 열리고 회색 양복을 입은 히라이가 들어왔다. 5 대 5 가르마 머리는 예전과 똑같았지만, 하얀 머리칼이 많이 늘어났다. 약간 사시인 것은 변함없었다.

"기다리게 해서 죄송합니다. 오랜만입니다."

그는 의자에 앉으며 진지한 태도로 인사했다.

나카하라도 고개를 숙이며 정중하게 인사했다.

"무리한 부탁을 드려서 죄송합니다."

히라이는 무표정한 얼굴로 작게 손을 흔들었다.

"아닙니다. 안 그래도 나카하라 씨가 마음에 걸렸습니다. 헤어진 아내까지 부조리한 죽음을 당해 견딜 수 없지 않을까 해서요."

"사요코가 살해당한 것을 알고 계셨군요."

"경시청의 형사가 찾아왔습니다. 이번 피의자와 사요코 씨 사이에 어떤 관련이 있는지 조사하는 모양이더군요. 피의자의 사진을 보여주었는데, 한 번도 본 적이 없었습니다."

"단순한 노상강도였던 모양입니다."

히라이는 표정을 바꾸지 않고 작게 고개를 끄덕였다. 눈은 여전히 어디를 쳐다보는지 알 수 없었다. 그러나 이상한 일이 있었다. 재판 때는 그토록 음침하게 느껴지던 눈이 오늘은 진지하게 보이는 것이다.

나카하라가 먼저 입을 열었다.

"시간이 없으실 테니까 본론으로 들어가지요. 사요코는 책을 내려고 했습니다. 사형 폐지론을 비판하는 내용이었지요. 변호사님께도 이야기를 들은 모양이던데, 어떤 이야기가 오갔는지 확인하고 싶어서 찾아왔습니다."

그리고 그는 사요코의 원고에 있었던 히라이와의 대담 내용을 확인했다.

"분명히 그런 식으로 말했지요. 한 가지 사건에는 여러 가지 이야기가 있다, 사건에 따라서 이야기는 모두 다르다, 그런데 모든 이야기의 결말을 '범인이 사형에 처해졌다'는 말로 끝내도 좋은가, 하고요. 그건 결국 누구를 위한 일도 아니라고 생각합니다. 물론 그것 말고 어떤 결말이 있느냐고 물으면 입을 다무는 수밖에 없지만요. 그 대답이 보이지 않아서 사형 폐지를 주장한다고 해도 결국 벽에 부딪쳐버립니다."

"유족의 마음도 풀리지 않고요."

"그렇습니다."

"그런데 변호인이라서 상고하신 건가요?"

히라이는 무슨 말인지 몰라 의아한 표정을 지으며 고개를 갸웃거렸다. 나카하라는 그 얼굴을 쳐다보며 말을 이었다.

"저희의 판결 말입니다. 2심에서 사형 판결이 나온 직후, 변호인은 상고를 했지요. 변호사님이 지시했다고 하던데요. 변호인으로서 잠자코 물러날 수 없었기 때문인가요?"

히라이는 깊은 숨을 토해내면서 허공을 바라본 뒤, 책상 위에서 팔짱을 끼고 얼굴을 가까이 댔다.

"상고는 취하됐습니다. 이유는 아시지요?"

"알고 있습니다. 신문기자에게 들었지요. 히루카와가 취하했다면서요? 이제 다 귀찮다고 하면서요."

"그렇습니다. 그 말을 듣고 무슨 생각을 하셨지요?"

나카하라는 살짝 어깨를 들썩였다.

"글쎄요, 마음이 복잡하더군요. 사형이 확정된 건 다행이지만 우리가 진지하게 싸워온 재판이 무시당했다고 할까 경시당했다고 할까……."

히라이는 "음, 음" 하면서 고개를 두 번 끄덕였다.

"그렇겠죠. 부인도 그렇게 말씀하시더군요. 하지만 말이죠, 히루카와가 귀찮아졌다고 한 것은 재판만이 아니었습니다. 살아 있는 것 자체가 귀찮아졌다는 뜻이기도 하지요. 나카하라 씨 눈에는 어떻게 보였을지 모르지만, 장기간에 이르는 재판 도중에 히루카와는 눈에 띄게 변했습니다. 초기에는 삶에 대한 집착이 있었지요. 그래서 유족에게 사죄한다고도 했고, 진술 내용을 미묘하게 바꾸기도 했고요. 그런데 재판이 진행되는 가운데 법정 안에서 사형이라든지 극형이라는 말이 울려퍼지자 그의 내부에서 포기하는 마음이 싹트기 시작했지요. 결국 항소심 판결이 나오기도 전에 나에게 이렇게 말하더군요. '변호사님, 사형도 나쁘지 않습니다'라고요."

나카하라는 자신도 모르게 등줄기를 쭉 폈다. 뒤통수를 한 방 얻어맞은 기분이었다.

"그게 무슨 말이냐고 물었지요. 당신이 저지른 일이 사형을 당할 만한 일이라고 생각하느냐고요. 그러자 그는 '그런 것은 잘 모르겠어요. 그건 재판관이 멋대로 정하면 되지 않을까요? 사형도 나쁘지 않다는 건 인간은 어차피 언젠가 죽으니까, 그날을 누군가가 정해준다면 그것도 나쁘지 않다는 겁니다'라고 하더군요. 이 얘기를 듣고 어떻게 생각하세요?"

가슴 한쪽에 무거운 납덩어리가 매달린 것 같았다. 나카하라는 지금 자신의 마음을 표현할 만한 말을 찾았다.

"뭐라고 할까……. 허무하군요. 안타깝기도 하고."

히라이가 한숨을 쉬었다.

"그럴 겁니다. 히루카와는 사형을 형벌이라고 여기지 않고 자신에게 주어진 운명으로 받아들였지요. 재판을 통해서 그가 본 것은 자신의 운명이 어디로 가느냐는 것뿐이었습니다. 그래서 다른 사람은 어떻게 되든 상관없었지요. 그가 상고를 취하한 이유는 겨우 운명이 정해졌는데 왜 다시 시작해야 하는가, 이제 모든 게 귀찮다, 하고 생각했기 때문입니다. 형이 확정된 후에도 편지나 면회를 통해서 나는 계속 그에게 연락을 했지요. 그가 자기 죄를 똑바로 바라보기를 바랐기 때문입니다. 하지만 그에게 사건은 이미 과거의 일이었습니다. 그는 오직 자신의 운명밖에는 관심이 없었지요. 사형이 집행된 것은 아시나요?"

"알고 있습니다. 신문사에서 전화가 왔었지요."

사형 판결이 나고 나서 2년쯤 지났을 때였다. 기자가 전화를 걸어와서, 당시 범인의 사형이 집행됐는데 한마디 해달라고 했다. 그는 물론 거절했다. 그것 말고 재판소 등 공적 기관에서 연락이 온 적은 없었다. 신문사의 전화가 없었으면 아직도 몰랐을지 모른다.

"히루카와의 사형이 집행된 이후, 뭔가 달라진 게 있나요?"

나카하라는 즉시 대답했다.

"아니요, 아무것도……. 무엇 하나도 달라지지 않았습니다. '아, 그래?' 하고 생각했을 뿐이지요."

"그렇겠지요. 그리고 히루카와도 결국 진정한 의미의 반성에는 이르지 못했습니다. 사형 판결은 그를 바꾸지 못했지요."

히라이는 약간 사시인 눈으로 나카하라를 빤히 쳐다보았다.

"사형은 무력합니다."

언제나 그렇듯 정식집에서 저녁 식사를 마치고, 나카하라는 집으로 와 사요코의 원고를 펼쳤다.

사형은 무력하다. 그 말이 지금도 머릿속에서 떠나지 않는다.

사요코의 원고 안에서 히라이와 나눈 대담은 어정쩡하게 끊어져 있다. 나카하라는 왠지 그 이유를 알 것 같았다. 그녀는 히라이의 의견을 받아들이고 싶지 않았다. 사형이 무력하다고 인정하고 싶지 않았던 것이다.

하지만 나카하라와 마찬가지로 히라이로부터 히루카와의 이야기를 듣고, 오랜 세월에 걸쳐 재판을 하는 것이 얼마나 무의미한지 절실하게 깨닫지 않았을까? 사형을 형벌로 여기지 않고 주어진 운명으로 받아들인다는 것, 아무런 반성도 없이, 유족에게 미안한 마음도 없이, 다만 사형이 집행될 날을 기다린다는 것.

차라리 듣지 말 것을……. 그자가 후회를 하든 말든, 반성을 하든 말든 상관없다고 생각했는데, 역시 마음 한구석에서는 속죄하는 마음이 싹트기를 바랐다. 그런데 그런 마음이 한 조각도 없었다는 사실을 알고 그는 커다란 상처를 받았다. 유족은 여러 가지 형태로 수도 없이 상처받는다는 사실을 새삼 절감했다.

히라이와의 대담에서 결론을 내리지 못한 채, 사요코의 원고는 다음 장으로 넘어갔다. 다음 내용은 재범에 관한 것이었다. 나카하라는 자신도 모르게 무릎을 쳤다. 그렇다. 히루카와는 가석방 중에 사건을 일으켰다. 즉, 재범이었던 것이다.

그녀는 우선 수감자가 출소한 지 5년 안에 다시 교도소에 들어갈 확률이 50퍼센트에 가깝다는 사실을 지적했다. 또 살인만을 보면 범인의 40퍼센트 이상이 과거에 크든 작든 형사사건을 일으킨 적이 있다고 한다.

교도소에 들어간 것만으로 범죄자는 갱생할 수 없다. 이것이 이 장의 논지였다.

그녀는 최근에 일어난 몇 가지 살인 사건을 취재했다. 그 사건의 공통점은 범인이 예전에 살인죄로 복역했다는 것이다. 단, 히루카와처럼 가석방이 아니라 형기를 마치고 출소했다. 즉, 유기형이었던 것이다. 2004년까지 유기형의 상한선은 20년으로, 살인인 경우에는 15년이었다. 교도소에서 나와도 다시 살인을 저지를 수 있을 만큼 젊은 것이다.

재범의 동기는 대부분 금품이라고 한다. 그리고 그런 경우의 대부분은 초범의 동기도 비슷하다. 이것은 교도소의 갱생 시스템이 아무런 효과가 없다는 증거로, 앞으로도 재범이 반복될 우려가 있다고 사요코는 강조했다. 교도소에서 나온 모든 수감자는 거의 예외 없이 금전적으로 궁핍하기 때문이다. 통계에 따르면 그들의 70퍼센트 이상이 직장을 얻지 못한다고 한다.

현재 유기형은 20년에서 30년으로 늘어났지만 아무런 의미가 없다고 사요코는 지적했다. 일본인의 평균수명은 놀라울 만큼 늘어나서, 이십대에 사람을 죽인 남자가 오십대에 출소하는 사태를 상상하면 도저히 안심할 수 없다는 것이다.

애초에 교도소에 오래 있었다고 해서 갱생할 수 있을까? 이 문제를 언급하기 위해 사요코가 선택한 자료를 보고 그는 한순간 숨을 쉴 수 없었다. 히루카와 가즈오라는 이름이 눈으로 뛰어들었기 때문이다. 그녀는 이렇게 말했다.

"이미 몇 번이나 말한 것처럼 내 딸을 살해한 히루카와 가즈오는 가석방 중이었다. 사건이 일어나기 6개월 전에 가석방이 될 때까지, 26년간을 지바 교도소에서 보냈다. 그는 어떤 죄를 저질러서 무기징역 판결을 받은 것일까? 40여 년 전의 일이라서 대부분의 관계자가 세상을 떠났지만, 얼마 안 되는 유족을 만나 이야기를 듣는 사이에 사건의 전모를 알게 되었다."

여기까지 읽고 그는 숨을 들이마셨다. 사요코는 히루카와가 저지른 첫 번째 사건에 대해 조사한 것이다. 그것에 대해서는 재판 당시에 대충 들었을 뿐이다.

히루카와가 무슨 죄를 저질렀는지 자세히 알고 싶다. 그는 파고들듯이 원고에 매달렸다. 사요코가 조사한 바에 따르면 그 사건은 다음과 같았다.

당시 히루카와는 에도가와구의 자동차 정비 공장에서 일하고 있었다. 그 무렵부터 도박을 좋아해서, 일하는 시간 이외에는 마작에 빠져 있었다. 상대가 동료나 친구일 때는 별일이 없었지만, 이윽고 마작 전문 업소에서 처음 보는 사람과 게임을 하게 되었다. 그중에는 건달들도 있어서 정신을 차렸을 때에는 거액의 빚을 떠안게 되었다.

그러던 어느 날, 고급 외제 차 한 대가 공장으로 들어왔다. 그때만 해도 외제 차는 흔치 않았다. 주인은 명품 옷을 입은 노인으로, 사요코의 원고에는 A라고 되어 있었다. 그는 지방의 땅 부자로, 건물 임대 사업과 주차장을 경영하고 있었다. 정비 공장의 최고급 단골손님으로, 사장도 특별히 신경을 쓰는 사람이었다.

사장은 히루카와에게, 정비를 마친 차를 A의 집까지 가져다주라고 지시했다. 그래서 그는 외제 차를 직접 운전해 A의 집으로 갔다.

초인종을 누르자 A가 현관으로 나와 옆의 차고에 세워달라고 말했다. 저택 옆에는 지붕이 있는 커다란 주차 공간이 있었다. 그는 A가 시키는 대로 차고에 차를 세웠다.

그 이후, A는 그를 응접실로 들어오라고 했다. 그는 정비 내용을 설명하고 비용을 얘기했다. A는 잠시 기다리라고 하면서 응접실에서 나갔다.

A를 기다리는 동안, 그는 실내를 둘러보았다. 거실장이나 벽에 걸려 있는 그림 등으로 볼 때, A가 상당한 부자라는 사실을 알 수 있었다. 이 정도면 저축한 돈도 만만치 않으리라.

이윽고 A가 돌아왔다. 그는 돈을 받고 영수증을 주었다. A는 기분이 좋았다. 차량 정비를 잘했을 뿐 아니라 세차까지 해준 것이 기뻤던 모양이다.

그는 자신이 세차를 했다고 말했다. A가 사장이 세차하라고 시켰냐고 물었다. 그는 아니다, 어차피 손님에게 가져다주려면 깨끗한 편이 좋다고 생각해서 했다고 대답했다.

기분이 더 좋아진 A는 요즘 보기 드문 청년이라고 칭찬해주었다. 자네 같은 사람만 있다면 일본의 미래가 밝을 텐데, 하는 말까지 했다.

칭찬을 듣는 사이에 그의 마음속에 혹시나 하는 생각이 싹트기 시작했다. 이렇게까지 자신을 마음에 들어 한다면, 조금만 부탁하면 돈을 빌려주지 않을까? 그래서 그는 요즘 빚쟁이에게 시달리고 있다, 돈을 좀 빌려줄 수 없겠느냐고 솔직하게 말해보았다. 돈을 빌린 이유도 숨기지 않았다.

그러자 A는 갑자기 안색을 바꾸고 그를 비난하기 시작했다.

고학생이라면 또 몰라도 도박에 정신이 팔린 사람에게는 한 푼도 빌려주지 않겠다, 도박에 빠진 사람은 최악의 인간이다, 그런 사람이 정비한 차는 타고 싶지 않다, 심지어는 이 차를 팔고 다른 차를 사겠다고까지 했다. 하지만 이 부분은 어디까지나 히루카와의 진술이기 때문에 과장되었을 가능성은 부정할 수 없다고 사요코는 강조했다.

어쨌든 A의 말을 듣고 히루카와는 발끈했다. 그래서 순간적으로 테이블에 있던 커다란 크리스털 재떨이로 A를 때렸다. 사체검안서를 보면 정면에서 때린 것으로 되어 있다. 그런 다음에 그는 쓰러진 A의 위에 올라타서 목을 졸랐다.

그때 A의 아내인 B가 차를 가져왔다. 집에는 A밖에 없는 줄 알았는데 부인이 있었던 것이다. B는 히루카와가 A의 목을 조르는 것을 보고 찻잔 두 개가 놓여 있던 쟁반을 바닥에 떨어뜨렸다. 그는 재빨리 A로부터 떨어져 B에게 달려들었다. 그리고 도망치는 B를 잡아 바닥에 쓰러뜨린 후, 손으로 목을 졸라 죽였다.

그는 재떨이의 지문을 닦아낸 후 돈이 될 만한 것을 찾기 위해 집 안을 돌아다녔다. 하지만 특별히 눈에 띄는 것은 없었다. 그리고 괜히 꾸물거리다 누군가에게 들키면 큰일이라고 생각해서, 거실에 있던 여성용 지갑에서 현금 몇만 엔을 빼내 즉시 도망쳤다.

이렇게 어설픈 짓을 저질렀으면서도 자신이 잡히리라곤 꿈에도 생각하지 못했는지, 다음 날에도 태연하게 평소처럼 출근했다.

사건이 발각된 것은 범행을 저지른 지 이틀 후였다. A의 집을 찾은 친구 부부가 처참하게 변한 두 사람을 발견하고 경찰에 신고한 것이다.

히루카와가 체포될 때까지는 그렇게 오래 걸리지 않았다. 형사들이 즉시 공장으로 찾아왔다. 히루카와는 A를 만난 것은 분명하지만, 돈을 받고 즉시 돌아왔다고 주장했다. 재떨이의 지문을 닦아서 안심했을지도 모른다. 하지만 어리석게도 지갑에 묻은 지문은 생각하지 못한 모양이다. 가죽 제품에는 지문이 남지 않는다고 여겼을지도 모른다. 지문이 일치한다고 말하자 순순히 범행 일체를 자백했다.

재판에서는 살의가 있었는지 없었는지가 쟁점이 되었다. B에 관해서는 죽일 생각으로 목을 졸랐다는 것이 인정되었다. 하지만 A는 상해치사일 뿐이라는 변호인의 주장이 받아들여졌다. A의 직접적인 사인이 뇌출혈이었기 때문이다. 즉, A는 히루카와가 발끈해서 재떨이를 내려쳤을 때 사망했고, 그때 히루카와에게는 살의가 없었다는 것이다.

그가 죽인 사람은 한 사람뿐이고, 또 한 사람은 죽일 생각이 없었다―지금으로부터 약 40년 전, 이 차이는 굉장했다. 계획성이 없었다는 점에서도 검찰은 사형 구형을 망설일 수밖에 없었다.

이렇게 해서 히루카와에게는 무기징역이 내려졌다.

사요코의 원고에 따르면 이 이야기를 해준 사람은 A의 조카라고 한다. A에게는 아들이 하나 있었는데 10년 전에 암으로 세상을 떠났다. 그리고 아들의 아내는 남편으로부터 사건에 대해서 들은 적이 없다고 한다.

조카라는 사람은 A의 여동생의 딸이다. 그녀는 당시 이십대로, 사건에 대해서 자세히 기억하고 있었다. 그런데 재판에 대해서는 거의 기억나지 않는다고 한다. 판결이 나온 경위는 그녀의 부모님에게 들었는데, 그 부모님마저도 나중에 다른 사람에게 들었을 뿐이라고 한다.

그에 대해서 사요코는 이렇게 말했다.

"A씨 부부를 살해한 범인이 어떤 형에 처해졌는지, 그것은 유족 중 어느 누구도 알 수 없었다. 친척은 물론이고 A의 유일한 혈육인 아들에게조차 알려주지 않았기 때문이다.

아들이나 친척은 범인의 사형을 원했다. 당연히 그런 결과가 나오리라고 믿어 의심치 않았다. 하지만 무슨 이유에서인지, 범인은 사형을 받지 않았다. 그들이 A에 대한 죄가 살인죄에서 상해치사로 바뀌었다는 사실을 안 것은, 판결이 나오고도 오랜 세월이 흐른 다음이었다.

A의 아들은 신문기자와 한 인터뷰에서 '범인이 교도소에서 제대로 반성해서, 다시는 죄를 저지르지 않기를 진심으로 바라고 있습니다'라고 대답했다.

그때까지 히루카와로부터 사죄 편지는 오지 않았다. 그 후에도 오지 않았다."

사요코는 지바 교도소에서 히루카와가 어떻게 지냈는지 조사하려고 했다. 하지만 특별한 연줄이 없는 무명작가에게는 역시 한계가 있었다. 이야기를 듣기 위해 당시의 교도관을 찾았지만 유감스럽게도 만날 수 없었다고 한다.

그래서 그녀는 가석방이 인정되는 무기징역수는 어떤 사람인지 알아보기로 했다. 형법 28조에는 "(전략) 개전의 모습이 보였을 때는 (중략) 무기형에서는 10년이 경과한 뒤 (중략) 임시로 석방할 수 있다"라고 되어 있다. '개전의 모습'이란 깊이 반성하고 재범의 우려가 없는 것을 의미한다. 그렇다면 그것을 어떤 방식으로 판단하는지 알고 싶었다.

그녀가 만난 사람은 한 승려였다. 그는 지바 교도소에서 교회사敎誨師로 일하고 있다. 교회란 수감자가 그 달에 세상을 떠난 피해자의 명복을 비는 의식으로, 한 달에 한 번 이루어진다. 다다미가 깔린 교회실에는 30여 명밖에 들어갈 수 없어서 항상 만원이라고 한다.

승려에 따르면 대부분의 수감자는 진지하게 참석하는 것처럼 보이지만, 가석방을 위해 반성하는 척 위장하는 사람이 한 명도 없다고는 단언할 수 없다고 한다.

또 사요코는 지바 교도소 직원이었던 사람으로부터도 이야기를 들었다. 그 사람은 히루카와를 기억하지 못했지만 이렇게 말했다.

"가석방이 된 걸 보면 교도소 안에서는 그 나름대로 반성의 태도를 보인 것 같습니다. 그리고 가석방을 인정하느냐 마느냐를 판단하는 지방갱생보호위원회 위원들도 갱생했다고 판단한 모양이고요."

사요코는 지방갱생보호위원회 위원도 만나려고 했다. 어떤 기준으로 가석방을 인정하는지 확인하기 위해서였다. 하지만 그것은 이루어지지 않았다. 자신의 목적을 말한 순간, 상대가 인터뷰를 거절했기 때문이다. 그래서 편지를 보냈지만 감감무소식으로 끝났다.

그녀는 여기에서 분노를 그대로 드러냈다.

"딸이 살해된 사건에서도 히루카와는 입만 열면 사죄도 하고 반성도 한다고 말했다. 그것이 진심이 아니라는 것은 우리만이 아니라 그 자리에 있던 모든 사람들이 알고 있었다. 그 정도로 연기는 유치하기 짝이 없었다. 히루카와는 교도소에서 특별한 문제를 일으키지 않고 교회에도 참석했겠지만, 조금 더 주의 깊게 관찰했다면 어금니를 숨겼을 뿐이라는 사실을 간파할 수 있었을 것이다. 그런데 교도소 밖으로 내보내다니, 지방갱생보호위원회 위원의 눈은 그냥 뚫려 있는 구멍이라고 하지 않을 수 없다. 가석방은 결국 교도소가 가득 찼다는 이유만으로 이루어지는 무책임한 행위일 뿐이다.

만약 최초의 사건에서 히루카와를 사형에 처했다면 내 딸은 살해되지 않았을 것이다. 내 딸을 죽인 사람은 히루카와지만, 그를 살려서 다시 사회로 돌려보낸 것은 국가다. 즉, 내 딸은 국가에 의해 살해된 것이다. 사람을 죽인 사람은 계획적이든 아니든, 충동적이든 아니든, 또 사람을 죽일 우려가 있다. 그런데 이 나라에서는 그런 사람을 사형에 처하지 않고 유기형을 내리는 일이 적지 않다. 대체 누가 '이 살인범은 교도소에 몇 년만 있으면 참사람이 된다'고 단언할 수 있을까? 살인자를 공허한 십자가에 묶어두는 것에 무슨 의미가 있을까?

징역의 효과가 거의 없다는 것은 재범률이 높다는 것만 보아도 알 수 있다. 갱생했느냐 안 했느냐를 완벽하게 판단할 방법이 없다면, 갱생하지 않는 것을 전제로 형벌을 생각해야 하지 않을까?"

그리고 그녀는 이렇게 마무리했다.

"사람을 죽이면 사형에 처한다—이 판단의 최대 장점은 그 범인은 이제 누구도 죽이지 못한다는 것이다."

9

　토요일 오후 2시, 신요코하마역新橫濱驛.

　수많은 사람들이 역 구내를 오가고 있다. 젊은이들의 모습이 유난히 눈에 띄는 것을 보니 요코하마 아리나에서 무슨 행사라도 있는 것일까?

　시간을 다시 확인하고 나서 유미의 시선은 신칸센新幹線 개찰구로 향했다. 열차가 도착했는지 잇달아 사람들이 뛰어나온다.

　그 사람들 중에 다에코의 모습이 보였다. 회색 투피스를 입고 있었다. 유미만을 만난다면 좀 더 편하게 입었을 것이다. 그 옷에서 다에코의 각오와 진지함을 느낄 수 있었다.

　유미를 알아보았는지, 다에코가 그녀를 향해 똑바로 걸어왔다.

　다에코는 유미 앞에서 걸음을 멈추고 딱딱한 표정으로 말했다.

　"모처럼 쉬는 날인데 여기까지 나오라고 해서 미안하구나."

　유미는 살짝 어깨를 들썩였다.

　"괜찮아. 그냥 한 귀로 흘려버릴 수 있는 얘기도 아니고. 그보다 전화로도 말했지만, 오빠 집에 가기 전에 보여줄 수 있어?"

"그래, 잠시 어디 좀 들어가자."

역과 연결된 건물 안에 커피숍이 있어서 그들은 그곳에서 음료를 산 뒤, 안쪽의 빈자리에 마주 앉았다.

다에코는 무릎 위에 있는 큼지막한 가방 안에서 클리어 파일을 꺼냈다. 파일 안에는 A4 크기의 서류가 끼워져 있었다. 다에코는 "자, 봐" 하고 말하며 파일을 유미 쪽으로 내밀었다.

유미는 훅 숨을 토하고 나서 손을 내밀었다. 긴장하고 있다는 것을 자신도 알 수 있었다.

그녀는 서류를 훑어보기 시작했다. 첫 번째 페이지에 탐정 회사의 이름이 적혀 있었다.

"이 회사는 어떻게 찾아냈어? 인터넷?"

"아니, 아빠 회사에서 가끔 이용한 곳이야. 다른 회사 사람을 스카우트할 때, 그 사람에 대해 조사해달라고 했던 모양이야. 일은 잘하지만 여자관계가 복잡하다든지 도박을 한다든지, 그러면 안 되니까 말이야."

"그런 것도 조사하는구나."

"아빠는 신중한 분이었으니까. 후미야도 그 신중함을 물려받은 줄 알았는데."

다에코는 입술을 비틀며 커피 잔을 손에 들었다.

유미는 서류를 펼쳤다. 서류 안에는 작은 글자가 빼곡히 적혀 있었다. 사진도 첨부되어 있었다. 어느 공장으로 보이는 건물 사진이다.

"흐음, 하나에 씨가 제조업체 생산라인에서 일했구나. 평범한 회사원인 줄 알았는데."

"사무실에서는 아무나 일하는 줄 알아? 그 애는 그런 일 못해. 아마 글씨도 제대로 못 쓸걸."

다에코가 토해내듯이 말했다.

보고서는 전부 세 장이었다. 상당히 자세한 것까지 적혀 있었지만 요점은 한 가지이다. 내용은 미리 다에코로부터 들었기 때문에 특별히 놀라지는 않았다. 유미는 서류를 다시 클리어 파일에 끼운 다음 엄마에게 돌려주었다.

"그랬구나."

"어떻게 생각해?"

유미는 카페라테를 마시며 이마를 찡그렸다.

"힘들어."

"무슨 뜻이야?"

"쇼가 오빠의 아이라고 하기 힘들단 뜻이야. 완전히 아웃이야."

다에코는 클리어 파일을 가방에 넣었다.

"그렇지? 이제 후미야도 눈을 떴으면 좋겠는데."

유미는 고개를 갸웃거렸다.

"으음, 그럴 수 있을까?"

"왜?"

"내 생각엔 오빠가 알고 있는 것 같아. 쇼가 오빠 아들이 아니란 걸. 그건 말 안 해도 아는 법이잖아."

다에코가 입술을 삐죽거렸다.

"그렇다면 왜 헤어지지 않지?"

"그만큼 하나에 씨를 사랑하는 거 아니야?"

다에코의 눈썹꼬리가 날카롭게 치켜 올라갔다.

"말도 안 돼! 그런 여자가 뭐가 좋다고?"

"그야 난 모르지. 나한테 화내지 마."

다에코는 어깨를 떨구고 한숨을 쉬었다.

"어제 시라이시 씨한테서 전화가 왔어."

"시라이시 아저씨? 아저씨가 웬일이야? 꽤 오랜만이네."

시라이시는 오랫동안 유미 아버지의 오른팔로서 회사를 지켜온 사람이다. 후미야나 유미도 친자식처럼 사랑해주었다.

"후미야가 형사사건에 휘말렸다고 하던데, 도와드릴 게 없냐고 하더군. 역시 여기저기에 소문이 퍼졌나 봐."

"형사사건에 휘말렸다고? 그렇게 볼 수도 있구나."

"에둘러 말했지만 사정을 알고 있는 것 같았어. '사모님, 장남에게는 집안의 이름을 지킬 의무가 있다는 것을, 후미야에게 알려줄 필요가 있지 않을까요?'라고 하더군. 꼭 이혼시키라는 뜻이야."

"그래서 엄마는 뭐라고 했어?"

"'네, 알고 있어요. 후미야에게 말할게요'라고 했어. 왜, 그러면 안 돼?"

"내가 언제 안 된다고 했어? 왜 자꾸 나한테 화를 내는 거야?"

다에코는 커피를 다 마시고 잔을 내려놓았다. 그리고 유미를 노려보면서 말했다.

"어떻게 해서라도 설득할 거야. 너도 옆에서 도와줘."

"해보긴 할게. 자신은 없지만."

"불안한 소리 하지 마. 난 너만 믿고 있으니까."

그들은 커피숍을 나와 JR 요코하마선을 타고 기쿠나역菊名驛에서 갈아탔다. 후미야의 집은 도큐 도요코선東急東橫線의 도립대학역에서 가까웠다.

전철의 손잡이를 잡은 채 다에코가 물었다.

"재판에 대해선 뭐 아는 거 없어?"

"내가 알 리가 없잖아. 그건 왜?"

그러자 다에코가 고개를 흔들었다.

"아니, 판결이 어떻게 나올까 해서."

유미는 고개를 갸웃거릴 수밖에 없었다. 짐작도 가지 않기 때문이다.

"신경 쓰여?"

"당연하지."

다에코는 주변을 살피고 나서 유미의 귓가에 얼굴을 가까이 댔다.

"만약에 후미야가 이혼하지 않으면 그자가 교도소에서 나온 후에 또 돌봐줘야 하잖아. 생각만 해도 소름 끼쳐."

다에코의 말을 듣고 유미는 한순간 숨을 멈추었다. 듣고 보니 그렇다.

"그렇게 금방 나올까? 살인범인데?"

"그건 나도 모르지. 아마 후미야가 최고의 변호사를 썼을 거야. 그 변호사가 온갖 방법을 동원해서 죄를 가볍게 하면 어떻게 될 것 같아? 교도소에 있는 기간이 짧아지지 않을까?"

그럴지도 모른다고 유미는 생각했다. 재판에 대해서는 아는 것이 없지만, 그럴 가능성도 있다는 것에 생각이 미쳤다.

다에코는 한층 더 목소리를 낮추었다.

"난 그 사람이 사형을 받았으면 좋겠어. 그렇게 이상한 남자라면 후미야가 이혼해도 끈질기게 따라다닐지 모르잖아. 차라리 죽어버렸으면 좋겠어."

어떻게 대답해야 할지 몰라서 유미는 입을 다물었다. 하지만 속마음은 엄마와 똑같았다. 애초에 하나에게 그런 아버지가 없었으면 좋았을 텐데.

그들은 도립대학역에서 내려 상점이 밀치락달치락 늘어서 있는 복잡한 길을 걸었다. 유미가 후미야의 집에 가는 것은 이

번이 두 번째다. 지난번에도 다에코와 함께였다.

"아들이 집을 샀다고 하니까 일단은 봐둬야 할 것 같아서."

다에코는 퉁명스럽게 말했지만 속으로는 아들이 자랑스러워서 견딜 수 없는 것 같았다. 유미도 대단하다고 생각했다. 그 무렵은 하나에에게 아버지가 있다는 사실을 아직 모르고 있을 때였다.

상점가를 빠져나가 구부러진 길 몇 개를 지나자 동네 분위기가 완전히 바뀌었다. 아름다운 녹지가 풍부한 주택가로 바뀌고, 멋진 단독주택이 눈에 띄었다.

이윽고 그들은 후미야의 집에 도착했다. 아담한 하얀색 집이었다. 유미가 인터폰을 눌렀다. 잠시 후 "네" 하고 하나에의 연약한 목소리가 들렸다.

"유미예요."

"아, 오셨어요?"

오늘 온다는 것은 미리 말해놓았다. 유미는 다에코의 얼굴을 쳐다보며 작게 고개를 끄덕인 뒤 문을 밀었다.

현관문이 열리고 하나에가 나왔다. 하나에는 두 손을 앞에서 맞잡고 깊숙이 고개를 숙였다.

"어머님, 아가씨, 오랜만이에요."

분명히 만나는 것은 오랜만이다. 하나에의 얼굴에는 지친 기색이 역력했다. 피부도 탄력이 없고, 화장도 잘 받지 않았다.

수수한 얼굴이 한층 칙칙하게 보였다.

"몸은 좀 어때? 아버지 때문에 힘들진 않니?"

다에코가 물었다. 말의 내용과 달리 눈에서는 따뜻함을 찾아볼 수 없었다.

하지만 하나에는 몇 번씩 고개를 숙였다.

"괜찮아요. 걱정을 끼쳐서 죄송해요."

안으로 들어가자 입구에 쇼가 서 있었다. 하얀색 셔츠에 빨간색 반바지 차림이었다. 손에는 로봇 장난감을 들고 있었다.

다에코가 쇼에게 말을 걸었다.

"쇼, 오랜만이네. 그동안 많이 컸구나."

하지만 소년은 대답을 하지 않았다. 표정 없는 얼굴로 다에코와 유미를 번갈아 쳐다볼 뿐이다.

"쇼, 뭐 하는 거야? 안녕하세요, 하고 인사해야지."

하나에가 재촉하자 쇼는 "안녕하세요" 하고 꺼질 듯한 목소리로 말한 뒤, 종종걸음으로 안쪽으로 들어갔다. 그리고 문을 열고 미끄러지듯 몸을 넣고는 문을 탁 닫았다.

다에코가 비아냥거림을 잔뜩 담아서 말했다.

"날 별로 좋아하지 않는군. 하긴 거의 만나지 않으니까 어쩔 수 없지, 뭐."

"죄송해요."

하나에가 몸을 웅크리며 대답했다.

하지만 유미는 생각했다. 아이는 원래 예민하고 솔직한 법이다. 자신에게 의혹을 품고 있는 상대에게 마음을 열 리가 없지 않은가.

그나저나 새삼 느꼈지만 쇼는 후미야를 조금도 닮지 않았다. 보고서를 읽은 다음이라서 그런지 그런 생각이 더 강렬했다.

하나에는 쇼가 들어간 방보다 하나 앞쪽의 방으로 유미와 다에코를 안내했다. 그곳은 거실로, 옆의 주방과는 미닫이문 하나로 구분되어 있었다. 쇼는 지금 주방에 있는 것이다.

테이블을 에워싸듯 등나무 의자가 놓여 있고, 그중 하나에 후미야가 걸터앉아서 무릎 위에 있는 태블릿 PC를 조작하고 있었다. 유미와 다에코가 들어가자 후미야는 고개를 들었다. 미소를 찾아볼 수 없고, 오히려 힐끔 노려볼 뿐이다.

"바쁜데 미안하구나."

다에코는 후미야와 마주 보는 자리에 앉았다.

후미야가 입술을 일그러뜨리며 태블릿 PC를 옆의 선반에 올려놓았다.

"미안하다는 마음은 조금도 없잖아요."

"나도 모자 사이가 틀어지는 건 원치 않는다."

"그렇다면 용건을 말하지 말고 그냥 돌아가세요."

"그럴 순 없어!"

다에코는 날카롭게 하나에를 쏘아본 뒤, 아들에게 시선을 옮겼다.

"가능하면 일단 너에게만 말하고 싶구나."

후미야는 어머니의 얼굴을 똑바로 쳐다보았다.

"이 사람이 들으면 안 되나요?"

"그런 편이 좋을 것 같아……. 아, 하나에. 차는 주지 않아도 돼. 용건만 말하고 금방 갈 거니까. 그보다 쇼가 옆방에 혼자 있지? 어서 가봐. 혼자 놀다가 칼이라도 만지면 큰일이잖아. 누가 옆에 있어줘야지."

하나에는 곤란한 표정을 지으며 안절부절못했다. 후미야는 여전히 어머니를 노려보더니 이윽고 그 눈을 아내에게 향했다.

"당신은 옆방에 가 있어."

하나에는 무슨 말인가 하고 싶은 표정을 지었지만, 그 말을 삼키듯 고개를 끄덕였다. 그러고는 "그럼 말씀 나누세요"라고 말하며 거실에서 나갔다.

후미야는 심호흡을 한 번 한 뒤 어머니에게 날카로운 시선을 향했다.

"결국 여기까지 오실 생각이었다면 처음부터 그러면 됐잖아요. 유미에게 곤란한 일을 떠맡기지 말고요."

"난 나름대로 널 배려한 거야. 유미 말이라면 조금은 귀를 기울일 거라고 생각했거든."

"배려라고요?"

후미야는 불쾌한 표정을 지으며 고개를 틀어 유미를 쳐다보았다.

"우두커니 서 있지 말고 너도 앉아."

"응."

유미는 그렇게 대답하고 나서 다에코 옆에 앉았다.

다에코가 입을 열었다.

"내가 뭘 원하는지 유미가 말했지? 하나에와 헤어져. 네게도 그게 좋으니까."

"내게 좋은 게 아니라 어머니에게 좋은 거겠죠."

한 박자 쉬고 나서 다에코는 천연덕스럽게 대꾸했다.

"그래, 내게도 그게 좋은 선택이야. 유미에게도 그렇고. 많은 사람이 그걸 바라고 있어."

"내 대답은 유미에게 말했어요. 너, 말씀 안 드렸어?"

후미야가 퉁명스럽게 말했다.

다에코는 솟구치는 분노를 참으며 자세를 바로 했다.

"후미야, 어쩌면 네 생각이 옳을지도 몰라. 장인이 범죄를 저질렀어도 사랑하는 여자의 아버지니까 책임을 지겠다―그건 도덕적으로 옳다고 생각해. 그 여자와 헤어지는 건 무책임하다고 여길 테니까."

후미야는 입을 꼭 다문 채 팔짱을 끼고 옆을 쳐다보았다.

그의 얼굴에는 '대체 무슨 말을 하려는 거예요?'라고 쓰여 있었다.

다에코가 가방에서 클리어 파일을 꺼내 후미야 앞에 내밀었다.

"네 정의감은 감탄스러울 정도야. 하지만 그러려면 그 전에 인간관계가 제대로 되어 있어야겠지. 가족이나 부부라고 생각하는 사람이 너 혼자뿐이라면 당치도 않은 웃음거리가 될 뿐이니까 말이야."

후미야가 클리어 파일에 눈길을 떨구었다.

"이건 또 뭐예요?"

"보면 알 거야."

후미야는 불쾌한 얼굴로 클리어 파일에서 서류를 꺼내 읽기 시작했다. 다음 순간, 그의 눈길이 험악해졌다. 그의 눈길이 그대로 다에코에게 향했다.

"왜 내 허락도 없이 남의 뒷조사를 한 거예요?"

"내가 며느리 과거를 조사하는데 누구 허락을 받아야 하니? 화를 내기 전에 우선 읽어봐. 그러면 네가 얼마나 바보인지 알게 될 테니까. 아니면 읽기 두려워서 그래?"

도발하듯 말하는 다에코에게 후미야는 분노를 담은 눈길로 대꾸한 뒤, 다시 서류를 읽기 시작했다. 유미는 숨을 삼키며 그 모습을 지켜보았다.

서류에 쓰여 있는 것은 결혼하기 전 하나에의 인간관계였다. 그녀는 가나가와현에 있는 전자부품 제조업체에서 일했다. 탐정은 당시 하나에가 다닌 직장의 동료나 여자 기숙사에서 함께 지냈던 친구 등 그녀의 교우 관계를 자세히 조사했다.

그런 와중에 밝혀진 것은 하나에에게 사귀던 남자가 있었다는 사실이다. 그녀와 기숙사 시절부터 친했던 여자는 두 사람을 만나게 해준 사람이 자신이라고 말했다고 한다. 소개팅을 주선했다는 것이다. 상대 남자는 'IT 관련 기업에 근무하는 회사원으로 이름은 다바타'라고 기억하고 있었다. 탐정은 만약을 위해 후미야의 사진을 보여주었지만 다른 사람이라고 대답했다.

하나에가 만나던 남자가 IT 기업에 근무하는 회사원이라는 사실은 직장 동료도 알고 있었다. 당시 반장이었던 남자는 하나에에게 직접 들었다고 한다. 중요한 것은 타이밍으로, 그녀가 회사를 그만두겠다고 했을 때였다. 사표를 내면서 그와 동시에 임신한 사실도 털어놓았다고 한다. 탐정의 보고서에는 "결혼과 임신을 동시에 말해서 깜짝 놀랐지만, 본인이 하도 좋아해서 다행이라고 여겼다고 상사는 말했다"라고 쓰여 있었다.

시기로 짐작해볼 때 그때 뱃속에 있었던 아이가 쇼라는 사실은 틀림없다. 그 시점에서 하나에는 '다바타'란 남자와 결혼할 생각이었던 것이다. 그런데 왜 후미야와 결혼한 것일까? 하지만 그 점은 탐정도 밝혀내지 못했는지 '명확하지 않음'이라고 쓰여 있었다.

보고서를 다 읽었는지 후미야가 고개를 들었다. 하지만 그의 얼굴에는 아무런 표정도 없었다. 놀란 것도, 허탈한 것도 아닌 것처럼 유미의 눈에는 보였다.

"어때? 이제 눈을 떴어?"

다에코의 질문에 후미야는 고개를 가로저었다.

"별로요."

"왜? 쇼는 네 아들이 아니잖아!"

후미야가 담담하게 대꾸했다.

"쇼는 내 아들이에요. 나와 하나에의 아들이죠."

"정신 차려! 지금 봤잖아. 쇼는 다바타라는 남자의……"

다에코가 말을 끊은 것은 후미야가 서류를 찢었기 때문이다.

"돌아가세요!"

"후미야, 너 대체…… 왜 이러는 거야?"

그는 찢은 서류를 테이블에 내동댕이쳤다.

"돌아가라고 했잖아요!"

다에코가 숨을 크게 토해내고 일어섰다. 하지만 문으로 가지 않고 주방으로 이어지는 미닫이문으로 향했다.

후미야가 버럭 소리를 질렀다.

"지금 뭐 하시는 거예요?"

하지만 다에코는 그 소리를 무시하고 힘껏 문을 열었다. 작은 비명 소리가 들렸다. 식탁 앞에 앉아 있던 하나에가 겁먹은 얼굴로 다에코를 올려다보았다. 쇼가 뛰어가서 하나에에게 매달렸다.

"후미야는 말이 안 통하니까 너에게 묻겠어. 하나에, 우리 얘기를 다 들었겠지? 말해봐. 쇼는……."

후미야가 다에코의 어깨를 잡으며 소리쳤다.

"그만두세요! 무슨 말을 하려는 거예요? 쇼가 있잖아요!"

그러자 다에코도 흥분을 가라앉히기 위해 호흡을 가다듬었다.

"그러면 이렇게 물을게. 하나에, 대답해. 넌 왜 회사를 그만둘 때, 결혼 상대를 회사원이라고 말했지? 왜 의사라고 말하지 않았지?"

"대답할 필요 없어!"

후미야는 문에서 다에코를 떼어내고 문을 닫았다.

"그만 돌아가세요……. 유미, 어머니를 모시고 돌아가."

그 말을 듣고 유미는 직감적으로 느꼈다. 이것은 보통 일이 아니다. 후미야는 뭔가 엄청난 것을 숨기고 있다. 그것은 함부로 말해서는 안 되는 것이다.

유미가 다에코를 쳐다보며 말했다.

"엄마, 그만 가자."

다에코는 입술을 꽉 깨물고 아들을 노려보더니, 성큼성큼 자리로 돌아와 가방을 들었다. 그리고 그 기세로 난폭하게 문을 열고 밖으로 나갔다.

유미는 후미야를 쳐다보았다. 그와 시선이 마주쳤다.

그가 조용히 말했다.

"미안해. 어머니를 부탁해."

어떻게 해야 좋을지 유미는 막막하기만 했다. 하지만 일단 고개를 끄덕인 뒤 다에코의 뒤를 쫓아갔다. 오빠도 지금 괴로워하고 있다. 그것만은 분명하다고 생각했다.

복도로 나가자 다에코는 이미 현관문을 열고 있었다. 유미는 황급히 신발을 신었다.

다에코는 현관 밖으로 나가서 계단을 내려갔다. 그리고 대문 밖으로 나온 다음에 발길을 멈추고 집을 돌아보았다.

"도대체 어떻게 된 거야? 네 오빠, 머리가 이상해진 거 아니니?"

"무슨 사정이 있는 것 같아."

"무슨 사정?"

"그건 잘 모르지만."

다에코는 실망한 표정을 지으면 천천히 머리를 흔들었다.

"손자는 남의 아들이고 사돈은 살인자이고. 대체 왜 이렇게 된 거야? 우린 앞으로 어떻게 살아야 하지?"

그녀는 가방을 뒤지기 시작했다. 겨우 손수건을 꺼냈지만 그보다 먼저 눈물이 땅에 떨어졌다.

10

"엄마, 왜 그래?"

그 목소리에 하나에는 제정신으로 돌아왔다. 쇼를 꼭 껴안고 있는 것도 몰랐다.

"아, 미안해."

그녀는 아들의 몸에서 손을 풀고 억지웃음을 지었다.

쇼가 눈을 말똥말똥 뜨고 물었다.

"할머니 왜 화났어?"

"그건 말이야……."

어떻게 대답할까 생각하고 있을 때, 옆의 문이 열렸다.

그녀 대신에 후미야가 대답했다.

"할머니는 화나지 않았어."

"아니야. 화났어."

"화나지 않았다니까. 화가 났다고 해도 너하곤 상관없어. 엄마, 아빠하고도 상관없고."

"우리랑 상관없어?"

쇼가 하나에를 쳐다보며 물었다.

"응."

하나에는 고개를 끄덕일 수밖에 없었다. 어린 아들은 납득할 수 없다는 표정을 지었다.

후미야가 말했다.

"쇼, 애니메이션 안 봐?"

"봐도 돼?"

쇼가 하나에를 쳐다보며 물었다. 손님이 오니까 애니메이션은 나중에 보라고 한 것이다. TV는 거실에만 있었다.

"그래, 봐도 돼."

쇼는 "신난다!" 소리치며 거실로 뛰어갔다. 그 뒷모습을 바라보고 나서 그녀는 겨우 남편과 눈을 마주쳤다.

"미안해."

후미야의 말에 하나에는 고개를 흔들었다.

"어머니 마음은 이해할 수 있어요."

그는 얼굴을 찡그렸다.

"탐정에게 의뢰할 줄은 꿈에도 몰랐어."

"하지만 시간문제가 아니었을까요? 이런 일이 없었어도 언젠간 밝혀졌을 거예요."

"우리 집 일에는 신경 껐으면 좋겠는데."

"그럴 순 없잖아요. 남이 아니니까. 손자는 아들의 자식이 아니고, 사돈은 사람을 죽이고……. 이런 상황에선 이혼하라고 하는 게 당연해요."

후미야는 고통스러운 얼굴로 머리칼을 쥐어뜯었다.

"여보, 정말 이혼 안 해도 되겠어요?"

그는 손길을 멈추고 얼굴을 찡그렸다.

"무슨 말이야?"

"내가 쇼를 데리고 나가는 게 좋을 것 같아서요……."

후미야는 얼굴 앞에서 손을 크게 흔들었다.

"당치도 않은 소리 하지 마."

"하지만."

"말도 안 돼! 그런 말은 하지 않기로 약속했잖아."

그 말을 끝으로 후미야는 걸음을 내디뎠다. 그리고 문을 열고 밖으로 나가더니, 복도를 지나 계단을 올라갔다.

하나에는 거실을 들여다보았다. 쇼가 TV 앞에 앉아 있었다. 테이블 위에는 찢어진 서류가 흩어져 있다. 그녀는 가까이 다가가 종이를 주웠다. 가운데를 한 번 찢었을 뿐이기 때문에 읽는 데에는 지장이 없었다. 다바타라는 글자가 눈에 들어온 순간, 가슴이 덜컹 내려앉았다. 오랜 세월이 지났지만 마음의 상처는 결코 치유되지 않은 것이다.

그녀는 의자에 앉아서 처음부터 자세히 읽어보았다. 그곳에 쓰인 내용은 상당히 정확했다. 그러면서도 왠지 남의 이력을 읽고 있는 듯한 느낌도 들었다. 자신의 과거라고 생각하고 싶지 않았기 때문일지도 모른다.

직장이 가나가와현에 있다는 말을 듣고 요코하마 같은 세련된 도시를 떠올렸지만, 막상 자신의 눈으로 확인해보니 크고 작은 공장이 여기저기에 널려 있는 공업지역이었다. 여자 기숙사는 직장에서 걸어서 20분 넘게 걸리는 곳에 있었다. 복도를 사이에 두고 길고 좁은 직사각형의 방들이 쭉 늘어서 있다. 화장실도 싱크대도 공동으로 사용해야 했다. 그래도 혼자 살 수 있다는 것이 기뻐서 견딜 수 없었다.

예상한 대로 일은 아무런 재미가 없었다. 그녀가 속한 곳은 소형 모터의 전선을 감는 현장으로, 처음에 주어진 일은 전선에 불량이 없는지 검사하는 작업이었다. 신경도 써야 하고 눈도 금세 피곤해졌다. 반장의 말에 따르면 이 작업에는 젊은 여성이 적임이라고 한다. "나이가 들어서 눈이 나빠지거나 정신이 복잡한 사람은 당장 해고야"라고 반장은 협박하듯 말했다.

하지만 동료들과 같이 지내는 시간은 더할 수 없이 즐거웠다. 옛날부터 외모에 자신이 없었고 애인이 있던 적도 없었지만, 남자 기숙사와의 합동 파티에 참가하는 사이에 사귀자고 접근하는 남자도 있었다. 처녀를 바친 것은 두 번째로 사귄 남성이었다. 본사에 근무하는 그는 엘리트 기술자였다. 어쩌면 결혼할 수 있지 않을까 기대했지만, 관계는 오래 지속되지 않았다. 그가 일방적으로 이별을 통보해온 것이다. 양다리를 걸쳤다는 사실을 안 것은 그와 헤어지고도 꽤 오랜 시간이 흐른 다음이었다.

스물네 살 때 기숙사를 나왔다. 기숙사의 연령 제한은 서른 살이었지만, 여자 기숙사에는 스물네 살이 되면 나가야 한다는 암묵적인 규칙이 있었다. 아마 그때까지 결혼하라는 뜻이리라.

그녀는 직장 근처에 아파트를 얻었다. 주소를 기숙사에서 아파트로 옮긴 것을 계기로, 도야마에 있던 호적도 빼냈다. 이것으로 겨우 아버지와의 인연이 끊어졌다고 생각했다. 물론 집을 나온 이후 아버지와는 한 번도 만나지 않았다. 그쪽에서 연락해온 일도 없었다. 고등학교에 알아보면 자신이 어디에 취직했는지 알 텐데, 연락하지 않는 것을 보면 아버지도 포기한 것이리라.

특별한 자극이 없는 평범한 날들이 이어졌다. 매일매일 똑같은 일들이 반복되었다. 잘하면 사무직으로 옮길 수도 있다는 달콤한 희망은 이미 옛날에 버렸다. 그 대신 전선을 감는 일에는 완전히 익숙해졌다. 시작품 공장인 만큼 특수한 주문이 들어오는 경우도 있었다. 하지만 전선이 아무리 가늘어도 겹

치지 않도록 감을 수 있게 되었다. 단, 다른 직장에서는 아무 쓸모가 없는 기술이다.

언제까지 이렇게 살아야 할까, 하고 불안에 휩싸이는 일도 있었다. 주변의 동료들은 잇달아 결혼해서 회사를 그만두었다. 회사에서 명예퇴직을 받기 시작한 것도 마음에 걸렸다. 이렇다 할 만한 자격도 특기도 없는 상태에서 전직은 꿈도 꿀 수 없었다.

다바타 유지를 만난 것은 스물여덟 번째 생일이었다. 혼자 생일을 지내기 싫다고 생각하던 차에 기숙사에서 친하게 지냈던 친구에게서 한잔하자는 전화가 걸려 왔다. 특별히 거절할 이유가 없어서 나가기로 했다. 약속한 가게에 도착하자 친구 말고 남자 두 명이 더 있었다. 한 사람은 당시 친구가 만나던 남자이고, 또 한 사람은 그 남자의 친구였다. 그때 만난 사람이 다바타 유지였다.

다바타는 삼십대 중반의 독신이었다. IT 관련 기업에 다닌다고 했다. 그것만으로 하나에에게는 다른 세계의 사람처럼 보였다. 그녀는 컴퓨터에 관해서 아무것도 몰랐다. 직장에는 컴퓨터가 있지만 최소한의 기능만 사용할 수 있었다. 모르는 것이 있으면 후배에게 물어보곤 했다.

더구나 그는 하나에가 좋아하는 타입이었다. 말끔하게 생긴 것도, 키가 큰 것도, 손가락이 가늘고 긴 것도 모두 매력적으로 보였다. 더구나 교묘한 화술은 대단한 이야기도 아닌데 사람을 빨려 들어가게 만들었다. 한마디로 말해서 첫눈에 반한 것이다.

"좋아, 그러면 하나에 씨의 생일을 축하하며 내가 샴페인을 대접하지."

다바타가 그렇게 말했을 무렵에는 이미 그의 얼굴밖에 보이지 않았다.

전화번호를 주자 다음 날 즉시 전화가 왔다. 그는 또 만나고 싶다고 했다. 물론 하나에는 흔쾌히 승낙했다. 하늘에라도 올라갈 것처럼 기분이 좋았다. 두 번째 데이트에서 호텔에 갔다. 그는 항상 친절하고 따뜻했다. 이번에는 틀림없이 결혼까지 갈 것이라고 생각했다.

몇 번 데이트를 한 뒤, 소개팅을 해주었던 친구를 만났다. 다바타와 계속 만난다고 하자 그녀는 약간 놀란 표정을 지었다.

"정말? 흐음, 예상 밖이네."

그러면서 그녀는 다바타에 대해서 잘 모른다고 했다.

"네 남자친구의 친구라면서?"

그렇게 말하자 그녀는 고개를 갸웃거렸다.

"나중에 물어보니 실은 그렇게 친하지 않대. 어느 술집에서 만났다고 하던데?"

"흐음, 그렇구나."

그래도 상관없다고 생각했다. 만약 결혼한다고 해도, 꼭 그 친구를 초대할 필요는 없겠다는 생각 정도였다.

다바타와는 한 달에 한두 번꼴로 만났다. 대부분 요코하마에서 만났지만, 그가 하나에의 집에서 자고 가는 일도 있었다. 하지만 그 반대의 경우는 한 번도 없었다. 그가 어머니와 같이 산다고 했기 때문이다.

다바타는 쓸쓸한 미소를 지었다.

"마마보이가 아니냐고 놀리는 사람도 있더군. 하지만 아버지가 돌아가신 마당에 엄마 혼자 놔둘 수는 없잖아. 좀 귀찮긴 하지만 어쩔 수 없어."

그 말을 듣고 하나에는 감동했다. 그만큼 어머니를 소중히 여긴다는 뜻이 아닐까?

문제는 그 어머니를 언제 만나게 해주느냐는 것이다. 하지만 그녀가 재촉할 수는 없었다. 아직 결혼하자는 이야기가 나오지 않은 것이다.

결혼과 비슷한 이야기가 나온 것은 다바타를 만난 지 6개월쯤 지났을 때였다. 그가 당장 융통할 수 있는 돈이 어느 정도냐고 물었다.

"실은 이번에 우리 회사에서 새로운 사업을 시작하거든. 그래서 출자자를 모집하고 있어. 성공은 떼어놓은 당상이니까 나도 출자하기로 했지. 나중에는 회사를 분리할 거라서 잘만

하면 임원도 될 수 있으니까. 지금 승부를 걸어야 돼. 되도록 출자자를 많이 모아서 회사에 내 능력을 보여주고 싶어. 그래서 말인데, 자기도 출자하는 게 어때?"

하나에는 상상도 못 한 이야기였다. 회사에 출자한다는 것은 생각해본 적도 없다. 시스템도 잘 모른다.

"걱정 마. 돈만 맡기면 복잡한 일은 전부 내가 처리해줄게."

다바타는 적극적으로 말한 뒤, 이렇게 덧붙였다.

"사원인 경우에는 한 사람이 출자할 수 있는 금액에 한도가 있거든. 결혼하면 아내 명의도 사용할 수 있어서 훨씬 유리한데 말이야."

이 말이 결정적으로 그녀의 마음을 뒤흔들었다. 그의 입에서 결혼이라는 말이 나온 것은 처음이었다.

그녀는 얼마나 필요하냐고 물어보았다. 그는 고개를 갸웃거리면서 손가락을 두 개 세웠다.

"20만 엔이요?"

그러자 그는 눈을 크게 뜨고 몸을 뒤로 젖혔다.

"20만 엔 가지고 뭘 해? 2백만 엔이야, 2백만 엔."

그녀는 깜짝 놀랐다. 지금까지 그렇게 많은 돈을 사용한 적은 한 번도 없었다.

그러나 그는 아무것도 아니라는 식으로 말했다.

"이건 물건을 사는 게 아니야. 현금을 주식으로 바꾸는 거지. 주식은 언제든지 다시 현금으로 바꿀 수 있어. 힘들다면 절반인 백만 엔만 해. 나머지 백만 엔은 다른 사람한테 부탁할 테니까."

"다른 사람이라뇨?"

"뭐, 친구도 있고 지인도 있고. 일을 하다 보면 사람들한테 고개를 숙여야 할 때도 있으니까."

다바타가 어떤 일을 하는지, 하나에는 지금도 잘 모른다. 하지만 그가 사람들에게 고개 숙이는 모습을 상상하자 마음이 아팠다. 자신이 도울 수 있다면 도와주고 싶었다. 직장에 다닌 지 약 10년, 얼마 안 되는 월급이지만 사치를 하지 않았기 때문에 모아놓은 돈이 어느 정도 있었다.

그녀는 내키지 않았지만 출자를 하기로 했다. 다바타는 뛸 듯이 기뻐했다. 이제야 회사에 체면이 선다고 했다. 그의 환한 웃음을 보자 하나에도 기분이 좋았다.

"단, 이건 누구에게도 말하면 안 돼. 극비 정보니까."

다바타는 몇 번씩 그렇게 못을 박았다.

그런데 돈 이야기는 한 번으로 끝나지 않았다. 그로부터 얼마 지나지 않아 또 돈이 필요하다고 한 것이다.

"출자금이 좀 부족해서 그런데 어떻게 안 될까? 백만 엔이면 되는데."

그의 간절한 표정을 보고 하나에는 당황스러움을 금할 수 없었다. 백만 엔이면 된다고 하지만 그녀의 입장에서 보면 거금이었다.

그녀는 솔직하게 물어보았다.

"돈은 언제 돌려주는데요?"

"사업을 시작하고 이익이 나온 다음에."

다바타는 고개를 갸우뚱하면서 덧붙였다.

"빨리 갚으라고 하면, 내 주머닛돈에서 조금씩 갚는 수밖에 없겠지."

"그렇게까지 할 필요는 없어요."

그러자 다바타는 좋은 아이디어가 떠올랐다는 표정을 지었다.

"그러면 앞으로 내 용돈에서 조금씩 떼면 어때?"

"용돈에서요? 그게 무슨 뜻이에요?"

그는 개구쟁이 같은 얼굴로 두 손을 가볍게 펼쳤다.

"그 말 그대로야. 어? 나에게 용돈 안 줄 거야? 그건 너무하잖아."

그녀는 자신의 얼굴이 빨개지는 것을 알 수 있었다. 그는 결혼을 전제로 얘기한 것이다. 그것을 깨달은 순간, 돈 따위는 아무래도 상관없었다. 결국 그녀는 돈을 마련해주었다.

그 이후에도 그에게 몇 번 돈이 넘어갔다. 이유는 여러 가지였지만 그는 그때마다 결혼을 암시했다. 그 말을 들으면 그녀는 마법에 걸린 것처럼 거절할 수 없었다.

그녀의 몸에 이상이 생긴 것은 다바타를 만난 지 2년쯤 지났을 무렵이었다. 생리를 하지 않는 것이다. 혹시나 해서 임신진단시약으로 시험해보자 양성반응이 나왔다.

그녀는 그를 만나 조심스럽게 털어놓았다. 그러자 그는 카페 의자에서 벌떡 일어서서 그녀의 손을 잡았다. 그리고 눈을 반짝이며 흥분한 목소리로 말했다.

"고마워. 정말 고마워!"

"낳아도 돼요?"

"당연하지. 그게 무슨 말이야? 우리 아이잖아. 우리 아이인데 안 낳을 거야?"

그리고 그녀의 손을 잡고 그녀의 눈을 바라보며 결혼하자고 말한 것이다.

하나에는 감격에 겨운 나머지 울음을 터뜨릴 것 같았다. 난처한 표정을 지으면 어쩌나 걱정했던 것이다.

"그런데 아이가 태어나는 날이……."

그는 날짜를 계산하고 나서 심각한 표정을 지었다.

"타이밍이 좀 미묘하군."

"타이밍이요?"

"음, 실은 말이야."

다음 달부터 한동안 뉴욕에 가 있어야 한다는 것이다. 뉴욕은 새로운 사업의 거점으로, 사업이 궤도에 오르는 것을 지켜봐야 한다고 했다.

"사장이 꼭 나더러 가라지 뭐야? 다른 사람은 믿을 수 없다면서 말이야."

"언제까지 있어야 하는데요?"

"짧으면 3개월, 길면 6개월."

그렇다면 아이가 태어나기 전에는 돌아올 수 있다. 그 말을 듣고 그녀는 안도의 한숨을 내쉬었다.

"회사 일이라면 어쩔 수 없죠."

"중요한 때에 미안해. 몸조심해. 무리하면 절대 안 돼."

"그럴게요."

하나에는 자신의 아랫배를 어루만졌다. 행복이 가슴 가득 퍼져나갔다.

병원에 가자 역시 임신이었다. 초음파 사진을 손에 들고 집에 올 때는 자신도 모르게 콧노래를 흥얼거렸다.

그리고 얼마 지나지 않아서 회사에 사표를 냈다. 퇴직하는 이유를 말하자 상사나 동료들은 노골적으로 좋아했다. 입이 거친 반장은 이렇게까지 말했다.

"이제 겨우 재고품을 팔아치웠네."

하지만 그 이후에는 좀처럼 다바타를 만날 수 없었다. 뉴욕에 가기 전에 처리해야 할 일이 산더미처럼 쌓여 있다고 했다.

그녀는 결혼식에 대해서 의논하고도 싶고 그의 어머니를 만나고도 싶었지만 얘기를 꺼낼 수 없었다.

그런 그가 뉴욕으로 떠나는 날, 갑자기 집으로 찾아왔다. 아직 오전이었다.

"내가 엄청난 실수를 저질렀어. 미국에 보낸 짐에 카드며 통장을 다 넣어버렸지 뭐야? 그것도 돈을 찾으려고 하다 겨우 알아차렸어."

"큰일이네요. 얼마나 필요한데요?"

그녀는 이미 자기가 마련해줄 생각이었다.

"글쎄, 얼마면 될까? 그쪽에서 무슨 일이 있을지 모르니까 많을수록 좋은데."

"알았어요."

그녀는 마지막 남은 비상금을 사용하기로 했다. 돌아가신 엄마가 남겨주신 돈이다. 그녀는 엄마에게 받은 통장과 도장을 들고 다바타와 같이 은행에 가서 백만 엔을 찾아주었다.

"고마워. 자기가 아니면 큰일 날 뻔했어. 그쪽에서 어느 정도 안정되면 곧장 보낼게."

배웅은 나오지 않아도 된다고 그는 말했다. 공항에서 임신부를 혼자 돌려보낸다고 생각하면 마음이 아파서 발길이 떨어지지 않을 것 같다는 것이다.

"걱정도 탈이네요. 어쨌든 알았어요. 집에 얌전히 있을게요."

"그래. 출발하기 전에 전화할게."

그 말을 남기고 그는 떠났다.

그리고 그의 모습을 본 것은 그것이 마지막이었다. 물론 그런 사실을 알아차린 것은 훨씬 나중의 일이지만.

다바타는 가끔 메일을 보냈다. 내용은 거의 일에 관한 것으로, 바쁘다는 것을 몇 번씩 강조했다.

그녀는 혼자 있는 동안 육아 잡지를 읽거나 TV를 보면서 지냈다. 그런 와중에 장래에 대해서 멍하니 생각했다. 머리에는 행복한 영상밖에 떠오르지 않았다. 매일매일이 행복해서 견딜 수 없었다.

한 가지 마음에 걸리는 것은 역시 돈이었다. 퇴직금이 나왔지만 그렇게 큰돈은 아니었다. 아무런 수입 없이 지내면 예금이 줄어드는 것은 당연하다.

다바타는 금방 보낸다고 했지만 미국에 간 지 두 달이 지나도 돈은 오지 않았다. 처음 메일에는 그것에 대해 사과하는 내용이 들어 있었지만, 점차 그런 말도 없어졌다.

어쩌면 잊어버렸을지 모른다고 생각해서 에둘러 돈을 보내달라는 메일을 보냈다. 하지만 며칠이 지나도 답장이 오지 않았다. 겨우 답장이 왔나 싶더니, 돈에 관해서는 한마디도 쓰여 있지 않았다.

생각다 못해 "요즘 돈이 없어서 곤란해요"라고 직접적인 표현을 사용했다. 그 즉시 답장이 오지 않아서 "되도록 빨리 돈을 보내주세요"라고 독촉하는 메일을 보냈다.

그러자 그의 메일이 뚝 끊어졌다. 며칠이 지나도 답장이 오지 않는 것이었다. 그녀는 계속 메일을 보냈다. 그래도 아무 반응이 없었다.

마음속에서 불안이 소용돌이쳤다. 혹시 뉴욕에서 무슨 일이 있었던 것이 아닐까?

그에게 연락할 방법은 메일밖에 없었다. 그녀는 며칠을 고민한 끝에, 처음 만났을 때 받은 명함을 꺼냈다. 그곳에는 직장의 내선 번호도 적혀 있었지만 일단 대표번호로 전화를 걸어보았다.

그런데 휴대전화 건너편에서 들려온 것은 현재 사용하는 번호가 아니라는 안내음이었다. 그녀는 당황하지 않을 수 없었다. 회사의 대표번호가 바뀌는 일이 있을까?

그녀는 전화번호 안내에 전화를 걸어 물어보았다. 하지만 그 주소에 그런 회사는 없다는 대답이 돌아왔다. 그럴 리가 없다고 몇 번이나 확인했지만 틀림없다는 대답이 돌아올 뿐이었다.

그녀는 휴대전화를 든 채 한참을 멍하니 앉아 있었다. 뭐가 뭔지 알 수 없었다.

잠시 후, 어쩌면 회사가 이사를 갔을지도 모른다는 생각이 들었다. 그러면서 회사 이름을 바꾸었을 가능성도 있었다. 그것을 다바타가 깜빡 잊고 말하지 않은 것은 아닐까?

집에는 컴퓨터가 없기 때문에 그녀는 인터넷 카페로 가서, 종업원에게 배우면서 검색해보았다. 그렇게 해서 발견한 것은 생각지도 못한 기사였다.

그의 회사가 있었던 것은 사실이다. 하지만 이미 2년 전에 부도가 났다. 어느 회사에 흡수된 것이 아니라 그냥 없어진 것이다. 그녀가 그를 만난 직후의 일이다.

머릿속이 혼란스러웠다. 그러면 그가 말하던 회사는 무엇인가? 새로운 사업, 출자, 뉴욕―수많은 단어가 날아다녔지만 생각이 정리되지 않았다.

그녀는 어찌할 바를 모르고 전전긍긍했다. 자신이 그에 대해 아무것도 모른다는 사실을 새삼 깨달았다. 공통으로 아는 사람은 그와 소개팅을 주선해준 친구 정도였다. 그 친구에게 물어보아도 아무것도 모른다는 대답이 돌아올 뿐이리라.

그녀가 할 수 있는 일은 계속 메일을 보내는 것뿐이었다. 그런데 어느 날을 계기로 메일조차 보낼 수 없게 되었다. 메일 주소가 바뀐 것일까?

어떻게 해야 좋을지 모르는 채 계속 시간이 흘렀다. 그녀는 하루가 다르게 커지는 배와 함께 불안까지 껴안아야 했다. 임신은 이미 6개월에 접어들고 예금은 바닥을 드러내고 있었다.

그때 어디선가 전화가 걸려왔다. 모르는 번호였다.

전화를 받자 상대가 다짜고짜 말했다.

"마치무라 하나에 씨?"

여자 목소리였다.

"그런데요, 누구세요?"

"난 스즈키예요. 다바타 유지란 사람 아시죠?"

여자의 말투는 상당히 빨랐다. 다바타란 이름을 듣고 하나에는 흠칫 놀랐다.

"알고 있는데요."

스즈키란 여자는 한 박자 쉬고 나서 말했다.

"그가 죽은 것은요? 건널목에서 투신자살했다는 건 알고 있어요?"

여자의 목소리는 너무도 쌀쌀맞아서, 하나에는 순간적으로 무슨 말인지 이해할 수 없었다. 그리고 "아!" 하고 소리를 지를 때까지 잠시 시간이 걸려야 했다.

"역시 몰랐군요."

"그게 무슨 말이에요? 언제요? 언제 그랬단 거예요?"

하나에는 비명처럼 소리를 질렀다.

"2주 전이에요. 주오선中央線 전철에 치여 죽었어요."

"주오선이요? 그럴 리가 없어요. 그는 지금 뉴욕에 있는데요."

"뉴욕? 흐음, 당신에겐 그렇게 거짓말을 했군요."

"거짓말이요?"

"이봐요, 하나에 씨. 충격받았겠지만 내 말 잘 들어요. 당신은 그 인간에게 속은 거예요. 그 인간에게 얼마를 뜯겼어요?"

"네?"

"돈을 뜯겼을 거잖아요. 난 50만 엔이에요. 당신도 그 인간의 감언이설에 홀라당 넘어갔지요?"

그녀의 한마디 한마디가 하나에의 머릿속에서 쾅쾅 울려 퍼졌다. 다바타가 죽었다는 말도 믿을 수 없는데, 어떻게 이런 이야기를 쉽게 받아들일 수 있겠는가?

"내 말 듣고 있어요? 그 작자에게 돈 줬어요, 안 줬어요?"

"어느 정도 빌려주긴 했지만……"

"역시 그랬군요. 그 작자 말이에요, 엄청난 사기꾼이에요. 여러 여자를 속여서 돈을 갈취했어요. 아마 몰랐겠지만 아내와 자식도 있어요."

다음 순간, 하나에의 몸속에 있는 모든 피가 술렁거렸다.

"그럴 수가."

스즈키라는 여자는 다시 빠르게 말했다. 다바타가 건널목에서 투신자살했다는 소식을 듣고, 신문사에 있는 친구를 통해 그의 주소를 알아냈다고 한다. 그녀에게는 경영컨설턴트 회사를 경영한다고 했는데, 실체가 없는 회사였다. 머리끝까지 화가 난 그녀는 다바타의 소지품을 뒤져서, 자기 이외에 피해자가 있는지 확인하고 있다는 것이다.

"하나에 씨, 나랑 같이 피해자 모임을 만들지 않을래요? 이대로 울며 겨자 먹기로 포기하기엔 너무 억울하잖아요. 얼마라도 찾아야 하지 않겠어요?"

피해자 모임, 포기……. 어떤 말도 이해할 수 없었다. 현실이라고도 생각되지 않았다.

"죄송해요, 전 됐어요."

"왜요? 돈을 뺏겼잖아요."

"전 돈 같은 건…… 됐어요. 죄송해요. 정말 됐어요."

상대는 연신 따발총처럼 무슨 말인가를 했지만, 하나에는 미안하다고 하면서 전화를 끊었다. 그리고 조금 나오기 시작한 배로 시선을 떨구었다.

그렇게 말도 안 되는 일이 있을 리가 없다. 지금 전화한 여자는 머리가 이상한 것이다. 다바타는 아이가 생긴 것을 기뻐해주었다. 고맙다고 말해주었다. 결혼하자고 말해주었다. 그 말은 거짓으로 들리지 않았다.

그녀는 다시 인터넷 카페로 갔다. 신문 기사를 검색하기 위해서다. 다바타가 2주 전에 자살했다는 사실이 '없다'는 것을 확인하고 싶었다.

하지만 몇 가지 키워드로 찾아낸 기사는 그녀를 절망의 구렁텅이로 떨어뜨렸다.

다바타 유지는 죽었다. 그 여자의 말처럼 건널목에서 투신자살을 했다. 유서는 발견되지 않았지만 '금전적인 문제가 원인인 것 같다'라고 되어 있었다.

그녀는 몸에서 무엇인가가 빠져나가는 듯한 감각에 휩싸였다. 앉아 있을 수도 없어서 의자에서 무너져 내렸다. 멀어져가는 의식 속에서 누군가가 뛰어오는 소리가 들렸다.

11

오랜만에 보는 전 장인 집의 나무 울타리는 예전에 비해 손질이 되어 있지 않았다. 지금은 정원이나 울타리에 신경 쓸 여력이 없을 것이라고 나카하라는 생각했다.

초인종을 누르자 대답도 없이 현관문이 열렸다. 옅은 보라색 카디건을 걸친 사토에가 얼굴에 미소를 담으며 마중을 나왔다.

"어서 오게."

나카하라는 고개를 숙인 뒤, 대문을 열고 안으로 들어갔다.

사토에가 그를 안내한 곳은 손님방이었다. 한가운데에 나지막한 탁자가 있고, 구석에는 불단이 자리 잡고 있다. 불단 위에는 사요코의 영정 사진이 놓여 있었다.

사토에가 방석을 권했지만 그는 일단 향을 피우기로 했다. 불단 앞에서 엄숙한 표정으로 합장한 후, 다시 사토에와 마주했다.

"바쁘신데 죄송합니다."

나카하라가 그렇게 말하자 사토에는 손을 얼굴 앞에서 하늘하늘 흔들었다.

"바쁘긴. 얼마나 고마운지 몰라. 그이도 그렇게 말하더군. 지금도 사요코에게 신경 써줘서 고맙다고 말이야. 그이도 자네를 만나고 싶어 했지만, 오늘은 고문으로 있는 회사에 일이 있어서 꼭 나가야 했나 봐. 자네에게 안부 전해달라고 하더군."

"아버님 건강은 좀 어떠신가요?"

"그저 그래. 나이가 있잖아."

사토에는 포트에 있는 물을 찻주전자에 따랐다. 그윽한 차 향기가 코끝을 스쳤다. 그녀는 "마시게"라고 말하며 쟁반에 있는 찻잔을 탁자 위에 놓았다.

"고맙습니다."

그는 탁자로 다가가서 찻잔을 손에 들었다.

"전화로도 말씀드렸지만 사요코의 원고를 보고 커다란 충격을 받았습니다. 전 그렇게 깊이 생각하지 못했거든요."

"우리도 깜짝 놀랐다네. 그래서 이번 재판이라도 최대한 그

애의 신념을 반영시키자고 야마베 변호사님과 얘기했지."

"충분히 이해합니다. 공판 시기는 정해졌나요?"

"이제 곧 정해질 거라고 그러더군."

"재판을 오래 끌지 않았으면 좋겠는데요."

"옛날과 달리 시간이 많이 단축됐다고 하더군. 특히 이번에는 범인이 전부 자백했으니까 결심까지 가는 데 오래 걸리지 않을 거래."

"그래요? 이번엔 특별히 배심원 제도*를 채택한다고 하던데, 어떤 식으로 진행되나요?"

"변호사님에 따르면 배심원은 일반 사람들이니까 그들이 사건에 어떤 인상을 받느냐가 중요하다고 하더군. 검찰은 범행이 얼마나 잔인했는지를 강조하지만, 변호인은 아마 정에 호소할 거라면서 말이야."

"정이요? 어떤 식으로요?"

"이번 경우에는 자수한 것을 참작해달라고 주장할 거라더군. 아, 참. 범인의 나이를 고려해달라고 하지 않을까, 변호사님이 그러더군."

"나이요? 몇 살인데요?"

"예순여덟 살이야. 그래서 25년 유기형을 받아도 교도소에

---

* 일본에서는 재판원 제도라는 용어를 사용함.

서 나오면 아흔셋. 무기형에 한없이 가까운 형량이라는 거지. 뭐, 그 말이 틀린 건 아니지. 어쨌든 그 말을 듣고 나도 사형이 아니라면 그래도 되지 않을까 생각했을 정도니까."

그는 차를 한 모금 마시고 나서 길게 숨을 내뿜었다.

"사형 판결이 나올 전망은 없겠군요."

"어렵다고 하시더군."

그 말을 하면서 사토에는 힘없이 시선을 떨구었다.

그래도 그녀는 재판에 임할 것이다. 피고인을 사형에 처한다. 그 한마디를 법정에 울려 퍼지게 하기 위해서.

"참, 저게 그거일세."

사토에의 시선이 옆에 있는 거실로 향했다. 손님방과는 장지문으로 구분되어 있는데, 그 장지문이 지금은 열려 있다. 거실 바닥에는 상자 세 개가 놓여 있었다.

"제가 봐도 되겠습니까?"

"그럼, 물론이지."

그는 거실로 가서 상자 앞에 앉았다. 상자 안에 들어 있는 것은 책과 파일, 노트 종류였다. 디지털카메라와 전자책 단말기도 있었다.

모두 사요코의 방에 있던 것이다. 그는 어제 사토에에게 전화를 걸어서, 사요코가 일할 때 사용한 물건들을 보여줄 수 있느냐고 부탁했다. 지난번에 받은 원고를 읽고, 사요코가 어떤

환경에서 글을 썼는지 자세히 알고 싶었던 것이다.

"그 애 방에는 책과 자료가 더 많았지만, 일단 그 원고와 관련이 있을 만한 것만 모아뒀네. 카메라는 관계가 없을지도 모르지만 일단 보라고 넣어뒀고."

"알겠습니다. 신경 쓰이게 해서 죄송합니다."

"죄송하긴. 그 원고가 들어 있던 컴퓨터가 저걸세."

그녀는 소파 앞에 있는 테이블을 가리켰다. 그 위에 노트북 컴퓨터가 놓여 있었다.

"제가 한번 보겠습니다."

소파에 앉아서 컴퓨터를 켜자 패스워드 입력창이 떴다. 사토에게 물어보자 'SAYOKO'라고 가르쳐주었다. 경찰이 컴퓨터의 내용을 조사했을 때, 재설정했다고 한다.

노트북에는 수많은 자료가 들어 있었다. 제일 많은 것은 역시 텍스트 데이터로, 카테고리는 여러 분야에 걸쳐 있었다. 가장 최근의 텍스트는 도벽에 관한 기사였다.

"나도 대강 살펴봤는데, 취재 분야가 어쩌면 그렇게 다양한지……. 작가가 그렇게 힘든 건지 이번에 처음 알았네."

"사요코는 원래 저보다 활동적인 사람이었으니까요."

"자네도 대단해. 그렇게 끔찍한 일을 겪었는데도, 이제 완전히 회복해서 새로운 일을 하고 있잖아? 장례식 때 다들 감탄했다네."

"뭘요."

그는 쓴웃음을 지었다. 외삼촌의 일을 물려받았을 뿐, 남들에게 자랑할 만한 것은 아무것도 없었다.

"난 2층에 있을 테니까 무슨 일이 있으면 부르게."

"죄송합니다. 그리고 고맙습니다."

그는 사토에의 등을 보고 나서 노트북으로 시선을 옮겼다. 자세히 살펴보자 역시 사형이나 형벌에 관한 자료가 제일 많았다. 신문 기사나 판결 등을 정리한 폴더도 있었다.

그는 노트북의 내용을 대강 살펴본 다음, 상자 앞으로 이동했다. 상자 안에도 사형 제도나 재판, 형량에 관한 책과 자료가 많이 들어 있었다. 피해자 참가 제도를 설명해놓은 책을 본 순간, 그의 심경은 더할 수 없이 복잡해졌다. 설마 본인이 살해된 사건에서 부모님이 그 제도를 이용하게 되리라곤 상상도 못했으리라.

여백에 써넣은 것은 없을까 해서, 책을 한 권씩 빠르게 넘겨보았다. 그때 발밑에 무엇인가가 툭 떨어졌다. 한 번 접은 B5 크기의 종이였다. 맨 위에 '어린이 의료 상담실 개최일 안내'라고 쓰여 있고, 그 밑에 날짜가 몇 개 적혀 있다. 한 달에 한 번 있는 행사 같았다.

평범한 안내장이라 여기고 접으려 하다가 그는 한순간 손길을 멈추었다. '게이메이대학 의학부 부속병원'이라는 글자가 눈에 들어왔기 때문이다.

　최근에 그 병원의 이름을 어디선가 들은 기억이 있다. 잠시 기억을 더듬어보자 생각이 났다. 야마베 변호사로부터 들은 것이다. 피고의 사위가 게이메이대학 의학부 부속병원에서 일하고 있다고 했다.

　하지만……. 그는 어깨를 들썩이고 나서 종이를 접은 다음, 원래 들어 있던 책 사이에 끼워 넣었다. 이것은 단순한 우연이다. 이 안내장은 취재 또는 다른 목적을 위해서 손에 넣은 것임에 틀림없다. 게이메이대학 의학부는 유명한 곳이다. 그녀가 취재 대상으로 선정했다고 해도 이상할 것은 없다. 애초에 사형과는 아무런 관계가 없지 않은가? 그가 다음 자료를 손에 들었을 때, 지금의 안내장은 이미 그의 머릿속에 남아 있지 않았다.

　상자에 있는 자료를 대강 훑어보고 고개를 들자 밖에는 이미 어둠이 내려앉아 있었다. 사토에가 1층으로 내려와 커피를 타주었다.

　"느낌이 어떤가?"

　그의 입에서 나지막한 신음 소리가 흘러나왔다.

　"저와 헤어진 다음, 사요코가 얼마나 진지하게 이 문제에 도전해왔는지 알게 되었습니다. 흉악한 범죄를 조금이라도 줄이고 싶다는 마음이 뼛속까지 전해지는군요. 마음 깊은 곳에서 진심으로 감탄했습니다."

그것은 결코 빈말이 아니었다. 그녀가 그동안 모은 책과 자료의 제목만 보아도 그녀의 끈질긴 집념을 느낄 수 있었던 것이다.

그러자 사토에가 생각에 잠긴 얼굴로 말했다.

"그렇다면 그 얘기를 진지하게 생각해주겠나?"

"그 얘기라뇨?"

"지난번에 말했잖나. 출판사에 다니는 지즈코가 사요코의 책을 내겠다면 도와주겠다고."

그는 크게 고개를 끄덕였다.

"아, 그거 말인가요? 내시면 되죠. 저도 대찬성입니다."

"그럼 재판이 일단락되면 의논해보겠네. 하지만 언제가 될지는 모르지. 지금은 눈앞에 해야 할 일이 잔뜩 있으니까."

"그러면 지즈코 씨에게는 제가 연락해볼까요? 쓰야 때 만나서 안면은 있고, 안 그래도 한번 만나서 얘기하고 싶었던 참이거든요."

"그래? 그렇다면 부탁하겠네. 자네가 책임지고 맡아준다면 사요코도 저세상에서 기뻐할 걸세."

"책임지고 맡다니! 아마 그렇게 대단한 일은 할 수 없을 겁니다."

그는 그렇게 말하며 상자에서 디지털카메라를 꺼냈다. 사형

문제와는 관계가 없을지 모르지만 사요코가 어떤 사진을 찍었는지 봐두고 싶었던 것이다.

전원을 켜자 액정 모니터에 사진이 나타났다. 맨 처음 나타난 사진을 보고 그는 고개를 갸웃거렸다. 교도소 내부라도 찍었을 줄 알았는데, 화면에 나타난 것은 나무가 빼곡히 자리한 울창한 숲이었다. 사람의 그림자는 보이지 않았다.

그는 카메라의 스위치를 조작해서 그 전의 사진도 보았다. 몇 장에 걸쳐 모두 나무만 찍혀 있었다. 어느 저택의 정원이 아니라 깊은 숲인 것 같았다. 기념비 같은 것도 보이지 않았다. 날짜를 보자 그녀가 살해되기 열흘 전이었다.

"이보게, 왜 그러는가?"

그의 모습이 이상했는지, 사토에가 걱정스러운 목소리로 물었다.

"여기가 어딘가 해서요."

그는 카메라의 액정 모니터를 사토에 쪽으로 향했다.

사토에는 의아한 표정을 지으며 고개를 가로저었다.

"글쎄, 여기가 어디지? 잘 모르겠네."

"날짜를 보니 사건이 일어나기 얼마 전인 것 같습니다. 사요코가 어디로 여행 간다고 한 적은 없습니까?"

"글쎄, 그런 말은 들은 적이 없네."

"그래요?"

그는 액정 모니터에 눈길을 떨구면서 석연치 않은 느낌을 지울 수 없었다. 사형 폐지론에 반박하는 원고를 쓰는 사요코와 나무가 울창한 숲 사진. 그 두 가지가 왠지 어울리지 않는다는 느낌이 들었다.

12

히야마 지즈코를 만나기 위해 나카하라는 오랜만에 휴가를 냈다. 그녀가 근무하는 출판사는 아카사카赤坂의 소토보리外堀 길 안쪽으로 한 블록 들어간 곳에 있는 새 건물이었다.

접수처에 이름을 말한 뒤 로비에서 기다리고 있자 재킷 차림의 지즈코가 나타났다. 쓰야에서 만났을 때보다 젊게 보였다. 그녀는 종이봉투를 들고 있었다.

"오랜만이에요. 이쪽으로 오세요."

그녀는 생긋 웃으며 옆방을 가리켰다. 안으로 들어가자 탁자와 의자가 놓여 있었다. 손님과 회의하는 공간인 듯했다.

그녀는 음료수 자동판매기 앞에서 걸음을 멈추었다.

"뭐 드시겠어요?"

"커피요. 아, 제가 살게요."

"신경 쓰지 마세요. 비싼 것도 아닌데요, 뭐."

"네, 그러면 맛있게 마실게요."

그녀도 커피를 선택했다. 두 사람은 종이컵을 들고 빈 테이블에 앉았다.

그는 정식으로 인사를 했다.

"갑자기 연락해서 죄송합니다."

"아니에요. 연락 잘 하셨어요. 실은 저도 마음에 걸렸거든요. 사요코의 원고가 어떻게 됐나 해서요."

"읽어보셨나요?"

"네."

그녀는 고개를 끄덕인 후, 종이봉투에서 원고 뭉치를 꺼냈다.

"굉장한 역작이던데요. 단숨에 읽었어요."

그 원고는 나카하라가 사흘 전에 보낸 것이었다. 지즈코에게 연락을 했더니, 출간에 대한 회의를 하기 전에 원고를 읽어보고 싶다고 했다. 그녀의 입장을 생각하면 당연한 일이다.

"출판할 수 있는 수준인가요?"

"내용은 아무 문제가 없어요. 문장도 읽기 쉽고, 내용도 난해하지 않아요. 사형 폐지는 이상하다, 오히려 사람을 죽인 자는 모두 사형에 처해야 한다는 주장도 이해하기 쉽고요. 단, 문제가 전혀 없는 것은 아니에요."

"어떤 문제가 있지요?"

그는 원고를 쳐다보았다. 핑크색 포스트잇이 몇 개 붙어 있었다. 문제가 있는 부분인 듯했다.

"사요코는 객관적으로 쓰려고 상당히 노력했어요. 하지만 군데군데 감정적인 부분이 눈에 띄어요. 그건 괜찮아요. 이런 책인 경우, 작가의 생각이 확실히 드러나는 편이 설득력이 있으니까요. 문제는 그 감정이 가끔 흔들린다는 거예요."

"무슨 말씀이시죠?"

그녀는 커피를 한 모금 마시고 나서 고개를 갸웃거렸다.

"제 생각엔 사요코가 아직 확실한 답을 찾지 못한 게 아닐까 해요. 사람을 죽인 사람은 사형에 처한다. 그것으로 모든 게 해결되는지 아닌지에 대해서요."

"아, 그럴지도 모릅니다."

그는 상대의 얼굴을 뚫어지게 쳐다보면서 덧붙였다.

"대단하네요. 역시 프로는 다르군요."

"무슨 뜻이에요?"

그는 히라이 변호사로부터 들은 이야기를 해주었다. 사형선고를 받은 히루카와가 결국 그 때문에 마지막까지 반성하지 못했다는 이야기다.

그녀는 납득한 얼굴로 몇 번이나 고개를 끄덕였다.

"사형은 무력하다……. 참 무거운 말이군요."

"사요코도 히라이 변호사의 이야기를 듣고 여러모로 생각한 게 아닐까요? 재범을 방지할 수 있다는 관점에서 사형의 장점을 강조하고 있지만, 그게 오히려 망설이고 있다는 반증이 아닐까 하는 생각이 들더군요."

"저도 그렇게 생각했어요."

그렇게 말하고 나서 그녀는 눈을 크게 뜨며 덧붙였다.

"나카하라 씨가 그 변호사와 나눈 대화를 써주시겠어요?"

"네? 제가요?"

"그것 말고도 몇 가지 마음에 걸리는 게 있는데, 나카하라 씨의 의견을 덧붙여주신다면 좋은 책이 될 것 같아요. 사요코와 나카하라 씨의 공저라는 형태로 출판하는 게 어떨까요?"

"아닙니다. 전 글에는 젬병이라서……."

그녀는 고개를 세차게 흔들었다.

"멋지게 쓸 필요는 없어요. 그냥 생각한 대로 쓰시면 돼요. 제가 도와드릴게요. 한번 해봐요. 분명히 화제를 불러일으킬 거예요. 사요코의 원고가 이대로 묻히는 게 아깝지 않나요?"

아무래도 지금 상태로 단행본을 내기는 어려운 듯했다. 그는 당황하지 않을 수 없었다. 이야기가 이렇게 흘러갈 줄은 꿈에도 몰랐다. 하지만 어떻게 해서라도 사요코의 원고를 책으로 만들어주고 싶었다.

그가 고개를 숙인 채 생각에 잠겨 있자 지즈코가 밑에서 들여다보았다.

"해주시는 거죠?"

"잠시 생각해봐도 될까요? 별로 자신이 없어서요."

그녀는 뺨에 미소를 담았다.

"알았어요. 서두를 필요는 없으니까 천천히 생각해보세요. 이건 일단 돌려드릴게요."

그녀는 원고를 종이봉투에 넣어서 나카하라 쪽으로 내밀었다.

그는 종이봉투를 받아 들고 천천히 고개를 가로저었다.

"이렇게 될 줄은 상상도 못 했습니다. 제 글처럼 엉망인 글이 섞이면 사요코가 저세상에서 화내지 않을까요?"

"그 점은 걱정하지 마세요. 그리고 사요코도 처음엔 문장력이 별로였거든요."

"그래요?"

"네. 카피라이터 경력이 있어서 어휘는 풍부했지만요."

그는 뜻밖이라고 생각하면서 종이봉투에 눈길을 떨구었다.

"그래요? 이 원고를 보니 아주 잘 쓴 것 같던데요."

"글은 쓰면 쓸수록 문장력이 좋아지거든요. 사요코도 글을 많이 써서 좋아졌어요."

그는 갑자기 등을 쭉 펴고 자세를 바로 했다.

"그러고 보니 잡지 보내주신 것에 대한 인사를 아직 못 했네요. 잡지를 보내주셔서 감사합니다."

"도벽에 대한 기사 말이군요. 어떠셨어요?"

"아주 재미있었습니다. 그런 식으로 고민하는 사람이 있다는 건 몰랐거든요."

"사요코와 예전부터 생각했던 기획이에요. 알코올의존증을 치료하는 의료 기관이 있는데, 그곳에 도벽을 교정하는 프로그램이 있다는 걸 알고 관심을 가졌거든요. 거기 환자 중에서 취재에 응해줄 만한 사람을 찾느라 얼마나 고생했는지 몰라요."

그녀는 그렇게 말하며 쓴웃음을 지었다.

"한마디로 도벽이라고 해도 사람에 따라서 원인이 다르더군요."

"네, 물론 저도 이번에 처음 알았지만요. 제가 한 건 취재의 준비 정도이고, 나머지는 전부 사요코 혼자 했어요. 어떤 에피소드가 가장 인상에 남던가요?"

그는 잠시 생각에 잠긴 표정을 지었다.

"음, 모든 얘기가 다 심각하고 어떤 의미에서는 가엾다는 생각도 들었습니다. 섭식장애가 도벽으로 발전하다니, 비극이라고밖에 표현할 길이 없더군요."

"동감이에요."

"하지만 가장 인상에 남은 건 네 번째 여성입니다. 안타까울 만큼 자책감에 휩싸여 있는 여성이요."

"아!" 하고 말하며 그녀는 고개를 위아래로 흔들었다.

"자신은 살 가치가 없는 사람이니까 그에 걸맞게 살기 위해 훔친 음식을 먹기로 했다는 여성 말이군요."

"그렇습니다. 왜 그렇게 자책감에 휩싸였는지 안타까울 정도였지요."

"무슨 문제를 껴안고 있을지도 모르죠. 나카하라 씨는 그 기사의 여성을 만난 적이 있어요. 사요코의 쓰야 때요."

그는 고개를 끄덕였다.

"아, 역시 그렇군요. 기사를 읽었을 때부터 그 여성이 아닐까 생각했습니다. 사오리 씨……라고 하지 않았나요?"

"그래요. 이구치 사오리 씨예요. 사요코도 사오리 씨에게 가장 마음이 갔던 모양이에요. 다른 사람은 한 번밖에 만나지 않았는데, 사오리 씨는 몇 번이나 만났거든요."

"그러고 보니 쓰야 때도 그런 말을 한 것 같습니다. 개인적으로도 사요코에게 신세를 졌다고요. 구체적으로 어떤 신세를 진 걸까요?"

"글쎄요, 자세한 건 잘 몰라요. 그 두 사람이 그렇게 친했다는 것도 몰랐거든요. 그런 사실을 알게 된 것은 사요코가 살해당한 뒤, 사오리 씨에게 전화가 왔을 때였어요. 뉴스를 보니 사요코 씨가 끔찍한 일을 당했다고 하던데, 쓰야나 장례식은 어떻게 되냐고 묻더군요. 그래서 그날 저랑 같이 장례식장에 간 거예요."

"그렇게 된 거군요."

그 기사를 쓸 때, 사요코가 사오리의 카운슬러 같은 역할을 했을지도 모른다고 그는 생각했다. 상대에게 마음을 열지 않으면 그렇게까지 솔직하게 말할 수 없기 때문이다.

지즈코가 먼 곳을 바라보는 듯한 눈길로 입을 열었다.

"사오리 씨는 자세히 보면 오목조목 예쁘게 생겼고, 우리와 같이 있을 때는 아주 평범한 여성이에요. 그런데 상품이 진열되어 있는 선반만 보면 온몸에 좀이 쑤신다고 하더군요. 실제로 손도 떨고요."

"아, 중증이군요."

"다만 조금 독특한 면도 있어요. 처음에 사오리 씨의 집에서 만날 때 저도 같이 갔는데, 분위기가 아주 기묘했어요."

지즈코는 얼굴을 찡그리며 몸을 약간 앞으로 내밀었다.

"어떻게요?"

"아로마 오일 향이 너무 강한 거예요. 아로마 오일을 적당히 사용하면 마음이 편해지지만, 아무리 그래도 너무 심하다는 생각이 들 정도였지요. 다음은 색깔이에요. 가구며 전자제품이며, 온통 빨간색이더군요. 커튼이나 카펫도 말이에요. 냉장고도 빨간색이었어요."

그 상황을 상상하는 것만으로도 조바심이 목구멍까지 치밀었다.

"취향이 아주 독특하군요. 빨간색을 좋아하나 보죠?"

"그게 아니에요. 나도 물어봤어요. 빨간색을 좋아하냐고요. 그랬더니 별로 좋아하지 않는대요. 그런데 정신이 들면 자기도 모르게 항상 빨간색을 고른다고 하더군요."

"그래요?"

심리학자라면 그런 상황에 대해 멋진 설명을 내놓을 수 있겠지만, 그는 대꾸할 말을 찾을 수 없었다.

"가장 이상한 건 수해樹海 사진이었어요."

그는 눈을 크게 뜨고 되물었다.

"수해요? 수해라면 그거 말인가요? 나무가 너무 많아서 바다처럼 보인다는?"

"네, 그 사진을 거실장 위에 올려놓았더군요. 꽃병 옆에요. 어디냐고 물었더니 아오키가하라靑木ヶ原 수해라고 했어요."

"그 사진은 그림엽서 같은 건가요?"

"아니요, 보통 사진을 액자에 넣은 거였어요."

"수해뿐인가요? 사람은 없었나요?"

그녀는 고개를 가로저었다.

"사람은 없었어요."

"좋아하는 사진인가요?"

"그럴지도 모르지요. 하지만 예술적인 사진은 아니었어요."

그녀는 납득할 수 없다는 얼굴로 종이컵의 커피를 마셨다.

그의 뇌리에 사요코의 디지털카메라에 들어 있던 사진들이 떠올랐다. 그것도 역시 나무가 빼곡히 자리한 숲만을 찍은 사진이었다.

"이구치 사오리 씨라고 했나요? 한자는 뭐를 쓰나요?"

"우물 정井 자에 입 구口 자, 모래 사沙 자에 짤 직織 자를 써요."

"무슨 일을 하고 있지요?"

그러자 그녀는 잠시 입을 다문 뒤, 한 손으로 입을 가리며 대답했다.

"아마 유흥업소에서 일할 거예요."

"네……."

"확실히 들은 건 아니지만 사요코가 비슷한 말을 했어요."

"그렇군요."

기사에 따르면 교도소에 두 번 들어갔다 나왔다고 한다. 평범한 일을 하기는 어려울 것이다.

출판사를 나온 후, 그는 길거리에서 전화를 걸었다. 전화는 즉시 사토에가 받았다. 그는 지난번에 고마웠다는 인사를 한 다음에 용건을 꺼냈다.

"한 가지 부탁이 있는데요. 사요코의 디지털카메라를 보시면 최근에 찍은 사진 중에 숲이라고 할까, 아무튼 나무만 잔뜩 찍혀 있는 사진이 있습니다. 그 사진을 받고 싶은데, 메일로 보내주실 수 있을까요?"

"뭐? 사진을 메일로 보내달라고? 잠시만 기다리게."

전화기 너머에서 사토가 누군가에게 얘기하는 소리가 들렸다. 상대는 아마 장인이었던 소이치이리라.

전화기를 통해 당사자인 소이치의 목소리가 들렸다.

"여보세요? 나일세. 지난번엔 얼굴을 못 봐서 유감스러웠네."

"안 계실 때 찾아봬서 죄송했습니다."

"상관없네. 언제든지 오게. 그건 그렇고, 디지털카메라의 사진을 메일로 보내주면 되는 거지? 알았네, 그거야 식은 죽 먹기지. 내가 이래 봬도 컴퓨터를 제법 잘 다루거든."

"죄송하지만 부탁드립니다."

그는 이메일 주소를 불러주었다. 영상 데이터가 너무 크면 구식 휴대전화로는 받을 수 없을 우려가 있었다.

소이치는 이메일 주소를 따라 말한 뒤, 알았다고 했다.

"그런데 몸은 좀 어떠세요? 건강이 좋지 않으시다고 들었는데요."

"이제 괜찮네. 재판이 코앞에 있으니까 내가 정신 바짝 차려야지."

"저도 최대한 도와드릴 테니까 뭐든지 말씀만 하십시오."

"그래, 말이라도 고맙네. 안사람은 자꾸 약한 소리를 하네만 난 절대 포기하지 않을 걸세."

"무슨 말씀이신지……."

소이치는 헛기침을 한 번 하고 나서 말을 이었다.

"사형 말이야, 사형. 한 사람만 죽이면 사형을 받지 않는다니, 그런 말도 안 되는 소리가 어디 있나? 난 무슨 수를 써서라도 배심원들을 설득할 걸세. 그러니 자네도 잘 부탁하네."

늙은 소이치의 결심을 듣고 그의 가슴이 뜨거워졌다.

"네, 저도 최선을 다하겠습니다."

"그래, 우리 힘을 내세. 그러면 되도록 빨리 메일을 보내지."

"부탁드립니다."

그는 휴대전화를 안주머니에 넣으면서 걸음을 내디뎠다. 소이치의 갈라진 목소리가 귓가에 남아 있다. 그는 이미 일흔 살이 넘었다. 재판의 스트레스를 견딜 수 있을지 걱정이 되었다.

나카하라는 저녁에 먹기 위해 편의점에서 도시락을 사 집으로 왔다. 대충 옷을 갈아입고 컴퓨터로 메일을 확인해보자 영상 데이터가 제대로 도착해 있었다. 소이치가 컴퓨터를 잘 다룬다고 자랑할 만했다.

고맙다는 답장을 보낸 후, 그는 인터넷으로 아오키가하라 수해를 검색해보았다. 검색 버튼을 누르자 엄청나게 많은 사진이 나타났다. 다만 대부분은 심령사진으로 소개하는 것이었다.

그래도 관광지로서 순수하게 촬영한 사진도 많았다. 그는 그것들과 사요코의 디지털카메라에 있던 사진을 비교해보았다.

역시 그렇다. 사요코가 찍은 사진도 아오키가하라의 수해였던 것이다. 가느다란 나무가 빼곡히 있거나, 땅을 기어가듯 나무가 자라난 모습이 인터넷에서 본 수해 영상과 매우 비슷했다.

사요코는 왜 이런 사진을 찍은 것일까?

이구치 사오리와 관계가 없지는 않으리라. 그녀의 이야기를 들어주는 사이에 자신도 수해 사진을 찍고 싶었던 것일까?

그는 인터넷에서 아오키가하라의 수해에 대해 자세히 조사해보기로 했다. 생각해보니 수해에 관해서 아는 것이 별로 없다. 그가 아는 것은 마쓰모토 세이초松本靑長*의 소설에 등장하고, 자살 명소로 유명하다는 것 정도이다.

애초에 어디 있는지 정확한 장소도 잘 모른다. 그는 구글 지도로 찾아보았다.

뭐야, 이런 곳인가!

후지 5호富士五湖** 중 하나인 쇼지호精進湖의 남쪽에 있었다. 도쿄에서 가려면 어떻게 가야 할까? 가장 가까운 역은 어디인가?

---

* 일본의 대표적인 추리소설가.
** 후지산 중턱에 있는 다섯 개의 호수.

그런 것을 알아보기 위해 지도의 크기를 바꾸어보았다.

다음 순간, 갑자기 가슴이 쿵쾅거렸다. 왜 그런지 이유는 알 수 없었다. 하지만 굉장히 중요한 것을 발견한 듯한 느낌이 들었다.

그는 지도를 뚫어지게 쳐다본 다음, 이윽고 그 지명을 발견했다.

어떻게 된 것일까? 우연일까? 아니면……

생각하기보다 움직이는 편이 빠르다. 그는 휴대전화를 손에 들고 조금 전에 헤어진 지즈코에게 전화를 걸었다.

"네, 지즈코예요. 무슨 일이세요?"

그녀의 목소리에 걱정이 묻어 있었다.

"한 가지 묻고 싶은 게 있습니다. 아까 말씀하셨던 이구치 사오리 씨 말인데요."

"뭔데요?"

"고향이 어디인가요? 기사에는 지방의 고등학교를 나온 뒤, 미용사가 되기 위해 상경했다고 쓰여 있었던 것 같던데요. 즉, 도쿄 출신은 아니지요?"

"네, 아니에요. 시즈오카현 출신이에요."

"시즈오카요? 시즈오카의 어디죠?"

그는 휴대전화를 꽉 움켜쥐었다.

그녀는 "아마"라고 말하고 나서 잠시 말을 끊은 뒤, 이내 덧붙였다.

"후지노미야일 거예요."

"틀림없습니까?"

"네, 출신지를 들었을 때 볶음국수가 유명한 곳이라고 생각했거든요. 그런데 그게 무슨······."

"아무것도 아닙니다. 바쁘신데 죄송합니다."

그는 전화를 끊고 나서 다시 컴퓨터를 쳐다보았다. 아오키가하라에서 시선을 바로 밑으로 이동하자 후지노미야시가 나타났다. 사오리는 그곳 출신인 것이다.

그리고 또 한 사람······.

13

"다른 사람의 경력을 아는 방법이요? 흐음. 여러 가지 방법이 있지 않을까요?"

구타니九谷 지방의 최고급 유골함을 살펴보면서 간다 료코는 그렇게 말했다. 그녀 앞에 있는 카운터에는 20여 개의 유골함 상자가 놓여 있었다. 오늘 아침에 도착한 것들이었다. 만든 곳을 바꾸어서 그런지, 지금까지 사용했던 유골함과는 분위기가 많이 달랐다. 팔릴 것 같지 않은 유골함은 반품하기로 했다.

"예를 들면 어떤 방법이 있지?"

나카하라는 의자에 앉은 채, 유골함을 살펴보는 간다 료코의 모습을 바라보았다. 오늘은 미리 예약된 장례식이 없는 것이다.

"그야 가장 빠른 것은 흥신소 같은 곳에 의뢰하는 거겠죠. 사장님, 이건 어떠세요?"

그녀는 자신이 들고 있는 유골함을 보여주었다. 황금색 바탕에 꽃무늬, 유골함의 모양은 육각형이다. 심각한 표정이 그녀의 취향이 아니라는 것을 말해주었다.

"너무 난잡하군."

"손님들에게 이런 걸 어떻게 권해요? 반품해도 되겠죠?"

"그래, 알아서 해……. 흥신소? 그런 데에는 한 번도 의뢰한 적이 없거든. 더 간단한 방법이 없을까?"

"어떤 사람이에요? 물론 이름이나 주소는 알고 있지요?"

"그건 알고 있어. 대학병원 의사라는 것도. 하지만 내가 알고 싶은 건 그 사람의 과거야. 예전에 고향에서 어떤 사람을 만났는지……."

"그런 건 아마추어에게 무리가 아닐까요? 역시 흥신소에 의뢰하는 게 좋겠어요……. 아, 이거 좋은데요? 이런 걸 더 보내주면 좋겠는데."

그녀가 들고 있는 것은 빨간색 바탕의 유골함이었다. 선명한 빨간색이 아니라 수수한 빨간색이라고나 할까? 새하얀 눈이 덮인 산에 푸른 나무들 그림이 그려져 있다.

그 유골함을 본 순간, 그는 사오리의 방이 온통 빨간색이었다는 말을 떠올렸다. 한 번밖에 만나지 못했지만, 사오리의 가슴 한쪽에 바닥을 알 수 없는 고뇌가 있지 않을까 하는 생각이 들었다.

그녀가 시즈오카현 후지노미야 출신이라니. 그 말을 듣고 한 남자가 떠올랐다. 사요코를 죽인 마치무라 사쿠조의 사위이다. 사요코의 부모님에게 사죄 편지를 보냈다고 하는데, 그 사람도 후지노미야 출신이라고 들은 기억이 있다. 야마베 변호사에게 전화로 확인한 결과 틀림없다고 한다. 이름은 니시나 후미야. 게이메이대학 의학부 부속병원에서 소아과 의사로 일하고 있다.

소아과라는 말을 듣고 나카하라의 뇌세포가 다시 반응을 보였다. 사요코의 책갈피에 끼워져 있던 안내장이 떠오른 것이다. 거기엔 분명히 '어린이 의료 상담실 개최일 안내'라고 쓰여 있었다. 그런 의료 상담이라면 소아과와 관련이 있지 않을까?

그는 사토에게 전화를 걸어서, 그 안내장을 찾아봐달라고 부탁했다. 그리고 찾았다는 전화를 받고, 그 안에 적힌 내용을 자세히 물어보았다.

"날짜만 잔뜩 적혀 있네만."

"그거면 됩니다. 말씀해주세요."

그는 사토에가 말한 날짜를 메모했다. 그중 하나가 마음에 걸렸다. 사요코가 살해되기 사흘 전이었다.

사토에가 조심스럽게 물어보았다.

"왜 그런가? 이 안내장이 무슨……."

그는 아무것도 아니라고 얼버무리고 나서 전화를 끊었다. 그런 다음에 인터넷으로 게이메이대학 의학부 부속병원 사이트에 들어가보았다. '어린이 의료 상담실'에 관한 정보가 있지 않을까 생각한 것이다. 예상한 대로 그곳에는 상담실 소개와 함께 안내장보다 더 자세한 내용이 적혀 있었다. 장소를 안내해주는 지도, 예약하는 방법 그리고 당일의 담당자.

담당자는 날짜에 따라 다른 것 같았다. 사건이 일어나기 사흘 전의 담당자를 본 순간, 그의 온몸이 굳어졌다. 니시나 후미야로 되어 있었던 것이다.

이 사실은 쉽게 무시할 수 없었다.

사요코가 친언니처럼 이야기를 들어준 사오리의 고향이 후지노미야이고, 후미야의 고향도 후지노미야. 그 후미야가 근무하는 병원의 안내장을 사요코가 가지고 있고, 후미야가 상담실에 나온 것이 사건이 일어나기 사흘 전. 또한 사건이 일어나기 열흘 전에는 사요코가 수해를 촬영하러 가고, 사오리의 방에도 수해 사진이 걸려 있고.

물론 모든 것이 우연일 가능성도 있다. 후지노미야의 인구는 10만여 명이나 된다. 해마다 수많은 사람이 상경할 테니까 아무 관련이 없는 두 사람이 우연히 후지노미야 출신이라는 것도 충분히 있을 수 있다. 하지만 여러 가지 사실과 인간관계를 사요코를 중심으로 생각했을 때, 시간적으로도 공간적으로도 이렇게 밀접하게 이어져 있는 것을 과연 우연이라고 할 수 있을까?

"여러 가지 가격을 알고 싶다고 하셨는데, 그건 무슨…… 아, 가격을 비교해본 다음에 결정하고 싶으신 거군요. 네, 물론 그렇게 하셔도 상관없습니다."

정신을 차려보니, 간다 료코가 전화를 받고 있었다. 상대는 반려동물을 잃은 주인일 것이다. 아마 다른 업자와 가격을 비교하고 싶은 모양이었다.

말을 하는 사이에 간다 료코의 표정이 흐려지기 시작했다.

"그쪽은 유해를 가져간다고요? 그리고 화장한 다음에 유골을 가져다주는 시스템이란 말이죠? 이런 말씀을 드리긴 좀 그렇지만 그 업자에게 자체 화장로가 있는지 없는지만이라도 확인해보시는 게 어떨까요? 네, 손님들의 소중한 반려동물의 유해를 산 같은 곳에 버리고, 어딘가에서 화장했다고 하며 다른 동물의 유골을 가져다주는 경우도 있거든요. 네, 악덕 업자도 많고요. 물론 그쪽이 그런 곳인지 아닌지는 모릅니다. 네, 그러니까 화장로가 있는지 본인 눈으로 확인하시는 게 제일 좋습니다. 그렇게 할 수 없다면 화장로가 어디 있는지만이라도 물어보세요. 상대의 태도를 보면 거짓말인지 아닌지 알 수 있으니까요. 그런 건 신경 쓰실 필요가 없습니다. 소중한 고양이를 위해서니까. 네, 물론 저희 회사에는 자체 화장로가 있습니다. 직접 와서 보시면 아실 겁니다. 네, 그러면 그렇게 하세요."

전화를 끊은 뒤, 그녀는 나카하라를 향해 씁쓸한 미소를 지었다.

"고양이의 유해를 가져간 다음, 사흘 후에 납골함에 넣어서 돌려준대요. 달랑 3만 엔으로 말이에요."

"그거 수상하군. 주인은 어떤 사람이지?"

"할머니였어요. 자체 화장로가 있는지 물으면 업자의 기분이 상하지 않을까 걱정하시더군요."

나카하라는 얼굴을 찡그렸다.

"정말이지, 일본 노인들은 너무 착하다니까."

"뒤가 켕기지 않는다면 무엇을 물어봐도 괜찮을 텐데 말이지요."

그렇게 말하고 나서 간다 료코는 덧붙였다.

"아까 사장님 문제도 그렇게 하면 되지 않을까요?"

"응? 무슨 뜻이지?"

그녀는 생긋 미소를 지으며 말했다.

"그 사람의 과거를 알고 싶으면 본인에게 직접 묻는 거예요. 감출 게 아무것도 없다면 솔직하게 대답하지 않을까요?"

그는 팔짱을 끼고 베테랑 여직원의 얼굴을 빤히 쳐다보았다.

"그렇군."

"만약 뭔가를 감추고 있으면 분위기가 어색해질지도 모르지만요."

그녀는 그렇게 말하고, 유골함을 살펴보는 작업으로 돌아갔다.

그런 방법이 있었던가.

분위기가 어색해지는 것을 두려워할 필요는 없다. 애초에 서로 받아들일 수 없는 관계이기 때문이다.

14

약속한 날에는 아침부터 비가 내렸다. 나카하라는 지하철 계단을 올라간 뒤, 우산을 쓰고 약속 장소로 향했다. 히비야日比谷에 있는 고급 호텔의 라운지였다. 그는 상대의 직장으로 갈 생각이었지만, 상대는 그러면 너무 죄송하니까 장소를 정해달라고 했다. 그렇다고 앤젤보트 사무실에서 만나는 것은 내키지 않아 호텔 라운지에서 만나자고 했다. 광고 회사에 다니던 시절, 중요한 고객을 만날 때 이용하던 곳이었다.

호텔의 정면 현관은 매우 번잡했다. 택시나 렌터카가 잇달아 도착하고, 부유해 보이는 남녀가 재빨리 호텔 안으로 사라졌다. 도어맨의 행동도 우아하기 그지없었다.

그는 자동 유리문을 통과해 로비로 들어갔다. 카펫의 부드러운 감촉을 느끼며 들고 있던 우산을 작게 접고는 시선을 왼쪽 라운지로 향했다. 라운지는 개방형 공간으로, 백 명 이상이 느긋하게 대화를 즐길 수 있을 만큼 넉넉했다.

라운지 입구에 검은 옷을 입은 남자가 서서 "어서 오십시오" 하고 인사를 했다.

"나카하라입니다."

남자는 가볍게 미소를 지으며 고개를 끄덕였다.

"기다리고 있었습니다. 일행분은 먼저 오셨습니다."

검은 옷의 남자가 걸음을 내딛는 것을 보고 나카하라는 그의 뒤를 따라갔다. 이곳을 예약한 사람은 나카하라 자신이었다. 서로 얼굴을 모르기 때문에 그러는 편이 좋겠다고 생각했다. 현재 시각은 오후 7시. 예약을 받아주는 시간대였다.

남자가 안내한 곳은 안쪽 자리였다. 시끄럽지 않아서 조용히 말할 수 있을 것 같았다.

나카하라의 모습을 보았는지 한 남자가 일어섰다. 다부진

체격에 얼굴이 가무잡잡한 스포츠맨 타입이었다. 나이는 삼십 대 후반 정도일까? 깔끔한 양복에 수수한 색깔의 넥타이를 매고 있었다.

"니시나 후미야 씨죠?"

나카하라가 그렇게 물어보자 상대는 "네" 하고 대답한 다음, 두 손을 몸에 딱 붙이고 똑바로 섰다.

"연락해주셔서 감사합니다."

상대는 정중히 고개를 숙인 뒤 명함을 꺼냈다. 상대의 명함을 받고 나카하라도 자신의 명함을 내밀었다.

"일단 앉으시죠."

탁자 위에는 물잔이 놓여 있을 뿐이었다. 먼저 음료를 주문하는 것은 실례라고 생각한 듯했다.

나카하라가 웨이터를 불러 커피를 주문했다. 후미야도 같은 것으로 달라고 말했다.

"갑자기 연락해서 죄송합니다."

나카하라가 그렇게 말하자 후미야는 당치도 않다고 손을 흔들었다.

"조금 의외이기는 했지만 말할 수 있는 기회를 주셔서 진심으로 감사하고 있습니다."

그리고 두 손을 무릎 위에 올린 뒤 다시 한번 깊숙이 고개를 숙였다.

"이번에 저희 가족이 엄청난 짓을 저질러서 정말로 죄송합니다. 형사책임은 본인이 지겠지만, 저희도 최대한 성의를 보이고 싶습니다."

"고개를 드세요. 사죄의 말을 듣고 싶어서 연락한 게 아닙니다. 그쪽 마음은 편지를 통해 충분히 알고 있습니다. 어정쩡한 마음으론 그런 편지를 쓸 수 없겠지요. 아니, 유족에게 편지를 쓰려는 생각조차 못 할 겁니다."

후미야는 천천히 고개를 들고 나카하라를 쳐다보았다. 꼭 다문 입술에 고뇌의 빛이 배어 있었다.

후미야의 얼굴을 보고 나카하라는 성실한 사람이라고 생각했다. 이 분위기는 연기로 만들어낼 수 없다. 전화로 얘기했을 때도 느꼈지만 이렇게 직접 만나보고 확신했다.

후미야의 편지를 제대로 읽어본 것은 어제였다. 사토에에게 전화를 걸어 자신에게 편지를 보여줄 수 있느냐고 물었다. 그녀는 흔쾌히 승낙하면서 팩스로 편지를 보내주었다. 그 편지를 본 후 다시 사토에에게 전화를 걸어, 자신이 후미야를 만나봐도 되겠느냐고 물었다. 그녀는 깜짝 놀라면서 목적을 물어보았다.

그는 상대가 어떤 사람인지 알아두고 싶다고 대답했다.

"물론 전 지금 사요코의 정식 유족이 아닙니다. 그러니까 오히려 제삼자의 눈으로 볼 수 있지 않을까요? 뭐, 완전히 객관적으로 볼 순 없겠지만, 상대를 알아두어서 손해날 일은 없으니까요."

그러자 사토에는 남편과 의논한 뒤, 그렇게 하라고 허락해주었다.

그 이후, 그는 후미야에게 전화를 걸어 만나기로 약속했다. 휴대전화 번호는 편지에 쓰여 있었다. 피해자 전남편의 연락을 받고 후미야는 당황스러움을 감추지 못했지만, 유족의 대리인이라고 말하자 납득한 듯했다.

사토에에게 한 말은 거짓이 아니었다. 그 편지를 읽고, 상대가 어떤 사람인지 흥미가 솟구친 것은 사실이다. 하지만 그 이전에 나카하라는 후미야를 꼭 만나고 싶었다. 후지노미야, 사오리, 어린이 의료 상담실……. 이 모든 것이 과연 단순한 우연일까?

나카하라는 후미야를 뚫어지게 쳐다보면서 말했다.

"그나저나 이상하군요. 당신은 지금 가족이라고 했는데, 정확히 따지면 당신의 가족이 아니라 아내의 가족일 뿐이잖습니까? 마음만 먹으면 언제든지 인연을 끊을 수 있지 않을까요? 그런데 그렇게 하지 않고 마치 친아들처럼 행동하는군요. 인간으로서는 훌륭하다고 생각하지만, 너무나 훌륭해서 감탄을 뛰어넘어 오히려 부자연스럽다는 느낌이 듭니다."

후미야는 당황한 표정을 지으며 고개를 흔들었다.

"훌륭하다니, 당치도 않습니다. 장인이 그런 짓을 한 원인은 저에게도 있다고 생각합니다. 그래서 인연을 끊는 것은 꿈에도 생각하지 않습니다."

"그게 훌륭하다는 겁니다. 애초에 장인을 부양할 의무는 없지 않나요?"

"저에게는 없어도 아내에게는 있습니다. 그리고 아내에게 경제력이 없으면 남편이 지원하는 건 당연하다고 생각합니다."

"그런데 그 아내가 아버지에 대한 지원을 끊은 거잖습니까? 그렇다면 당신에게는 아무런 책임도 잘못도 없는 것 같은데요. 당신이 이번 사건과 관계가 없다고 주장해도 아무도 비난할 수 없겠지요."

"아내는 저에게 미안하다는 마음으로, 자신의 의도와 달리 그렇게 행동한 것뿐입니다. 따라서 저와 관계가 없다고는 할 수 없습니다."

후미야는 천천히 시선을 떨구다 마지막에는 고개를 숙였다.

그때 웨이터가 커피를 가져왔다. 나카하라는 우유를 넣고 스푼으로 휘저었다. 그때까지도 후미야는 계속 고개를 숙이고 있었다.

"커피 드세요. 나까지 마시기 힘드니까요."

"아, 네."

후미야는 고개를 들고는 설탕과 우유를 넣지 않은 채 한 모금 마셨다.

"가족은 뭐라고 하나요?"

나카하라의 질문에 후미야는 흠칫 놀라며 고개를 들었다.

"부인이나 자제분이 아니라 후미야 씨의 부모님이나 형제 말입니다. 이번 사건에 대해서 뭐라고 하시나요?"

"그야 물론 끔찍한 짓을 저질렀다고……."

"부인과 헤어지라고 하지는 않나요?"

후미야는 대답하지 않고 괴로운 듯 입술을 비틀었다. 그 모습을 보고 나카하라는 알아차렸다.

"역시 그렇게 말하는군요."

후미야는 깊은 한숨을 내쉬었다.

"각자 사회적 입장이 있으니까요. 가족의 마음도 충분히 이해할 수 있습니다."

"그래도 당신은 부인과 헤어지려고 하지 않는군요. 그만큼 부인을 사랑하기 때문인가요?"

"저는…… 책임을 져야 합니다. 도망칠 순 없습니다."

후미야는 여전히 괴로운 표정을 지었지만 말투는 강력했다. 아래를 내려다보는 시선에는 굳은 결의가 숨어 있는 것 같았다. 과연 무엇이 이 사람의 윤리의식을 이렇게 강하게 만든 것일까? 아니면 그를 지탱하는 것은 단순한 윤리의식이 아닌 것일까?

나카하라는 본론으로 들어가기로 했다.

"고향이 후지노미야라고 하더군요."

허를 찔린 듯 후미야는 한순간 몸을 움찔거렸다. 그리고 눈을 몇 번 깜빡이며 되물었다.

"그렇습니다. 그게 무슨……?"

"부모님께서는 지금도 후지노미야에 사시나요?"

"어머니가 계십니다. 아버지는 몇 년 전에 타계했습니다."

"본가는 어디인가요?"

"후지미가오카라는 곳인데요."

"후지미가오카요?"

나카하라는 안주머니에서 볼펜을 꺼내더니, 종이 냅킨을 뽑아서 '후지미가오카富士見ヶ丘'라고 썼다.

"한자가 이게 맞나요?"

"네."

"실은 아는 사람 중에 후지노미야 출신이 있어서요. 나이도 당신과 비슷할 겁니다. 고등학교는 어디를 나오셨나요?"

후미야가 당황한 모습으로 대답한 고등학교는 나카하라가 예상한 고등학교 중 하나였다. 그 지역에서는 1, 2위를 다투는 명문 고등학교다. 하지만 그가 정말로 알고 싶은 것은 고등학교가 아니었다.

"역시 그렇군요. 중학교는요?"

후미야가 미간에 주름을 잡으며 의아한 표정을 지었다.

"말씀드려도 모르실 텐데요."

"일단 말씀해주시겠습니까? 아는 사람에게 확인해보고 싶어서요."

후미야는 잠시 망설인 뒤, 어쩔 수 없다는 표정으로 대답했다.

"후지노미야 제5중학교입니다."

목소리가 조금 전보다 더 가라앉은 것처럼 느껴졌다.

"공립중학교지요?"

"그렇습니다."

나카하라는 조금 전의 종이 냅킨에 고등학교 이름과 중학교 이름을 쓴 다음, 한 번 접어 볼펜과 함께 안주머니에 넣었다.

"후지산이 가깝지요? 부럽군요. 자주 올라가셨나요?"

"아니요, 그렇게 자주는……"

후미야는 왜 그런 것을 묻느냐는 표정을 지었다.

"후지산에는 수해가 있지요? 가보신 적이 있습니까?"

"수해…… 말인가요?"

한순간, 후미야의 눈빛이 흔들린 것처럼 보였다. 그의 시선이 잠시 허공을 방황한 뒤 나카하라에게로 이동했다.

"초등학교 때 거기로 소풍을 간 적이 있습니다. 그것 말고는 특별히 간 적은 없는데요. 수해는 무엇 때문에……."

"실은."

나카하라는 옆에 있는 서류 가방에서 사진 세 장을 꺼내 후미야 앞에 내려놓았다. 디지털카메라의 사진을 인쇄한 것이었다.

"사건이 일어나기 열흘 전에 사요코가 이런 사진을 찍었습니다. 이거 아오키가하라의 수해지요?"

후미야는 사진을 바라보면서 고개를 갸웃거렸다.

"글쎄요, 잘 모르겠습니다. 지금 말씀드린 것처럼 초등학교 때 말고는 간 적이 없어서요."

나카하라는 상대의 표정에 변화가 있는지 놓치지 않으려고 했지만, 후미야가 동요하고 있는지 아닌지는 판단할 수 없었다. 하지만 말투가 조금 딱딱해진 듯한 느낌이 들었다.

"그래요?"

나카하라는 고개를 끄덕이고 나서 사진을 가방에 넣었다. 그리고 후미야가 물을 마시는 것을 곁눈으로 힐끔 쳐다보면서 서류 한 장을 꺼냈다. 사토에가 팩스로 보내준 '어린이 의료 상담실' 안내장이었다.

이번에는 후미야의 표정이 확실하게 변했다. 깜짝 놀란 것처럼 눈을 크게 뜬 것이다.

"그건……."

"물론 아시겠지요. 당신이 근무하는 소아과에서 주최하는 거니까요."

무엇인가를 삼키듯이 후미야가 턱을 아래로 잡아당겼다.

"네."

"여기에는 일정이 몇 개 적혀 있는데, 인터넷으로 조사한 바에 따르면 이날은 당신이 담당했다고 하더군요."

나카하라는 일정 중 하나를 가리키며 재차 확인했다.

"틀림없으신가요?"

후미야는 혀로 입술을 핥으며 고개를 끄덕였다.

"네."

"잘 보십시오. 이날은 사요코가 살해되기 사흘 전입니다. 어떻게 생각하시나요?"

"저기, 무슨 말씀이신지."

후미야는 커피를 입으로 가져가며 말을 이었다.

"왜 이런 말씀을 하시는지 잘 모르겠습니다. 이 안내장이, 어린이 의료 상담실이 무슨 문제라도 있나요?"

나카하라는 안내장을 손에 들었다.

"이건 팩스지만 실물은 사요코의 유품에서 나왔지요. 아이가 없는 그녀가 이런 걸 가지고 있는 데에는 무슨 이유가 있지 않았을까요? 물론 직업이 작가니까 취재하기 위해서라고 생각하는 게 가장 합리적이겠지요. 그래서 묻고 싶습니다. 혹시 사요코가 이 어린이 의료 상담실에 가지 않았나요?"

후미야는 안내장을 뚫어지게 바라본 후, 천천히 눈을 깜빡인 뒤 나카하라에게 시선을 돌렸다. 그 동작이 나카하라의 눈에는 마치 뭔가를 떨쳐버리려고 하는 것처럼 보였다.

"아니요, 오지 않았습니다."

"틀림없지요?"

"네."

"알겠습니다."

나카하라는 안내장을 가방에 넣었다.

후미야가 나카하라를 똑바로 쳐다보며 입을 열었다.

"나카하라 씨, 저에게 연락하신 건 이런 질문을 하기 위해서였습니까?"

"그러면 안 됩니까? 기분이 상하셨나요?"

후미야는 천천히 고개를 가로저었다.

"그런 건 아닙니다. 기분이 상하다니, 제가 어떻게 그런 생각을 하겠습니까? 다만 저희는 숨지도 도망치지도 않을 테니까 하고 싶은 말씀이 있으면 주저하지 마시고 해주시면 고맙겠습니다."

"하고 싶은 말이요?"

그 말을 입에 담은 순간, 갑자기 그의 머릿속에 떠오른 말이 있었다. 이렇게 후미야를 만나기 전까지는 생각도 못 한 말이었다.

"알겠습니다."

나카하라가 몸을 조금 뒤로 젖히자 후미야도 덩달아 자세를 바로 했다.

"양친은, 사요코의 양친은 사형 판결이 나오기를 원하고 있습니다."

후미야의 속눈썹이 움찔 움직였다. 그리고 작은 목소리로 "네" 하고 대답했다.

"하지만 초범인 데다 피해자는 한 사람이고 자수도 했고요. 그것을 감안하면 사형 판결이 나오는 일은 없을 겁니다. 단, 강도살인죄의 경우, 법정형은 사형이나 무기징역이니까 사형이 아니면 무기징역이 되겠지요. 가령 온정이 작용한다고 해도 25년이나 30년이라는, 고령의 범인에게는 가혹한 판결이 나올 겁니다. 단."

그는 잠시 말을 끊고는 후미야를 똑바로 쳐다보며 덧붙였다.

"단순한 강도 살인이 아니라 다른 동기, 더구나 정상참작의 여지가 있는 동기라면 형량이 대폭으로 줄어들 가능성이 있습니다. 예를 들면 자기 이외의 누군가를 위해서라든지요."

순간 후미야의 뺨에 경련이 일고 얼굴에 붉은 기운이 퍼져 나갔다. 그것은 그가 처음으로 보인 커다란 표정 변화였다. 나카하라는 핵심을 찔렀다고 생각했다.

역시 그렇다. 이번 사건은 이 사람과 관계가 있다. 그래서 아내와는 헤어질 수 없고, 범인과 함께 벌을 받으려고 하는 것이다.

하지만 다음 순간, 후미야는 즉시 원래의 표정으로 돌아왔다.

"무슨 말씀을 하시는지 잘 모르겠습니다."

나카하라는 말없이 상대의 눈을 똑바로 쳐다보았다. 후미야도 나카하라의 시선을 똑바로 받았다. 눈길을 피하려고 하지 않았다.

"그래요? 그렇다면 죄송합니다. 괜히 쓸데없는 얘기를 해서요. 내가 하고 싶은 말은 이상입니다. 그러면 오늘 있었던 일을 그대로 사요코의 부모님에게 전하겠습니다."

"잘 부탁합니다. 진심으로 사죄하고 있다고 전해주십시오."

"알겠습니다."

나카하라가 계산서에 손을 내미는 것을 보고 후미야가 먼저 잡았다.

"아닙니다. 제가 계산하겠습니다.

"그러면 잘 먹었습니다."

나카하라는 가방을 들고 일어선 다음, 다시 후미야에게 시선을 돌렸다.

"참, 한 가지 깜빡한 게 있습니다."

"뭐지요?"

"조금 전에 말씀드린 후지노미야 출신의 지인 말입니다. 이구치 사오리라는 여성인데, 혹시 아시는 분이 아닌가요?"

후미야가 숨을 들이마시는 것이 전해졌다.

"아니요, 모르는데요."

나카하라는 고개를 끄덕였다.

"그렇군요."

그는 발길을 돌려 출구로 향하면서 언제 휴가를 낼지 생각했다. 물론 후지노미야에 가기 위해서였다.

15

TV 화면에서는 여느 때처럼 악당 캐릭터가 마구 난동을 부리고 있다. 바로 그때, 정의의 용사가 등장한다. 나쁜 짓을 한 자는 언젠가 반드시 벌을 받는다―정의의 용사는 항상 이 말을 한 뒤 악당을 혼내준다. 악당은 쓰러지지 않으려고 발버둥 치지만 결국 정의의 용사에게 당하고 애니메이션은 끝난다.

쇼는 손뼉을 치며 쿵쾅쿵쾅 뛰어다니다 하나에를 쳐다보았다.

"한 번 더 봐도 돼?"

"딱 한 번만이다."

그렇게 대답하자 신이 난 얼굴로 리모컨을 조작한다. 똑같은 애니메이션을 몇 번씩 봐도 저렇게 좋을까? 하나에는 신기하게 생각하며 고개를 절레절레 흔들었다.

TV 옆에 있는 시계를 쳐다보았다. 저녁 8시 반이 조금 지났다. 그쪽과는 이야기가 잘되었을까? 그것이 신경 쓰여서 오늘은 하루 종일 아무것도 손에 잡히지 않았다.

"사요코 씨의 유족으로부터 연락이 왔어."

후미야가 그렇게 말한 것은 어젯밤이었다. 헤어진 전남편이니까 엄밀히 말하면 유족은 아니지만, 양친의 대리인이라고 하니까 유족이나 마찬가지였다.

그 사람이 할 이야기가 있으니까 만나자고 했다고 한다. 물론 후미야는 승낙하고, 오늘 저녁 7시에 호텔 라운지에서 만나기로 했다는 것이다.

무슨 용건인지 전화로는 말하지 않았던 모양이다.

"아무리 욕을 해도 참고, 아무리 힘든 요구를 해도 거절하지 않을 거야."

오늘 아침에 집을 나서기 전에 후미야는 그렇게 말했다.

그녀도 그 말에 동감했다. 유족이 무슨 말을 하든 자신들은 반박할 자격이 없다. 하지만 말없이 고개를 숙이고 있는 후미야의 모습을 상상하자 마음이 쿡쿡 쑤셨다.

그녀는 작게 한숨을 토해냈다. 도대체 이런 날들이 언제까지 계속될까? 동네를 돌아다니면 사람들이 이상한 눈길로 쳐다보는 것이 느껴진다. 쇼는 지금 유치원을 쉬고 있다. 아마 다른 유치원을 찾아봐야 하리라. 하지만 과연 받아줄 곳이 있을까? 불안한 일을 손으로 꼽으라면 끝도 한도 없다.

그때 "아!" 하고 쇼가 소리를 지르고 문을 쳐다보았다.

"아빠다."

아마 현관문 열리는 소리를 들었으리라. 어린아이는 원래 정신없이 TV에 빠져 있어도, 자신에게 중요한 소리는 놓치지 않는 법이다.

쇼가 복도로 뛰어나가며 힘차게 소리쳤다.

"아빠!"

"그래그래."

후미야가 대꾸하는 소리가 들린다. 그 소리가 들릴 때까지 하나에는 자기도 모르게 주먹을 꼭 쥐고 있었다.

쇼의 뒤에서 후미야가 나타났다. 후미야는 옷을 갈아입기 위해 2층 침실로 올라갔다.

하나에는 쇼를 남기고 거실에서 나갔다. 계단을 올라가 침실 문을 열자 후미야는 넥타이를 벗는 참이었다.

하나에가 남편의 등을 향해 물었다.

"어땠어요?"

후미야가 천천히 돌아보았다. 그 얼굴을 보고 하나에는 한순간 움찔했다. 남편의 표정이 너무도 음울했기 때문이다.

"그쪽에선…… 뭐래요?"

그는 깊은 한숨을 내쉬었다.

"뭐라고 하진 않았어. 그냥 묻더군."

"물어요? 뭐를요?"

"여러 가지."

그는 윗도리를 벗어서 침대에 던졌다. 그리고 아내의 얼굴을 보고 말을 이었다.

"어쩌면 모든 게 끝일지도 몰라."

그녀는 순간적으로 흠칫거렸다.

"무슨…… 말이에요?"

후미야는 침대에 걸터앉아 고개를 떨군 뒤, 천천히 머리를 흔들었다.

"나카하라 씨가 눈치챘어. 단순한 강도 살인이 아니란 걸."

"네?"

후미야가 하나에를 올려다보았다. 눈에는 깊은 어둠이 자리하고 있었다.

"수해 사진을 보여주더군. 사요코 씨가 찍었나 봐. 그러면서 후지노미야 출신이라면 수해에 가본 적이 있지 않느냐고 하더군."

수해라는 말이 하나에의 가슴을 무겁게 내리눌렀다.

"그것만이라면 특별히……."

"그것만이 아니야."

후미야는 나카하라와의 대화를 띄엄띄엄 말하기 시작했다. 그 내용은 수건으로 목을 조르는 것처럼 하나에의 마음을 궁지로 몰아넣었다.

"아직 진실은 모르는 것 같아. 하지만 시간문제일 거야. 각오해두는 편이 좋겠어."

"그럴 수가……."

그녀는 발밑으로 시선을 떨구었다. 지금이라도 발밑이 꺼질 것 같은 생각이 들었다.

그때 아래층에서 "엄마!" 하는 소리가 들렸다. 쇼가 부르는 것이다.

"엄마!"

"쇼에게 가봐. 어서."

그녀는 문으로 향하다가 방에서 나가기 전에 남편을 쳐다보았다. 그와 눈이 마주쳤다.

"미안해, 괜히 나 때문에."

그 말을 듣고 그녀는 고개를 가로저었다.

"당신 잘못이 아니에요."

그는 아련한 미소를 지으며 고개를 숙였다. 그 모습을 지켜보기 괴로워서 그녀는 방을 나섰다.

계단을 내려갈 때 현기증이 일었다. 그녀는 순간적으로 팔을 내밀어 벽을 짚었다. 다음 순간, 망막 안쪽에 떠오른 것은 사방이 온통 눈으로 덮인 수해였다.

5년 전 2월.

다바타 유지의 자살 소식과 함께 그가 지금까지 자신을 속였다는 사실을 안 순간, 하나에는 몸에서 영혼이 빠져나가는 듯한 감각에 사로잡혔다.

인터넷 카페에서 쓰러진 이후, 그녀에게는 며칠간의 기억이 없었다. 정신을 잃은 것은 불과 몇 분이었지만, 그 후에 자신이 어떻게 행동했는지, 어떻게 지냈는지 전혀 기억이 나지 않았다.

하지만 죽기로 결심한 것만은 분명했다. 그녀는 최소한의 짐만 챙겨 집을 나왔다. 가지고 있던 돈은 전부 지갑에 넣었다. 누구에게도 폐를 끼치지 않고, 그리고 큰 고통 없이 죽을 수 있는 곳에서 목숨을 끊기로 결심한 것이다.

그때 가장 먼저 머리에 떠오른 곳이 있었다. 그래서 스니커즈를 신고, 짐은 가방이 아니라 배낭에 넣었다. 추울 테니까 목도리를 두르고 장갑도 끼었다.

그녀는 서점에 들러 자신의 목적지에 관해서 조사했다. 그리고 전철을 갈아타고 도착한 곳은 가와구치호역河口湖驛이었다. 그곳에서 다시 버스로 갈아탔다. 보닛 부분이 앞으로 쭉 튀어나온, 앞부분이 열차처럼 생긴 버스였다. 2월이라는 계절 탓인지 승객은 얼마 되지 않았다.

30분쯤 버스에 흔들린 뒤, 그녀는 '사이코西湖 박쥐 동굴'이라는 정류장에서 내렸다. 산책 코스의 출발 지점이라고 되어 있었기 때문이다. 넓은 주차장 끝에 산책로 안내판이 서 있었다.

그녀에게 아오키가하라 수해에 관해서 말해준 사람은 엄마인 가쓰에였다. 무슨 소설에 나왔는데, 그것을 계기로 자살의 명소로 유명해진 모양이다. 한번 길을 잃으면 절대로 나올 수 없고 방위 자석도 소용없다고 한다. 즉, 자살에 대한 결심이 흔들리지 않는다는 뜻이다.

하나에는 목에 둘렀던 목도리를 만지작거렸다. 그것을 굵은 나무에 묶어서 목을 걸기만 하면 된다. 다만, 사람들의 눈에 띄지 않도록 산책로에서 멀리 떨어질 필요가 있었다.

그런 생각을 하며 지도를 쳐다보고 있자 옆에서 누군가가 말을 걸어왔다.

"혼자 오셨어요?"

검정색 다운재킷을 입은, 서른 살 정도의 남자였다.

그녀는 경계하면서 조심스럽게 대답했다.

"네."

"트래킹을 하시려고요?"

"네……."

남자는 고개를 끄덕이며 하나에의 발을 쳐다보았다.

"그 신발로 괜찮겠어요?"

그녀는 자신의 스니커즈를 내려다보았다.

"안 되나요?"

"산책로에는 아직 눈이 남아 있거든요. 미끄러지지 않도록 조심하세요."

"네, 고맙습니다."

그녀는 남자를 향해 고개를 숙인 후 걸음을 내디뎠다. 오래 이야기하면 자신의 계획이 탄로 날 것 같은 생각이 들었다.

남자의 말처럼 산책로는 새하얀 눈으로 덮여 있었다. 하지만 그렇게 많이 쌓이지는 않아서 신발이 파묻히는 일은 없었다. 도야마의 시골에 비하면 이 정도는 눈도 아니다.

조금 안으로 들어가자 하늘을 향해 커다란 나무들이 솟아 있었다. 낙엽수도 많지만 대부분은 새파란 잎을 매달고 있다.

'그렇군. 푸른 나무가 많다고 해서 아오키가하라이군.'

그녀는 그렇게 생각하며 스스로를 납득시켰다.

10분쯤 걸어갔을까? 그녀는 잠시 걸음을 멈추었다. 앞쪽에는 아무도 없다. 천천히 뒤를 돌아보았다. 뒤쪽에도 사람의 모습이 보이지 않는다.

그녀는 심호흡을 했다. 토해낸 숨결이 하얗게 흩어졌다.

산책로에서 벗어나 나무 사이로 들어갔다. 사그락사그락. 눈 밟는 소리가 온 천지에 울려 퍼졌다. 그 소리에 바람 소리가 겹쳤다. 추위 때문에 귀가 얼얼했다.

그렇게 얼마나 걸었을까. 넘어지지 않기 위해 땅만 쳐다보고 걸어서 그런지, 얼마나 들어왔는지 거리감을 느낄 수 없었다. 그녀는 고개를 들고 주변을 둘러보았다.

한순간 입을 다물 수 없었다. 어느 쪽을 쳐다봐도 놀라울 만큼 경치가 똑같았다. 땅은 새하얗고, 나무는 음침할 정도로 빼곡했다.

땅에서 영기가 스멀스멀 올라오는 것 같았다.

'아, 난 여기서 죽는구나.'

그녀는 그렇게 생각했다. 지금까지 살아온 인생을 돌아보려고 했지만, 머리에 떠오르는 것은 다바타뿐이었다. 왜 그런 남자에게 속은 것일까? 그 남자만 만나지 않았다면 행복하게 살 수 있었을 텐데.

생각해보니 자기 인생과 엄마 인생이 너무도 똑같았다. 엄마도 아빠에게 속았다. 아니, 그래도 결혼을 했으니까 엄마 인생이 조금 나았을지도 모른다.

새삼스레 자신이 너무나 불쌍하다는 마음이 가슴을 가득 메웠다. 그녀는 주저앉아서 두 손으로 얼굴을 감쌌다. 살기 싫다. 살고 싶지 않다. 이렇게 괴로울 바에야 차라리 죽는 게 낫다. 그런 생각이 뼛속까지 스며들었다.

불현듯 엄마 얼굴이 떠올랐다. 엄마가 미소를 지으며 손을 내밀었다. 엄마에게 오라고 말하는 것 같다.

'그래, 엄마. 지금 갈게.'

그때 무엇인가가 그녀의 어깨에 닿았다. 그녀는 흠칫 놀라며 고개를 들었다.

"괜찮으세요?"

뒤를 돌아보자 조금 전에 만났던 남자였다. 남자는 걱정스러운 표정으로 그녀의 얼굴을 들여다보았다.

"어디 아프세요?"

이해할 수 없었다. 왜 이 남자가 여기에 있는 것일까?

그녀는 일어서서 머리를 흔들었다.

"아니, 괜찮아요."

"여기는 산책로에서 너무 멀어요. 어서 나가요."

"아…… 먼저 가세요."

"같이 가요. 날 따라오세요."

말은 정중했지만 말투에는 힘이 있었다.

"전 조금 더 있다가."

그러자 남자는 단호하게 말했다.

"안 됩니다. 지금 홑몸이 아니잖습니까?"

그녀는 깜짝 놀라서 남자의 얼굴을 쳐다보았다. 그러자 남자는 입술에 미소를 담더니, 주머니에서 카드 같은 것을 꺼냈다.

"난 이런 사람입니다."

그것은 게이메이대학 의학부 부속병원의 출입증이었다. 이름은 '니시나 후미야'라고 써 있었다.

"처음 보았을 때 알았습니다. 아이를 가진 게 아닐까 하고요. 아니라면 죄송합니다."

그녀는 고개를 숙이며 아랫배를 만졌다.

"아니에요, 맞아요."

"역시 그랬군요. 왠지 마음에 걸려서 찾아봤더니 숲으로 들어가는 뒷모습이 언뜻 보이더군요. 그래서 발자국을 더듬어 따라왔습니다……. 자, 어서 갑시다. 임신부 혼자 이런 곳에 놔둘 순 없어요. 가지 않겠다면 나도 여기에 있겠습니다. 어떻게 하실래요?"

그의 말에는 반박하지 못하게 만드는 강력한 힘이 배어 있었다. 그녀는 고개를 끄덕이며 알겠다고 대답했다.

그들은 산책로로 나와 누가 먼저랄 것도 없이 처음에 만났던 주차장으로 향했다.

말없이 걸어가는 후미야를 쳐다보며 그녀가 물었다.

"저기, 여기엔 여행으로 오신 건가요?"

"여행은 아닙니다. 후지노미야에 있는 본가에 갔다가 도쿄로 돌아가던 길에 들른 거지요."

그는 그렇게 말하고 나서 약간 고개를 갸웃거렸다.

"성묘……라고나 할까요?"

"아."

그녀의 입에서 작은 신음 소리가 새어 나왔다. 그녀는 마음속으로 생각했다.

'그의 친구나 지인이 여기서 자살했나 보군.'

"그쪽은 어디서 왔어요?"

"사가미하라相模原에서요."

이런 곳에는 뭐 하러 왔느냐고 물을 거라 생각했지만 그는 더 이상 묻지 않았다.

두 사람은 주차장에 도착했다. 후미야는 걸음을 멈추지 않고 계속 걸어갔다. 그녀가 그의 등을 향해 말을 걸었다.

"저기요, 전 여기서……."

그는 그제야 겨우 걸음을 멈추고 돌아보았다.

"가와구치호역까지 데려다드릴게요. 당분간 버스가 안 올 겁니다."

"괜찮아요. 혼자 기다릴게요."

그러자 그는 성큼성큼 다가왔다.

"데려다드릴게요. 빨리 따뜻한 곳으로 가는 편이 좋아요. 여기 있으면 몸이 상할 거예요."

그녀는 고개를 숙인 채 강하게 말했다.

"괜찮아요. 저에게 신경 쓰지 마세요."

그가 가까이 다가오는 기척이 느껴졌다.

"수해에서 죽어봤자 좋은 것은 아무것도 없습니다."

그녀는 흠칫 놀라며 고개를 들었다. 하지만 그와 시선이 마주치자 황급히 고개를 숙였다.

"수해에 둘러싸인다고 해서 편안히 잠들 수 있는 건 아닙니다. 야생동물의 먹이가 되거나 비참한 시체가 될 뿐이지요. 한 가지 덧붙이자면 방위 자석이 망가진다는 것도 거짓말입니다."

그는 하나에의 어깨를 살짝 두드렸다.

"이제 그만 가시죠."

'아무래도 오늘은 포기하는 수밖에 없을 것 같다. 다른 곳을 찾아보자. 수해가 아니더라도 죽을 데는 얼마든지 있으니까.'

그녀는 그렇게 생각하기로 했다.

그들은 주차장 구석에 세워둔 그의 차로 향했다. 그가 조수석 문을 열어주는 것을 보고, 그녀는 등에서 배낭을 내리고 조수석에 올라탔다.

그는 다운재킷을 벗은 뒤 운전석으로 들어갔다.

"집에 누가 계신가요?"

"아뇨, 혼자 살아요."

"남편은요?"

"결혼 안 했어요."

"아……."

그녀는 고개를 숙였지만 후미야의 시선이 자신의 아랫배에 향해진 것이 느껴졌다. 이제 '그 아이의 아버지는요?'라고 물을 것이다.

하지만 그는 한 번 숨을 쉬고 나서 이렇게 물었다.

"부모님은요? 아니면 형제는 있나요?"

그녀는 천천히 고개를 가로저었다.

"형제는 없고, 부모님은 돌아가셨어요."

"그러면 친구는요? 직장 친구라든지, 아무도 없어요?"

"없어요. 직장은 그만두었어요."

그는 짧게 숨을 들이마시더니 입을 다물었다. 곤혹해하는 모습이 역력했다.

아마 골치 아프게 되었다고 생각하리라. 괜히 말을 걸었다고 후회하고 있을지도 모른다. 내가 알 게 뭐야, 그냥 내버려두었으면 좋았을 텐데, 하고 그녀는 생각했다.

후욱. 그의 입에서 숨소리가 새어 나왔다. 그는 안전벨트를 채우고 차의 시동을 걸었다.

"알겠습니다. 주소를 말씀해주세요. 아까 사가미하라라고 했지요?"

그는 내비게이션을 조작하기 시작했다.

"어떻게 하시려고요?"

"일단 집까지 모셔다드릴게요. 그런 다음에 어떻게 할지는 운전하면서 생각해보겠습니다."

"괜찮아요. 가와구치호역에서 내려주세요."

"그럴 순 없습니다. 그런 다음에 어떻게 할지 걱정되니까요. 자, 빨리 주소를 말씀해주세요."

그녀는 침묵을 유지했다. 그러자 그는 또 한숨을 쉬었다.

"주소를 말해주지 않는다면 경찰에 연락할 수밖에 없습니다."

"경찰이요?"

그녀는 그의 얼굴을 쳐다보았다. 그는 어쩔 수 없다는 얼굴로 고개를 끄덕였다.

"수해 안에서 자살하려는 여성을 발견하면 경찰에 연락하는 게 시민의 의무니까요."

그는 주머니에서 휴대전화를 꺼내며 말을 이었다.

"어떻게 할까요?"

그녀는 작게 손을 흔들었다.

"전화하지 마세요. 죽지 않을게요."

"그러면 주소를 말씀해주세요."

그가 뒤로 물러서는 일은 없을 것 같았다. 그녀는 작은 목소리로 주소를 말했다. 그는 그 주소를 내비게이션에 입력했다.

"힘들지 않으시면 안전벨트를 채워주시겠어요?"

"네."

그녀는 포기하고 안전벨트를 채웠다.

가는 동안 그는 내게 죽으려고 했던 이유를 묻지 않았다. 그 대신에 자신이 어떤 일을 하고 있는지 말해주었다. 그는 소아과 의사로, 난치병으로 고통받는 아이들을 돌보고 있다고 했다. 태어났을 때부터 온몸에 튜브를 꽂는 아이도 있다고 한다.

"하지만 누구 한 사람 태어난 걸 후회하지는 않습니다. 심지어 그들의 부모조차도 낳은 걸 후회하지 않지요. 아무리 고통스러워도, 생명의 무게는 똑같다는 걸 잊어서는 안 됩니다."

그가 무슨 말을 하고 싶은지는 분명했다. 목숨을 소중히 하라는 것이다. 그것은 그녀도 알고 있다. 그런데 살아 있는 게 더 괴롭다면 어떻게 해야 하는가?

그러자 그런 그녀의 마음을 간파한 것처럼 그는 이렇게 말했다.

"내 생명이니까 어떻게 하든 내 마음이라고 여길지도 모르지만, 그렇지 않습니다. 당신의 생명은 당신 한 사람의 것이 아닙니다. 이미 돌아가셨다고 해도 부모님 것이기도 하고, 그렇게 친하지 않을지도 모르지만 당신이 알고 있는 모든 사람들의 것이기도 하지요. 아니, 이제 내 것이기도 합니다. 당신이 죽으면 나도 슬플 테니까요."

그녀는 깜짝 놀라서 그의 옆얼굴을 쳐다보았다. 이런 말을 들은 것은 처음이었다. 다바타로부터도 그런 말은 듣지 못했다.

"그리고 당신은 중요한 사실을 잊고 있어요. 당신이 가지고 있는 생명은 하나가 아닙니다. 또 하나의 생명을 가지고 있어요. 더구나 그건 당신의 생명이 아닙니다, 그렇지 않나요?"

그녀는 아랫배에 손을 댔다. 그것은 알고 있다. 그러면 어떻게 해야 하는가? 이 아이에게는 아버지가 없다. 애초에 사랑의 결과도 아니다. 남자에게 속아서 가진 아이일 뿐이다.

그들은 도중에 휴게소에 들렀다. 후미야가 식사를 하자고 한 것이다. 거절할 이유가 생각나지 않아서 그녀는 그를 따라 식당에 들어갔다.

먹고 싶은 생각은 전혀 없었는데, 음식 진열대를 들여다보니 돌연 식욕이 솟구쳤다. 생각해보니 며칠 동안 제대로 먹지 못했다.

"뭐 드실래요?"

식권 판매대 앞에서 후미야가 물었다. 손에는 지갑을 들고 있다.

"아! 제 건 제가 낼게요."

"괜찮습니다. 뭐가 좋으세요?"

그녀는 다시 음식 진열대를 들여다보고 나서 말했다.

"그럼 전…… 장어덮밥이요."

그는 살짝 놀란 표정을 짓더니, 미소와 함께 고개를 끄덕였다.

"그거 좋지요. 저도 그걸로 하겠습니다."

테이블을 사이에 두고 그와 마주 앉아 그녀는 장어덮밥을 먹었다. 눈물이 나올 만큼 맛있었다. 그녀는 마지막 밥 한 톨까지 깨끗이 먹었다.

"맛있었어요?"

"네."

그러자 그는 만족스러운 얼굴로 고개를 끄덕였다.

"다행이네요. 이제야 겨우 당신의 웃음을 볼 수 있군요."

그 말을 듣고 그녀는 자신이 웃고 있는 것을 깨달았다.

그녀의 집에 도착했을 때는 저녁 8시가 넘었다. 그는 집 앞까지 바래다주었다.

그녀는 깊숙이 고개를 숙였다.

"오늘은 정말 고마웠어요."

"괜찮겠어요?"

"네."

집 안으로 들어가서 불을 켰다. 공기가 싸늘하다. 오늘 아침에 나갔을 뿐인데, 굉장히 오랜만에 돌아온 것 같은 생각이 들었다.

바닥에 앉아 등에 담요를 덮었다. 두 무릎을 껴안고 오늘 하루를 되돌아보았다. 참 이상한 날이었다. 수해 안에서 찾아온 죽음의 유혹, 후미야와의 만남 그리고 눈물이 나올 만큼 맛있던 장어덮밥.

후미야의 한마디 한마디가 되살아났다.

"당신이 죽으면 나도 슬플 테니까요."

그 말을 떠올리자 조금이나마 용기가 솟구치는 듯한 생각이 들었다.

하지만 그것은 오래가지 않았다. 내일부터 어떻게 살아야 할까. 그 생각만 하면 절망이 피부 속으로 파고들었다. 돈도 없다. 직장도 없다. 이 몸으론 술집에 나갈 수도 없다. 이제 몇 달만 있으면 아이가 태어난다. 중절 수술을 할 수 있는 시간은 이미 지났다.

틀렸다. 용기가 솟구친 듯한 생각은 착각이었다.

그녀는 팔짱을 끼고, 그 안에 얼굴을 묻었다. 그러자 수해에 있었을 때의 감각이 되살아났다. 뇌리에 떠오르는 엄마의 얼굴. 역시 엄마에게 가고 싶다…….

그때 휴대전화 벨소리가 들렸다. 그녀는 천천히 고개를 들고, 가방에서 휴대전화를 꺼냈다. 전화가 마지막으로 걸려 온 것이 언제였더라? 액정 화면에 있는 것은 처음 보는 전화번호였다.

전화를 받자 상대의 목소리가 귀로 뛰어들었다.

"니시나 후미야입니다. 괜찮으세요?"

그제야 차에서 내리기 전에 그가 휴대전화 번호를 물었던 것이 생각났다.

그녀가 대답을 하지 않자 그의 목소리에서 조바심이 묻어났다.

"여보세요? 하나에 씨? 내 말 듣고 있어요?"

"네, 듣고 있어요."

"다행입니다. 괜찮으세요?"

그녀는 뭐라고 대꾸해야 좋을지 몰라서 입을 다물었다. 그러자 또 "여보세요?"라는 소리가 들렸다.

"후미야 씨, 저기요……."

"네, 말씀하세요."

"죄송해요. 역시 괜찮지 않아요. 역시…… 역시 안 되겠어요. 죄송해요."

그는 잠시 침묵한 뒤 "금방 갈게요"라고 말하며 전화를 끊었다.

약 한 시간 후에 그가 도착했다. 손에는 하얀 비닐봉지가 들려 있었다. 안에는 편의점에서 산 따뜻한 음료와 샌드위치가 들어 있었다.

그녀는 페트병에 들어 있는 따뜻한 레몬차를 마셨다. 몸의 중심이 따뜻해지는 것 같았다.

"마음에 걸리는 아이가 한 명 있거든요. 태어났을 때부터 심장이 좋지 않았지요. 부정맥이 자주 발생하고, 언제 돌연사할지 모르는 아이입니다. 그래서 쉬는 날에도 되도록 보러 가고 있지요. 오늘 저녁에도 갔는데, 오늘따라 유달리 기운이 넘치는 게 아니겠습니까? 그리고 나를 보며 이렇게 말하더군요. 선생님, 전 괜찮으니까 오늘은 다른 사람을 걱정해주세요, 라고요. 그러자 갑자기 하나에 씨 생각이 났습니다. 그래서 전화해본 겁니다."

그는 새하얀 치아를 드러내며 환하게 웃었다.

"전화하기를 잘한 것 같군요."

그녀의 가슴속에서 뜨거운 덩어리가 솟구쳤다. 이렇게 다정한 말을 듣는 것은 태어나서 처음이었다. 눈물이 멈추지 않아서 그가 황급히 내민 휴지로 눈가를 훔쳤다.

"후미야 씨, 왜 묻지 않으세요? 제가 왜 죽고 싶어 하는지를요."

그는 곤란한 표정을 지으며 머리를 긁적였다.

"처음 보는 사람에게 말할 수 있는 내용이 아닌 것 같아서요. 사람은 그렇게 가벼운 이유로 죽고 싶어 하지는 않으니까요."

성실한 사람이라고 그녀는 생각했다. 아마 지금까지 자신이 만난 사람 중에 가장 진지하고, 본인에게 엄격하게 살아왔으리라.

그녀는 그의 따뜻한 눈을 바라보며 입을 열었다.

"제 얘기를 들어주시겠어요?"

그는 등을 곧게 펴고 자세를 바로 했다.

"저라도 괜찮다면요."

이렇게 해서 그녀는 처음 만난 사람에게 기나긴 이야기를 하게 되었다. 어디서부터 말해야 좋을지 몰라서 자신의 출생부터 이야기했다. 이야기의 순서가 엉망이라 스스로도 이해하기 힘들다고 생각했지만, 그는 인내심 있게 들어주었다.

그녀의 이야기가 끝난 뒤, 그는 한동안 말없이 벽을 바라보았다. 그 눈길이 너무도 날카로워서 말을 걸기 망설여졌다. 무엇이 그를 이렇게 진지하게 만드는지 이해할 수 없었다.

이윽고 그는 굵은 숨을 토해내더니, 하나에를 바라보며 따뜻한 미소를 지었다.

"많이 힘들었겠군요. 하지만 일단 죽음은 생각하지 마십시오."

"전 어떻게 해야 좋을까요?"

그가 싱크대를 쳐다보며 이야기의 방향을 바꾸었다.

"식사를 직접 해 드시는군요. 음식을 잘하세요?"

너무도 생뚱맞은 질문이라 대답이 조금 늦었다.

"잘하는 정도는 아니지만 몇 가지는 만들 수 있어요."

"그래요?"

후미야는 그렇게 대꾸한 뒤 주머니에서 지갑을 꺼냈다. 그리고 그녀 앞에 1만 엔짜리 지폐를 한 장 내려놓았다. 무슨 뜻인지 몰라서 그녀는 그를 빤히 쳐다보았다.

"내일 다시 이야기하죠. 여기서 식사를 하면서요."

"네?"

"저녁은 항상 병원 식당에서 먹는데, 메뉴가 똑같아서 질리던 참이었거든요. 그래서 하나에 씨에게 부탁하고 싶어요. 이건 식비와 수고비입니다."

예상치 못한 이야기를 듣고 그녀는 당황하지 않을 수 없었다.

"저녁을 만들어달라고요?"

그는 미소를 지으며 고개를 끄덕였다.

"네, 일이 끝나고 여기에 오면 저녁 8시쯤 될 겁니다. 그때까지 식사를 준비해주실 수 있나요?"

"제가 만든 음식이라도 괜찮겠어요? 특별한 건 못 만드는데요."

"평범한 음식이면 됩니다. 못 먹는 음식은 없으니까요. 부탁해도 될까요?"

그녀는 눈앞에 있는 1만 엔짜리 지폐를 쳐다보고 나서 고개를 들었다.

"알았어요. 해볼게요. 하지만 맛은 기대하지 마세요."

"아니, 크게 기대할 겁니다. 승낙해주셔서 감사합니다."

그는 그렇게 말하고 일어섰다.

"그러면 내일 올게요."

"아, 네."

그녀가 허리를 들었을 때, 그는 이미 신발을 신고 있었다. 그리고 "편히 쉬십시오"라는 말을 남기고 그녀의 집에서 나갔다.

귀신에 홀린 듯한 심정이었다. 후미야는 왜 그런 말을 한 것일까?

그녀는 1만 엔짜리 지폐를 자신의 지갑에 넣으면서 어떤 음식을 만들지 생각해보았다. 의사로 일할 정도이니까 고급 음식을 많이 먹어보았으리라. 그런 음식과 경쟁하려고 해봤자 소용없다.

음식을 생각하자 갑자기 배가 고팠다. 냉장고에 뭐가 없을까? 그때 편의점 봉투가 눈에 들어왔다. 그 안에 샌드위치가 들어 있다.

'잘 먹겠습니다.'

그녀는 마음속으로 후미야에게 인사를 하고 샌드위치에 손을 내밀었다.

다음 날은 오랜만에 기분 좋게 눈을 떴다. 한 번도 깨지 않고 편안히 잔 것은 다바타의 죽음을 안 이후 처음이었다.

그녀는 어제 일을 되돌아보았다. 모든 것이 꿈처럼 느껴졌다. 하지만 쓰레기통에 있는 샌드위치의 포장지를 보고 꿈이 아니라는 사실을 깨달았다.

그녀는 침대에서 일어났다. 느긋하게 있을 수 없었다. 저녁때까지는 음식을 만들어야 했다.

그녀는 몇 가지 메뉴를 떠올린 뒤, 필요한 재료를 메모지에 적었다. 별로 많지는 않지만 잘하는 요리 몇 가지가 있어서 그것을 만들기로 한 것이다.

메뉴를 정하고 슈퍼마켓으로 향했다. 집에 오는 길에 맥도날드에 들러서 햄버거를 먹었다. 어제저녁에 장어덮밥을 먹은 이후 식욕이 돌아온 것 같았다.

집에 도착하자마자 음식을 만들기 시작했다. 조리 도구를 사용해서 음식을 만든 것이 아득히 먼 옛날 같은 생각이 들었다.

후미야는 저녁 8시가 조금 넘어서 도착했다. 하나에는 선생님에게 시험지를 내놓는 학생 같은 심정으로 테이블 위에 음식을 늘어놓았다. 생선조림, 닭튀김, 마파두부, 달걀 수프―이렇게 늘어놓고 보니 음식의 일관성을 찾아볼 수 없었다. 하지만 그는 그 음식을 먹고 맛있다고 말해주었다.

식사를 하면서 그는 자신의 병원에 오는 아이들의 이야기를 해주었다. 어두운 이야기뿐 아니라 즐거운 이야기도 있었다. 어떻게든 소풍을 가기 위해 체온계의 눈금을 속이려고 한 남자아이 이야기에는 그녀도 소리 내어 웃었다.

그는 이런저런 이야기를 하면서 그녀에게서도 이야기를 끌어내려고 했다. 취미나 좋아하는 음악, 좋아하는 연예인, 자주 놀러 가는 곳 등등이다. 그녀는 생전 처음으로 자신에 대해 이야기했다. 다바타에게조차 말하지 않았던 것이다. 물론 물어보지도 않았지만.

식사를 마치고 후미야가 절실하게 말했다.

"맛있게 먹었습니다. 부탁하길 잘했군요. 집에서 만든 음식을 먹은 건 오랜만입니다."

"입에 맞았다니 다행이네요."

"아주 맛있었어요. 그래서 말인데요, 내일도 부탁드려도 될까요?"

"네? 내일도요?"

"네, 가능하면 모레도, 그다음에도 매일이요."

그 말을 듣고 그녀는 몇 번이나 눈을 깜빡였다.

"매일이요?"

"안 되나요?"

"아뇨, 안 되는 건 아니지만……."

"그러면 부탁합니다. 먼저 이 돈을 받으세요."

그는 지갑에서 돈을 꺼내 탁자 위에 내려놓았다. 5만 엔이었다.

"부족하면 말씀하세요."

어안이 벙벙해서 아무 말도 못 하고 있자 "잘 먹었습니다. 그럼 내일 올게요"라는 말을 남기고 그는 돌아갔다.

그녀는 설거지를 하면서 내일은 서점에 들르기로 마음먹었다. 요리책을 사서, 음식을 다양하게 만들어야겠다고 생각한 것이다.

그 이후, 후미야는 매일 찾아왔다. 그녀는 하루의 대부분을 그에게 어떤 음식을 해줄지 생각하며 보냈다. 그것이 조금도 싫지 않았고 오히려 생활에 탄력이 생겼다. 누군가를 위해 식사를 준비하는 것이 이렇게 행복한 일인 줄은 예전에 미처 몰랐다.

음식을 만드는 것이 즐거울 뿐 아니라 그의 방문을 기다리게 되었다. 그가 조금이라도 늦으면 급한 환자가 있어서 올 수 없는 게 아닐까 불안해졌다.

그렇게 열흘이 지났다. 식사를 마치고, 그는 할 말이 있다고 하면서 조금 딱딱한 표정을 지었다.

"하나에 씨와 지금 뱃속에 있는 아이의 장래에 대해서 제 나름대로 생각해봤습니다."

그는 거기까지 말한 뒤, 몸을 바로 하고 그녀의 눈을 똑바로 쳐다보았다.

그녀는 두 손을 무릎 위에 올려놓은 채 그의 말을 기다렸다.

"네."

"생활보호 대상자가 되는 방법도 있고, 요즘은 여자 혼자라도 얼마든지 아이를 키울 수 있지요. 하지만 아이에게는 역시 아버지가 있어야 하고, 무엇보다 아이에게 아버지에 대해 설명할 수 없으면 곤란하지 않을까요? 그래서 말인데요, 제가 아버지가 되는 게 어떨까요?"

그의 입에서 나온 말은 상상도 못 한 말이었다. 그녀는 말문이 막혀서 아무 대꾸도 할 수 없었다.

그 모습을 보고 후미야가 머리를 긁적였다.

"그게 그러니까, 이건 제안임과 동시에 하나에 씨에게 제 아내가 되어달라는 프러포즈이기도 합니다."

그녀가 계속 입을 다물고 있자 그는 살짝 눈을 치켜뜨면서 "안 되나요?"라고 말했다.

그녀는 오른손으로 자신의 가슴을 눌렀다. 숨을 쉴 수 없을 만큼 심장의 고동이 빨라졌다. 그녀는 침을 꿀꺽 삼킨 뒤, 숨을 가다듬고 입을 열었다.

"설마…… 농담이시죠?"

그는 진지한 얼굴로 고개를 약간 숙였다.

"이 세상에 이런 말을 농담으로 하는 사람이 어디 있습니까?"

"하지만 이건 아니에요. 동정으로 결혼할 순 없잖아요."

"동정이 아닙니다. 제 인생까지 포함해서 생각한 끝에 내린 결론이지요. 지난 열흘간, 하나에 씨가 만들어준 음식을 먹고 이런저런 이야기를 나누면서, 하나에 씨에 대해 많이 알았습니다. 그러고 나서 말씀드리는 겁니다. 물론 하나에 씨가 싫다면 포기하는 수밖에 없지만요."

메마른 흙에 물이 스며들듯 후미야의 말이 하나에의 가슴속으로 퍼져나갔다. 이렇게 꿈 같은 일이 또 있을까. 이건 기적이 아닐 수 없었다.

그녀는 고개를 숙였다. 몸의 떨림을 막을 수 없었다.

"왜 그러세요? 제가 쓸데없는 말이라도 했나요?"

그녀는 천천히 고개를 가로저었다. 그리고 "믿을 수 없어서요"라고 말하는 것이 고작이었다.

눈물이 흘러넘쳤다. 기쁨의 눈물을 흘린 것이 언제가 마지막이었던가?

후미야가 일어서는 기척이 느껴졌다. 그는 그녀의 옆으로 다가와 두 팔로 그녀의 머리를 꼭 껴안았다.

"앞으로 잘 부탁해요."

그녀의 가슴에 뜨겁고 커다란 파도가 밀려왔다. 그녀도 후미야를 꼭 껴안았다.

 이 사람을 위해서는 목숨을 바쳐도 아깝지 않다고 생각했다.

16

 통화를 마치자마자 빨간색 스마트폰을 침대로 집어 던졌다. 담요도 빨간색. 베개 커버도 빨간색이다.

 핫플레이트 위에 있는 빨간색 포트가 김을 내뿜기 시작했다. 사오리는 스위치를 끄고 포트를 들어 올려 티백을 넣은 찻잔에 뜨거운 물을 천천히 따랐다. 찻잔도 물론 빨간색이다.

 의자에 걸터앉아 두통약을 입에 넣은 후 홍차를 한 모금 마셨다. 아침부터 계속 머리가 무겁다. 이제 곧 날씨가 좋지 않으리라. 그런 때는 항상 컨디션이 최악이다.

 담배를 물고 불을 붙였다. 예상한 대로 담배 맛이 느껴지지 않았다. 그래도 연기를 내뿜는 것을 그만두지 않았다.

 조금 전에 남자 직원이 토해내듯 한 말이 귀에 아른거린다.

 "또 쉰다고? 이봐, 나이를 속일 수 있을 때 돈을 벌어야지. 나중에 어쩌려고 그래?"

 "흥!"

 사오리는 코웃음을 쳤다. 주제넘은 참견이다. 그때는 그런

가게로 옮기면 된다. 세상에는 나이 많은 여자를 좋아하는 남자들이 널려 있다. 그리고 불쾌함이 잔뜩 밴 창백한 얼굴로 그곳을 빨아줘봤자 손님이 좋아할 리가 있는가.

이마를 찡그리며 손가락 끝으로 관자놀이를 문지르고 있자, 침대 위에서 벨 소리가 들렸다. 이번에는 지배인인가?

그녀는 담배를 재떨이에 비벼 끈 뒤, 몸을 일으켜 스마트폰을 들었다. 액정 화면에는 지즈코라는 이름이 표시되어 있었다. 무시할 수 없는 상대였다.

"네."

"아, 사오리 씨죠? 지즈코예요. 지금 통화할 수 있어요?"

"괜찮아요."

"실은 사오리 씨 연락처를 가르쳐달라는 사람이 있어서요. 하지만 모르는 사람은 아니에요. 사오리 씨도 한 번 만난 적이 있어요. 사요코 씨의 전남편으로, 나카하라 씨라는 사람이에요."

"쓰야 때 만난……."

"네, 그래요. 그분이에요. 어떻게 할까요?"

"그분이 왜 제 연락처를 알고 싶어 하시죠?"

"사요코에 대해서 할 말이 있대요. 내 맘대로 가르쳐줄 수 없어서 미리 전화한 거예요."

"무슨 일인지 모르세요?"

"네, 무슨 일인지는 나도 몰라요. 사오리 씨와 직접 얘기하고 싶다더군요. 가르쳐줘도 될까요?"

안 된다고 하는 것도 이상한 것 같았다. 그리고 무엇 때문에 그러는지 마음에 걸렸다. 상대는 사요코 씨의 전남편이다.

"알겠어요."

"가르쳐줘도 되는 거죠?"

"네."

"그러면 그렇게 할게요. 그런데 요즘 어때요? 잘 지내고 있어요?"

"네, 그럭저럭이요."

지즈코는 사오리의 건강을 염려하는 말을 한두 마디 더 한 후에, "그럼 또 전화할게요"라고 말하며 전화를 끊었다.

사오리는 스마트폰을 테이블에 내려놓고 홍차를 한 모금 마셨다. 사요코의 전남편인 나카하라라는 사람의 얼굴을 떠올리려고 했지만 잘 되지 않았다. 쓰야 때, 제대로 보지 않았을지도 모른다.

홍차를 다 마시고 빨간색 컵을 싱크대에 내려놓았을 때, 전화벨 소리가 울렸다. 스마트폰의 착신 화면에는 모르는 번호가 표시되어 있었다.

그녀는 심호흡을 한 후 전화를 받았다.

"네."

"여보세요. 이구치 사오리 씨의 휴대폰인가요?"

남성의 성실한 목소리가 귀로 들어왔다.

"그런데요."

그녀는 그렇게 대답하면서 나카하라라는 사람이라고 생각했다.

상대가 본인의 이름을 말했다. 역시 그녀의 예상이 맞았다.

"실은 긴히 할 얘기가 있습니다. 만날 수 있을까요?"

"괜찮긴 한데, 무슨 얘기인데요?"

"그건 만나서 말씀드리겠습니다. 언제가 좋으신가요? 빠르면 빠를수록 고맙겠습니다. 재판을 앞두고 있어서요."

"재판이요?"

"물론 사요코의 재판입니다."

그녀의 심장이 빠르게 쿵쾅거렸다.

"재판에 관계된 일인가요?"

"그건 모릅니다. 어쩌면 관계가 없을지도 모르지요. 일단 얘기를 들어보고 싶습니다."

"전 그 사건과는 아무 관계가 없는데요."

"그럴지도 모르지요. 그래서 그 전에 확인하고 싶습니다. 이쪽으로서도 번거로운 일은 하고 싶지 않으니까요."

"번거로운 일이라뇨? 그게 뭔데요?"

"그러니까."

그는 잠시 사이를 두고 나서 말을 이었다.

"사소한 일로 경찰을 번거롭게 하고 싶지는 않습니다. 그래서 사오리 씨를 직접 만나기로 한 겁니다. 사오리 씨도 형사가 찾아가서 이런저런 질문을 하면 기분이 좋지 않으실 테고요."

완곡한 표현이지만, 만나주지 않으면 경찰에 맡기겠다고 협박하는 것이나 마찬가지였다. 그녀의 가슴에 먹구름이 퍼져나갔다. 어떻게 해야 좋을지 알 수 없었다.

그녀가 입을 다물고 있자 나카하라가 다시 말했다.

"여보세요, 사오리 씨. 여보세요? 내 말 듣고 있나요?"

"네, 듣고 있어요."

"어떠세요? 시간 많이 빼앗지 않을 테니까 만나주실 수 있나요?"

말투는 고압적이지 않지만 그의 말에서는 처음부터 자신을 억누르는 듯한 느낌이 전해졌다. 그리고 그 원인이 자신에게 있다는 사실을 그녀는 알고 있었다.

그녀의 시선이 거실장 위로 향했다. 그리고 그곳에 있는 사진을 보고 마음을 굳혔다.

"알았어요. 그러죠."

"고맙습니다. 언제쯤이면 시간이 괜찮을까요?"

"언제든지요……. 오늘 일을 쉬기로 했으니까 오늘이라도 좋아요."

그러자 그가 달려들듯이 적극적으로 말했다.

"그러면 오늘 만날 수 있을까요? 시간과 장소를 말해주시면 어디로라도 가겠습니다."

시간은 언제든지 좋고, 장소는 생각나지 않았다. 그렇게 말하자 그는 그녀가 어디에 사는지 물었다. 그녀는 기치조지吉祥寺 근처라고 대답했다.

다시 전화하겠다고 하면서 그는 일단 전화를 끊었다. 적당한 곳을 알아볼 생각이리라.

그녀는 담배를 피우면서 전화를 기다렸다. 하릴없이 담뱃갑을 쳐다보았다. '담배는 당신에게……'로 시작되는 경고문을 보자 갑자기 화가 치밀었다. 그녀는 십대 시절부터 지금까지 담배를 피우고 있다. 하루에 두 갑 피우는 일도 흔하다. 키스를 하다 담배 냄새가 난다고 손님이 화를 낸 적도 있다. 그런데 몸에는 아무 이상이 없다. 이상해진 것은 머리뿐이다. 담배가 수명을 줄인다면, 빨리 이 목숨을 빼앗아 가면 되지 않는가. 아무런 맛도 느끼지 못하는 담배를 순식간에 재로 만들고 다음 담배를 빼냈을 때, 다시 전화벨이 울렸다. 상대는 또 나카하라였다.

전화를 받자 그는 오후 6시에 기치조지역 근처에 있는 이자카야에서 만나자고 했다. 그녀도 알고 있는 곳이었다.

그녀는 알았다고 말하며 전화를 끊었다.

이자카야는 작은 상가 건물의 2층에 있었다. 입구에 있는 여종업원에게 나카하라라는 이름을 대자 안쪽 방으로 안내해주었다. 그곳에는 양복 차림의 남자가 기다리고 있었다. 체구는 말랐고 얼굴은 길쭉하다. 짧게 자른 머리가 깔끔한 인상을 주었다. 그제야 '아, 그래. 이렇게 생겼었지' 하고 생각이 났다.

사오리가 들어가자 나카하라는 일어서서 맞이했다.

"바쁘신데 죄송합니다."

"아니에요" 하고 그녀는 짧게 대답했다. 상대가 일어서는 바람에 그녀도 앉을 수 없어서 그냥 서 있었다. 그것을 알아차렸는지 "앉으세요"라고 말하며 그가 먼저 자리에 앉았다. 그녀도 맞은편 자리에 앉았다.

나카하라가 먼저 입을 열었다.

"어떻게 할까요? 이런 곳에서는 일단 생맥주를 주문하는 게 일반적인 것 같은데요."

"아, 저도 그걸로 할게요."

"그러면 그렇게 하죠."

그는 테이블 구석에 있는 호출 버튼을 눌렀다. 이윽고 여종업원이 오자 그는 생맥주와 완두콩을 주문했다.

여종업원이 나가고 나서 그가 물었다.

"사요코와 술을 마신 적이 있나요?"

"아니요, 술은……."

"그래요? 그 사람, 제법 잘 마시거든요."

분위기를 부드럽게 만들기 위해서 일부러 하는 말 같았다. 그래도 사오리는 몸이 굳어지는 것을 막을 수 없었다. 재판에 관한 일이라니, 대체 어떤 것일까?

그녀가 곁눈으로 재떨이를 보면서 물었다.

"담배를 피워도 될까요?"

"물론입니다. 피우세요."

그녀가 담배에 불을 붙였을 때 생맥주와 완두콩이 나왔다.

그는 맥주를 한 모금 마시고 손등으로 입가를 닦은 뒤, 조금 진지한 표정을 지었다.

"사요코와는 어떤 이야기를 하셨지요?"

"어떤 이야기라뇨? ……잡지를 읽으셨다면 아실 텐데요."

"도벽에 관해서 말하셨나요?"

"네."

그녀는 고개를 끄덕인 후, 아래를 향해 연기를 내뿜었다.

"그것 말고는요?"

그녀는 재떨이에 담뱃재를 털면서 다른 한 손으로 맥주잔을 잡았다.

"취미라든지, 이런저런 얘기를 했어요."

"그렇군요. 취미는 뭔가요?"

"영화……라고나 할까요?"

"아, 옛날부터 영화를 좋아하셨나요?"

"그런데요. 그게 무슨 관계라도……."

"고향에 계실 때는 누구와 같이 보셨나 해서요. 친구와 같이 보셨나요?"

"고향이요?"

"네, 후지노미야 출신이라고 하더군요. 지즈코 씨로부터 들었습니다."

이야기가 어디로 튈지 알 수 없었다. 꺼림칙한 예감은 계속 팽창되었다. 그녀는 맥주를 입으로 가져갔다. 그리고 담배를 피우려고 하다가 필터 근처까지 탄 것을 알아차리고, 황급히 재떨이에 비벼 껐다.

"후지노미야에서 있었던 일도 사요코에게 말씀하셨나요?"

한순간, 그의 눈이 반짝 빛난 것처럼 보였다. 여기부터가 핵심이라고 그녀는 생각했다.

"글쎄요. 말했을지도 모르지만 기억나지 않아요."

그러자 그는 고개를 살짝 기울였다.

"그래요? 그럴 리가 없을 텐데요."

"왜죠?"

"사요코와 당신이 처음 알게 된 계기는 도벽 취재 때문이었잖아요? 사요코는 당연히 당신이 왜 그렇게 되었는지 알고 싶어 했을 테고, 그런 경우에는 과거에 대해 물어보는 게 일반적이잖습니까? 기사를 보니까 십대 시절에 자살도 몇 번이나 시도했다고 하더군요. 즉, 도쿄에 오기 전에 중대한 사건이 있었다고 생각하는 게 타당할 것 같은데요."

그녀는 그의 추궁하는 듯한 말을 듣고 즉시 후회했다. 여기에 오지 말았어야 했다. 이 사람을 만나지 말았어야 했다.

그가 몸을 앞으로 내밀었다.

"사오리 씨, 말씀해주세요. 사요코에게 어떤 얘기를 했습니까?"

"별로…… 아무 얘기도 안 했어요."

"그럴 리가요. 솔직히 말씀해주세요."

그녀는 담배를 빼내려고 하던 손길을 멈추었다. 그리고 담뱃갑을 가방에 넣고 자리에서 일어났다.

"그만 갈게요."

"전화로도 말했지만 당신이 얘기해주지 않는다면 난 경찰서에 가는 수밖에 없습니다. 경찰서에 가서 내가 후지노미야에서 알아낸 사실을 전부 말하겠습니다. 그래도 상관없나요?"

그녀는 문으로 향하던 발길을 멈추고 뒤를 돌아보았다.

"후지노미야에 가셨나요?"

"갔습니다. 당신의 집이 있었던 곳을 돌아다니고, 당신과 같은 중학교에 다닌 사람을 몇 명 만났지요. 다행히 아직까지 그곳에 사는 사람이 많더군요."

그녀는 발밑으로 시선을 떨구었다. 어떻게 해야 좋을지 판단이 서지 않았다.

"일단 자리에 앉는 게 어때요? 아직 맥주도 남아 있고요."

이대로 도망친다고 해서 끝날 문제가 아니라는 것은 분명했다. 그녀는 다시 의자에 앉았다.

그는 선고를 내리는 재판관처럼 말했다.

"후지노미야 제5중학교…… 그게 당신의 모교지요."

"그래요."

그는 고개를 끄덕였다.

"그분과 똑같군요. 그분에게도 그 학교 이름을 들었습니다. 그분이 누구인지 아시겠어요?"

그녀가 입을 다물고 있자 그가 대신 말했다.

"니시나 후미야 씨입니다."

그래도 그녀는 아무 말도 하지 않았다. 그러자 그가 다시 말을 이었다.

"역시 놀라지 않는군요. 예상치 못한 이름이 아니니까요."

"무슨 말씀을 하시는지 몰라서요."

"그래요? 하지만 당신의 동급생은 똑똑히 기억하고 있더군요. 당신이 한 학년 위인 후미야 씨와 사귀었다는 사실을요."

한순간 심장의 고동이 빨라졌다.

동급생이라니, 누구일까? 그녀는 후미야와 사귄다고 떠들고 다닌 적은 없다. 하지만 길거리를 돌아다니다 친구들에게 들키거나 몇 명이 다가와서 물은 적은 있다.

"취재하기 위해 당신을 만난 사요코가 얼마 지나지 않아서 길거리에서 살해당했다, 그 범인은 옛날에 당신이 사귀었던 남자의 장인이다……. 난 말이죠, 이게 단순한 우연이라고는 도저히 생각할 수 없습니다. 아니, 나만이 아닙니다. 누가 봐도 이상하다고 생각하겠죠. 사오리 씨, 혹시 아는 게 있으면 말씀해주시겠어요?"

"전 아무것도."

그녀는 담배를 빼려고 하다가 담뱃갑을 바닥에 떨어뜨렸다. 황급히 주우려고 했지만 손이 떨려서 잡을 수 없었다. 그녀는 담뱃갑을 겨우 줍고 나서 대답했다.

"전 아무것도 몰라요."

목소리가 가늘게 떨렸다.

"그러면 경찰에 얘기해도 되겠지요? 내 얘기를 들으면 경찰도 가만히 있지 않을 겁니다. 그리고 형사의 취조는 이렇게 뜨뜻미지근하지 않을 테고요."

그녀는 대답하지 않고, 입에 문 담배에 불을 붙이려고 했다. 하지만 라이터가 켜지지 않았다. 손이 떨렸기 때문이다. 긴장하면 항상 이랬다. 그래서 미용사도 될 수 없었다.

나카하라가 그녀의 이름을 불렀다.

"사오리 씨, 수해에서 무슨 일이 있었나요?"

"네?"

그녀는 자기도 모르게 고개를 들었다. 그리고 그와 시선이 마주친 순간 즉시 고개를 숙였다.

"지즈코 씨에게 들었습니다. 당신 집에 수해 사진이 있다고 하더군요. 그리고 사요코도 수해 사진을 찍었습니다. 난 이것도 경찰에 말하지 않을 수 없습니다. 말해도 되나요?"

겨우 담배에 불을 붙였다. 연신 담배를 빨아도 맛을 느낄 수 없었다. 담배를 끼운 손가락이 파르르 떨리고 있었다.

나카하라가 갑자기 이야기의 방향을 바꾸었다.

"사요코의 죽음은 언제 알았지요? 지즈코 씨에 따르면 사건이 일어난 후 당신이 전화를 걸었다고 하더군요. 뉴스를 통해 알았다고 하던데 언제, 어떤 뉴스를 보고 아셨죠?"

"아마…… 사건이 일어난 날이었을 거예요."

"하마오카 사요코란 여성이 살해되었다는 뉴스였나요?"

"네, 그래서 깜짝 놀라서……."

그는 고개를 갸웃거렸다.

"그거 이상하군요. 사요코의 부모님께도 확인을 했지만, 뉴스를 보고 연락해 온 사람은 한 명도 없었다고 하더군요. 뭔가 이상해서 당시 뉴스에서 어떻게 보도했는지 인터넷으로 알아보았지요. 그러자 길거리에서 피를 흘리고 쓰러져 있는 여성을 발견해 병원으로 옮겼지만 그대로 숨을 거두었다고 되어 있을 뿐이더군요. 여성의 이름은 나오지 않았습니다. 병원으로 옮긴 시점에서는 신원을 알 수 없었겠지요. 면허증이나 휴대전화 등 신원을 알 수 있는 물건은 전부 범인이 가져갔으니까요. 경찰은 탐문 수사를 통해서 신원을 알아냈지만 공표하지는 않았습니다. 그래서 나만 해도 형사가 찾아올 때까지 몰랐지요. 부모님도 그랬고, 지즈코 씨도 그랬던 것 같더군요. 도저히 이해할 수 없습니다. 당신이 본 뉴스에서는 어떻게 사요코의 이름이 나왔을까요?"

그녀는 다시 도망치고 싶어졌다.

'경찰에 신고하든 말든 마음대로 하세요!'라는 말이 입을 뚫고 나올 뻔했다. 하지만 무서운 형사들에게 둘러싸여 이러쿵저러쿵 추궁당할 것을 상상하니 눈앞이 캄캄해졌다.

"사오리 씨, 난 이 상태로는 사요코 앞에 얼굴을 들 수가 없습니다."

그는 무거운 말투로 덧붙였다.

"아실지도 모르지만 나와 그녀는 끔찍한 일을 당했습니다. 그것 때문에 이혼을 했지요. 그 이후, 난 그 괴로운 기억에서 도망치면서 살아왔습니다. 그런데 사요코는 달랐지요. 도망치기는커녕 정면으로 부딪치며, 다시는 그런 비극이 되풀이되지 않도록 싸워왔습니다. 이번 사건도 그런 싸움의 연장선에서 일어난 것 같아서 견딜 수 없습니다. 그래서 무슨 일이 있었는지 진실을 알고 싶어요. 사오리 씨, 부탁합니다. 당신이 감추고 있는 것이 법에 저촉된다고 해도, 결코 경찰에 알리지 않겠습니다. 누구에게도 말하지 않겠습니다. 약속합니다. 그러니 부디 말씀해주십시오. 이렇게 부탁드립니다."

그는 두 손으로 테이블을 짚고 깊숙이 고개를 숙였다.

그 모습을 보고 있자 그녀는 도저히 견딜 수 없었다. 예전에 이 남자가 얼마나 끔찍한 일을 당했는지는 사요코에게 들어서 알고 있었다. 사요코도 부조리한 죽음을 맞이했고 그가 진상을 알고 싶어 하는 것이 당연했다.

사요코의 말이 귓가에 되살아났다.

"내가 할 수 있는 건 아무것도 없어요. 당신을 구할 수 있다는 확신도 없어요. 하지만 당신이 어떤 대답을 찾고 있고, 그 대답을 찾는 데 내 경험이 조금이라도 도움이 될 것 같으면 솔직하게 말해주지 않을래요?"

그 말에 자신의 마음이 움직이지 않았다면 이 남자가 이렇게 괴로워할 일도 없었다. 역시 이 세상에 자신처럼 죄가 많은 존재는 없다. 더 빨리 이 세상에서 사라져야 했다―고개를 숙이고 있는 나카하라를 바라보며 사오리는 그렇게 생각했다.

17

유미의 회사는 이다바시飯田橋에 있는 메지로도리目白通り와 마주한 고층 빌딩이다. 엘리베이터가 네 대 있지만 좀처럼 오지 않는 데다가 항상 사람이 가득 차 있다. 겨우 올라타도 도중에 계속 멈추기 때문에 목적지까지 가는 데 오래 걸린다. 퇴근 시간 직후에는 특히 그렇다. 집으로 가는 직원들로 발 디딜 틈이 없었다.

지금이 바로 그런 시간대이다. 차라리 다른 시간에 왔으면 좋았을 텐데, 하고 그녀는 사람들이 북적거리는 엘리베이터에서 생각했다.

겨우 1층에 도착하여 사람들의 흐름에 몸을 맡기며 엘리베이터에서 내린 뒤, 집에 가는 사람들과 다른 방향으로 걷기 시작했다. 사람들은 직원 출입구 쪽으로 갔지만 그녀가 향한 곳은 정면 현관이다.

천장이 트인 거대한 로비로 나가자 몇 개 놓여 있는 소파에서 후미야가 기다리고 있었다. 양복 차림이지만 넥타이는 매지 않았다. 후미야는 유미를 보고 작게 손을 흔들었다.

그녀가 맞은편에 앉자마자 후미야가 말했다.

"갑자기 만나자고 해서 미안해."

어딘지 모르게 우울해 보였다.

30분 전에 전화가 와서, 지금 회사에 가도 되냐고 물었다. 긴히 할 말이 있다는 것이다. 그가 유미의 회사로 온 적은 지금까지 한 번도 없었다.

"요즘 계속 한가했는데 오늘만 야근이 있어. 여기서 조금만 기다리면 밖에서 차라도 마시면서 얘기할 수 있는데."

"아니, 미안하지만 시간이 별로 없어. 오늘 밤에 손님이 집으로 오기로 했거든. 저녁 7시까지는 집에 가야 돼."

그렇게 말하면서 그는 손목시계를 보았다.

"흐음, 내가 아는 사람이야?"

"아니, 넌 모르는 사람이야."

그렇다면 별로 관심이 없다.

"그런데 할 말이 뭐야?"

"음."

그는 시선을 내리깔았다. 역시 기운이 없어 보인다.

그가 혼잣말처럼 중얼거리며 말했다.

"여러모로 마음을 불편하게 해서 미안해."

유미는 숨을 토해낸 뒤, 자신의 머리칼을 만지작거리며 말했다.

"그러면 솔직하게 얘기해줘."

그때 후미야가 고개를 드는 것을 보고, 이번에는 그의 얼굴을 똑바로 쳐다보며 말을 이었다.

"우리에게 숨기는 게 있지?"

그는 입을 다문 채 눈을 깜빡거리며 고개를 끄덕였다.

"그 얘기를 하려고 온 거야?"

그는 고개를 한 번 옆으로 흔들었다.

"아니야. 얘기를 하자면 길어. 그리고 이런 곳에서 할 수 있는 얘기가 아니야."

그는 윗도리 안쪽에서 봉투를 꺼내며 덧붙였다.

"나중에 이거 읽어봐."

유미는 봉투를 받았다. 봉투는 제법 두툼했다. 편지지가 꽤 많이 들어 있는 것 같았다.

"지금 읽으면 안 돼?"

"지금은 읽지 마. 나중에 아무도 없는 곳에서 읽어."

"왜?"

유미는 다시 봉투로 눈길을 떨구었다. 봉투에는 '유미에게'라고 쓰여 있다. 불길한 예감이 가슴으로 퍼져나갔다. 좋은 내용이 아닌 것만은 분명했다.

"지금 여기서 할 말은 없어?"

그러자 그는 가슴이 위아래로 흔들릴 만큼 크게 숨을 내쉰 뒤, 그녀를 똑바로 쳐다보았다.

"한 가지만 말할게. 하나에를 비난하지 말아줘. 그녀에겐 아무 잘못이 없어."

"하지만."

"네 말이 맞아. 쇼는 내 아이가 아니야. 그렇다고 하나에가 날 속인 건 아니야. 처음 만났을 때부터 그녀가 임신 중인 걸 알고 있었어."

"그런 게 아무렇지도 않을 만큼 새언니를 사랑했어?"

그러자 그의 표정이 조금 부드러워졌다.

"그렇다고 말할 수 있었으면 좋겠지만 유감스럽게도 그것만은 아니야. 편지를 읽어보면 그 이유도 알 수 있을 거야."

"여기에 쓰여 있어?"

"확실히 쓰여 있지는 않지만 짐작할 수는 있을 거야."

그녀는 봉투를 든 손에 힘을 주었다. 이 편지에는 어떤 내용이 쓰여 있을까? 지금으로선 상상도 할 수 없었다.

"유미, 모두를 잘 부탁해. 하나에와 쇼, 그리고 어머니까지. 믿을 사람은 너밖에 없어."

그는 그렇게 말하고 고개를 숙였다.

유미는 눈을 크게 뜨고 오빠를 쳐다보았다.

"그게 무슨 말이야? 잘 부탁한다니, 오빠 어디 가?"

그는 거북한 듯 눈길을 피한 뒤, 시선을 다시 그녀에게 향했다.

"그래, 아마 그렇게 될 거야."

"어디 가는데? 확실히 말해."

하지만 그는 대답하지 않고, 손목시계를 보며 일어섰다.

유미는 당황하며 소리를 질렀다.

"오빠!"

주변 사람들이 쳐다보는 것을 알았지만 그런 것에 신경 쓸 여유는 없었다.

"잘 있어."

그 말을 남기고 그는 성큼성큼 걷기 시작했다.

"잠깐, 잠깐만 기다려!"

유미는 황급히 그의 뒤를 쫓아갔다. 그리고 정면 현관 앞에서 그의 팔을 잡았다.

"이렇게 가면 어떡해? 제대로 설명을……."

그녀가 말을 끊은 것은 후미야의 눈을 보았기 때문이다. 새빨갛게 충혈된 눈에는 눈물이 가득 고여 있었다.

"유미, 정말 미안해."

"오빠……."

그는 자신의 팔에서 그녀의 손을 떼어냈다. 그리고 천천히 고개를 끄덕인 뒤 다시 걷기 시작했다.

그의 뒷모습을 바라보고 있자 갑자기 머나먼 옛날 기억이 되살아났다.

당시 유미는 초등학생이었다.

몹시 추운 날 아침이었다. 오빠가 아무도 몰래 집을 빠져나갔다. 학교 교복도 입지 않고, 무슨 이유 때문인지 배낭을 메고 있었다. 유미는 창문 너머로 오빠의 뒷모습을 바라보았다.

오빠는 한밤중에 돌아왔다. 그리고 오빠를 본 순간, 딴사람 같다고 생각했다.

그토록 밝고 쾌활했던 오빠가, 그토록 다정하고 활기찼던 오빠가, 그날을 계기로 딴사람이 되었다. 다른 가족은 눈치채지 못했지만 그녀는 그가 변했다는 사실을 알고 있었다. 하지만 아무에게도 말하지 않았다. 절대로 말해서는 안 된다고, 직감이 그녀를 가로막았기 때문이다.

유미는 편지를 내려다보았다. 여기에 쓰여 있는 내용은 분명히 그날 일어난 일이리라.

18

전철에서 내린 후 나카하라는 시간을 확인했다. 오후 7시가 되려면 아직 조금 시간이 있다.

그는 천천히 걸으면서 주변의 경치를 바라보았다. 가키노키자카柿の木坂에 오는 것은 오늘이 처음이다. 품위 있는 저택들이 쭉 늘어서 있다. 새로 지은 집 사이에, 숨을 들이마실 만큼 오랜 역사가 느껴지는 집이 있는 것은 공습을 피한 덕분일지도

모른다. 나무도 많았다. 나무들 사이에 아름다운 산책로가 있을 뿐 아니라 정원마다 가지를 멋지게 뻗은 나무들이 자리하고 있었다.

후미야의 집은 주택가 안쪽에 있었다. 하얀색을 기본으로 한 현대적인 건물이다. 대문에는 기하학적 문양이 새겨져 있고, 그 안쪽에는 현관까지 계단이 이어졌다.

그는 집을 올려다본 뒤, 심호흡을 한 번 하고 인터폰 버튼을 눌렀다. 집 안에서 초인종 소리가 울려 퍼지는 것이 희미하게 들렸다.

현관문이 열렸다. 검은 셔츠로 몸을 감싼 후미야가 모습을 드러냈다. 후미야는 나카하라를 향해 정중하게 고개를 숙였다.

"안으로 들어오십시오."

나카하라는 대문을 열고 집 안으로 들어갔다. 그리고 계단을 올라간 곳에서 후미야와 마주했다.

"지난번엔 실례가 많았습니다. 오늘은 집까지 찾아와서 죄송합니다."

"아닙니다."

후미야는 작게 고개를 흔든 다음, 재촉하듯 오른손으로 집 안을 가리켰다.

"그럼 실례하겠습니다."

나카하라는 그렇게 말하고 집 안으로 들어갔다.

현관 안쪽에 후미야의 아내가 있었다. 하나에라는 이름은 그들이 보낸 편지를 통해 알고 있었다.

"어서 오세요."

하나에는 그렇게 말하며 미소를 지으려고 했지만, 표정은 더욱 딱딱하게 굳을 뿐이었다. 나이는 후미야보다 조금 적을까? 어제 만난 사오리에 비하면 상당히 수수한 편이다.

나카하라는 하나에를 향해 고개를 숙였다.

"불쑥 찾아와서 죄송합니다."

그녀는 복도 옆에 있는 첫 번째 방으로 나카하라를 안내했다. 방 안에는 테이블을 사이에 두고 등나무 의자가 놓여 있었다. 유리창 너머로 작은 정원이 내려다보였다. 정원에는 세발자전거가 놓여 있었다.

"아이가 있군요."

그러자 후미야가 대답했다.

"올해 네 살이에요. 사내 녀석인데, 너무 개구쟁이라서 골치가 아플 지경입니다."

"오늘은 어디 갔나요?"

"어린이집에 맡겼습니다. 어린아이가 알짱거리면 편하게 얘기할 수 없을 것 같아서요……. 그쪽에 앉으시죠."

"실례하겠습니다."

나카하라는 후미야가 권하는 의자에 앉았다. 후미야도 나카하라의 맞은편에 앉았다.

나카하라는 방 안을 둘러보았다. 책장에는 실용서나 소설 등과 함께 그림책이 꽂혀 있었다. 선반 위에는 세련된 꽃병과 장난감 로봇이 놓여 있었다.

매우 평범한 집이라고 생각했다. 후미야는 사오리와 달리 오랜 세월에 걸쳐 평범한 가정을 쌓아 올린 것이다.

"여기 사신 지 오래되셨나요?"

"이제 곧 3년이 됩니다."

"집이 참 좋군요."

"감사합니다. 낡은 주택을 사서 조금 손봤습니다. 좀 더 큰 집을 사고 싶었지만 돈이 없어서요."

"천만에요. 아직 젊은 나이에 대단하십니다."

후미야는 작게 고개를 비틀었다.

"글쎄요, 그런가요?"

그런 그의 모습을 바라보며 나카하라는 생각했다. 지금 그의 가슴속에는 불안이 가득 차 있으리라. 며칠 전 호텔 라운지에서 만났을 때, 나카하라가 사건의 중요한 단서를 몇 가지 알고 있다는 것은 눈치챘을 것이다. 그런 사람이 긴히 할 이야기가 있으니까 만나자고 했다. 과연 어디까지 알아냈을지 겁을 먹는 것이 당연하지 않을까?

슬슬 말을 꺼내려고 했을 때 노크 소리가 들렸다.

"들어와."

후미야가 그렇게 말하자 문이 열리고 하나에가 들어왔다. 쟁반에 커피 잔이 놓여 있다. 진한 커피 향이 코끝을 스쳤다.

그녀는 나카하라 앞에 커피 잔을 내려놓았다. 그녀의 손이 약간 떨리는 것처럼 보였다.

"고맙습니다"라고 나카하라는 작은 목소리로 말했다.

그녀는 남편 앞에도 커피 잔을 내려놓은 다음, 나카하라에게 묵례하고 방에서 나갔다. 나카하라는 살며시 안도의 한숨을 내쉬었다. 그녀가 없는 편이 말하기 편하기 때문이다.

커피에 우유를 넣고 한 모금 마신 뒤, 나카하라는 후미야의 얼굴을 똑바로 쳐다보았다.

"이제 본론으로 들어가도 될까요?"

후미야는 두 무릎을 가지런히 모으고 허리를 곧게 폈다.

"네."

나카하라는 가져온 서류 가방에서 잡지를 꺼냈다. 핑크색 포스트잇이 그대로 붙어 있었다. 그는 잡지를 탁자 위에 내려놓았다.

"포스트잇이 붙은 곳을 펼쳐 보십시오."

후미야는 의아한 표정으로 잡지에 손을 내밀었다. 페이지를 펼친 후에도 그의 얼굴에는 아무런 변화가 없다.

"도벽이요? 이걸 왜……."

"사요코가, 하마오카 사요코가 쓴 마지막 기사입니다."

후미야는 눈을 크게 떴다. 그리고 말없이 기사를 읽기 시작했다. 잠시 후, 그의 표정이 험악해졌다. 아무래도 나카하라의 목적을 알아차린 듯했다.

기사를 다 읽었는지 후미야가 고개를 들었다. 왠지 허탈한 것처럼 보였다.

나카하라가 물었다.

"어떠신가요?"

후미야는 말없이 시선을 떨구었다. 그의 괴로움이 나카하라에게도 전해졌다.

"그 기사에는 도벽이 있는 여성이 네 명 등장하지요. 그중에 당신이 아는 여성이 있습니다. 오래전에 친하게 지냈던 여성이……. 누구인지 아시겠습니까?"

후미야는 팔짱을 낀 채 눈꺼풀을 꼭 감았다. 명상을 하는 것 같기도 하고, 마음속에서 뛰어다니는 온갖 생각과 싸우는 것 같기도 했다. 나카하라는 그가 대답할 때까지 기다리기로 했다. 자신의 눈앞에 있는 사람은 이미 각오했으리라고 생각한 것이다.

이윽고 후미야가 눈을 떴다. 그리고 두 손을 무릎 위에 놓고 길게 숨을 토해냈다.

"네 번째 여성인가요?"

"그렇습니다. 자신은 살 가치가 없는 사람이라고 생각하는 여성이지요. 잘 아시는군요."

후미야가 꿀꺽 침을 삼켰다. 그 얼굴을 똑바로 쳐다보면서 나카하라는 말했다.

"이름은…… 이구치 사오리 씨."

후미야는 동요의 빛을 보이지 않고 대답했다.

"네. 그녀를 만나셨나요?"

"어제 만났습니다. 처음에는 쉽사리 진실을 말해주지 않더군요. 하지만 솔직히 말해주면 내 쪽에서 경찰에 알리는 일은 없을 거라고 했더니 겨우 말해주었습니다."

"그래요? 그녀도 괴로웠겠지요."

"지난 21년간, 계속 괴로워했던 것 같습니다. 한 번도 편한 적이 없었다, 마음 깊은 곳에서 웃은 적도 없었다고 하더군요."

후미야는 고개를 숙인 채 입을 꼭 다물었다. 미간에 새겨진 주름에는 깊은 고뇌가 배어 있었다.

나카하라는 잡지를 끌어당겼다.

"사요코에게도 쉽게 마음을 열지는 않은 것 같습니다. 하지만 사요코로부터 아이를 잃은 다음 얼마나 깊은 슬픔에 빠져 있었는지 듣는 사이에, 더 이상 비밀을 감추기 힘들었던 모양입니다. 그래서 사요코에게만 비밀을 털어놓기로 했다더군요."

 후미야는 얼굴을 찡그리고 고개를 끄덕인 뒤, 잠시 실례하겠다고 하면서 일어섰다. 그리고 옆방으로 이어지는 문을 열었다.

 "당신도 같이 들었으면 좋겠어."

 후미야는 옆방을 향해 말하고 나서 나카하라를 돌아보았다.

 "그래도 되겠지요?"

 아무래도 그곳은 주방으로, 하나에가 있는 모양이다. 얇은 미닫이문 하나뿐이니까 그들의 이야기를 전부 들었으리라.

 "물론입니다."

 나카하라는 순순히 대답했다. 어차피 그녀도 알게 될 것이다. 하나에가 미안한 표정으로 들어와 후미야 옆에 나란히 앉았다.

 "지금까지 나눈 얘기는 전부 들으셨지요?"

 나카하라가 물어보자 그녀는 "네" 하고 꺼질 듯한 목소리로 대답했다. 뺨이 창백하다.

 "지금부터 하는 얘기를 들으면 어쩌면 괴로울지도 모릅니다."

 그러자 그녀 대신 후미야가 대답했다.

 "괜찮습니다. 아내는 이미 알고 있으니까요."

 "직접 말하셨나요?"

"아닙니다. 그 경위에 대해서 설명할 필요가 있겠군요."

"어쨌든 부인이 아신다고 하니까 마음이 좀 편하군요. 솔직히 말하면, 어떻게 말해야 좋을지 몰라서 내심 곤혹스러웠거든요."

"그녀에게…… 사오리에게 듣고 많이 놀라셨지요?"

나카하라는 후미야의 눈을 똑바로 쳐다보았다.

"네, 상상도 못 한 일이라서 처음에는 믿어지지 않더군요."

후미야도 나카하라의 눈을 똑바로 쳐다보았다.

"그렇겠지요. 제가 확실히 말씀드리겠습니다. 약간의 착각이나 기억의 차이는 있을지 모르지만 사오리가 나카하라 씨에게 말한 내용은 모두…… 진실입니다."

"즉, 두 사람은……."

후미야는 눈길을 피하지 않고 고개를 끄덕였다.

"네, 저와 사오리는 살인자입니다."

옆에 있는 하나에의 고개가 풀썩 꺾였다. 눈물이 방울방울 떨어졌다.

19

정신이 들자 선반의 통조림을 쳐다보고 있었다. 선명한 게 그림이 눈으로 뛰어들었다. 사오리는 작게 고개를 흔들고 그 자리를 떠났다. 게를 좋아하지도 않으면서 왜 그 앞에 서 있었을까?

그렇게 쌀쌀하지도 않은데 긴소매 옷을 입었기 때문일지도 모른다. 더구나 소매가 널찍하다. 이런 옷은 물건을 훔치기에 편리하다. 선반 안쪽에 손을 집어넣은 뒤, 통조림을 재빨리 소매 안에 넣는다. 그런 다음 다른 통조림을 손에 든다. 그리고 그 통조림을 바구니에 넣을까 말까 갈등하는 척을 하며 다시 선반에 돌려놓는다. 경비원이 보았다고 해도 소매 안에 통조림이 있다는 사실은 눈치채지 못한다. 이런 방법으로 지금까지 이런저런 물건을 훔쳤다. 이 방법은 대형 화장품 가게에서도 사용할 수 있기 때문에 지금까지 립스틱을 산 적은 한 번도 없었다.

그녀는 도시락과 반찬 코너로 이동했다. 사람이 많은 곳에서는 물건을 훔치는 것이 거의 불가능하다. 덕분에 마음이 소용돌이치지 않는다. 모든 매장을 더 엄중히 지키면 좋을 텐데, 하고 자신의 행동과 상반된 생각을 하기도 한다.

계속 음식을 바라보아도 필요한 것은 눈에 띄지 않았다. 돈을 내면서까지 먹고 싶은 음식이 없는 것이다. 땅거미가 내려앉는 것을 보고 자기도 모르게 집을 나섰지만, 애초에 식욕은 별로 없었다.

그녀는 빈 바구니를 돌려놓고 슈퍼마켓을 나왔다. 이 순간은 항상 마음이 안정되지 않는다. 아무것도 훔치지 않았음에도 불구하고 경비원에게 잡히지 않을까 불안한 것이다.

쇼핑을 마친 주부들이 집으로 돌아간다. 다들 한두 가지 고민을 껴안고 있겠지만, 그들을 기다리고 있는 것은 따뜻한 가정이다. 그녀와는 인연이 없었던 생활이다.

특별히 갈 곳도 없이 그녀는 타박타박 걷기 시작했다. 마치 길 잃은 강아지가 된 듯한 기분이 들었다.

오늘 낮에 나카하라로부터 전화가 걸려 왔다. 오늘 밤에 후미야의 집에 가기로 했다고 한다. 그녀는 "네" 하고 대답하는 수밖에 없었다. 나카하라의 행동을 막을 수는 없다. 그는 경찰이나 다른 사람에게는 절대로 말하지 않겠다고 약속했을 뿐이다. 그리고 후미야는 '다른 사람'이 아니다.

어쩌면 지금쯤 만났을지도 모른다. 만나서 어디까지 이야기할까? 경찰서에 가서 자수하라고 설득할까? 사요코가 그렇게 하라고 한 것처럼.

그녀는 어젯밤에 있었던 일을 되돌아보았다. 그녀의 기나긴 고백을 들은 후, 나카하라는 한동안 입을 열지 않았다. 어느 정도 예상은 했지만 실제로 듣고 나자 역시 충격을 받은 모양이었다.

"당신의 전 부인은 아무런 예비지식도 없이 갑자기 이런 얘기를 들었어요."

 그녀는 나카하라에게 그렇게 말했다. 그 말을 듣고 그는 분한 표정을 지으며 입을 다물었다. 그 이야기를 듣지 않았다면 살해되지 않았을 텐데, 하고 생각했을지 모른다.

 그렇다. 사요코에게 그런 이야기를 하지 말았어야 했다. 21년 전에 결심한 것처럼 그 비밀은 무덤까지 가지고 갔어야 했다.

 심리 클리닉을 통해 취재하고 싶다는 연락을 받았을 때 거절했어야 했다. 하지만 도벽의 실태를 알리고 싶다는 원장의 설득에 넘어가고 말았다. 두 번째 복역을 마친 후, 당시 변호사였던 여성의 권유로 그 클리닉에 다니고 있었다. 알코올의존증이나 약물의존증 치료로 유명한 의료 기관이다. 하지만 사오리에게는 별다른 효과가 없는 것 같았다. 그럼에도 계속 다니고 있는 것은 갱생에 적극적이라는 것을 보여주기 위한 속임수에 불과했다.

 사요코는 참 기묘한 여성이었다. 강해 보이는 눈 안쪽에 깊은 그늘이 숨어 있었다. 그 눈을 바라보면 왠지 마음에 잔물결이 일렁였다. 모든 것을 꿰뚫어 보는 게 아닐까 불안해지기도 했다.

 어떻게 태어나서 어떻게 자랐는가. 지금까지 어떻게 살았는가. 그리고 왜 물건을 훔치게 되었는가. 사요코는 꼬치꼬치 캐

물었다. 사오리는 그 질문에 신중하게 대답했다. 거짓말을 하고 싶지는 않지만 사실대로 말할 수는 없기 때문이었다.

인터뷰를 마친 뒤, 사요코는 석연치 않은 표정을 지었다. 그리고 잘 모르겠다고 말했다.

"지금까지 도벽이 있는 여성을 몇 명 취재했는데, 그들의 마음은 어느 정도 이해할 수 있었어요. 그들은 이런저런 핑계를 대지만 결국 자기 자신을 위해서 물건을 훔치지요. 물건을 훔치는 건 때로는 도피이기도 하고 때로는 쾌락을 추구하는 것이기도 하지만, 어쨌든 자기 자신은 소중하다고 생각하고 있어요. 하지만 당신은 달라요. 스스로 뭔가에 빠지려고 하는 것 같아요. 무엇 때문일까요?"

"글쎄요."

그녀는 고개를 갸웃거리며 자신도 잘 모르겠다고 대답했다.

그러자 사요코가 미래에 대해서 물었다.

"서른여섯 살이면 아직 젊잖아요. 결혼을 한다든지 아이를 낳는다든지, 그런 생각은 해본 적이 없어요?"

"결혼은 이제 됐어요. 아이도요……. 난 엄마가 될 수 있는 사람이 아니에요."

"왜 그렇게 생각하죠?"

그 질문에 대답할 수 없어서 말없이 바닥만 내려다보았다. 사요코의 눈을 보면 마음이 거칠게 휘몰아쳐서 태연히 있을 수 없을 것 같았다.

그날은 그것을 끝으로 사요코와 헤어졌다. 그런데 며칠이 지나서 또 연락이 왔다. 다시 만나고 싶다는 것이다. 거절하면 그만이지만 자신도 모르게 승낙했다. 어쩌면 자신도 사요코를 만나고 싶었는지 모른다.

자신의 집으로 오지 않겠느냐고 사요코는 말했다. 보여주고 싶은 게 있다고 했다. 사오리에게 거절할 이유는 없었다.

방에서 마주 앉자 사요코가 다정한 눈빛으로 말했다.

"사오리 씨가 마음에 걸려서 견딜 수 없어요. 사오리 씨의 문제는 도벽이 아니에요. 그건 표면적인 것에 불과해요. 사오리 씨는 지금 커다란 문제를 껴안고 있고, 그 문제가 당신을 괴롭히는 것 같아서 견딜 수 없어요."

"그렇다면요? 그게 당신과 무슨 관계가 있죠?"

"역시 무슨 문제가 있군요."

"그러니까 왜 그러냐고요!"

"나에게 말해줄 수 없어요?"

"왜요? 재미있는 기삿거리가 될 것 같아서요?"

사요코는 고개를 옆으로 흔들었다.

"도벽 이야기를 하는 도중에 당신은 자신을, 살 가치가 없는 사람이라고 했지요? 왜 그렇게 생각하는지 물었지만 명확한 이유를 말해주지 않았어요. 그런데 지난번에 그랬잖아요. 당신은 엄마가 될 수 있는 사람이 아니라고. 그 말을 듣고 어쩌면 본질은 그곳에 숨어 있지 않을까 생각했어요. 내가 그랬으니까요. 나도 이제 엄마가 될 수 없는 사람이거든요."

무슨 말인지 몰라서 사오리는 사요코의 얼굴을 빤히 쳐다보았다. 그러자 사요코는 놀라운 이야기를 꺼냈다.

지금으로부터 11년 전, 당시 여덟 살이었던 딸이 처참하게 살해당했다는 것이다. 사요코는 그때의 신문 기사를 보여주었다.

사요코는 담담하게 말했지만 사건이 얼마나 잔인했는지, 수사나 재판을 통해 그녀를 비롯한 유족이 얼마나 큰 괴로움을 겪었는지 사오리는 온몸으로 느낄 수 있었다. 그렇게 끔찍한 일을 겪은 사람이 어떻게 이렇게 태연하게 말할 수 있는지 이상할 정도였다.

그러자 사요코는 결코 태연하지 않다고 말했다.

"지금은 그 사건을 생각해도 감정이라고 할 수 있는 게 솟구치지 않아요. 아마 마음이 죽어버린 것 같아요. 그때를 돌아볼 때마다 드는 생각은, 왜 그때 딸을 혼자 두었을까 하는 것뿐이에요. 딸을 지켜주지 못한 나는 이제 엄마가 될 자격이 없어요."

그 말이 날카로운 칼이 되어 사오리의 가슴에 박혔다. 칼끝은 마음의 깊은 곳까지 도달하여 그동안 숨겨왔고, 이제 자신도 손을 댈 수 없는 오래된 상처에까지 닿았다. 그러자 너무도 고통스러워서 현기증이 날 것 같았다.

"내가 할 수 있는 건 아무것도 없어요. 당신을 구할 수 있다는 확신도 없어요. 하지만 당신이 어떤 대답을 찾고 있고, 그 대답을 찾는 데 내 경험이 조금이라도 도움이 될 것 같으면 솔직하게 말해주지 않을래요?"

사오리는 돌연 가슴 한쪽이 뜨거워지는 것을 느꼈다. 잔물결이 순식간에 커다란 파도로 바뀌었다. 심장의 고동이 빨라져서 숨을 쉬기 괴로웠다.

정신을 차리자 눈에서 눈물이 흘러넘쳤다. 참으려고 이를 악물었지만 소용없었다. 사오리는 두 손으로 얼굴을 감쌌다. 으아아아아앙. 커다란 울음소리가 목을 뚫고 나왔다. 몸의 떨림을 멈출 수 없었다.

사요코가 옆으로 다가와 등을 어루만져주었다. 사오리는 그녀의 가슴에 얼굴을 묻고 한참 울었다.

사오리와 후미야의 관계는 후미야가 고등학교에 들어간 다음에도 계속되었다. 이윽고 둘만 있고 싶다는 이유에서, 밖이 아니라 사오리의 집에서 만나게 되었다. 사오리의 아빠 요스케는 휴일에도 집을 비우기 일쑤였다. 따라서 두 사람이 집에서 만날 수 있는 기회는 얼마든지 있었다. 후미야가 그녀의 집에 온 첫날, 두 사람은 입술을 겹쳤다. 그녀에게는 첫 키스였다. 그도 그렇다고 했다.

그녀는 아빠에게 후미야와의 관계를 말하지 않았다. 아빠가 귀가하기 전에 그가 돌아갔기 때문에 둘이 부딪치는 일도 없었다.

아무도 방해하지 않는 공간에 사랑하는 젊은 남녀 둘만 있다면, 욕망을 억제할 수 없는 것이 당연하다. 호기심이 왕성한 시기이기도 하다. 특히 후미야는 틈만 나면 사오리의 몸을 만지고 싶어 했다. 그녀도 싫지 않았다.

그러던 어느 날, 그들은 둘이 나란히 누워 영화를 보았다. 관능적인 묘사가 많은 연애물로, 여성의 알몸 장면도 몇 번 나왔다. 그때마다 그녀는 안절부절못했다. 옆에서 후미야가 흥분하는 것이 느껴졌다.

영화가 끝나자마자 그녀는 TV를 껐다. 영화를 보고 나면 항상 앞을 다투어 감상을 말하는데, 그때는 달랐다. 그가 갑자기 그녀를 껴안고 키스를 했다. 그런 다음에 그녀의 눈을 똑바로 바라보며 속삭였다.

"우리도 해볼까?"

그가 무슨 말을 하는지는 금방 알 수 있었다. 가슴이 터질 만큼 쿵쾅거렸다.

그녀가 대답을 하지 않자 그가 다시 물었다.

"안 돼?"

그의 얼굴에 상처받은 표정이 떠오르는 것을 보고 왠지 미안한 생각이 들었다.

"무서워서 그래."

그는 생각에 잠기면서 말했다.

"한번 해보고, 무리인 것 같으면 그만둘게."

그 말을 듣고 그녀는 생각했다.

'무리라는 것은 어떤 걸까? 내가 싫어한다는 걸까? 아니면 잘하지 못한다는 걸까?'

하지만 입으로는 말할 수 없었다. 사랑하는 사람을 곤란하게 만들고 싶지 않았다. 자신이 받아들이지 않으면 그가 떠날지도 모른다고 생각하니 두려움이 가슴을 짓눌렀다.

그녀가 고개를 끄덕이는 것을 보고 후미야는 크게 숨을 토해냈다.

두 사람은 그녀의 침대로 가서 옷을 모두 벗고 꼭 껴안았다. 그녀는 무엇을 어떻게 해야 좋을지 알 수 없었다. 다만 후미야가 알아서 할 것이라고 생각했다. 그날 그는 콘돔을 가지고 있었다. 모든 면에서 주도면밀했다.

하지만 그런 후미야도 그것만은 처음부터 잘할 수 없었다. 사오리가 긴장한 탓일지도 모르지만, 힘으로 삽입하려고 하는 바람에 그녀는 이를 악물며 아픔을 참아야 했다.

그래도 땀으로 뒤범벅이 되면서 후미야는 사오리의 안에서 일을 치렀다. 그녀에게는 고통밖에 남지 않은 첫 경험이었지만 그의 만족한 얼굴을 보고 그녀도 만족했다.

그가 어땠냐고 물어서, 그녀는 잘 모르겠다고 대답했다.

그날 이후, 그들은 만날 때마다 섹스를 했다. 아니, 정확히 말하면 섹스를 할 수 있는 날에만 만났다. 섹스를 할 수 있는 날이란 곧 안전한 날이다.

후미야가 처음에 가져온 콘돔은 테니스부 선배가 준 것이었다. 그것을 이미 사용한 만큼, 다음에는 다른 피임 방법을 사용해야 했다. 그는 약국에서 콘돔을 살 용기가 나지 않는다고 했다. 그 마음은 충분히 이해할 수 있었다. 더구나 용기를 내서 사려고 해도, 고등학생에게는 팔지 않을지도 모른다.

사오리는 생리 날로부터 계산해서 위험한 날을 그에게 말했다. 그리고 그는 그날을 피해 그녀의 집으로 찾아왔다. 그리고 두 사람은 섹스를 했다. 그것으로 아무런 문제가 없을 것이라고 믿었다.

그녀가 몸에 이상을 느낀 것은 여름방학에 들어간 직후였다. 명치끝이 답답하고, 위액에서 신맛이 느껴졌다. 차가운 음료를 너무 많이 먹은 탓이라고 생각했다.

하지만 곧 그녀는 중대한 사실을 깨달았다. 생리가 늦어지는 것이었다.

그래도 '설마!' 하고 생각했다. 위험한 날은 피했기 때문이다.

그런데 어떻게 임신을 하겠는가. 그녀는 달력을 보면서 섹스한 날을 확인했다.

규칙적으로 기초체온을 재지 않는 이상 배란일을 정확하게 예측할 수 없다는 극히 당연한 지식을, 그때의 사오리는 가지고 있지 않았다. 당시의 그녀는 생리 주기가 안정되어 있었다. 그래서 생리가 끝난 직후라면 안전하다고 생각한 것이다.

'혹시 임신했으면 어떡하지?'

불안으로 가슴이 터질 것 같았다.

그때 후미야로부터 전화가 걸려왔다. 여름방학이 시작되면서 테니스부 합숙 훈련에 참석한 탓에, 이야기를 나누는 것은 일주일 만이었다.

그는 합숙에서 있었던 일들을 신나게 떠들었다. 그녀는 맞장구를 쳤지만 역시 건성이라는 것이 전해진 모양이다. 예상한 대로 후미야가 걱정을 했다.

"왜 그래? 기운이 없는 것 같은데."

"아무것도 아니야. 요즘 너무 더웠잖아. 더위를 먹었나 봐."

"그거 큰일이네. 조심 좀 하지. 그나저나 어때? 생리는 끝났지?"

그는 평소처럼 위험한 날을 물었다.

그때 아직 생리를 하지 않았다고 솔직하게 말했어야 했다. 하지만 사오리는 솔직하게 말할 수 없었다. 임신했을지도 모른다고 말하면 그는 분명히 곤란해할 것이다.

"응, 끝났어. 아마 내일이나 모레부터 괜찮을 거야."

정신을 차렸을 때는 이미 이렇게 대답한 후였다.

"뭐? 위험한 날이 벌써 지났어?"

"응, 괜찮아."

"오케이. 그러면 어떻게 할까?"

그의 밝은 목소리를 들으면서, 적어도 그를 만나는 동안은 쓸데없는 생각을 하지 말고 즐겁게 지내기로 결심했다. 그리고 아직 임신했다고 확인한 것도 아니지 않은가.

하지만 그로부터 며칠이 지나도 생리는 찾아오지 않았다. 여름방학이 끝날 무렵, 그녀는 이미 임신했다고 확신했다. 확신을 했지만 어떻게 해야 좋을지 알 수 없었다. 후미야에게도 털어놓지 못했다.

"사오리, 요즘 좀 야위지 않았니?"

아빠가 이렇게 물은 것은 9월 중순이었다. 여전히 밤늦게 들어온 아빠가 혼자 식사를 할 때였다. 식사를 만든 사람은 그녀이지만, 그녀는 거의 손도 대지 않았다. 입덧 때문에 식욕이 없었던 것이다.

그녀는 설거지를 하면서 대답했다.

"야위긴요. 아니에요."

"그래? 좀 야윈 것처럼 보이는데. 고등학교 입시 공부가 그렇게 힘들어? 너무 무리하지 마라. 몸이 아프면 말짱 도루묵이니까."

그녀는 다정하게 말하는 아빠의 얼굴을 똑바로 바라볼 수 없었다. 아빠야말로 자신이 걱정해야 할 만큼 열심히 일하고 있었다. 그것이 가족, 즉 외동딸을 위해서라는 것을 알고 있기에 그녀의 죄책감은 더욱 컸다. 아빠를 배신했다는 생각이 들어서 견딜 수 없었다.

아빠를 슬프게 만들 수는 없다. 더구나 사실을 알면 아빠는 분명히 후미야를 야단치고, 그의 부모님을 찾아가 화를 낼 것이다. 그러면 어떻게 될까? 후미야와는 영원히 만날 수 없게 된다.

어떻게 하는 것이 좋을까? 대답을 찾지 못한 채 시간이 흘렀다.

후미야와는 계속 만났다. 하지만 더 이상 집으로 오라고 하지는 않았다. 아빠가 일 때문에 낮에도 불쑥 집에 오는 일이 있다고 했더니, 그는 의심하지 않았다.

그러면서 그녀는 이렇게 덧붙였다.

"그리고 내가 고등학교에 들어갈 때까지 그건 좀 참자. 공부도 해야 되니까."

그 말에도 그는 반대하지 않았다. 그렇게 하자고 순순히 받아들여준 것이다.

섹스를 하지 않는 진짜 이유는 그에게 자신의 몸을 보여주고 싶지 않았기 때문이다. 옷을 입으면 별로 눈에 띄지 않지만, 옷을 벗으면 그는 분명히 눈을 크게 뜰 것이다.

그러나 그의 눈을 계속 속이는 것은 역시 불가능했다. 그는 그녀의 육체가 아니라 태도에서 뭔가 이상하다고 눈치를 챘다. 어느 날, 그는 만나자마자 다짜고짜 화를 냈다.

"요즘 왜 그러는 거야? 얼마나 이상해졌는지 알아? 나한테 할 말이 있으면 솔직히 말해. 우리 사이에 못 할 말이 어디 있어?"

"그게 아니야. 그런 게 아니라……."

"그런 게 아니면 뭐야? 똑바로 말해."

"그게, 그게……."

마침내 한계에 도달했다. 그녀는 더 이상 참지 못하고 울음을 터뜨렸다. 와아아앙. 그녀는 큰 소리로 울었다. 눈물이 끊임없이 흘러넘쳤다.

후미야는 당황스러움을 감추지 못하고, 그녀를 사람들이 없는 곳으로 데려가려고 했다. 하지만 적당한 곳이 생각나지 않는 모양이었다. 그녀는 자기 집으로 가자고 말했다.

"그래도 괜찮겠어?"

그는 이해할 수 없다는 표정을 지으며 그녀의 얼굴을 들여다보았다.

"응."

그녀는 모든 것을 털어놓기로 결심했다.

집에 들어가서 그와 마주하자 신기하게도 마음이 가라앉았다. 눈물도 나오지 않았다.

그녀는 후미야의 눈을 똑바로 쳐다보고 아이를 가졌다고 말했다. 그의 얼굴에서 순식간에 핏기가 사라졌다.

"틀림없어?"

너무나 놀라서 그런지, 그의 목소리가 날카로워졌다.

그녀는 윗옷을 올리고 치마를 벗은 후 아랫배를 보여주었다.

"이것 봐."

그는 아무 말이 없었다. 말을 할 수 없었을지도 모른다. 얼굴에는 겁먹은 표정이 역력했다. 그의 그런 얼굴을 그녀는 지금까지 본 적이 없었다.

그녀가 옷을 제대로 입자 후미야가 겨우 목소리를 짜냈다.

"병원에는 가봤어?"

"안 갔어."

"왜?"

"아빠가 알면 큰일 나니까. 선배도 마찬가지잖아."

이 말에 그는 대답하지 않았다. 그녀의 말이 맞기 때문이다.

"어떻게 하면 유산할 수 있을지 도서관에서 책을 보고 조사해봤어. 그래서 임신부가 조심해야 할 것을 반대로 해보기도 하고. 심한 운동을 하거나 몸을 차갑게 만들기도 하고. 하지만 소용없었어."

"이제…… 어떡할 거야?"

"모르겠어……."

무거운 침묵이 계속되었다. 그녀는 후미야의 얼굴을 쳐다보았다. 그는 어두운 표정으로 바닥의 한 지점을 계속 바라보고 있었다. 어느새 무릎을 꿇고 앉아 있었다. 자신보다 나이도 많고 믿음직했던 그가 왠지 동생처럼 여겨졌다. 사랑하는 사람을 이렇게 괴롭히다니. 그 순간, 어떻게든 이 괴로움에서 그를 구해주어야 한다는 마음이 싹텄다. 만약 그것이 모성이란 것이라면 실로 운명의 장난이 아닐 수 없다.

"이제 끝까지 가보는 수밖에 없어."

그녀의 말을 듣고 후미야가 고개를 들었다.

"끝까지라니?"

"아기가 나올 때까지."

그렇게 말하고 나서 그녀는 자신의 아랫배를 가리켰다.

"도중에 꺼낼 수 없다면 그렇게 하는 수밖에 없잖아."

"그런 다음에는…… 어떻게 할 거야?"

그녀는 심호흡을 한 번 하고 나서 입을 열었다.

"내가 알아서 할게. 선배를 귀찮게 하지 않을게. 아무도 모르게 처리할 테니까 걱정 마."

"그 말은……."

그녀는 그의 말을 가로막으며 귀를 막았다.

"말하지 마! 듣고 싶지 않아."

그것은 머릿속에 막연히 있던 생각이었다. 하지만 그때마다 머리를 흔들며 어떻게든 뿌리치려고 했다. 한번 생각하면 다시는 뒤로 돌아갈 수 없을 것 같았기 때문이다.

하지만 후미야의 고민하는 모습을 보고 그녀는 결심했다. 이제 그렇게 하는 수밖에 없었다.

그는 그녀의 계획에 대해 찬성도 반대도 하지 않고 돌아갔다.

사오리는 임신부에 관한 책을 읽으며 계산해보았다. 이대로 순조롭게 자란다면 아이가 나오는 것은 2월 중순이다. 그때까지는 어떻게든 들키지 않도록 해야 한다. 학교에서는 의외로 괜찮았다. 교복 디자인 자체가 몸매가 드러나는 것이 아니기 때문에 하의를 두껍게 입은 것처럼 위장하면 된다. 살이 쪘다고 생각하는 사람이 있을지 모르지만 꼬치꼬치 캐묻지는 않을 것이다. 3학년에 올라오고 나서 개인적인 시간은 모두 후미야와 같이 보낸 탓에 특별히 친한 친구도 없었다. 어둡고 소심하며 눈에 띄지 않는 소녀 ― 대부분의 사람은 그녀를 그렇게 생각하리라. 더구나 지금은 모두 입시 때문에 다른 생각을 할 여력이 없었다.

입시 공부는 그녀도 해야 했다. 공립고등학교의 입시는 3월 초에 있다. 정신을 집중할 수 없어서 최근에는 계속 성적이 떨어지고 있지만 입시에 실패할 수는 없었다.

그녀는 자신의 아랫배를 쓰다듬었다. 입시 당일에는 이 배가 들어가 있을까?

그리고 새해가 밝았다. 그러자 그때까지 별로 눈에 띄지 않았던 아랫배를 웬만해서는 감출 수 없게 되었다. 아빠의 눈은 그럭저럭 속일 수 있었다. 헐렁한 옷을 입으면 되는 것이다. 더구나 아빠는 여전히 일이 바빠서 얼굴을 보는 것은 아침과 저녁, 그것도 짧은 시간뿐이었다. 더구나 아빠가 그녀의 아랫배를 뚫어지게 쳐다보는 일은 거의 없었다.

문제는 역시 학교였다. 통학할 때는 코트를 입어서 배를 감추고, 교실 안에서는 코트를 무릎 위에 올려놓았다. 컨디션이 좋지 않다는 이유로 체육 시간은 빠졌다. 다행히 사립 고등학교 입시가 코앞이라 수업이 없는 날도 많았다. 1월 하순부터는 거의 학교에 가지 않았다.

나중에 생각하니, 그래도 같은 반 친구 중에는 눈치를 챈 사람이 있었는지도 모른다. 특히 여자의 눈과 감은 예리한 법이다. 하지만 아무도 참견하지 않은 것은 상관하고 싶지 않다는 마음과 어떻게 될지 지켜보자는 호기심 때문이 아니었을까? 만약 자신이 반대의 입장에 있었다면 역시 아무 말도 하지 않았으리라고 그녀는 생각했다.

괴로운 날이 계속됐지만, 부러질 듯한 마음을 잡아준 사람은 역시 후미야였다. 그는 다시 사오리의 집에 찾아왔다. 다만 섹스는 하지 않았다.

그는 입시에 대비해서 공부를 가르쳐주었다. 그의 수업 방식은 친절하고 이해하기 쉬었다.

그녀가 말을 꺼내지 않는 이상, 출산에 대해 말하는 일도 없었다. 마치 모든 생각을 끊어버린 사람처럼 무표정으로 일관한 것이다.

이제 얼마 남지 않았다고 그녀가 말한 것은 2월에 접어든 지 얼마 되지 않은 무렵이었다. 다음 순간, 후미야의 뺨이 굳어지고 눈이 빨개졌다.

"며칠이야?"

"그것까지는 몰라. 하지만 책을 보니 얼마 남지 않은 것 같아."

"어떻게 할 거야?"

그녀는 잠시 망설이고 나서 말했다.

"욕실이 좋을 것 같아. 피가 많이 나올 테니까."

"어떤 식으로 할 거야?"

그녀는 순간적으로 얼굴을 찡그렸다.

"아직 몰라. 나도 해본 적이 없잖아. 가장 큰 걱정은 아빠야. 아빠가 없을 때 낳아야 되니까."

아이를 낳기 전에 엄청난 진통이 있다고 한다. 상상을 초월

할 만큼 아프다고 하는데, 아빠가 있을 때에는 무슨 일이 있어도 참아야 한다. 가장 큰 문제는 밤에 아이를 낳는 것이다. 아무리 아빠가 잠들었다고 해도 밤에는 욕실을 사용할 수 없었다. 만약에 그렇다면 몰래 집을 빠져나와 다른 곳에서 처리해야 한다. 신사 뒤쪽의 빈터에서 레저 시트를 깔고……. 사오리는 구체적인 방법까지 진지하게 생각했다.

그러던 어느 날, 후미야가 결심한 표정으로 말했다.

"역시 안 되겠어. 나도 도와줄게. 진통이 시작되면 호출기로 연락해. 어떻게든 달려올게."

"괜찮아."

"걱정돼서 안 되겠어. 어떻게 될지도 모르고, 너 혼자 괴로워한다고 생각하니 도저히 가만히 있을 수 없어."

그의 말을 듣고 그녀는 눈물이 날 것처럼 고마웠다. 혼자 잘 할 수 있을까, 하는 불안 때문에 가슴이 터질 것 같았다. 그가 옆에 있어준다면 얼마나 마음 든든할까.

"알았어. 그러면 연락할게. 미안해."

그는 그녀를 슬픈 눈으로 쳐다보면서 꼭 껴안아주었다.

그리고 일주일 후, 운명의 날이 다가왔다. 어둠이 내려앉자마자 진통이 시작되었다. 사오리는 아빠에게 감기에 걸려서 먼저 자겠다고 하고 침대로 파고들었다. 아빠는 수상하게 생각하지 않았다.

진통은 몇 분 간격으로 찾아왔다. 그녀는 그때마다 몸부림치며 괴로워했다. 걸음도 내디딜 수 없었다. 후미야에게 연락할까 했지만, 지금은 그도 어찌할 수 없으리라. 더구나 아빠가 깨기라도 하면 큰일이었다.

아기가 나오면 큰일이라는 마음과 아빠에게 들켜도 좋으니까 빨리 낳아서 편해지고 싶다는 마음이 번갈아 찾아왔다.

이윽고 아침이 되었다. 사오리는 한숨도 잘 수 없었다. 여전히 계속되는 진통에 녹초가 되어 있는데, 밖에서 노크하는 소리가 들렸다. "네" 하고 그녀는 겨우 목소리를 짜냈다.

문을 열고 아빠가 얼굴을 내밀었다.

"몸은 좀 어때?"

아빠는 그렇게 말하고 나서 얼굴을 찡그렸다.

"왜 그래? 무슨 땀을 그렇게 흘리니?"

그녀는 힘없이 미소를 지었다.

"괜찮아요. 생리통이 심해서 그래요."

"그래? 그거 큰일이구나."

그런 이야기가 나오면 아빠는 갑자기 당황하거나 허둥지둥한다.

"죄송해요. 아침은 도저히 못 차려드리겠어요."

"괜찮아. 회사 가는 도중에 빵이라도 사 먹을게. 몸조리 잘해라."

아빠는 그렇게 말하고 문을 닫았다.

발소리가 멀어지는 것을 확인하고 그녀는 다시 몸부림쳤다. 소리를 지르지 않도록 이를 악무는 것이 고작이었다.

이윽고 아빠가 밖으로 나가는 소리가 들렸다. 그러자마자 그녀는 침대에서 내려와 네발로 기었다. 그리고 뱀처럼 몸을 비틀며 전화기가 있는 곳까지 기어갔다. 후미야의 호출기에 전화를 걸어서 약속한 번호를 눌렀다. 14106—'사랑한다'는 뜻이다.

그녀는 수화기를 내려놓자마자 그 자리에서 몸을 웅크렸다. 이제 도저히 움직일 수 없다. 진통이 최고조에 달한 것 같았다.

얼마나 지났을까. 덜컥덜컥 손잡이 돌리는 소리가 들렸다. 아빠가 나갈 때 문을 잠근 것이다. 그녀는 다시 온몸의 힘을 짜내어, 현관까지 뱀처럼 기어갔다. 손을 내밀었지만 잠금장치가 당치도 않게 멀게 느껴졌다.

잠금장치를 풀자 즉시 후미야가 들어왔다.

그리고 그녀를 보자마자 "괜찮아?" 하고 물었다. 그녀는 "욕실……" 하고 대답하는 것이 고작이었다.

그는 그녀를 껴안고 욕실로 데려갔다. 하지만 그다음에는 어떻게 해야 할지 모르는 모양이었다.

그녀가 말했다.

"옷을 벗겨줘. 전부…… 벗겨줘."

"안 추워?"

그녀는 고개를 흔들었다. 2월이지만 추위를 느낄 여유는 없었다.

그녀는 알몸이 되어, 욕실 바닥에 주저앉은 채 연신 습격하는 진통을 견뎌냈다. 그는 옆에서 그녀의 손을 잡아주었다. 혹시 비명 소리가 새어 나갈까 봐 그녀는 옆에 있는 수건을 입에 물었다.

가끔 그녀의 사타구니를 들여다보던 후미야가 몇 번째인가에서 "아!" 하고 소리를 질렀다.

"많이 벌어졌어. 뭔가 나올 것 같아."

그녀도 그런 느낌을 받았다. 진통이 최고조를 넘어가면서 머리가 멍해졌다.

그리고 얼마나 지났을까? 몸의 안쪽을 갈고리로 긁는 듯한 고통이 그녀를 습격했다. 그녀는 수건을 입에 문 채 소리를 질렀다. 마구 발버둥 치는 그녀를 후미야가 이를 악물고 붙잡았다.

다음 순간, 갑자기 통증이 사라지면서 사타구니에서 무엇인가가 빠지는 느낌이 들었다.

귀울림이 들리고 시야가 흐려졌다. 의식도 몽롱했다. 그녀가 제정신을 차린 것은 작은 울음소리 때문이었다.

그녀의 상반신은 어느새 복도로 나와 있었다. 욕실에는 하반신만 있었던 것이다. 고개를 들자 속옷 차림의 후미야가 두 손으로 무엇인가를 껴안고 있었다. 옅은 핑크색의 작은 물체였다. 울음소리는 그곳에서 나오고 있었다.

"보여줘."

후미야의 눈빛에 괴로움이 배어 있었다.

"안 보는 편이 좋을 거야."

"그래⋯⋯. 하지만 보고 싶어."

그는 잠시 망설이는 기색을 보인 뒤, 팔에 들고 있는 물체를 그녀에게 보여주었다.

그의 팔에 안겨 있는 것은 신비한 생물이었다. 얼굴은 주름투성이이고 눈은 퉁퉁 부어 있었다. 머리에 비해 손발이 몹시 가늘었다. 그러면서 그 가느다란 손발을 열심히 움직이고 있었다.

남자아이였다.

"이제 됐어⋯⋯."

그녀는 갓난아기로부터 눈길을 돌렸다.

"이제 어떡할까?"

그녀는 다시 후미야를 쳐다보았다.

"어떻게 하면 돼?"

그는 눈을 몇 번 깜빡인 뒤, 입술을 혀로 핥고 나서 말했다.

"숨을 멎게 하는 게 좋지 않을까? 코와 입을 막으면⋯⋯."

"그래, 그렇다면…… 같이 하자."

그가 흠칫 놀란 것처럼 그녀를 보았다. 그녀는 그의 시선을 똑바로 받았다.

그는 고개를 끄덕인 뒤, 말없이 갓난아이의 코와 입에 손을 올려놓았다. 그것을 보고 그녀는 그 손 위에 자신의 손을 올려놓았다. 눈물이 멈추지 않았다. 후미야를 쳐다보자 그도 울고 있었다.

갓난아기는 곧 움직이지 않게 되었다. 그래도 두 사람은 한동안 손을 떼지 않았다.

욕실을 청소하는 김에 사오리는 몸을 씻었다. 피로와 권태감이 한계에 도달했지만 잠을 잘 수는 없었다.

옷을 갈아입고 거실로 가자 후미야가 준비를 마치고 기다리고 있었다. 그의 옆에는 검은 비닐봉지가 놓여 있었다. 집에서 가져왔다고 한다.

그 비닐봉지가 부풀어 있었다. 안에 들어 있는 것이 무엇인지는 물어볼 필요도 없었다.

"이것도 가져왔어."

그렇게 말하며 그가 내민 것은 작은 원예용 삽이었다.

"그렇게 작은 걸로 괜찮을까?"

"제설용 삽도 있었는데, 그건 너무 커서 가져올 수 없었어."

"그건 그렇지."

옆에는 피로 물든 후미야의 속옷이 버려져 있었다. 이렇게 될 것을 예상하고 갈아입을 속옷을 가져왔다고 한다. 어떤 경우에도 주도면밀함은 변함없었다.

그들은 잠시 쉬고 나서 집을 나왔다. 후미야는 혼자 가겠다고 했지만 사오리가 같이 가겠다고 고집을 부렸다. 그에게 모든 것을 떠맡기기는 싫었다. 아이를 낳은 직후임에도 불구하고 별문제 없이 움직일 수 있는 것은 역시 젊기 때문이리라.

갈 곳은 미리 정해놓았다. 그들은 후지노미야역에서 버스를 타고 가와구치호역에서 내렸다. 그리고 그곳에서 다시 버스를 탔다. 버스 안에서 후미야는 배낭을 소중하게 껴안고 있었다. 배낭 안에는 그 검은 비닐봉지가 들어 있었다.

그녀는 아오키가하라에 가는 것이 이번이 처음이었다. 어떤 곳인지는 잘 모른다. 후미야에 따르면 시신을 감추기에 가장 좋은 곳이라고 한다.

그는 어두운 얼굴로 말했다.

"자살의 명소인 데다 한번 길을 잃으면 쉽게 나올 수 없대. 그런 곳에 묻으면 영원히 발견되지 않을 거야."

막상 가서 주위를 둘러보자 입을 다물 수 없었다. 나무의 바다, 즉 수해란 말이 딱 어울리는 곳이었다. 어느 쪽을 보아도 음침한 가지를 뻗은 나무들이 빼곡히 자라나 있었다.

그들은 잠시 산책로를 따라 걸어가서 주변에 사람이 없는 것을 확인했다.

"이 주변으로 할까?"

후미야의 말에 사오리는 "응" 하고 대답했다.

후미야가 주머니에서 꺼낸 것은 나일론 끈이었다. 그는 한쪽 끝을 가까운 나무에 묶은 뒤, "가자"라고 말하며 숲속으로 걸어가기 시작했다.

그는 방위 자석을 보면서 천천히 이동했다. 땅에는 눈이 조금 쌓여 있었다. 땅이 울퉁불퉁해서 똑바로 걸을 수 없는 곳도 있었다.

그들은 끈이 다한 곳에서 걸음을 멈추었다. 주위를 둘러보았지만 어디쯤인지 짐작도 되지 않았다.

후미야는 원예용 삽을 이용해서 구덩이를 파기 시작했다. 사오리에게는 도와주지 않아도 된다고 했다.

땅이 꽤 단단해서, 작은 원예용 삽으로 구덩이를 파기가 쉽지 않았다. 하지만 그는 얼굴을 일그러뜨리면서도 잠시도 쉬지 않고 묵묵히 땅을 팠다. 이윽고 깊이가 수십 센티미터에 달하는 구덩이가 만들어졌다.

그는 검은 비닐봉지에서 수건으로 감싼 갓난아기를 꺼내 그대로 구덩이 바닥에 내려놓았다. 사오리는 수건 위에서 아이를 만져보았다. 생각 탓인지 아직 체온이 유지되는 것처럼 느껴졌다.

두 사람은 합장을 한 뒤 흙을 덮었다. 이번에는 사오리도 도와주었다. 손에 흙이 묻는 것쯤은 아무것도 아니었다.

그리고 검은 비닐 위를 완전히 흙으로 덮은 뒤 다시 합장을 했다.

후미야가 조금 떨어진 곳에서 그곳 사진을 몇 장 찍었다.

"아마 다시는 여기에 오지 않을 거야."

"사진을 현상하면 나도 한 장 줘."

사오리가 그렇게 말하자 후미야는 알았다고 대답했다.

그들은 끈을 잡고 원래의 산책로로 돌아왔다. 후미야가 방위 자석을 쳐다보면서, 다른 한 손으로 숲의 안쪽을 가리켰다.

"여기서 정남 방향으로 60미터. 거기가 그곳이야."

사오리는 그쪽을 보고 나서 주변을 둘러보았다. 여기를 잊어서는 안 된다.

그때 젖가슴이 아플 만큼 팽팽해진 것이 느껴졌다. 그녀는 가슴을 만지면서 생각했다. 앞으로 평생 자신들이 행복해지는 일은 없을 것이라고.

20

보여주고 싶은 게 있다며 후미야가 잠시 밖으로 나갔다. 잠시 후에 돌아온 그의 손에는 30센티미터쯤 되는 가늘고 긴 상자가 들려 있었다. 그는 상자를 테이블 위에 올려놓은 뒤, 신중한 손길로 뚜껑을 열었다.

"이걸 보십시오."

나카하라는 몸을 앞으로 내밀어 상자 안을 들여다보았다. 그리고 자기도 모르게 숨을 들이마셨다. 상자 안에 들어 있는 것은 작은 원예용 삽이었다.

"이건……"

후미야가 조용히 고개를 끄덕였다.

"네. 그때 사용한 삽입니다."

"지금까지 보관하고 있었나요?"

"그렇습니다."

"왜?"

후미야는 희미한 미소를 지으며 고개를 갸웃거렸다.

"글쎄요, 왜 그랬을까요? 그날 밤 집에 가서 제 책상 서랍에 넣어두었습니다. 어머니가 정원에서 사용하던 것이니까 원래 있던 곳에 갖다 두는 편이 좋았겠지만, 왠지 그렇게 하고 싶지 않았지요. 저주스러운 일에 사용한 만큼, 어머니 손에 닿아서는 안 된다고 생각했을지도 모릅니다."

나카하라는 다시 상자 안을 들여다보았다. 페인트칠되어 있는 손잡이를 제외한 금속 부분은 완전히 녹슬어 있었다. 그는 이 작은 삽을 꽉 부여잡고, 수해의 단단한 땅에 구덩이를 파는 십대 소년의 모습을 상상했다. 옆에는 소녀도 있다. 지금 막 아이를 낳은 소녀이다.

후미야가 상자 뚜껑을 덮고 길게 숨을 토해냈다.

"참 어리석은 짓을 저질렀습니다. 무지했다고 해서 용서받을 수 있는 일은 아니었지요. 그렇게 어리석은 짓을 피하는 방법은 얼마든지 있었습니다. 물론 중학생 소녀와 그런 행위를 했다는 것 자체가 문제이지만, 아이를 가졌다는 것을 안 시점에서 양쪽 부모님에게 제대로 말하면 되었겠지요. 혼나지 않을까, 헤어지라고 하지 않을까 등등 사소한 것에 겁을 먹고 벌벌 떨었습니다. 아니, 저는 더 한심한 생각을 했습니다. 혹시 이런 일이 알려지면 제 장래에 문제가 생기지 않을까 하고요."

그는 고개를 절레절레 흔들면서 "참으로 어리석었습니다" 하고 거듭 말했다.

나카하라는 그런 후미야를 쳐다보며 입을 열었다.

"후지노미야에 갔을 때, 사오리 씨의 동급생이었다는 여성을 만났지요. 그 사람에 따르면 당시 사오리 씨가 임신한 것 같다는 소문이 있었다고 하더군요."

후미야는 흠칫 놀라며 눈을 크게 뜬 후, 신음하듯이 말했다.

"역시 그랬군요. 안 그래도 완전히 숨기기는 힘들다고 생각했습니다. 그런데 왜 사람들에게 말하지 않았을까요?"

"눈치챈 사람은 극히 일부분으로, 함부로 떠들어서 학교의 평판이 떨어질까 봐 걱정했다고 하더군요. 고등학교 입시가 코앞이었으니까요."

"아, 그럴 수도 있겠군요."

"담임선생님도 눈치챘을 거라고 하더군요."

"네? 정말입니까?"

"눈치는 챘지만 모르는 척했을 거라고요. 어차피 이제 곧 졸업할 학생이니까 골치 아픈 일을 피하고 싶었겠지요. 남자 선생님이었다고 하고요."

"그렇군요."

"만약 소문이 나서 떠들썩했다면 두 분의 범행은 미수에 그쳤겠지요. 주변의 무관심도 한몫한 거죠. 어린 두 사람의 등을 나쁜 쪽으로 떠미는 것에요."

그 말이 맞는다고 생각했는지, 후미야는 천천히 눈을 깜빡였다.

"사오리 씨 말에 따르면, 그로부터 반년도 못 되어 두 분의 만남은 끝났다고 하더군요."

후미야는 괴로운 표정을 지으며 고개를 끄덕였다.

"예전과 똑같은 마음으로 만날 수는 없었습니다. 당연한 일이지만 이미 섹스도 하지 않게 되었지요. 저는 그녀의 몸에 손을 대는 것조차 망설이게 되고, 둘이 즐겁게 이야기하는 일도 거의 없어졌습니다."

"그랬다고 하더군요. 사오리 씨는 이렇게 말했습니다. 두 사람의 인연을 땅속에 묻었으니까 당연한 결과라고 생각한다고요."

그 말이 가슴 깊은 곳에 꽂혔는지, 후미야는 한순간 눈을 감았다.

"헤어진 후에는 어땠습니까? 당신의 경력을 보니까 훌륭한 길을 걸어오신 것 같더군요. 이렇게 안정된 가정도 만들고요. 21년 전 사건이 장애가 되는 일은 없었습니까?"

후미야는 미간에 깊은 주름을 잡은 채, 고개를 약간 숙여 비스듬하게 아래쪽을 쳐다보았다.

"그 사건을 잊은 적은 한 번도 없습니다. 항상 머릿속에 똬리를 틀고 있어서, 어떻게 하면 속죄할 수 있을지 생각했지요. 소아과를 선택한 것도 꺼져가는 작은 생명을 하나라도 많이 구하고 싶었기 때문이었습니다."

"그렇군요. 역시 남자와 여자는 좀 다르네요. 실제로 아이를 낳는 사람은 여자니까요."

후미야가 망설이면서 입을 열었다.

"사오리는 많이 괴로워한 모양이더군요."

"그래요. 조금 전에도 말한 것처럼 21년간 계속 괴로워했던 것 같습니다. 자살도 몇 번이나 시도했고요. 더구나 잡지 기사에도 있었지만, 행운도 그녀의 편이 아니었습니다. 결혼 생활은 엉망이 되고 유일한 혈육이었던 아버지는 불의의 사고로 돌아가셨지요. 그녀는 그 원인을 21년 전 사건 때문이라고 생각했습니다. 모두 그때 저지른 잘못 때문이라고 말이지요."

"그런 그녀 앞에 사요코 씨가 나타난 거군요."

나카하라는 후미야를 바라보면서 고개를 위아래로 흔들었다.

"사오리 씨의 고백을 듣고 사요코는 자수하라고 권고한 모양입니다. 아무리 갓 태어난 아이일지라도 사람의 생명을 빼앗은 것에는 변함이 없다, 자신의 죄와 제대로 마주 보지 않으면 마음이 자유로워지지 않는다고 하면서요. 사오리 씨도 그 말이 맞다고 생각한 모양입니다. 하지만 이것은 자기 혼자만의 일이 아니다, 자신의 죄를 만천하에 고백하면 후미야 씨도 공범으로 처벌을 받게 된다, 후미야 씨에게 알리지 않고 자수할 수는 없다……. 사오리 씨는 그렇게 말했다고 하더군요. 그 말을 들은 사요코가 어떻게 했는지는 당신이 잘 아실 겁니다."

후미야는 테이블 위에서 두 손에 깍지를 꼈다. 딱딱했던 표정이 갑자기 부드러워졌다.

"나카하라 씨가 생각하신 대로입니다. 사요코 씨는 어린이 의료 상담실에 오셨습니다. 기본적으로는 예약을 받지만 당일에 오시는 분도 가끔 계시지요. 며칠 전에 말씀하신 것처럼 그날 담당자는 저였습니다. 상담자는 아마 10여 명이었을 겁니다. 그리고 마지막 상담자가…… 사요코 씨였지요."

"그녀가 상담을 받는 척하면서 찾아간 건가요?"

"그렇습니다. 제가 자녀분의 어떤 문제로 고민하고 있는지 여쭤봤더니, 사요코 씨는 실은 의논을 하고 싶은 건 자기 아이가 아니라 아는 사람의 아이라고 하시더군요. 저는 왜 그분이 직접 오지 않았느냐고 물어봤지요. 그러자 사정이 있어서 올 수 없었다고 하며 메모지를 내밀더군요. 메모지에는 이름이 적혀 있었습니다. 누구의 이름인지는 말을 안 해도 아시겠지요? 이구치 사오리라는 이름이었습니다. 사요코 씨는 그 여성이 낳은 아이 문제로 의논할 게 있다고 했지요."

나카하라는 후미야의 가무잡잡한 얼굴을 바라보았다.

"깜짝 놀라셨겠군요."

후미야는 힘없이 쓴웃음을 지었다.

"한순간 숨을 쉴 수 없었습니다. 머릿속이 새하얘지고, 어떻게 반응해야 좋을지 모르겠더군요. 겨우 입에서 나온 말은 '당신은 누구시죠?'라는 말이었습니다."

"사요코가 뭐라고 하던가요?"

"명함을 내밀며 사오리 씨를 상담해주고 있는 사람이라고 하시더군요."

"그래서 어떻게 했나요?"

"머리가 혼란스러웠습니다. 명함을 손에 든 채 그 자리에 얼어붙은 것처럼 꼼짝도 할 수 없었지요. 그러자 사요코 씨는 자리에서 일어나더니, 마음이 진정되면 연락하라면서 밖으로 나갔습니다. 제가 의자에서 일어날 수 있었던 것은 그로부터 한참이 지난 다음이었지요."

"그런 다음에 당신이 연락하셨나요?"

"네" 하고 후미야는 힘없이 대답했다.

"사요코 씨를 만난 그날 밤을 꼬박 새우며 고민에 고민을 거듭했습니다. 하지만 이미 사실을 알고 있는 이상, 그녀를 만나지 않을 수 없었지요. 다음 날 전화를 걸었습니다. 그녀는 조용히 얘기하고 싶다고 하더군요. 그래서 저희 집으로 오시라고 했습니다. 경우에 따라서는 아내가 같이 있는 편이 좋을 것 같아서요."

"그때 만날 날짜도 정했겠군요."

"그렇습니다. 이틀 후 오후 7시로요."

"그래서 만나셨나요?"

후미야는 여기에서 몇 번 눈을 깜빡이며 잠시 망설였다. 어떻게 말해야 할지 생각하는 모습이었다.

"왜 그러시죠? 사요코를 만났나요? 이틀 후에 이 집에서요?"

"아니요, 전 만나지 못했습니다."

"네?"

나카하라의 입에서 얼빠진 소리가 새어 나왔다.

"무슨 말이죠? 사요코가 안 왔나요?"

"아니요, 사요코 씨는 오셨습니다. 하지만 저에게 예상치 못한 일이 일어났지요. 제가 담당하는 환자의 용태가 갑자기 심각해지는 바람에 병원을 떠날 수 없게 된 겁니다."

그렇게 말한 뒤 그는 지금까지 잠자코 고개를 숙이고 있던 하나에에게 눈길을 주었다.

"여기서부터는 당신이 말하는 게 좋지 않을까?"

하나에는 한순간 몸을 움찔거린 후 남편을 쳐다보았다. 그리고 불안한 시선으로 나카하라를 쳐다보더니, 다시 자신의 발밑으로 시선을 떨구었다.

"하지만······."

"내가 없는 사이에 무슨 일이 있었는지는 나도 당신에게 들었을 뿐이잖아. 나카하라 씨에게도 당신이 말하는 편이 낫겠어."

그래도 하나에는 내키지 않는 것처럼 입을 꼭 다물었다.

"왜 그러시죠?"

나카하라의 질문에 후미야가 대답했다.

"사요코라는 여성이 내일 오후 7시에 집으로 올 거라고, 전날 아내에게 말해두었습니다. 아내는 당연히 무슨 일이냐고 물었지요. 그래서 내가 젊었을 때 저지른 잘못에 관한 일이라고 말했습니다. 내용이 내용인 만큼 미리 각오해두는 편이 나을 것 같아서요. 그런데 방금 말씀드린 것처럼 갑자기 일이 생기는 바람에 약속한 시간에 집에 올 수 없게 되었지요. 더구나 일이 꼬이려고 그랬는지, 마침 사요코 씨의 명함을 가지고 있지 않았습니다. 그래서 집에 전화를 걸어, 사요코 씨가 오시면 사정을 잘 설명해드리라고 아내에게 말했지요."

후미야는 아내 쪽으로 얼굴을 돌리고 명령하듯 말했다.

"나머지는 당신이 말씀드려. 이제 와서 입을 다물고 있어봤자 소용없잖아. 내가 여기까지 말했으니까 당신도 사실을 말해야지."

나카하라는 하나에의 하얀 얼굴을 쳐다보았다. 그녀는 희미하게 고개를 들었다. 하지만 나카하라를 쳐다보지 않고, 가냘픈 목소리로 띄엄띄엄 말했다.

"전 남편처럼 요령 있게 술술 말씀드릴 자신이 없어요. 그래서 이해하기 힘든 부분도 있겠지만 일단 들어주시겠어요?"

"네, 이해하기 힘든 부분이 있다면 그때마다 물어보겠습니다."

"그러세요."

그녀는 작게 기침을 한 후 중얼거리듯 말하기 시작했다.

그녀의 말처럼 그녀는 분명히 말을 잘한다고 할 수 없고, 내용을 이해하기 힘든 부분도 있었다. 하지만 그때마다 나카하라가 질문한 덕분에, 그날 밤 여기에서 무슨 일이 벌어졌는지 서서히 밝혀지게 되었다.

21

 그날 하나에는 아침부터 안절부절못했다. 사요코라는 여성이 누구인지, 무슨 일로 집에 오는지 상상도 되지 않았기 때문이다.
 내가 젊었을 때 저지른 잘못에 관한 거야— 남편은 그 말밖에 하지 않았다. 그녀는 당연히 좀 더 자세히 말해달라고 했다. 하지만 그는 시간이 없다면서 집을 나갔다.
 그녀의 머릿속에선 온갖 상상이 회오리쳤다. 그렇게 착하고 성실한 남편이 엄청난 잘못을 저질렀을 리가 없다. 아마 별문제도 아닌데 과장해서 말했을 것이다. 그녀는 그런 식으로 자신을 납득시켰다. 하지만 쇼를 다른 곳에 맡기라는 말이 마음에 걸렸다. 그렇게 해야 할 만큼 심각한 일일까?
 한편으로는 시간이 빨리 흐르기를 바라고, 다른 한편으로는 이대로 멈추기를 바라는 복잡한 심경으로 하루를 보냈다. 쇼를 맡긴 것은 오후 5시였다. 주로 싱글맘을 위한 어린이집이었다. 처음에는 왠지 꺼려졌지만, 의외로 믿을 수 있다는 것을 알고 가끔 이용하곤 한다.

오후 6시 반쯤 되었을 때, 후미야로부터 전화가 걸려왔다. 담당 환자의 용태가 갑자기 심각해지는 바람에 예정대로 집에 갈 수 없을지도 모른다는 것이다.

"도저히 올 수 없어요?"

"아직 잘 모르겠어. 잠시 지켜보다 경과가 좋아지면 갈 수도 있고. 다만 언제 알 수 있을지 분명하지 않아."

"그럼 어떻게 할까요?"

"아마 그쪽은 이미 출발했을 거야. 집에 오면 내 사정을 잘 말해줘. 다음에 다시 오겠다면 그렇게 하시라 하고, 만약 기다리겠다면 거실로 안내해줘. 나중에 상황을 보고 전화할게."

하나에는 알았다고 대답하는 수밖에 없었다.

그리고 오후 7시가 조금 넘어서 초인종이 울렸다. 현관으로 나가보자 상대는 여자였고, 하마오카 사요코라고 했다.

짧게 자른 머리, 반듯한 자세, 굳게 다문 입술, 모두 강한 의지를 보여주는 모습이었다. 타협을 허락하지 않는 기운이 온몸에서 뿜어져 나왔다.

하나에는 남편에게 들은 말을 그대로 전했다.

"알겠어요. 의사는 역시 힘든 직업이군요. 하지만 저도 웬만한 마음으로 여기까지 온 건 아니에요. 기다려도 된다면 기다리고 싶은데요."

그렇게 말하는 사요코의 눈에 강렬한 의지가 깃들었다. 그녀의 결연한 표정을 보고 하나에는 자기도 모르게 숨을 들이마셨다.

하나에는 사요코를 거실로 안내했다. 신경 쓰지 말라고 했지만 차를 내주었다.

그로부터 얼마 지나지 않아 예상치 못한 일이 발생했다. 현관문이 열리고 닫히는 소리가 들려서 후미야가 왔다고 생각했는데, 현관 앞에 서 있는 사람은 아버지인 사쿠조였다.

"뭐 하러 왔어요?"

그렇게 묻는 그녀의 목소리에 분노가 가득 담겼다.

그러자 사쿠조는 얼굴을 일그러뜨렸다. 그와 동시에 얼굴에 있는 수많은 주름도 일그러졌다.

"그렇게 쌀쌀맞게 말할 필요 없잖아. 네 남편이 언제든지 오라고 했어."

"난 싫다고 했잖아요. 오늘은 바빠요. 그만 돌아가세요."

"그러지 마라. 부탁할 게 있어서 왔다. 시간을 많이 빼앗진 않을게."

사쿠조는 낡은 신발을 벗고 멋대로 안으로 들어왔다.

그녀는 사쿠조의 팔을 잡고 목소리를 낮추며 말했다.

"오늘은 정말 안 돼요. 안에 손님이 계세요. 제발 부탁이니까 그냥 가세요."

사쿠조는 비열한 표정을 지으며 새끼손가락으로 귓구멍을 후벼 팠다.

"나도 시간이 없다. 손님이 갈 때까지 기다리마. 그러면 되지?"

어차피 돈을 달라고 왔으리라. 단골 술집에 외상값이 밀린 탓에, 돈을 가져가지 않으면 술을 먹을 수 없는 것이리라. 자주 있는 일이었다.

"그러면 안에서 기다리세요. 시끄럽게 하지 말고요."

"그래, 알았다. 맥주가 있으면 좋겠구나."

'이 인간쓰레기 같은 영감탱이!'

그녀는 마음속으로 욕설을 퍼부으며 식탁에 앉아 있는 사쿠조 앞에 캔 맥주를 난폭하게 내려놓았다. 맥주잔을 주고 싶은 마음은 없었다.

"손님이라니? 이런 시간에 누구냐?"

캔 맥주를 따면서 사쿠조가 작은 목소리로 물었다.

"손님이 누구든 당신과 무슨 상관이에요?"

하나에는 퉁명스럽게 말했다. 둘이만 있을 때, 사쿠조를 아버지라고 부르는 일은 없다.

7시 반쯤 후미야로부터 전화가 걸려왔다. 사요코가 기다리고 있다고 하자 당황한 기색이 역력했다.

"알았어. 내가 직접 설명할 테니까 좀 바꿔줘."

하나에는 사요코에게 전화기를 건네주었다.

두세 마디 얘기를 한 뒤, 사요코는 통화를 끝냈다. 그리고 전화기를 하나에에게 돌려주었다.

"환자 때문에 언제 갈 수 있을지 모르니까 다음에 다시 오라는군요. 유감스럽지만 어쩔 수 없네요. 오늘은 그냥 갈게요."

사요코는 돌아갈 준비를 했다.

생각지도 못한 사태에 하나에는 난감한 표정을 지었다. 그녀가 무슨 이야기를 하려고 집에까지 왔는지 몰라 하루 종일 애를 태웠다. 그런데 이대로 돌아간다면 계속 불안을 껴안은 채 한동안 지내야 한다.

그녀는 사요코를 불러 세웠다. 그리고 남편으로부터 이상한 이야기를 듣고 계속 마음이 조마조마하다, 무슨 말을 하려고 왔는지 자신에게라도 말해줄 수 없느냐고 부탁했다.

하지만 사요코는 고개를 위아래로 흔들지 않았다. 혼자는 듣지 않는 편이 좋다고 하는 것이다.

"그 얘기를 들으면 굉장히 우울해질 거예요. 다음에 남편과 같이 있을 때 말해줄게요. 이건 당신을 위해서예요."

그 말을 듣자 오히려 불안이 증폭되었다. 무슨 말을 해도 놀라지 않겠다, 절대 이성을 잃지 않을 테니까 말해달라고 하나에는 끈질기게 매달렸다. 사요코의 마음이 조금씩 흔들리는 것이 느껴졌다.

"하긴 그렇네요. 어차피 당신도 언젠가 알게 될 일이고, 그렇다면 미리 알아서 앞으로 어떻게 할지 남편과 얘기하는 편이 좋을지도 모르죠. 그런데 미리 말해두지만 정말로 괴로운 얘기예요. 놀라지도 않고 이성을 잃지도 않겠다고 했지만, 아마 그럴 수 없을 거예요."

그래도 상관없다고 하나에는 대답했다. 이야기를 듣지 않은 채 그녀를 돌려보낼 수는 없었다.

"알았어요. 그러면 얘기할게요."

사요코는 하나에의 눈을 똑바로 바라보며 천천히 말을 이었다.

"결론부터 말할게요. 당신의 남편은 살인자예요."

그 한마디에 하나에는 현기증을 느꼈다. 실제로 몸이 흔들린 것 같았다.

"괜찮으세요? 역시 그만두는 편이 좋겠어요."

"아뇨, 괜찮아요. 계속 말씀해주세요."

하나에는 호흡을 가다듬으며 겨우 말했다. 이제 와서 다음 이야기를 듣지 않고 사요코를 보낼 수는 없었다.

이렇게 해서 하나에는 사요코를 통해 니시나 후미야와 이구치 사오리가 저지른 21년 전의 범죄를 듣게 되었다. 그 내용은 하나에의 각오와 상상을 아득히 뛰어넘은 것이었다. 너무나 큰 충격을 받아서, 사요코의 이야기가 끝난 직후에는 머릿속이

멍했다.

이야기를 마친 뒤 사요코가 물었다.

"차라리 모르는 게 나을 뻔했지요?"

분명히 알고 싶지 않은 이야기였다. 하지만 평생 모른 채 살 수는 없다는 생각이 들었다. 그리고 그 이야기를 듣고 그동안 이해할 수 없었던 사실들이 이해가 되기 시작했다.

지금까지 계속 이상하게 생각했다. 후미야가 왜 자신을 구해주었는지.

아오키가하라에서 처음 만났을 때, 후미야는 그곳에 온 이유를 성묘 같은 것이라고 했다. 그때는 2월이었다. 그들이 갓난아이를 묻은 시기와 일치한다. 아마 자신의 손으로 죽인 아이의 명복을 빌기 위해 갔으리라. 그리고 돌아가는 길에 우연히 분위기가 심상치 않은 여자를 발견했다. 아무래도 자살할 것 같은 분위기다. 무엇보다 간과할 수 없었던 것은 그 여자가 임신한 것이 아니었을까?

후미야는 하나에게서 예전의 연인과 아이의 모습을 발견한 것이다. 아마 그동안 계속 과거의 잘못을 후회하고, 어떻게 하면 속죄할 수 있을지 고민했으리라. 그래서 하나에를 내버려둘 수 없었던 것이다. 그녀의 자살을 말리고, 그녀의 아이를 자신의 아이로 키움으로써 조금이라도 속죄가 되기를 바랐던 게 아닐까.

오랫동안 품어왔던 수수께끼가 풀리면서, 하나에의 가슴속에서는 후미야에 대한 감사의 마음이 한층 강해졌다. 그의 사랑이 값싼 동정도 한순간의 치기도 아니라 숭고한 영혼에서 나왔다는 사실을 알고, 그녀는 마음 깊은 곳에서 감동의 눈물을 흘렸다. 그런 만큼 사요코가 앞으로 어떻게 할지, 무엇 때문에 후미야를 만나러 왔는지 마음에 걸렸다.

하나에가 물어보자 사요코는 단호하게 말했다.

"그건 남편의 태도에 달렸어요. 난 사오리 씨에게 자수하라고 권했어요. 그녀도 그럴 생각이에요. 단, 후미야 씨의 동의를 얻어야 한다는 게 그녀의 생각이에요."

동의—그것은 곧 후미야도 같이 자수하는 것이다. 생각이 거기에 미친 순간, 하나에의 온몸이 견딜 수 없을 만큼 떨리기 시작했다.

하나에가 조심스럽게 물었다.

"만약 남편이 동의하지 않으면 어떻게 하실 거예요?"

그러자 갑자기 사요코의 표정이 험악해졌다.

"남편이 동의하지 않을 거라고 생각하세요?"

그 목소리가 너무도 차갑게 들렸다.

"그건 잘 모르겠지만요······."

후미야라면 분명히 동의할 터였다. 다만 하나에 자신이 동의하지 말기를 바랐다.

"만약 동의하지 않는다면 할 수 없죠. 제가 사오리 씨를 설득해서 경찰서에 데려가는 수밖에요. 사건이 밝혀져 입건된다고 해도 사오리 씨는 자수했으니까 정상참작이 될 거예요. 남편은 어떻게 될지 잘 모르겠지만요."

그 말을 듣고 하나에는 절망의 늪에 빠졌다. 이미 도망칠 곳이 없는 것일까? 후미야는 살인자로서 벌을 받아야 하는 것일까?

어떻게 해서라도 그것만은 막아야 했다. 그러기 위해서는 사요코의 생각을 바꿀 수밖에 없었다.

정신이 든 순간, 하나에는 어느새 무릎을 꿇고 있었다. 그리고 머리를 조아리며 사정했다.

"이렇게 부탁할게요. 제발 모른 척해주세요. 예전에 실수를 저질렀을지 모르지만 지금은 정말 착하고 좋은 사람이에요. 우리를 행복하게 해주고 있어요. 제발, 제발 모른 척해주세요. 부탁해요. 제발 부탁해요."

하나에는 죽을힘을 다해 호소했다. 하지만 사요코의 뜻을 바꿀 수는 없었다. 사요코는 담담하게 말했다.

"이러지 마세요. 난 모른 척할 수 없어요. 아무리 갓 태어난 아이라고 해도 어엿한 인간이에요. 그 생명을 빼앗고도 아무런 벌도 받지 않는 게 말이 된다고 생각하세요? 그게 얼마나 무서운 죄인지 알기에 사오리 씨는 지금까지 괴로워했어요.

당신 남편도 자신이 저지른 죗값을 치러야 해요."

"남편은 자신이 얼마나 큰 죄를 지었는지 알고 있어요. 그래서 지금까지 최선을 다해 성실하게 살아왔어요. 그 사람이 얼마나 성실하게 사는지는 제가 가장 잘 알아요."

"성실하게 사는 건 인간으로서 당연히 해야 할 일이에요. 특별히 자랑할 만한 일이 아니죠."

사요코는 의자에서 일어나면서 덧붙였다.

"가령 어떤 이유가 있더라도, 난 사람을 죽인 사람은 사형에 처해야 한다고 생각해요. 생명이란 그만큼 소중한 거니까요. 아무리 반성해도, 아무리 후회해도, 한번 잃어버린 생명은 다시는 돌아오지 않아요."

"하지만 이미 20년이 넘었는데……."

"그 세월에 어떤 의미가 있죠? 당신도 아이가 있잖아요. 누군가가 그 아이를 죽였다고 생각해보세요. 그 아이를 죽인 사람이 20년간 반성했다면, 당신은 그 사람을 용서할 수 있나요?"

하나에는 머리 위에서 쏟아지는 말을 반박할 수 없었다. 사요코의 말은 틀리지 않았다.

"난 당신 남편도 사형에 처해야 한다고 생각해요. 하지만 그렇게 되진 않겠지요. 지금의 법은 범죄자에게 너무 관대하니까요. 사람을 죽인 사람의 반성은 어차피 공허한 십자가에 불과한데 말이에요. 하지만 아무 의미가 없는 십자가라도, 적어도 감옥 안에서 등에 지고 있어야 돼요. 당신 남편을 그냥 봐주면 모든 살인을 봐줘야 할 여지가 생기게 돼요. 그런 일은 절대로 있어서는 안 돼요."

그리고 "다음에 다시 올게요. 내 마음은 바뀌지 않으니까 남편과 잘 얘기해보세요"라는 말을 남기고 사요코는 그 자리를 떠났다.

하나에는 무릎을 꿇고 머리를 조아린 채 현관문 닫히는 소리를 들었다.

22

하나에의 말을 듣고 나카하라는 잠시 생각에 잠겼다. 하나에의 이야기에서 거짓은 느껴지지 않는다. 사요코는 분명히 그렇게 말했을 것이다. 어떤 이유가 있더라도 사람을 죽인 자는 죽음으로써 죗값을 치러야 한다. 그것이 그녀의 신념이라는 것은 '사형 폐지론이라는 이름의 폭력'이라는 원고를 봐도 분명하다. 지난 판례로 볼 때, 사오리와 후미야의 행위는 사형 판결을 받지는 않겠지만 어둠 속에 파묻는 것은 결코 용서할 수 없었으리라.

"그리고 얼마 지나지 않아서 남편이 집에 왔어요. 제 모습을 보자마자 사오리 씨로부터 이야기 들은 걸 알았다더군요."

하나에는 그렇게 말하면서 옆에 있는 남편을 쳐다보았다.

"얼굴은 창백하고, 눈은 퉁퉁 부어 있었으니까요. 21년 전 이야기를 들었느냐고 하니까 그렇다고 하더군요……. 됐어, 지금부터는 내가 얘기할게."

후미야는 아내를 향해 작게 손을 들고 나서, 나카하라 쪽으로 시선을 주었다.

"그냥 모른 척해달라고 사요코 씨에게 부탁했지만 소용없었다고 하더군요. 그렇게 말하면서 아내는 한탄했지만, 저는 어쩔 수 없다고 생각했습니다. 언젠가는 벌을 받아야 한다고 생각했으니까요. 이제 각오하는 수밖에 없다고 아내에게 말했죠. 그런 다음 사요코 씨에게 전화를 걸었더니 웬일인지 받지 않았습니다. 그러는 사이에 아내가 기묘한 말을 하더군요. 아버님이 없어졌다는 겁니다. 그게 무슨 말이냐고 물었지요. 그러자 사요코 씨가 오신 직후에 아버님이 오셔서, 손님이 계시니까 일단 주방에 계시라고 했다더군요. 그런데 어느새 아버님이 사라졌다는 겁니다."

하나에가 옆에서 말을 덧붙였다.

"사요코 씨로부터 이야기를 들은 직후에는 패닉 상태에 빠져서, 아버지를 까맣게 잊고 있었거든요."

"처음에는 손님과의 이야기가 길어지자 기다리다 지쳐서 가셨다고 생각했습니다. 그 시점에선 심각하게 여기지 않았죠. 어쨌든 눈앞에 더 심각한 문제가 있었으니까요."

"그런데 가장 심각한 문제가 다른 곳에서 발생했군요."

후미야는 고개를 끄덕였다.

"다음 날 저녁 7시쯤 장인이 오셨습니다. 심각한 얼굴로 할 얘기가 있다고 하시더군요. 저는 여전히 사요코 씨에게 연락이 되지 않아서 안절부절못하고 있었지만, 일단 장인의 얘기를 들어보기로 했습니다. 그리고 얘기를 듣고는 깜짝 놀랐습니다. 아니, 놀랐단 말로는 부족하고, 심장이 멎는 줄 알았지요."

"사요코를 죽였다고 말했군요."

"그렇습니다. 그러니까 이제 걱정할 필요 없다, 자네는 잠자코 있어도 된다, 그렇게 말씀하시더군요."

"걱정할 필요 없다, 잠자코 있어도 된다? 그건 곧……."

후미야는 한순간 시선을 내리깔았다.

"네. 장인은 사요코 씨와 아내와의 대화를 옆방에서 전부 들었다고 합니다. 그리고 이거 큰일 났다, 이 문제는 자신이 해결하는 수밖에 없다고 생각하고, 부엌에서 몰래 칼을 들고 밖으로 나가 사요코 씨가 나오기를 기다렸다고 하시더군요."

"그런 다음 사요코를 미행해 그녀의 집 근처에서 찌른 건가요?"

후미야는 어두운 목소리로 혼잣말처럼 중얼거렸다.

"그런 것 같습니다."

"사요코를 죽이고 나서 다음 날 밤까지, 사쿠조 씨가 어디에서 무엇을 했는지 아시나요?"

"알고 있습니다. 그런데."

후미야가 고개를 들고 말을 이었다.

"사오리를 만났다면 이미 알고 계시지 않나요?"

"네, 들었습니다. 사오리 씨를 찾아간 모양이더군요."

"장인의 말에 따르면, 사요코 씨의 가방 안에 있던 취재 노트에서 사오리의 주소와 전화번호를 알았다고 하더군요."

"사오리 씨는 살해당할 것을 각오했다고 합니다."

후미야가 손으로 이마를 짚었다.

"그렇게 되지 않은 게 얼마나 다행인지 모릅니다."

"사쿠조 씨는 사오리 씨에게 약속하라고 했다더군요. 앞으로는 무슨 일이 있어도 그 사건에 대해 입을 다물고 있으라고 말이지요."

"장인이 저에게도 그렇게 말하더군요. 그러니까 아무 걱정하지 말라고요. 저는 너무나 놀라서 말문이 막혔습니다. 왜 그렇게 어리석은 짓을 저질렀는지 도저히 이해할 수 없었지요. 그래서 즉시 자수하라고 했습니다. 저와 같이 경찰서에 가자, 저도 21년 전의 일을 자수하겠다고 말이지요. 하지만 장인은 그럴 수 없다고 고집을 부렸습니다. 그럴 거라면 무엇 때문에 그 여자를 죽였겠느냐, 제발 부탁이니까 자네는 입을 다물고 지금처럼 딸과 손자를 행복하게 해주어라. 그렇게 말하더니 눈물을 흘리며 고개를 숙이더군요."

후미야는 옆에 있는 아내를 바라보며 말을 이었다.

"그러는 사이에 아내도 간절하게 애원했습니다. 제발 부탁이니까 아버지의 소원을 들어달라고 말이지요. 저는 두 사람에게 그럴 수 없다고 했습니다. 사오리가 장인과의 약속을 지킨다는 보장은 어디에도 없다고 말이지요. 그러자 두 사람은, 그러면 사오리가 자수할 때까지만이라도 잠자코 있어달라고 하더군요. 그러는 사이에 제 마음도 흔들리기 시작했습니다. 그리고."

그는 거기서 말을 끊고 입술을 지그시 깨물었다.

"모든 것을 계속 감추기로 한 거군요."

"제가 잘못했다는 건 알고 있습니다. 거짓에 거짓을 더해봤자 죄가 없어지는 게 아니라는 것도요. 하지만 앞으로 평생 거짓의 십자가를 등에 지고 살면서, 어떻게든 속죄를 하면……. 죄송합니다. 뻔뻔스러운 생각이란 건 저도 잘 압니다."

후미야는 힘없이 고개를 떨구었다.

그러자 그런 남편을 바라보던 하나에가 고개를 세차게 가로저었다.

"천만에요. 당신은 뻔뻔한 사람이 아니에요. 당신이 지금까지 얼마나 괴로워했는지는 내가 잘 알아요."

그리고 그녀는 나카하라를 똑바로 쳐다보았다. 그 눈길은 섬뜩할 만큼 날카로웠다.

"전 당신의 전 부인…… 사요코 씨가 틀렸다고 생각해요."

조금 전과는 180도로 다른, 명료하고 강한 말투였다.

"이번 사건이 일어나고 나서, 예전에 당신들의 따님이 살해당했다는 사실을 알게 됐어요. 그건 아주 마음 아픈 일이에요. 사요코 씨가 그렇게 냉혹하게 생각하는 것도 이해가 안 가는 건 아니에요. 그래도 전 그분이 틀렸다고 생각해요."

후미야가 그녀의 말을 가로막았다.

"하나에, 그게 무슨 말이야?"

"당신은 잠자코 있어요. 저도 말 좀 할게요!"

나카하라는 자세를 바로 하며 그녀의 눈을 똑바로 쳐다보았다.

"뭐가 틀렸다는 거지요?"

하나에는 혀로 입술에 침을 묻힌 뒤, 심호흡을 크게 하고 나서 입을 열었다.

"이 사람은…… 제 남편은 계속 속죄를 했어요!"

그녀는 선언하듯 단호하게 말했다. 다음 순간, 그녀의 눈에서 눈물이 흘러내렸다. 그녀는 눈물도 닦지 않고 말을 이었다.

"남편은 지금까지, 21년 전 사건에 대해 계속 속죄하면서 살아왔어요. 사요코 씨로부터 이야기를 듣고 저도 처음 알았어요. 그와 동시에 오랫동안 계속 이해할 수 없었던 것…… 이렇게 훌륭한 사람이 왜 저 같은 한심한 여자와 결혼했을까 하는 의문이 겨우 풀렸지요. 제 아이의 친아빠는 남편이 아니에요. 제가 못된 남자에게 속아서 가진 아이지요. 하지만 남편은 그 아이를 자기 아이로 받아줬어요. 그것이 남편 나름대로 속죄하는 방법이었던 거죠. 아버지를 보살펴준 것도 마찬가지예요. 아마 옆방에서 사요코 씨의 이야기를 듣고 있던 아버지도 그렇게 생각했을 거예요. 그래서 은혜를 갚기 위해 그렇게 끔찍한 짓을 저지른 거죠. 만약에 그때."

눈물 때문에 목소리가 나오지 않는지, 그녀는 침을 삼킨 후 다시 말을 이었다.

"만약에 그때 남편을 만나지 못했다면 전 틀림없이 죽었을 거예요. 아이도 태어나지 못했을 거고요. 그래요, 남편은 분명히 21년 전에 한 생명을 죽였는지 몰라요. 하지만 그 이후에 두 생명을 구했어요. 그리고 의사로서 많은 생명을 구하고 있어요. 남편 덕분에 얼마나 많은 난치병 아이들이 목숨을 유지하고 있는지 아세요? 남편은 지금 자신의 모든 것을 바쳐서 작은 생명들을 구하고 있어요. 그래도 남편이 지금까지 속죄하지 않았다고 생각하세요? 교도소에 들어가도 반성하지 않는 사람은 얼마든지 있어요. 그런 사람이 등에 지고 있는 십자가는 아무런 무게도 없을지 몰라요. 하지만 남편이 지금 등에 지고 있는 십자가는 그렇지 않아요. 너무나 무거워서 꼼짝도 할 수 없는, 무겁고 무거운 십자가예요. 나카하라 씨, 아이를 살해당한 유족으로서 대답해보세요. 교도소에서 반성도 하지 않고 아무런 의미 없이 하루하루를 보내는 것과 제 남편처럼 현실 속에서 다른 사람을 구하면서 사는 것, 무엇이 진정한 속죄라고 생각하세요?"

목소리의 톤이 계속 높아지면서 마지막은 날카로운 비명처럼 들렸다.

후미야가 옆에서 아내의 말을 가로막았다.

"됐어, 이제 그만해."

하지만 하나에는 나카하라에게 날카로운 시선을 향한 채 다시 소리쳤다.

"대답해주세요!"

"그만하라고 했잖아!"

후미야는 그녀에게 소리를 지른 뒤, 나카하라에게 깊숙이 고개를 숙이며 사죄했다.

"죄송합니다."

하나에는 두 손으로 얼굴을 가린 채 그대로 엎드렸다. 귀를 찢는 울음소리가 차가운 공간을 가득 메웠다. 아내의 울음을 달래지도 않고, 후미야는 침통한 표정으로 시선을 떨구었다.

나카하라가 참았던 숨을 토해냈다.

"부인의 마음도 충분히 이해합니다. 정답이 무엇인지는 나도 잘 모릅니다. 그래서 이렇게 하라, 저렇게 하라고 하지 않겠습니다. 사오리 씨에게도 약속했지만 내가 경찰에게 알리는 일은 없을 겁니다. 후미야 씨, 모든 건 당신에게 맡기겠습니다."

후미야는 고개를 들더니, 눈을 크게 뜨고 깜짝 놀란 표정을 지었다.

나카하라는 고개를 끄덕였다.

"당신이 어떤 결론을 내리든 뭐라고 할 생각은 없습니다. 사람을 죽인 자는 어떻게 속죄해야 하는가, 아마 이 의문에 대한 모범 답안은 없겠지요. 이번에는 당신이 고민해서 내린 대답을 정답으로 생각하겠습니다."

후미야는 잠시 눈을 깜빡거린 다음 짧게 대답했다.

"네."

나카하라는 펼쳐져 있던 잡지를 가방에 넣고 자리에서 일어났다. 하나에는 아직도 엎드린 채 울고 있었지만, 이제 울음소리는 들리지 않았다. 가녀린 등이 가늘게 떨리고 있었다.

"실례 많았습니다."

나카하라는 그 말을 남기고 문으로 향했다.

현관에서 신발을 신고 있자 후미야가 배웅을 나왔다.

"그러면 그만 가보겠습니다."

나카하라가 발길을 돌리려고 하는 순간, 후미야가 망설이는 표정으로 입을 열었다.

"한 가지 부탁이 있습니다. 그녀…… 사오리의 연락처를 가르쳐주실 수 있나요?"

나카하라는 후미야의 진지한 눈을 똑바로 쳐다본 뒤, "물론이죠"라고 말하며 휴대전화를 꺼냈다.

23

사오리는 집에 들어오자마자 컵에 수돗물을 받아 벌컥벌컥 들이켰다. 그리고 한숨을 내쉰 다음, 뒤로 돌아 테이블 위를 쳐다보았다. 테이블 위에는 하얀 비닐 주머니가 놓여 있다. 비닐 주머니 안에 들어 있는 것은 백 엔 상점에서 산 빨랫줄이다. 슈퍼마켓에서 아무것도 사지 않고 나온 뒤, 지나가던 길이었다. 그녀는 갑자기 생각이 나서 백 엔 상점 안으로 들어갔다.

적당한 끈이 없을까? 길이도 적당해야 하고 무엇보다 튼튼해야 한다.

그렇게 해서 발견한 것이 이 빨랫줄이다. 청결한 느낌의 선명한 파란색이 용도와는 맞지 않는다는 생각이 들었지만, 그것 말고는 적당한 끈이 보이지 않았다.

사오리는 빨랫줄을 계산대로 가져갔다. 즉, 돈을 내고 산 것이다. 그것을 자연스럽게 해낸 것이 기뻐서 견딜 수 없었다. 조금이나마 정상적인 사람이 된 듯한 생각이 들었다.

그녀는 비닐봉지에서 빨랫줄을 꺼냈다. 길이는 5미터쯤 될까? 그렇게 굵지는 않지만 그녀의 체중이 실린다고 해도 끊어지지는 않으리라.

그녀는 집 안을 둘러보았다. 빨랫줄을 걸 수 있을 만한 적당한 곳이 없을까? 일단 그녀의 체중을 견딜 수 있을 만큼 튼튼해야 한다.

한번 빙글 돌아 집 안을 살펴본 뒤, 그녀는 작게 머리를 흔들고 의자에 앉았다. 적당한 곳이 눈에 띄지 않았다. 하지만 조금 더 찾아보면 있을지도 모른다. 빨랫줄만 손에 넣으면 모든 것이 해결될 줄 알았던 어리석은 자신에게 다시 화가 치밀었다. 자신은 정말로 제대로 하는 것이 하나도 없다. 살 가치가 없는 인간인 것이다.

그녀는 멍하니 거실장 위를 쳐다보았다. 작은 액자에 들어 있는 수해 사진이 눈에 들어왔다. 21년 전, 아오키가하라에 다녀온 지 일주일쯤 지났을 때 후미야가 가져다준 사진이었다. 그 사진을 지금까지 계속 가지고 있었다.

"당신이 속죄할 수 있는 길은 한 가지밖에 없어요."

사요코의 말이 귓가에 되살아났다. 사오리가 21년 전의 잘못을 고백한 뒤, 사요코는 이렇게 말했다.

"지금이라도 늦지 않았어요. 당장 자수하세요. 자신의 죄를 똑바로 마주하지 않았기 때문에 자기 자신을 소중히 생각할 수 없었던 거예요. 그건 진정한 삶이 아니에요. 그런 거짓된 삶은 당장 던져버리고 나와 같이 경찰서에 가요. 내가 같이 가줄게요."

사요코의 말이 당연하다고 생각했다. 갓난아이를 죽인 그날부터 사오리의 인생이 뒤틀어졌다. 어떤 일을 해도 잘되지 않고, 어떤 사람과도 좋은 인간관계를 쌓을 수 없었다. 다가오는 남자는 끊이지 않았지만 그들은 하나같이 최악이었다.

자수하고 싶어도 마음에 걸리는 게 한 가지 있었다. 그것은 말할 필요도 없이 니시나 후미야였다. 그가 지금 어디에서 어떻게 살고 있는지는 모른다. 하지만 자신이 자수하면 그도 죗값을 치르게 되리라.

사요코에게 그렇게 말하자 그녀는 알았다고 하면서 고개를 끄덕였다.

"좋아요. 그러면 내가 후미야 씨를 찾아내서 본인의 양해를 얻을게요. 그도 같은 죄를 지었으니까 같이 자수해야겠죠."

"후미야 씨가 그렇게 한다고 할까요?"

사오리가 불안한 표정으로 말하자 사요코는 강하게 반박했다.

"이건 승낙하고 말고의 문제가 아니에요! 사람을 죽였으니까 당연히 벌을 받아야죠. 그가 자수하지 않겠다면 체포당하는 수밖에 없어요. 당신이 망설일 필요는 하나도 없어요."

살인범의 손에 딸을 잃어버린 여성 작가의 말에는 강한 설득력이 담겨 있었다. 사오리는 결국 "사요코 씨에게 맡길게요"라고 대답할 수밖에 없었다.

두 사람이 아오키가하라를 찾은 것은 그로부터 이틀 후였다. 사요코가 현장을 보고 싶다고 했다. 당신도 똑똑히 봐두어야 한다고도 했다.

그들은 그때와 똑같은 코스로 가기 위해 일단 후지노미야에 들렀다. 거리는 예전과 많이 달라져 있었다. 사오리가 후지노미야에 온 것은 9년 만이었다. 아버지가 세상을 떠나고 처음 온 것이다.

"그렇게 연세가 많았던 것도 아니었잖아요? 병으로 돌아가셨나요?"

"불이 났어요."

난롯불이 커튼에 옮겨 붙으면서 온 집 안으로 번졌다. 그날 밤 아버지는 술에 잔뜩 취해 2층에서 잠들었던 모양이다. 그리고 불이 꺼진 뒤 검게 탄 시신으로 발견되었다.

장례식장에서 사오리는 사람들 눈도 의식하지 않고 주위가 떠나가라 울었다. 철없는 소녀처럼 소리 내어 울고 또 운 것이다.

결국 아버지가 세상을 떠날 때까지 효도라고 말할 만한 일을 한 번도 하지 못했다.

자신이 몇 번씩 손목을 긋자 아버지는 걱정스러운 얼굴로 이유를 물어보았다. 하지만 솔직히 말할 수 없어서 "왠지 사는 게 시시해서"라는 말만 되풀이했다. 하지만 아버지가 그것으로 납득할 리가 없었다. 그는 딸을 정신과에 데려가려고 했다. 그녀는 죽을힘을 다해 거부한 다음, 그대로 집을 나왔다. 그리고 사흘간 집에 들어가지 않았다. 그 이후, 아버지에게는 거의 말을 하지 않았다. 아버지도 그녀에게 말을 걸지 않았다.

마음속에는 아버지에 대한 미안함이 가득했다. 아버지가 뼈가 부서지도록 열심히 일하는 동안, 자신은 인간으로서 해서는 안 될 짓을 했다. 남자와 섹스에 빠져서 결국 아이를 가졌고, 태어난 아이를 죽여서 땅에 묻은 것이다.

고등학교를 졸업한 후 상경한 것은 단지 도망치고 싶었기 때문이다. 저주스러운 기억이 남아 있는 고향에서······. 아무것도 모르는 아버지는 순순히 보내주었다.

"너만 좋다면 난 아무래도 상관없다."

그녀가 상경한 후에는 가끔 전화를 걸거나 생활비를 보내주었다.

미용사가 되겠다는 꿈은 1년 만에 포기했다. 하지만 아버지에게는 그 말을 할 수 없었다. 신주쿠의 카바레식 클럽에서 일한다는 사실도 숨겼다.

스물네 살 때 결혼했지만 아버지에게는 웨딩드레스 입은 모습을 보여주지 않았다. 남편과 둘만 하와이에 가서 결혼식을 올렸기 때문이다. 남편은 그녀보다 일곱 살이 많은 요리사였다. 잘생긴 얼굴에 반해서 결혼했지만, 막상 같이 살아보고 나쁜 남자란 것을 알았다. 독점욕이 강하고 집착이 심했다. 작은 일에도 툭하면 폭력을 휘둘렀다. 그가 칼로 그녀의 등을 찔렀을 때에는 이대로 죽는 게 아닐까 생각했다. 그때의 상처는 지금도 생생히 남아 있다.

이혼했다고 말하자 아버지는 "그래, 잘했다" 하고 말했을 뿐이다. 처음 소개했을 때부터 나쁜 남자라는 사실을 직감했다고 한다.

다음에는 어떻게 해서라도 아버지가 안심할 수 있는 남자를 만나기로 결심했다. 하지만 그 결심은 결국 이룰 수 없었다. 그녀가 이혼하고 나서 6개월 뒤, 아버지가 화재로 세상을 떠났기 때문이다.

인과응보라고 생각했다. 자신이 행복해지지 않는 것도, 아버지의 인생이 그렇게 슬프게 끝난 것도 모두 자신이 아이를 죽였기 때문이다.

물건을 훔치기 시작한 것은 그 직후부터였다.

그녀의 이야기를 듣고 사요코는 이렇게 말했다.

"그래서 자신의 죄를 정면으로 마주해야 돼요."

후미야의 집 근처에 갔을 때에는 가슴이 쿵쾅거렸다. 그가 갑자기 나타나면 어떻게 할까 불안해서 견딜 수 없었다. 그런 그녀의 마음을 알아차렸는지 사요코가 말했다.

"사오리 씨는 먼저 역에 가 있어요."

사오리가 역에서 기다리고 있자 잠시 후에 사요코가 나타났다.

"동네 사람들에게 물어봤어요. 후미야 씨는 게이메이대학 의학부에 들어가서, 지금은 부속병원에 있대요. 수재네요."

'의사가 됐구나.'

사오리는 고개를 끄덕였다. 후미야라면 얼마든지 그렇게 될 수 있다. 역시 자신과는 하늘과 땅 차이다.

후지노미야역에서 버스를 타고 아오키가하라에 갔다. 수해에 간 것은 그날 이후 처음이었다. 산책로를 조금 걸어가자 그날의 기억이 어제 일처럼 생생하게 되살아났다. 마치 뇌의 특별한 곳에 보관되어 있었던 게 아닐까 생각될 정도였다.

산책로를 얼마나 걸었을까. 사오리는 이윽고 발길을 멈추었다. 주위에는 크고 작은 나무들이 발 디딜 틈도 없이 빼곡히 자리하고 있었다.

이 근처인 것 같다고 사오리는 말했다.

"20년이 넘었는데 용케 기억하네요."

사오리는 주변을 감싸고 있는 나무를 가리켰다.

"여기 같아요. 여기서 정남 방향으로 60미터예요."

사요코는 고개를 끄덕이더니, 카메라를 꺼내 사진을 몇 장 찍었다.

"지금 가보고 싶지만 참을게요. 위험하기도 하고, 파내는 것은 경찰에 맡기는 편이 좋아요. 아마추어가 섣불리 손을 대서 증거를 손상시키면 큰일이니까요."

사요코가 말하는 증거가 갓난아이의 유골이라고 알아차리는 데까진 조금 시간이 필요했다. 사오리는 새삼 나무들 사이의 캄캄한 어둠을 바라보았다. 저 안쪽에 그때의 아이가 묻혀 있다.

갑자기 가슴속에서 뜨거운 덩어리가 솟구쳤다. 그녀는 힘없이 주저앉아서 두 손으로 땅을 짚었다. 눈에서 눈물이 방울방울 떨어졌다.

"미안해, 미안해, 미안해……."

그녀는 계속해서 아이에게 사죄했다. 힘들게 이 세상에 태어났으면서도 엄마의 젖을 먹어보지도, 엄마의 품에 안겨보지도 못한 채 부모에게 생명을 빼앗긴 가여운 아이.

"이제 당신도 다시 태어날 거예요."

사요코는 그렇게 말하며 사오리의 등을 어루만져주었다.

그리고 일주일쯤 지나서 사요코에게 연락이 왔다. 니시나 후미야를 찾았을 뿐 아니라 이미 그를 만났다는 것이다.

"우연히 만날 수 있는 기회가 있었어요. 사오리 씨 얘기를 했으니까 아마 연락이 갈 거예요. 충격을 많이 받은 것 같았지만 어느 정도 각오한 것처럼 보였어요. 이상한 짓은 하지 않을 거예요."

이상한 짓이란 무엇일까? 그렇게 물어보자 사요코는 잠시 망설이고 나서 '자살'이라고 대답했다.

"명예나 지위가 있는 사람은 그것을 잃어버릴까 두려워해서 죽음을 선택하는 경우가 있거든요. 하지만 후미야 씨는 그런 타입이 아니더군요."

그 말을 듣고 사오리의 마음은 다시 흔들렸다. 자신의 고백으로 후미야가 힘들게 쌓아 올린 인생에 행여나 금이 가지 않을까 걱정된 것이다.

하지만 이미 흐름을 막을 수는 없었다. 그다음 날, 사요코가 전화를 해서는 후미야의 집에 가기로 했다고 말했다.

'아, 드디어.'

어쩌면 후미야는 자신을 원망할지도 모른다. 영원히 두 사람만의 비밀로 하자는 약속을 자신이 일방적으로 쓰레기통에 던져 넣은 것이다. 사요코에게 털어놓기를 정말로 잘한 것일까? 후회하는 마음이 없었다고 하면 거짓말이다.

사요코가 후미야를 만나러 가기로 한 날은 마음이 진정되지 않았다. 식욕은 눈곱만큼도 없고, 가슴 떨림도 가라앉지 않았다. 물론 일하러 갈 수도 없었다.

그러나 밤이 되어도 사요코에게는 아무런 연락이 없었다. 걱정이 돼서 전화를 걸어보았다. 하지만 그녀는 휴대전화를 받지 않았다.

후미야와 무슨 일이 있었던 것은 아닐까? 이야기가 결렬되었다고 해도 그녀가 연락하지 않을 리가 없는데……. 불안으로 가슴이 오그라든 탓에 침대 속으로 파고들어도 잠을 이룰 수 없었다.

잠을 자는지 깨어 있는지 모르는 상태에서 아침을 맞이했다. 눈을 뜨자 목덜미에 기분 나쁜 땀이 축축이 배어 있었다.

아무 일도 손에 잡히지 않아서 그녀는 오직 전화만 기다렸다. 어쩌면 사요코가 휴대전화를 잃어버린 것이 아닐까? 그렇다면 집으로 직접 찾아올 가능성이 있다. 생각이 거기에 미치자 기분 전환을 하기 위해 밖으로 나갈 수도 없었다.

오후에 접어들고 다시 시간이 흘렀다. 식사도 제대로 하지 않은 채, 그녀는 계속 기다리고 또 기다렸다. 지금은 그렇게 하는 수밖에 없다고 생각했다.

현관의 초인종이 울린 것은 오후 5시가 조금 지난 무렵이었다. 그녀는 집 안쪽에서 "누구세요?" 하고 물어보았다. 그러자 뜻밖의 대답이 돌아왔다.

"사요코 씨의 지인입니다. 전해달라는 말씀이 있어서 왔습니다."

남자의 목소리는 나지막하게 잠겨 있었다.

사오리는 문을 열었다. 그러자 처음 보는 체구가 작은 노인이 정중하게 고개를 숙였다. 손에는 종이봉투를 들고 있었다.

"보여드릴 게 있습니다. 잠시 안으로 들어가도 될까요?"

여느 때라면 거절했을지도 모른다. 그러나 사요코 씨의 지인이라는 말을 듣고는 냉정하게 판단할 수 없었다. 전해달라는 말이 무엇인지 알고 싶었다. 보여줄 것이란 또 무엇일까?

그녀는 노인을 안으로 들어오라고 했다.

음료라도 내놓는 편이 좋을까? 홍차나 커피는 시간이 걸린다. 냉장고에는 페트병 녹차가 있다.

그런 생각을 하고 있을 때, 노인이 갑자기 종이봉투에서 무엇인가를 꺼냈다. 그것이 무엇인지 금방은 알 수 없었다. 너무도 갑작스러워서 머리가 반응하지 않았는지도 모른다.

"조용히 해! 소리 지르면 찌를 거야!"

노인은 조금 전과 다르게 완전히 돌변했다. 여유가 없는 절박한 말투였다.

그녀는 그제야 노인의 손에 들린 것이 부엌칼임을 알아차렸다. 그 칼에 피가 묻어 있는 것도 눈에 들어왔다.

노인은 조용히 하라고 했지만, 그러지 않았어도 소리를 지를 수 없었다. 불안과 공포에 휩싸인 나머지 온몸이 딱딱하게 굳었다. 소리 지르는 기관도 마비된 것 같았다.

"내…… 내 딸이 니시나 후미야의 아내야."

딸? 아내? 단순한 말임에도 불구하고 인간관계가 머릿속에 들어오지 않았다. 하지만 후미야와 관련이 있는 사람이라는 것은 알 수 있었다.

"불쌍하지만 사요코라는 여자는 죽었어. 어젯밤에 내가 죽였지."

그 말을 들은 순간, 온몸의 털이 곤두섰다. 사요코 씨가 죽었다고? 왜 사요코 씨가 죽어야 하지? 도저히 믿을 수 없었다. 사오리는 고개를 세차게 가로저었다. 그래도 역시 목소리는 나오지 않았다.

"지금쯤 경찰이 수사를 시작했겠지. 난 도망치거나 숨지 않아. 깨끗하게 자수할 생각이야. 하지만 그 전에 해두어야 할 일이 있어서 왔어."

그는 부엌칼을 위아래로 흔들었다. 피가 묻어 있는 금속 부분이 음침하게 빛났다.

"사요코 씨를 왜……."

그녀는 신음하듯 간신히 물었다. 그러자 노인은 얼굴을 일그러뜨리며 말했다.

"그 여자는 죽을 수밖에 없었어. 우리 사위는 세상에서 제일 좋은 사람이야. 한마디로 말해서 성인군자지. 그 사람 덕분에 우리 딸은 행복해질 수 있었어. 딸만이 아니야. 나 같은 쓰레기까지 돌봐주고 있지. 지금 그 사람이 없어지면 얼마나 많은 사람이 불행해지는지 알아? 20여 년 전, 철없을 때 낳은 아이를 죽인 게 뭐가 대단하다고 이 난리야? 그건 중절 수술이나 마찬가지잖아? 그들이 누구에게 잘못을 저질렀다는 거지? 누구를 슬프게 했다는 거지? 아이의 유족은 누구지? 당신들이 가해자이자 곧 유족이잖아. 그 아이를 알고 있는 사람은 당신들이고, 그 아이를 위해 슬퍼한 사람도 당신들뿐이잖아. 그런데 20여 년이 지난 지금에 와서 감옥에 가야 한다고? 가족과 헤어져서 징역을 살아야 한다고? 그게 무슨 의미가 있지? 한번 말해봐. 당신이 지금 자수해서 감옥에 가면 뭐가 좋지? 그냥 마음 편하자고 하는 짓이잖아?"

정신없이 쏟아지는 말의 폭풍우에 사오리는 한마디도 대꾸할 수 없었다. 후미야가 어떻게 살아왔는지는 생각한 적이 없다. 자수해서 교도소에 가면 뭐가 좋은지도 생각한 적이 없다. 다만 법이 그렇게 되어 있기 때문에 자수하려고 한 것뿐이다. 죄와 정면으로 마주하려면 자수하는 수밖에 없다고 생각한 것뿐이다. 단, 그것이 자신의 의사인지 사요코의 강요에 의한 것인지는 정확하지 않다.

그녀는 후회했다. 역시 고백하지 말았어야 했다. 그 비밀은 죽을 때까지 가슴속에 묻어두었어야 했다.

그녀는 무릎부터 무너졌다. 그리고 바닥에 털썩 주저앉아 두 손으로 머리를 감싸안았다. 내가 왜 사요코 씨에게 그런 말을 했을까? 되돌릴 수 없는 짓을 저질렀다는 자책감이 머릿속에서 격렬하게 소용돌이쳤다.

노인이 가까이 다가왔다.

"미안하지만 당신도 죽여줘야겠어. 그 전에 말해줘. 사요코란 여자 말고 사건에 대해 말한 사람이 있는지. 만약에 있다면 그자도 죽여야 하니까."

그녀는 세차게 고개를 흔들면서, 사요코 씨 말고는 누구에게도 말하지 않았다고 대답했다. 또한 사요코 씨에게도 말하지 말았어야 했다, 자신이 비밀을 지켰다면 이런 일은 일어나지 않았다, 모든 게 자기 탓이라고 하면서 울기 시작했다.

그녀는 울면서 노인에게 말했다.

"절 죽여주세요. 제가 살아 있으면 문제만 일으킬 뿐이에요. 저를 만나지 않았다면 사요코 씨도 죽지 않았고, 영감님도 살인자가 되지 않았겠지요. 모두 저 때문이에요. 저는 살고 싶은 마음이 손톱만큼도 없어요. 제발 죽여주세요."

그녀가 모든 것을 포기하자 노인은 오히려 주눅 든 기색을 보였다. 부엌칼을 든 채 나지막한 신음 소리만 낼 뿐, 더 이상 그녀에게 다가오지 않았다.

이번에는 오히려 사오리가 재촉했다.

"빨리 죽여주세요."

노인은 입을 다문 채 잠시 거칠게 숨을 몰아쉬더니, 이윽고 천천히 입을 열었다.

"나와 약속하겠어? 아이를 죽였다는 얘기는 앞으로 누구에게도 하지 않겠다고. 사요코란 여자의 죽음에 대해서도, 후미야와의 관계에 대해서도 일절 모른다고 하겠다고. 만약 그렇게 약속한다면 당신의 손가락 하나도 건드리지 않겠어. 어때? 약속하겠어?"

사오리는 노인의 눈을 똑바로 쳐다보았다. 그 눈에 깃들어 있는 것은 광기에 사로잡힌 빛이 아니라 도움을 바라는 애절한 빛이었다. 노인도 사람을 죽이고 싶었던 것이 아니다. 그도 역시 생과 사의 벼랑 끄트머리에서 살고 있는 것이다.

사오리는 고개를 위아래로 움직였다.

"약속할게요."

"정말이지? 설마 거짓말은 아니겠지?"

노인은 몇 번씩 못을 박았다.

사오리는 거짓말이 아니라고 대답했다. 여기서 거짓말을 해서 살아난 뒤 경찰서로 달려간다고 해도 행복한 사람은 아무도 없었다. 오히려 불행한 사람만 늘어날 뿐이다. 그런 짓은 하고 싶지 않았다.

그녀의 마음이 전해졌는지 노인은 고개를 끄덕인 다음, 종이봉투에 부엌칼을 넣었다.

"내가 여기 온 것은 아무에게도 말하지 마."

노인은 그렇게 말하고 집에서 나갔다.

사오리는 한동안 꼼짝도 할 수 없었다. 지금 일어난 일이 현실이라고 여겨지지 않았다. 하지만 노인이 내민 부엌칼의 예리한 빛은 눈에 선명하게 새겨져 있었다.

노인의 이야기가 사실이라는 것은 인터넷을 통해 확인할 수 있었다. 고토구 기바의 길거리에서 한 여성이 칼에 찔려 사망했다―이 뉴스가 틀림없다. 그리고 다음 날 뉴스를 통해 노인이 자수한 것을 알았다.

미안함은 참담함으로 변했다. 노인은 이제 교도소에 들어가게 된다. 그리고 노인의 딸과 그 딸의 남편인 후미야는 앞으로 가해자의 가족으로서 많은 고통을 떠안게 된다.

그리고 비극은 그것만으로 끝나지 않는다. 나카하라라는 사람이 어떻게 하느냐에 따라서 비극은 계속 이어질지도 모른다.

사오리는 빨랫줄을 다시 들었다. 법에 따라 재판을 받을 수 없다면 자신의 손으로 결말을 짓는 수밖에 없다.

그녀는 다시 실내를 둘러보았다. 이윽고 화장실 문이 눈에 들어왔다.

그러고 보니 문의 손잡이에 목을 매서 죽은 뮤지션이 있었다. 자살인지 사고인지는 명확하지 않지만, 죽을 수 있다는 것만은 분명하다. 도대체 어떻게 한 것일까?

문과 손잡이를 바라보는 사이에 한 가지 아이디어가 떠올랐다. 그녀는 문에 가까이 다가가 안쪽 손잡이에 빨랫줄의 한쪽 끝을 묶었다. 그리고 나머지 한쪽 끝을 문 위를 통과해서 반대편에서 잡아당겨보았더니 꼼짝도 하지 않았다.

이 정도라면 충분하리라. 그녀는 다른 한쪽 끝으로 동그란 원을 만든 다음, 풀리지 않도록 몇 번을 묶었다.

그리고 의자 위에 올라가 동그란 원 안으로 목을 집어넣었다.

유서를 쓰는 편이 좋을까? 한순간 그런 생각이 떠올랐지만 그녀는 즉시 고개를 흔들었다. 이런 상태에서 무슨 말을 남길 것인가. 아무 말도 남길 수 없기 때문에 이런 길을 선택하는 게 아닌가.

그녀는 조용히 눈을 감았다. 그러자 머릿속에서 21년 전의 저주스러운 기억이 되살아났다. 그녀는 그때 후미야와 둘이서 갓난아이를 죽였다. 그리고 아이의 온기를 느끼며 세상에서 가장 끔찍한 짓을 저질렀다.

'아가야, 미안해. 지금 엄마가 사죄하러 갈게.'

그녀는 그렇게 생각하고 나서 의자에서 뛰어내렸다.

경동맥에 압박이 느껴졌다. 아, 이대로 죽는구나. 그렇게 생각한 직후에 몸이 털썩 바닥으로 떨어졌다. 그녀는 그대로 엉덩방아를 찧었다. 그와 동시에 목에 해방감이 있었다. 무슨 일이 일어났는지 몰라서 주변을 둘러보았다.

빨랫줄이 바닥에 떨어져 있다. 손잡이에 묶어둔 한쪽 끝이 풀린 것이다. 그녀는 고개를 푹 떨구었다. 난 왜 이렇게 되는 일이 없을까? 왜 목을 매는 것조차 한 번에 할 수 없는 것일까?

그녀는 일어서서 손잡이에 다시 밧줄을 묶었다. 그리고 몇 번 잡아당겨서 느슨해지지 않는 것을 확인했다. 이번에는 괜찮을 것이다.

아까처럼 동그랗게 만든 밧줄을 문 위에서 늘어뜨린 뒤, 의자에 올라가려고 할 때였다. 스마트폰의 호출음이 들렸다. 아, 그런가? 아마 아르바이트를 하고 있는 패션헬스*일 것이다. 오늘 결근한다고 말하지 않았다.

그녀는 전원을 끄기 위해 스마트폰을 들었다. 하지만 그곳에 표시된 것은 처음 보는 전화번호였다. 왠지 마음에 걸려서 받아보았다.

"네."

---

* 여성 종업원이 남성 손님을 대상으로 개별적인 공간에서 마사지 등 성적 서비스를 제공하는 일.

"아...... 여보세요, 이구치 사오리 씨인가요?"

전화기 건너편에서 남자의 목소리가 들렸다. 나지막하면서도 또랑또랑한 목소리였다.

"그런데요."

대답하는 사이, 그녀의 가슴이 쿵쾅거리기 시작했다. 귀에 익은 목소리였다. 자신은 이 목소리의 주인공을 알고 있었다.

잠시 사이를 두고 상대가 말했다.

"니시나 후미야입니다."

"네."

심장의 고동이 견딜 수 없을 만큼 빨라졌다.

"꼭 하고 싶은 말이 있습니다. 만나주시겠습니까?"

사오리는 휴대전화를 꽉 부여잡으면서 화장실 문을 쳐다보았다. 손잡이에 묶인 빨랫줄을 보면서, 조금 전의 빨랫줄을 푼 사람은 저세상에 있는 아이가 아닐까 생각했다.

24

상자를 연 순간, 나카하라는 자신도 모르게 몸을 뒤로 젖혔다. 미리 각오는 했지만 실물을 본 순간의 충격은 상상 이상이었다. 몸통은 남성의 손목 정도이고, 길이는 2미터쯤 될까? 하양과 검정의 얼룩무늬에서 독기가 뿜어져 나오는 것 같다. 캘리포니아 킹스네이크이다.

나카하라는 주인을 쳐다보며 물었다.

"왜 죽었나요?"

"잘 모르겠어요. 어느 순간부터 움직이지 않기에 친구에게 보여줬더니 죽었다고 해서요."

이십대 초반의 여성이다. 갈색 머리칼에 화려한 메이크업, 손톱 하나하나에 선명한 색깔의 장식이 붙어 있다.

"당신이 길렀나요?"

"으음, 그게 좀 미묘해요. 원래는 남자 친구가 길렀는데, 최근에 집을 나갔거든요."

"그래서 당신이 돌보셨나요?"

"돌보지…… 않았어요. 먹이도 주지 않고요. 수조에 넣어둔 채 며칠 집을 비웠다가 오랜만에 갔더니 움직이지 않았어요."

"그랬군요."

그는 그렇게 말할 수밖에 없었다. 이 세상에는 개념 없는 사람이 너무나 많고, 그들이 반려동물을 얼마나 함부로 대하는지는 지금까지 수도 없이 보아왔다. 이 부조리한 비극 앞에는 항상 할 말을 잃어버린다.

"장례식은 어떻게 할까요?"

"장례식이라고 할까, 어쨌든 처분해주세요. 여기서 태워주는 거죠?"

"화장을 합니다."

"그럼 그렇게 해주세요."

"유골은요?"

"유골이요?"

"뼈 말입니다. 가져가시겠어요?"

"네에? 그런 거 필요 없어요. 적당히 버려주세요."

"그러면 다른 애완동물과 합동으로 다비를 할까요?"

"다비요?"

"화장한다는 뜻입니다."

"그러면 난 어떻게 해야 하는데요?"

"합동 제단에서 합사를 하게 되는데, 거기에 오셔도 됩니다."

그는 그렇게 말하면서, 이 여자라면 '합사'라는 뜻도 모를 것이라고 생각했다.

"와도 된다는 건 안 와도 된다는 거죠? 이제 그냥 집에 가도 되는 거죠?"

"물론입니다."

"아, 그러면 그럴게요. 그렇게 해주세요. 정말 다행이다. 이제 귀찮은 일은 다 끝났어."

그녀는 진심으로 안도한 표정을 지었다.

유해를 가져온 것만 해도 다행이라고 그는 자신을 납득시켰다. 심지어는 쓰레기봉투에 넣어서 쓰레기장에 버리는 사람도 있다.

그는 간다 료코를 불러 사정을 설명하고 뒷일을 맡겼다. 그녀는 약간 꺼림칙한 표정을 지었다. 동물을 좋아하지만 뱀은 예외인 것이다.

그때 정면 현관에서 새로운 손님이 들어왔다. 그쪽으로 눈길을 향한 순간, 나카하라는 깊은 숨을 들이마셨다. 사야마가 작게 손을 들었다.

나카하라는 사야마를 3층 사무실로 안내했다. 그리고 언제나 그랬듯 티백 차를 내놓으면서 물었다.

"그 이후에 어떻게 됐습니까?"

사야마는 차를 한 모금 마신 뒤 얼굴을 찡그렸다.

"보강 수사 때문에 눈코 뜰 새가 없습니다. 나카하라 씨 때문에 모든 게 원점으로 돌아갔지요."

"내가 공연한 짓을 한 건가요?"

사야마는 찻잔을 내려놓고 살짝 어깨를 들썩였다.

"문제는 지금부터입니다. 사건의 내용이 완전히 달라진 만큼, 재판에 오를 쟁점도 차원이 달라지겠지요. 그래도 경찰에선 객관적 사실만 확인하면 되지만, 재판에서는 그것을 어떻게 포착할지가 중요할 겁니다."

나카하라는 고개를 끄덕였다.

"그렇겠죠."

후미야와 사오리가 함께 자수한 것은 나카하라가 후미야의 집을 찾아간 지 사흘 후의 일이다. 두 사람이 어떻게 만나고 무슨 이야기를 나누었는지는 잘 모른다. 아마 후미야가 사오리에게 연락을 했으리라.

그런 다음 사야마가 나카하라에게 사실을 확인하러 왔다. 후미야와 사오리가 나카하라에 의해 과거가 밝혀졌다고 말했기 때문이다.

"이거 잘 읽었습니다."

사야마가 가방에서 꺼낸 것은 도벽 기사가 실린 잡지였다. 후미야와 사오리 사건을 확인하러 왔을 때, 빌려달라고 한 것이다.

"재판은 어떻게 될까요?"

사야마는 약간 고개를 갸웃거렸다.

"글쎄요. 사쿠조를 변호하는 변호인의 눈빛이 달라졌더군요. 강도 살인이라면 무기징역을 피할 수 없지만, 사위의 범죄를 감추기 위해서라면 정상참작의 여지가 있으니까요. 징역 10년 정도가 아닐까요?"

그 말을 듣고 나카하라는 복잡한 심경에 휩싸였다.

"이거 참 난감하군요. 사요코의 부모님은 범인의 사형을 원하고 있지요. 그런데 내가 진상을 밝힘으로써 오히려 사형에서 멀어졌으니, 원."

그는 그것 때문에 두 사람에게 사죄하러 갔다. 자신이 쓸데없는 짓을 했을지도 모른다고 말한 것이다.

하지만 두 사람은 그에게 화를 내지 않았다. 오히려 진상을 알아서 다행이라고 입을 모았다. 다만 형기가 짧아질 수 있다는 말에는 강한 의구심을 품었다.

동기가 무슨 상관인가? 어떤 이유가 있었든 살인 피해자 유족의 마음은 풀리지 않는다. 자신들은 끝까지 사형을 바랄 것이다─두 사람 모두 그렇게 말했다.

사야마가 담담하게 말했다.

"형벌은 원래 모순투성이지요. 시즈오카 현경에 따르면 그곳에서는 아무것도 나오지 않았다고 합니다."

"그곳…… 이라뇨?"

"아오키가하라 말입니다. 두 사람이 갓난아이를 묻었다는 장소지요. 그들의 증언이 일치하고, 수해라는 특수한 곳임에도 불구하고 비교적 장소를 정확히 알고 있었지만, 상당히 광범위하게 걸쳐 있어서 파헤쳐도 아무것도 나오지 않았다고 하더군요."

"어떻게 된 걸까요? 이미 흙으로 변한 걸까요?"

사야마는 고개를 흔들었다.

"아무리 갓난아이라고 해도 20년 만에 흙으로 변하진 않는다고 합니다. 어쨌든 사방이 온통 나무들 아닙니까? 야생동물도 자주 출몰하는 지역이라서, 그 녀석들이 파헤쳤을 가능성이 높다고 하더군요."

"만약 아무것도 발견되지 않으면……."

"입건하긴 어렵겠죠. 갓난아이 살해를 입증하기는 불가능하니까 불기소처분이 내려질 가능성이 높습니다. 반면에 사쿠조 사건은, 21년 전에 살인이 있었다는 것을 전제로 재판이 진행될 거고요."

나카하라는 사야마의 얼굴을 뚫어지게 쳐다보았다.

"분명히 모순투성이군요."

"인간이 완벽한 심판을 내리는 건 불가능하기 때문일지도 모르지요. 그럼 그만 가보겠습니다."

사야마는 그 말을 끝으로 돌아갔다.

사야마를 배웅한 뒤, 나카하라는 유리창으로 다가가 아래를 내려다보았다. 간다 료코가 상자를 화장터로 가져가는 참이었다.

그의 머릿속에서 갑자기, 사오리의 방에 수해 사진이 있다는 이야기가 떠올랐다. 그 사진은 그녀에게 소중한 유골이 아닐까?

옮긴이의 말

이름만 들어도 심장이 쫄깃해지는 작가 히가시노 게이고!
이번엔 사형 제도다!

평범한 샐러리맨인 나카하라. 그는 강도에게 사랑하는 외동딸을 잃는다. 아내인 사요코가 잠시 저녁 찬거리를 사러 나간 사이 딸이 강도에게 처참하게 살해된 것이다. 그 이후, 그의 목표는 오직 범인의 사형뿐! 마침내 범인은 사형을 당하지만, 그에게 남은 것은 허탈감과 깨어진 가정뿐이다. 그들 부부는 결국 아픔만 껴안은 채 이별을 선택한다.
　딸을 잃은 지 11년 후, 한 형사가 그를 찾아온다. 사요코가 길거리에서 살해당했다는 것이다. 그러자 그는 형사에게 이렇게 말한다.

"그때 사요코와 이혼하길 잘했다고 생각합니다. 만약에 이혼하지 않았다면 또 유족이 될 뻔했으니까요."

그런데 사요코의 살인 사건을 접하면서 그는 새로운 사실을 알게 된다. 자신은 지금까지 딸의 사건에서 도망치려고만 했는데, 사요코는 그 사실을 정면으로 받아들이며 '사형 폐지론이라는 이름의 폭력'이라는 책까지 준비하고 있었다. 더구나 사요코의 사건은 예상치 못한 방향으로 흘러가는데…….

히가시노 게이고. 그는 항상 내 심장을 두근거리게 만든다.
어떤 작품이든 팽팽한 긴장감에 휩싸이게 만들고, 어떤 작품이든 가슴이 쿵쾅거리게 만든다. 또 어떤 작품이든 심장이 덜컹 내려앉게 만들고, 어떤 작품이든 진한 눈물을 쏟게 만든다.

히가시노 게이고. 그는 항상 내 정신을 번쩍 들게 만든다.
『방황하는 칼날』에서는 미성년자의 범죄에 관해서, 『교통경찰의 밤』에서는 교통사고법의 문제점에 관해서, 『아내를 사랑한 여자』에서는 인간은 왜 반드시 여자가 아니면 남자여야 하는가, 하는 사회문제에 관해서 고민하게 만든 것이다.

이번에도 그는 내 심장을 두근거리게, 내 정신을 번쩍 들게 만들었다. 어디로 튈지 모르는 스토리와 반전에 반전을 거듭하는 내용에 잠시도 긴장의 끈을 놓지 못함과 동시에, 잇달아 쏟아지는 사회문제에 때로는 고민하고 때로는 눈물을 흘렸다. 그 때문에 다음 내용을 읽기 위해 페이지를 넘기려는 손과, 잠시 고민하고 생각하기 위해 멈추는 손이 끊임없이 싸워야 했다.

유족. 그것도 살인 사건의 유족. 그들이 바라는 것은 오직 한 가지, 범인의 사형뿐이다. 그러나 범인이 사형을 당한다고 해서 처참하게 죽은 가족이 살아 돌아오는 것은 아니다. 그렇다면 살인 사건의 유족은 무엇으로 위로를 받아야 할까?

이 작품의 제목인 '공허한 십자가'는 원래 사요코가 쓰고 있던 '사형 폐지론이라는 이름의 폭력'이란 원고에 나오는 대목이다.
흔히 죄를 지은 사람은 평생 십자가를 등에 지고 산다고 한다. 그런데 평생 십자가를 등에 지고 사는 사람은 살인자가 아니라, 살인 사건으로 세상을 떠난 피해자의 유족이 아닐까?

사형은 무력하다?

사형은 무력하지 않다?

인간이 인간을 심판할 수 있을까?

인간이 인간을 심판할 수 없다면, 사람을 죽인 사람은 무엇으로 심판해야 할까?

속죄는 무엇일까?

꼭 교도소에 들어가야만 속죄한다고 할 수 있을까?

가해자를 사형에 처하면, 가해자는 어떻게 속죄할 수 있을까?

이 작품은 이렇게 끊임없이 질문을 던지고 있다. 하지만 히가시노 게이고는 그에 대한 답을 하지 않는다. 그 답은 독자 여러분의 몫이기 때문이리라.

2014년 9월

이선희

옮긴이 이선희

부산대학교 일어일문학과를 졸업하고 한국외국어대학교 교육대학원 일본어교육과에서 수학했다. KBS 아카데미 일본어 영상번역을 가르치면서, 외화 및 출판 번역작가로 활동하고 있다. 옮긴 책으로는 기시 유스케의 『검은 집』『푸른 불꽃』『신세계에서』, 히가시노 게이고의 『비밀』『방황하는 칼날』『공허한 십자가』, 나쓰카와 소스케의 『책을 지키려는 고양이』, 이케이도 준의 『한자와 나오키』, 사와무라 이치의 『보기왕이 온다』 『즈우노메 인형』 등이 있다.

공허한 십자가

ⓒ 히가시노 게이고, 2014

초판 1쇄 발행일 2014년 9월 15일
2판 1쇄 발행일 2022년 4월 15일
3판 2쇄 발행일 2025년 11월 28일

지은이 히가시노 게이고
옮긴이 이선희
펴낸이 정은영
마케팅 이언영 연병선 임동렬 임병천
IP기획 신은혜 김현영
제작   홍동근

펴낸곳 (주)자음과모음
출판등록 2001년 11월 28일 제2001-000259호
주소   10881 경기도 파주시 회동길 325-20
전화   편집부 (02)324-2347, 경영지원부 (02)325-6047
팩스   편집부 (02)324-2348, 경영지원부 (02)2648-1311
이메일 munhak@jamobook.com

ISBN   978-89-544-7316-3 (03830)

잘못된 책은 구입한 곳에서 교환해드립니다.
이 책의 판권은 지은이와 자음과모음에 있습니다.
책 내용의 전부 또는 일부를 사용하려면 반드시 양측의 동의를 받아야 합니다.